SANDRA POPPE
Liebe beginnt, wo Pläne enden

Über die Autorin:

Sandra Poppe, geboren 1975, lebt mit ihrer Familie (2 Kinder) in Bonn. Nach dem Geschichtsstudium arbeitet sie heute bei einer NGO, die sich der fairen Mode verschrieben hat. Sie liebt es, zu nähen, im Garten zu arbeiten oder zu kochen. »Es ist schön, wenn man am Ende etwas hat, was man anfassen, anschauen oder aufessen kann.« Sie hat unter Pseudonym bereits zwei Frauenromane veröffentlicht.

SANDRA POPPE

ROMAN

lübbe

Dieser Titel ist auch als E-Book erschienen

Die Bastei Lübbe AG verfolgt eine nachhaltige Buchproduktion.
Wir verwenden Papiere aus nachhaltiger Forstwirtschaft und verzichten
darauf, Bücher einzeln in Folie zu verpacken. Wir stellen unsere Bücher in
Deutschland und Europa (EU) her und arbeiten mit den Druckereien
kontinuierlich an einer positiven Ökobilanz.

Originalausgabe

Copyright © 2022 by Bastei Lübbe AG, Köln
Lektorat: Melanie Blank-Schröder
Textredaktion: Heike Brillmann-Ede
Titelillustration: © shutterstock.com: Sur
Umschlaggestaltung: ZERO Werbeagentur, München
Satz: two-up, Düsseldorf
Gesetzt aus der Arno
Druck und Verarbeitung: GGP Media GmbH, Pößneck
Printed in Germany
ISBN 978-3-404-18516-0

1 3 5 4 2

Sie finden uns im Internet unter luebbe.de
Bitte beachten Sie auch: lesejury.de

Prolog

Gleich nach der Geburt meiner Tochter nahm ich mein ICH, betrachtete es ein letztes Mal melancholisch und packte es anschließend in ein Schatzkistchen. Dieses wiederum verstaute ich an einem Platz tief in meinem Inneren. Dort ruht es als eine Erinnerung daran, wer ich einmal war. Denn mit der Geburt des ersten Kindes gebar ich gleichzeitig ein neues ICH. Eines, das mich stolz machte. Eines, das das Leben eines anderen Menschen in den Mittelpunkt rückte und nur noch wenig mit meinem alten, oft ein wenig egoistischen ICH zu tun hatte.

Die Kinder wurden größer und selbstständiger, und es gab Augenblicke, in denen ich mich fragte, wie es meinem alten ICH wohl geht. Passt es noch zu mir? Oder geht es ihm wie der alten Lieblingsjeans, die seit Jahren im hintersten Winkel des Kleiderschranks schlummert? Immer hat man die Hoffnung, sie könne eines Tages wieder passen. Doch selbst wenn es so wäre – der Körper hat sich im Laufe der Jahre verändert und es wird nie mehr die alte Lieblingsjeans sein. Vermutlich verhält es sich mit meinem ICH nicht anders. Also blieb das Kästchen, wo es war: im hintersten Winkel meiner Seele.

Die Kinder fangen an, sich zu lösen, mein Freiraum wird größer und mir schwant, dass mein zweites ICH seine Schuldigkeit bald getan hat.

Ich krame das Kästchen hervor, blase andächtig den Staub von der Oberfläche des fein geschnitzten Deckels, öffne ihn und betrachte den Inhalt. Das also ist mein altes Ich. Vieles fühlt sich vertraut an, aber das meiste, so stelle ich fest, will ich nicht mehr sein.

Ist es also an der Zeit, ein drittes ICH zu finden?

Flugbrötchen

»Ins Museum? Mit dir und Liv?«

Maja schaut mich entgeistert an. So, als hätte ich ihr gerade eröffnet, sie möge bitte ab morgen wieder zur Grundschule gehen. »Du bist bescheuert. Das kannst du total vergessen. Da mach ich auf keinen Fall mit.«

Ich habe versucht, es attraktiv zu verpacken. Aber die Abneigung meiner älteren Tochter ist elementar. Dabei weiß sie noch nicht einmal, dass das Handy zu Hause bleiben wird.

Mein Nesthäkchen Liv sagt gar nichts, aber es rattert in ihrem Kopf.

»Schatz, sieh es so: Nach Rügen wollt ihr nicht ohne Papa. Das verstehe ich. Aus dem Reiturlaub wird auch nichts. Ich habe in den letzten Tagen alles durchforstet, es ist nichts mehr frei. Willst du die kompletten Sommerferien zu Hause hocken?«

»Aber was soll ich denn da machen?«

»Es gibt dort andere Kinder. Ihr werdet neue Freundschaften schließen und tolle Wochen verbringen. So eine Gelegenheit bekommt man nur einmal im Leben.«

Ich krame in meiner Handtasche und reiche Maja ein Faltblatt. *Leben wie anno dazumal* steht vorne drauf. Seit fast zwei Jahren plant mein alter Studienfreund Daniel die wohl aufwendigste Ausstellung, die ein Freilichtmuseum je gesehen hat. Daniel van Berg ist der Direktor eines über die Grenzen der Eifel hinaus bekannten Freilichtmuseums und sein Vorhaben ein wahres Mammutprojekt. Sechs Wochen lang verwandelt er sein Freilichtmuseum in ein belebtes Dorf. Während der Sommerferien werden dort fast hundertfünfzig Menschen aller Altersgruppen leben und arbeiten und den Museumsbesuchern einen Eindruck des Lebens in früheren Jahrhunderten vermitteln. *Living History* lautet der Fachbegriff – die möglichst realistische Darstellung historischer Lebenswelten. Und wir haben die Möglichkeit teilzunehmen.

Maja löst ihre verschränkten Arme und nimmt mir den Flyer aus der Hand. Ein erstes Entgegenkommen. Ich wittere meine Chance. Schließlich kenne ich meine Tochter seit dreizehn Jahren. Vielleicht hilft es ja, zuerst Liv zu überzeugen. Mit ihren zehn Jahren ist sie deutlich begeisterungsfähiger und lugt schon neugierig in den Flyer, den Maja mit gekrauster Stirn studiert.

»Liv, was meinst du? Hast du Lust auf ein paar Wochen wie in alten Zeiten?«

»Schon. Aber nur, wenn Maja mitfährt.« Sie blickt ihre Schwester mit großen Kulleraugen an. Es fehlt nur noch, dass sie klimpert. Damit kriegt sie ihren Vater immer rum. Sie ist eben das Nesthäkchen und weiß genau, wie man sich als solches benimmt.

Ich schaue meine Älteste an und ihr Gesichtsausdruck lässt mich innerlich schon fast *Bingo!* schreien, als sie zielsicher fragt: »Gibt es in dem Museumsding überhaupt WLAN?«

Mist, Mist, Mist. Blöde Teenager!

Abends lege ich Maja den Flyer wortlos auf den Nachttisch. Sie registriert es, sagt aber nichts, was ich positiv bewerte. Ohne lautstarken Protest sehe ich wenigstens minimale Chancen. Vielleicht arbeitet ja die Zeit für mich.

Letztendlich hilft mir nicht die Zeit, sondern Liv.

Beim Mittagessen am nächsten Tag verkünden meine Töchter mir die frohe Botschaft.

»Von mir aus können wir in das Museum ziehen«, verkündet Maja beiläufig.

Ich ziehe eine Augenbraue hoch. »Woher der Sinneswandel?«

Maja ziert sich ein bisschen und verpackt ihre Antwort schließlich so unaufgeregt wie möglich. »Ach, ich wollte doch eh später Geschichte studieren, da ist es doch praktisch, da mitzumachen.« In etwas vorwurfsvollem Ton setzt sie hinterher: »Auf die Idee hättest du auch kommen können, Mama.«

»Dabei war es meine Idee, Maja mit dem Geschichtsdingsbums zu überzeugen.« Meine Kleine strahlt wie die Sonne über Mallorca. Obwohl – dieses Jahr kann man Mallorca getrost weglassen. Deutschland braucht den Vergleich nicht scheuen.

»So toll ist die Idee auch nicht«, würgt Maja ihre Schwester ab. »Ich wäre noch alleine draufgekommen.«

Livs Gesichtsausdruck wechselt binnen einer Millisekunde zu muffelig. Ich rette die Stimmung gerne. »Aber so haben wir das Problem früher gelöst. Ihr fahrt also wirklich mit mir ins Museum?«, vergewissere ich mich. Die beiden nicken einmütig, und ich freue mich, wie einfach alles zu sein scheint.

Jetzt muss ich es nur noch meinem Mann Carsten sagen. Wie wird er reagieren? Er hat den Stein ins Rollen gebracht, wegen ihm fällt der Familienurlaub aus. Weshalb genau, das weiß bisher allerdings nur ich …

Fünf Wochen zuvor

In unserer grünen Brotkiste herrscht gähnende Leere. Ein Abendessen ohne Brötchen gestaltet sich schwierig, also stapfe ich die Treppe hoch, werfe einen Blick in die Kinderzimmer, stelle fest, dass meine Töchter beschäftigt sind, und informiere sie über meinen Ausflug zum Bäcker. Anschließend schnappe ich mir die Haustürschlüssel, stolpere fast über den um diese Uhrzeit gerne im Weg herumlungernden Kater (es ist Essenszeit und effektvolles Im-Weg-Rumstehen kündigt seinen dringenden Bedarf an hochwertigem Nassfutter an), verlasse unser schmuckloses Reihenendhaus Baujahr 1982, schwinge mich aufs Fahrrad und radle durch eine kleine Wohngebietsstraße des Aachener Westens. Drei Minuten dauert die Fahrt zum Bäcker, zwei der Brötchenkauf und schon bin ich wieder auf dem Rückweg. Einhändig, weil ich meine Fahrradtasche vergessen habe, steuere ich das Rad nach Hause.

Auf der Hälfte der Strecke entdecke ich meinen Mann Carsten. Er radelt gemütlich vor mir her, und ich trete in die Pedale, um ihn einzuholen. Ich freue mich, ihn zu sehen, denn das bedeutet, dass wir endlich einmal wieder gemeinsam zu Abend essen können. Seit Monaten stöhnt er unter der Last seiner Arbeit und der ständigen Dienstreisen, und es gibt Wochen, in denen ich das Gefühl habe, die Kinder alleine zu erziehen. Dennoch habe ich Verständnis, er steht an einem wichtigen Punkt seiner Karriere. Eine Beförderung liegt in Griffweite und danach beruhigt sich die Lage sicher wieder. Es wäre unfair, ihm deswegen Vorwürfe zu machen.

Ich habe ihn fast eingeholt und will gerade mit einem lockeren Spruch auf mich aufmerksam machen, als sein Handy klingelt. Routiniert fischt er es aus der Hosentasche, während er weiterradelt.

»Hey, du«, begrüßt er den Anrufer, »ja, ich bin auf dem Weg nach Hause. Hm. Ja, morgen klappt.«

Was klappt morgen? Er ist doch auf Geschäftsreise.

»Alles gut. Kristin denkt, ich fahre zu einem Meeting nach Hannover. Ich freu mich total auf dich. Ja. Ich dich auch.«

Ich bremse abrupt, die Brötchen fliegen in hohem Bogen auf

die Straße. Mein Mann säuselt weiter, entfernt sich, und ich starre ihm hinterher, ohne einen klaren Gedanken fassen zu können. Kreuz und quer fliegen sie mir durch den Kopf. Irren hierhin, irren dorthin. Jeder einzelne weigert sich beharrlich, Platz zu nehmen.

In Zeitlupe steige ich vom Rad, sammle die Brötchen auf, stopfe sie mit zitternden Händen zurück in die Tüte und befestige diese akribisch auf dem Gepäckträger. Anschließend betrachte ich gewissenhaft das Ergebnis meiner Mühen. Hält die Tüte? Kann man die Brötchen überhaupt noch essen? Und dann kriege ich den einen merkwürdigen Gedanken zu fassen. Habe ich das gerade richtig verstanden? Mein Mann hat eine Geliebte?

Es ist der erste Gedanke, der geruht, Platz zu nehmen. Und der offensichtlichste. Der zweite ist ebenso sonderbar. Es ist so weit! Genau das denke ich. Jetzt ist eingetreten, womit ich seit Langem rechne. Je mehr Sand in unser Ehegetriebe geriet, desto öfter malte ich mir dieses Szenario aus: Streit, Missverständnisse, fehlende Zeit, mangelnder Sex. Die Liste schien endlos. Doch mit den Jahren verlor die Vorstellung, Carsten könne fremdgehen, ihren Schrecken. Soll er doch eine Geliebte haben, wenn er nur bei mir und den Kindern bleibt. So dachte ich. Nüchtern, praktisch, lebensnah. Bis ich vor drei Minuten mit der Realität konfrontiert wurde.

Und jetzt?

Ich klettere wieder aufs Rad, atme tief durch, radle nach Hause. Ich schließe das Rad an unseren Fahrradständer, nehme die Brötchentüte, betrete das Haus, begrüße meinen Mann. Wie immer. »Hi, Schatz. Wie war dein Tag?«

»Gut. Hast du meine Hemden abgeholt?«

Das ärgert mich jetzt doch. *Arschloch*, denke ich, trete an die Pinnwand, nehme den Abholzettel und drücke ihm diesen entschieden in die Hand. Den verdutzten Blick ignorierend, marschiere ich in den Keller und hänge Wäsche auf. Liebevoll und voller Konzentration. Nicht, dass ich aus Versehen eine Socke falsch herum aufhänge.

Was soll ich tun? Was soll ich tun? Was soll ich tun?

Nichts. Ich muss in Ruhe nachdenken. Als die letzte Socke hängt, gehe ich mit mulmigem Gefühl im Bauch nach oben. Carsten steht tief gebeugt an der Arbeitsplatte in der Küche und überfliegt den Sportteil der Zeitung.

»Was gibt's zum Abendessen?«, fragt er, als ich an ihm vorbeigehe, um Gläser aus dem Schrank zu holen.

»Brötchen. Aber ich habe nur sechs gekauft. Ich wusste ja nicht, dass du heute zum Abendessen da bist.«

»Muss ich das vorher ankündigen?«, fragt er, ohne von der Zeitung aufzusehen.

»So oft, wie du in letzter Zeit NICHT mitgegessen hast, wäre das vermutlich eine gute Idee«, kontere ich.

»Warum so patzig?« Carsten ist immer noch tief über die Zeitung gebeugt. »Hast du deine Tage, oder was?«

»Sehr witzig«, antworte ich schnippisch, »natürlich sind es die Hormone, die für schlechte Laune bei uns Frauen sorgen.«

»Krieg dich ein.«

»Und wenn ich das gar nicht will?«

Seine Erwiderung bleibt mir erspart, denn in diesem Augenblick vibriert unsere Holztreppe. Ein langsames Poltern ertönt, kurz danach ein schnelles. Das teenagerige Bummelpoltern gehört Maja, das flotte Polterstakkato Liv in ihrem immerwährenden Enthusiasmus. Sie ist es auch, die jetzt stürmisch um die Ecke biegt. Der Teenie scheint vorher abgebogen zu sein.

»Papa! Du isst ja heute mit.«

»Nun fängst du auch noch damit an«, brummt Carsten.

»Nur noch zwei Monate Schule«, verkündet Liv fröhlich. »Dann hab ich's geschafft.«

»Dann sind endlich Ferien«, sagt Carsten.

»Nee. Dann habe ich das Schuljahr geschafft, ohne einen Tag krank zu sein. Viel besser als Maja. Die war mindestens fünfzig Mal krank.«

»Na, jetzt übertreibst du aber«, necke ich sie. »Maja war höchstens vier- oder fünfmal krank.«

»Ist doch total egal«, erwidert Liv trotzig. »Auf jeden Fall öfter als ich.«

»Stimmt auch wieder«, gebe ich ihr recht. »Komm, wir decken den Tisch.«

Liv gehorcht bereitwillig. »Was gibt's denn?«

»Brötchen.«

Ihre Unterlippe schiebt sich augenblicklich nach vorne. »Ich mag keine Brötchen. Nie sind Sachen zum Drauftun da, die ich mag.«

»Wie wäre es mit Rührei?«, schlage ich beschwichtigend vor, weil ich gerade nicht die Nerven habe, die Diskussion auszuhalten.

»Okay. Aber ich mach das.«

»Dann leg los«, antworte ich freundlich und gebe ihr einen liebevollen Klaps.

Liv geht augenblicklich ans Werk. Meine kleine Hausfrau. Schule, Lesen und Malen sind nicht ihr Ding. Dafür alles Praktische. Handwerken, Kochen, sogar Putzen gehören zu ihren liebsten Beschäftigungen. Ein bisschen macht sie dadurch wett, dass Maja, wenn möglich, kein Fitzelchen freiwillig tut. Im Gegensatz zu Liv hätte sie nichts gegen Personal.

Ich decke den Tisch, stelle fest, dass Liv das Rührei ohne meine Hilfe hinbekommt, und suche nach dem Teenager.

»Maja? Wir essen gleich. Wo bist du denn?«

»Sitze auf dem Klo und lese.«

Das wundert mich nicht. Maja geht seit einigen Wochen ausschließlich mit *Harry Potter* aufs Klo. Sie liest die Bände zum gefühlt hundertsten Mal. Ich warte schon fast sehnsüchtig auf den Tag, an dem der junge Mann endlich von richtigen Jungs abgelöst wird. Hätte ich auch nie gedacht.

»In fünf Minuten gibt's Abendessen.«

»Hm«, tönt es aus den Tiefen des Gästeklos.

Wir sitzen am Essenstisch, als wäre nichts passiert. Es ist ein stiller Sturm, der in mir wütet. Unauffällig betrachte ich Carsten und versuche das, was ich erfahren habe, mit meinem Bild von ihm in Übereinstimmung zu bringen. Wie lange geht die Affäre schon? Wie oft treffen sie sich? Wer ist sie? Wo hat er sie kennengelernt? Und wie kann er mit seiner Familie hier sitzen ohne ein Zeichen von Verunsicherung oder Reue? Ich mustere meine Töchter, betrachte sie aus einem anderen Blickwinkel. Sie haben einen Vater, der fremdgeht. Was bedeutet das für sie? Es wäre eine Katastrophe.

»Mama?« Liv reißt mich aus meinen Überlegungen.

»Ja, Schatz, was ist denn?«

»Können wir mal wieder ins Phantasialand fahren?«

»Hm«, murmle ich, »wie kommst du darauf?«

»Mathilda hat dort ihren Geburtstag gefeiert. Und Jakob auch. Außerdem waren wir schon lange nicht mehr da.«

»Das stimmt«, mischt sich Maja ein, »ständig feiern andere da ihren Geburtstag. Warum dürfen wir das nicht?«

»Ich finde es total überzogen, eine Horde Kinder für mehrere Hundert Euro durch einen Vergnügungspark zu zerren«, begründet Carsten unsere ständige Weigerung, einen solchen Geburtstag für sie auszurichten. »Wo soll das enden? Beim Karibikurlaub mit den Freunden zum achtzehnten Geburtstag?«

»Au ja.« Majas Augen leuchten. »Das wäre super. Costa Rica soll schön sein.«

»Träum weiter«, sage ich lachend, »zum Achtzehnten bekommst du ein Besteckset für vierundzwanzig Personen, und dann erwarten wir, dass du zügig ausziehst.«

Maja grinst. Etwas, das sie seit geraumer Zeit tunlichst zu vermeiden sucht.

»Wie war deine Mathearbeit?« Carsten besitzt ein Talent dafür, eine unbeschwerte Stimmung binnen Sekunden zu zerstören.

»Geht so.« Majas gute Laune ist dahin.

Blödmann. Musste das jetzt sein?

»Das ist kein Wunder, so wenig, wie du gelernt hast«, setzt er nach.

Maja muffelt in ihr Brötchen und das Gespräch ist gestorben. Ich habe keine Lust auf schlechte Stimmung und lenke ab. »Wir könnten wirklich mal wieder ins Phantasialand fahren. Es ist mindestens zwei Jahre her, dass wir da waren.«

»Für mal eben zweihundert Euro?«, fragt Carsten brummig. »Das sehe ich überhaupt nicht ein.«

Ich werde wütend. Normalerweise gäbe ich nach. Um des lieben Friedens willen. Doch heute habe ich keine Lust. Nicht nach dem Brötchendesaster. Der Herr geht fremd, da kann er den Kindern doch wenigstens einen schönen Tag gönnen. Natürlich ist ihm dieser Zusammenhang nicht bekannt, aber sollte sein schlechtes Gewissen ihn nicht dazu treiben? Und wieso darf er das überhaupt alleine entscheiden? Mein Ton ist zickiger, als ich möchte. »Nein, nicht mal eben, sondern weil wir lange nichts mehr unternommen haben und das eine schöne Gelegenheit wäre. Außerdem«, setze ich nach einer bedeutungsvollen Pause nach, »nagen wir nicht am Hungertuch.«

Carsten kaut ohne Antwort weiter, doch die Augen der Mädels leuchten und sie fangen an, Pläne zu schmieden.

»Ich will unbedingt mit der Achterbahn im Dunkeln fahren«, sagt Maja, »denn da ist es dunkel und dann sieht man nichts. Wobei, das ist ja logisch, wenn es dunkel ist.«

Ich muss lachen. »Da hast du wohl recht.«

»Und ich will in dieses Hotel, in dem alles falsch ist. Das verwirrt so schön«, meldet Liv den nächsten Wunsch an.

»Jetzt hört auf zu planen, keiner hat gesagt, dass wir fahren«, nölt Carsten.

»Doch! Mama!«, klärt Liv ihn auf.

»Hat Mama nicht!« Sein Ton ist scharf.

Ich versuche, den herannahenden Familienstreit zu entschärfen, ärgere mich aber gleichzeitig darüber, wie Carsten meine Argumente ignoriert. »Papa hat recht, ich habe noch nicht Ja gesagt.«

»Wenn du Nein sagst, dann nur wegen Papa.« Majas Gesicht zeigt die Enttäuschung ungeschönt. Dabei hat sie ja recht.

»Lasst Papa und mich in Ruhe darüber sprechen. Wir können das jetzt nicht aus einer Laune heraus entscheiden, aber wir haben euren Wunsch vernommen. Okay?«

Die Kinder nicken unwirsch und akzeptieren die Vertagung, doch Carsten kann nicht anders, als seiner Ablehnung ein weiteres Mal Nachdruck zu verleihen. »Es ist zu teuer und ich bin absolut dagegen.«

Ich schweige, werfe ihm einen bösen Blick zu und lenke die Kinder ab, indem ich nach ihren Plänen für morgen frage. Das Abendessen endet mit nur noch mäßig gelaunten Töchtern, einem Ehemann, der sich hinter seiner Zeitung versteckt, und einer Ehefrau, die versucht, sich normal zu verhalten, obwohl kaum eine halbe Stunde zuvor ihr Leben eine nicht vorhersehbare Wendung genommen hat.

Mit vorgeschützten Kopfschmerzen verziehe ich mich nach dem Essen ins Schlafzimmer.

Warm-up

Einige Tage nach unserer Entscheidung für die Ferien im Museum fahre ich zu der Einführungsveranstaltung für unser Historienprojekt »Sechs Wochen gelebte Geschichte«. Ich bin spät dran. Erst kam ich nicht aus dem Büro, dann hatte Maja zu allem Überfluss gleich drei meiner guten Gläser von der Anrichte gefegt und ich musste die ganze Küche saugen.

Vorsichtig setze ich den Wagen in eine der letzten freien Parklücken, hechte vom Fahrersitz, schnappe meine Handtasche und eile in das Hauptgebäude des Museums. Bereits nach wenigen Metern läuft der Schweiß. Dieser Sommer bringt mich noch um. Totenstill liegt das Gebäude, kein Mensch ist zu sehen und die Tür des Vortragssaales ist bereits geschlossen. Leise öffne ich sie, sehe Daniel am Rednerpult stehen, entschuldige mich mit einem leichten Kopfnicken, ignoriere die Köpfe, die sich neugierig nach mir umdrehen, und bin erleichtert, einen freien Platz außen in der letzten Reihe zu entdecken. Ich schleiche hin und lasse mich mit einem leisen »Puh« neben ein wirres Lockenköpfchen plumpsen. Ich atme tief durch, fächle mir Luft zu und wende endlich meine Aufmerksamkeit Daniel zu. Er ist gerade beim Thema Kostüme angelangt.

»... besonders viel Mühe haben wir uns nicht nur bei der Ausstattung der Häuser gegeben, sondern auch bei den Kostümen. Hier möchte ich explizit meiner Frau Betty danken, die uns als Kostümbildnerin bei der historisch einwandfreien Gestaltung der

Kleidung eine große Stütze war. So wurden die Stoffe zwar maschinell, aber aus den Materialien der jeweiligen Zeit hergestellt, und sie sind, darauf sind wir besonders stolz, von Kopf bis Fuß authentisch.«

Wie üblich garniert Daniel seine atemraubenden Bandwurmsätze mit wilden Gesten. Seine Art zu gestikulieren ist im Freundeskreis legendär und allzeit für einen albernen Spruch gut. Manchmal wirkt es, als habe er eine eigene Gebärdensprache erfunden.

Die Hand einer Frau aus der ersten Reihe schnellt nach oben.

»Ja, bitte?«, fordert Daniel sie auf.

»Gilt das auch für Schuhe und Unterwäsche?«

»Aber selbstverständlich«, bekräftigt er und zeichnet in die Luft, was wohl ein Mieder sein soll.

Ernsthaft? Ich bin froh, dass er nicht auch noch Schuhe und Unterhosen pantomimisch darstellt. Seine Akribie ist ebenfalls legendär und deshalb überrascht mich die zeitgemäße Unterwäsche nicht, die versammelte Menge schon. Ungläubiges Gemurmel, vor allem heller Stimmen, erfüllt die Reihen.

»Es ist doch so, meine Damen«, insistiert Daniel, »nur mit einem zeitgemäßen Korsett können wir Ihnen zu der Haltung verhelfen, die für Ihre Rollen essenziell ist.«

»Aber ist es nicht total egal, was wir drunter tragen?«, fragt eine junge Frau mit roten Haaren und unzähligen Sommersprossen. »Das fände ich viel praktischer.«

Zustimmendes Gemurmel von allen Seiten.

»Es ist schrecklich heiß und soll die nächsten Wochen so bleiben, ich fände es besser, wenn wir schnell trocknende und bequeme Wäsche tragen dürften«, unterstützt sie eine hagere Blonde.

»Und ob die Haltung beim Wäscheschrubben so wichtig ist, wage ich zu bezweifeln.« Die Dame, die diesen Satz sagt, kann ich nicht ausmachen.

»Genau! Wen interessiert es schon, welche Schlüpfer wir tragen?« Der Satz kommt von meiner Nachbarin und ich sehe sie mir genauer an. Sie sieht nett aus, wenn auch für mein Empfinden einen Tick zu blumig. Sie nestelt an den Troddeln ihrer Rüschenbluse, wechselt zu ihren Haaren, einer beneidenswert lockigen und dunklen Mähne, sucht nach Spliss, findet keinen und wechselt wieder zu den Troddeln. Es scheint ihr schwerzufallen, still zu sitzen.

Immer mehr Kommentare werden in die Runde geworfen, einzelne sind kaum mehr auszumachen, und das Gemurmel im Saal klingt wie ein Schwarm aufgescheuchter Bienen. Auf meinem Gesicht hat sich ein breites Grinsen festgetackert. Der arme Daniel. Er weiß überhaupt nicht mehr, was er sagen soll. Immer wieder fährt er sich durch sein kurzes Haar, der Mund klappt auf und zu, als wäre er ein an Land gehüpfter Fisch. Aber was soll er auch sagen? Historische Korrektheit zieht bei dem aufgebrachten Frauenmob nicht.

Der quirlige Lockenkopf beugt sich zu mir. »Der arme Kerl kann einem fast leidtun. Bestimmt muss er uns jetzt noch verklickern, dass wir unsere Tampons aus selbst geschorener Wolle zusammenklöppeln müssen. Das verkraftet er nie.«

Ich kann nicht anders, ich lache schallend. Auch der Lockenkopf prustet los. Wir halten uns den Mund zu und gleichzeitig bringt uns Daniel mit einem strengen Oberlehrerblick zur Raison. *Reiß wenigstens du dich zusammen.* Ich bin brav und beiße mir fest in die Wangeninnenseiten. Meine Nachbarin kneift sich in die Oberschenkel. Als wir uns endlich beruhigt haben, raune ich ihr zu: »Das Schlimme ist, ich kenne ihn und würde es ihm sogar zutrauen. Ich bin übrigens Kristin und freue mich schon aufs gemeinsame Tamponklöppeln.«

»Janine«, erwidert sie breit grinsend, und dann schauen wir lieber in entgegengesetzte Richtungen, damit wir nicht wieder losgackern.

Mittlerweile ist meine Freundin Betty ihrem armen Mann zur Seite gesprungen und beendet mit gekonnten Armbewegungen die Unterwäschemeuterei. »Ich möchte Ihnen einen Vorschlag machen. Wir haben viel Arbeit in die Kleidung gesteckt. Deshalb bitte ich Sie, das Tragen der Unterkleidung wenigstens auszuprobieren. Wenn Sie sich unwohl fühlen, können Sie immer noch auf Ihre eigene Unterwäsche zurückgreifen. In einem muss ich meinem Mann jedoch recht geben: Die langen Kleider sitzen mit Korsett einfach besser. Probieren Sie es aus. Ich habe mir sagen lassen, dass man sich durchaus wohl darin fühlt.«

Weibliche Stimmen zu Dutzenden murmeln einvernehmlich, die Meuterei ist abgewendet.

»Gut, dann hätten wir das geklärt.« Sie übergibt ihrem Mann das Mikro und geht von der Bühne. Daniel sieht ein bisschen bedröppelt aus. Von der eigenen Frau vor einem aufgebrachten Frauenmob gerettet zu werden, ist bestimmt kein schönes Gefühl.

Wir lauschen weiter seinen Ausführungen und erfahren, dass sich Schneiderinnen am Ankunftstag um den letzten Schliff der Kleidungsstücke kümmern werden.

»Wie wird die Kleidung gewaschen?«, fragt eine agile Mittsechzigerin, die schräg vor mir sitzt.

»Das ist selbstverständlich Teil Ihrer täglichen Arbeit«, verkündet Daniel, »aber Genaueres erfahren Sie, wenn Sie die jeweiligen Häuser beziehen.«

»Fünf Kilo«, raunt Janine, »sind wir alle hinterher leichter.«

»Das wäre dann wohl die berühmte Historiendiät.« Wir giggeln verschwörerisch, und ich hoffe, Janine noch öfter über den Weg zu laufen.

Fast eine Stunde dauert es, bis Daniel grob umrissen hat, wie wir arbeiten, essen, uns kleiden und schlafen werden. Am Ende haben wir eine gute Vorstellung von dem, was uns erwartet. Es verspricht, spannend zu werden, auch wenn es wohl ein paar

Tage dauern wird, ehe wir den Herausforderungen der täglichen Arbeit gewachsen sind. Eines ist auf jeden Fall sicher: Wir werden schwitzen.

»Und nun kommen wir zum vermutlich interessantesten Teil des Abends. Wir bilden jetzt die Hausgemeinschaften für die nächsten sechs Wochen.«

Die Hand eines älteren, etwas spießig gekleideten Herrn zwei Reihen vor uns schnellt nach oben.

»Ja, bitte?«

»Bedeutet das, Sie haben die Hausgemeinschaften gebildet, ohne nach den konkreten Wünschen der Teilnehmenden zu fragen?«

»Ja, denn wir benötigen ganz unterschiedliche Fähigkeiten für die verschiedenen Höfe. Die Arbeiten müssen bestmöglich erledigt werden. Das könnten wir sonst kaum gewährleisten.«

Wieder schnellt die Hand des Herrn nach oben.

»Ja, bitte?«, fordert Daniel ihn ein zweites Mal auf.

»Aber ich möchte doch hoffen, dass Ehepaare und Familien zusammenbleiben«, so der Herr.

»Kinder werden wir nicht von ihren Eltern trennen, bei Paaren allerdings haben wir uns bewusst dazu entschieden, sie aufzuteilen. Wir sind der Meinung, es vereinfacht das Zusammenwachsen der Hausgemeinschaften.«

Diesmal spart sich der penetrante Senior das Heben der Hand. »Das hätten Sie uns aber vorher mitteilen müssen, ich bin damit absolut nicht einverstanden.« Die Frau an seiner Seite, gewandet in himmelblauem Tweed, flüstert ihm beschwichtigend ins Ohr, doch er schüttelt vehement den Kopf.

Daniel versucht, die Diskussion auszubremsen. »Lassen Sie uns bitte erst mal weitermachen, wir können Ihr Anliegen im Anschluss gerne bilateral klären.«

»Ich glaube nicht, dass ich der Einzige bin, der unzufrieden mit Ihrer eigenmächtigen Vorgehensweise ist«, intoniert der Herr vorwurfsvoll.

Daniel seufzt. »Nun gut. Sollte es Fragen bezüglich der Zuordnung geben, möchte ich Sie bitten, sich hinterher an mich oder einen unserer Mitarbeiter zu wenden. Doch seien Sie sich bewusst, dass jeder Sonderwunsch einen großen Organisationsaufwand bedeutet.«

Keine Reaktion. Hier und da sehe ich allerdings ratloses Schulterzucken und verständnislose Blicke.

»Ich hoffe, ich habe mich Ihres Themas angemessen angenommen«, sagt Daniel hoffnungsvoll. »Sind Sie damit einverstanden?«

»Ja«, konstatiert der Herr mit pikierter Stimme und hält endlich den Mund.

»Schon doof, wenn sein Frauchen ihm nicht sechs Wochen lang den Hintern abwischt«, raunt mir Janine zu und wieder gackern wir leise vor uns hin.

Daniel fährt fort: »Ich möchte Sie nun in den Saal nebenan bitten. Links neben dem Eingang hängen Listen mit der Zuordnung. Begeben Sie sich bitte anschließend zu der entsprechenden Stellwand. Ein Mitarbeiter des Museums wird Sie dann über das weitere Prozedere aufklären und danach ist dieser Abend offiziell beendet. Ich freue mich, Sie alle am 15. Juli hier im Museum willkommen zu heißen.«

Es wird geklatscht, die Zeitreisenden erheben sich und strömen durch eine weit geöffnete Flügeltür in den Nachbarsaal. Janine und ich mischen uns unter die Menge und entdecken unsere Namen fast zeitgleich.

»Sieben«, sage ich.

»Genial!«, ruft Janine. »Ich auch.«

Wir strahlen uns an und dackeln gemeinschaftlich zu der Stellwand mit der großen Sieben, vor der sich bereits eine kleine

Truppe versammelt hat. Wir nicken uns alle zu, dann übernimmt ein Mitarbeiter des Museums die Regie. Ich mustere derweil die anderen Bewohner meiner historischen WG.

Da ist dieser bärtige Berg von einem Mann. Er ist bestimmt 1,90 groß und Anfang, Mitte dreißig. Was mir besonders auffällt, sind seine Augen. Sie leuchten freundlich, sind von unzähligen Lachfältchen umgeben und suggerieren: *Wirf dich in meine Arme, Baby, ich halt dich fest und kümmere mich um ALLES*. Daniel sagte mir im Vorfeld, jeder bringe etwas mit, das für den Aufenthalt von Nutzen sei, daher tippe ich ad hoc auf Handwerkliches. Er verkörpert den Holzfällerlook par excellence. Ihn bei der Arbeit, am besten mit freiem Oberkörper, zu beobachten, könnte interessant werden. Und heiß genug wird's ja in den nächsten Wochen, da sind sich Deutschlands Wetterfrösche einig. Hallo? Welche Gedanken fliegen denn da? Ach ja, er sieht gut aus und gucken kostet nix. Nicht mal in meinem Alter. Ein bisschen fühle ich mich, als habe jemand einen Schalter umgelegt. Raus aus der Ehehölle, rein in die Welt der amüsanten Fleischbeschau.

Weiter geht es mit der Betrachtung meiner zukünftigen Mitbewohner. Neben dem Hünen steht eine bildhübsche Mittzwanzigerin mit alabasterfarbener, fast aristokratisch wirkender Haut ohne jede Pore. Niemand sollte so eine Haut haben dürfen, nicht einmal in ihrem Alter. Dazu kommt, natürlich, seidig glattes blondes Haar. Doch trotz dieser körperlichen Perfektion sieht sie weder arrogant noch überheblich aus, sondern wirkt eher zurückhaltend und schüchtern. Sie ist schlicht gekleidet, trägt eine Jeans und ein weißes T-Shirt und verzichtet auf Schmuck und Schminke. Aber bei diesem Gesicht würde Schminke auch eher wirken, als habe sie jemand in einen Farbkasten geschubst.

Mein Blick fällt auf die letzte Dame in unserer Runde. (By the way: nur EIN Mann? Was soll das denn? Wo bleibt die Männerquote?) Diese Dame geht gar nicht. Nicht auf den ersten Blick und auch nicht auf den zweiten. Ich verorte sie zwischen Anfang bis Mitte sechzig. Kerzengerade steht sie da, zweifelsohne damit beschäftigt, sich ihre diversen Popöchenstöcke nicht aus Versehen in die Eingeweide zu rammen. Ihre schmalen Lippen sind kritisch geschürzt, die zahlreichen Fältchen ober- und unterhalb des Mundes zeugen davon, dass dies ein beliebter Gesichtsausdruck ist. Außerdem trägt sie dieses schreckliche Tweedkostüm. Bei dem Wetter? Sind Tweedklamotten überhaupt noch erlaubt? In ihren Kreisen bestimmt. Genau. Solche Frauen verkehren in Kreisen! Die Betonfrisur der Dame ist auch nicht schlecht. Ich bezweifle, dass Daniel Haarspray als zeitgemäß durchgehen lässt, und freue mich jetzt schon darauf zu beobachten, wie sie das Problem in den kommenden Wochen bewältigen wird.

Überhaupt wird es spannend, wie wir alle wirken, wenn wir unsere Kleidung und damit auch einen Teil unserer Identität ablegen und zu historischen Personen werden.

Dies ist also meine WG. Jetzt muss ich aber aufpassen, sonst bekomme ich vor lauter Schubladendenken nicht mit, was der Museumsheini über unsere Unterkunft erzählt.

Wir werden in einen Bauernhof aus dem Jahr 1756 geschickt. Ich versuche, mich zu erinnern, welcher Hof das sein könnte, wir waren ja oft genug hier, habe aber kein Bild vor Augen. Kurz und knapp klärt uns der beflissene Mann darüber auf, wie der erste Tag abläuft und wo die Informationen stehen, die wir zum Leben und Überleben benötigen. In jeder Wohneinheit gibt es ein umfassendes Handbuch, die sogenannte *Kladde*, zudem stehen Mitarbeiter und Experten in den ersten Tagen zur Verfügung, um uns mit allem vertraut zu machen.

»Und nun ermuntere ich Sie zu einer kleinen Vorstellungsrunde«, beendet er seinen Vortrag.

Och nee. Ich hasse Vorstellungsrunden.

Am schwierigsten ist es immer für denjenigen, der anfängt. Der hat nichts, woran er sich orientieren kann, denn in der Regel folgen alle anderen dem, was der Erste von sich gibt. Ist er geistreich, kann so eine Vorstellungsrunde amüsant werden. Ich beneide Menschen, die einfach drauflosplappern und denen es völlig egal ist, was irgendwer über sie denkt. Ich dagegen bin jedes Mal heilfroh, wenn ich meinen Part in halbwegs vernünftigen und vollständigen Sätzen hinter mich gebracht habe.

»Wer möchte anfangen?«

Stille. Schuhe werden plötzlich interessant. Welche habe ich heute an? Ach die. Auch typisch für solche Runden. Es gibt nur eine Stille, die noch unangenehmer ist. Nämlich die, wenn die Grundschullehrerin auf dem Elternabend fragt, wer Protokoll führen möchte. Man glaubt gar nicht, was es dann plötzlich auf dem Fußboden zu bestaunen gibt.

»Wenn sich niemand freiwillig meldet – es ist keine Pflicht. Sie können sich auch am Einzugstag gegenseitig vorstellen«, bietet uns der Museumsmitarbeiter großzügig an.

Janine seufzt genervt. »Das ist ja wohl total beknackt, wenn wir diese dusselige Runde nicht hinkriegen. Wie sollen wir denn dann sechs Wochen unter einem Dach wohnen? Also, ich bin Janine Fleckner und Mitte dreißig. Ich komme mit meinem vierzehnjährigen Sohn Ole, bin Floristin und habe vor, mich exzessiv um die Gärten zu kümmern. Und da die Hälfte meinen Namen wahrscheinlich schon wieder vergessen hat: Ich bin Janine. Hab mal gelesen, es klappt besser, wenn man ihn zweimal hört.«

Ich fange erneut an zu gackern. Sie gefällt mir einfach. Unser Quotenmann grinst feist, das Alabastermädchen lächelt wie Botticellis *Venus* – und die alte Schachtel? Nun, sie verzieht keine Miene. Janine stupst mich in die Seite. Ich bin dran. Durch mein Gegacker habe ich nicht einmal mehr Zeit, aufgeregt zu sein. »Ich bin Kristin Petersen, zweiundvierzig, arbeite als Projektreferentin und komme mit meinen Töchtern Liv und Maja. Ich bin außerdem ziemlich gespannt, was mich erwartet.«

»Das sind wir wohl alle«, entgegnet Janine und grinst mich wissend und mit einem fast unauffälligen Seitenblick auf die alte Schachtel an.

»Mein Name ist Edeltraud von Eschenbach«, sagt diese prompt, verliert kein weiteres Wort und nickt dem letzten Mädel in unserer Historienclique zu. Interessanter Name. Passt zur Schublade, in der sie schon hockt.

»Ich bin die Elisa Binninger und ich bin fünfundzwanzig Jahre alt. Ich studier' Ethnologie und komm mit meinem kleinen Bruder, dem Linus. Der ist zehn.«

Ach du liebes bisschen, wie süß! Breiter könnte das Badische der Alabasterschönheit nicht sein. Wo hat Daniel die denn gecastet? Die glockenklare Stimme passt zu ihrer engelsgleichen Ausstrahlung, und ich bin fast froh, dass ihr badischer Singsang diese allzu perfekte Erscheinung ein wenig stört. Sie scheint einer der Menschen zu sein, die einfach jeder gernhaben MUSS.

»Gut, dann bin ich wohl dran«, tönt der Hüne. »Timo Müller, zweiunddreißig und Bauernsohn. Ich schreibe langweilige Projektanträge für eine Umweltorganisation und schätze, die Tiere sind meine Aufgabe. Einen zweiten Mann hätte ich nett gefunden, aber ich nehme auch die Rolle als Hahn im Korb.«

Alle lachen. Fast alle. Die Madame macht lieber ein spitzes Mündchen und alle Falten sind im Einsatz.

Weiter kommen wir nicht, denn in diesem Augenblick bimmelt eine schrille Glocke. Ich zucke zusammen. Eine Sekunde lang starren wir einander ratlos an, ehe einer im Saal brüllt: »Feueralarm!«

Es wird hektisch. Alle strömen gleichzeitig nach draußen, und ehe ich mich versehe, stehe ich auf dem Vorplatz. Alleine. Von meinen Mitbewohnern ist weit und breit niemand zu sehen. Ich schaue mich suchend um, entdecke Daniel und schlängle mich zu ihm durch.

»... soweit ich es im Augenblick ermessen kann, handelt es sich um einen Fehlalarm. Sicher sind wir jedoch nicht. Ich würde daher vorschlagen, die Veranstaltung an diesem Punkt abzubrechen, und möchte Sie bitten, nach Hause zu fahren. Das Wichtigste haben wir ja geklärt.«

Über Mund-zu-Mund-Propaganda verbreitet sich Daniels Bekanntgabe und die Menschenschar schiebt sich dem Ausgang entgegen. Schade, ich hätte zu gerne genauer gewusst, mit wem ich sechs Wochen unter einem Dach verbringe. Doch der erste Eindruck ist positiv. Und so fahre ich trotz des abrupten Abbruchs der Veranstaltung beschwingt nach Hause.

Reif fürs Museum?

Drei Wochen zuvor

Ich weiß es nun seit zwei Wochen. Mein Mann schläft mit einer anderen Frau. Oder, um es anders auszudrücken, er hat eine Geliebte. Eine Geliebte! Was ist das überhaupt für ein Wort? Abgedroschen und ein Klischee durch und durch. Doch diesmal betrifft es mich – und das macht es so neu, als wäre es gerade erst erfunden worden.

Achthundertzweiundachtzig Euro. Mit Todesverachtung blicke ich auf den Schmierzettel, der vor mir liegt. Das bleibt übrig. Auf den ersten Blick sieht es gar nicht so übel aus, aber da ist keine Musikschule dabei, kein Ballett, kein Urlaub. Mit wildem Herzklopfen sitze ich am Küchentisch. Schwarz auf weiß steht geschrieben, *wie* erledigt ich bin. Denn selbst wenn das Geld zum Leben reicht – meinen Kindern kann ich das nicht antun. Ich kann ihnen nicht den Vater nehmen UND sie zu einem Leben am Existenzminimum verdammen.

Und dann heule ich. Mal wieder. Selbstverständlich nur, wenn ich alleine bin. Contenance ist seit zwei Wochen mein zweiter Vorname.

Einiges ist seitdem klarer geworden. Vieles aber auch nicht. Soll ich ihm verzeihen? Was passiert, wenn er uns verlässt oder ich ihn vor die Tür setze? Unsere Leben sind so miteinander verflochten, müssen wir das wirklich alles aufdröseln? Gewohnheit,

Geschichte, Verbundenheit. Das ist alles da. Aber was ist mit Liebe? Wenn die noch da wäre, hätte mir die Erkenntnis, dass er eine Geliebte hat, den Boden unter den Füßen weggezogen. Dass sie das jedoch nicht getan hat, habe ich mir eingestehen müssen. Nicht Liebe verbindet uns noch, sondern elterliche Pflicht und eine gemeinsame Vergangenheit. Oft stehe ich seitdem vor dem Bücherregal im Wohnzimmer und blättere in den Fotoalben.

Ja, es steht viel auf dem Spiel. Aber keine Liebe.

Carstens Affäre hat aufgedeckt, was ich schon lange spüre. Die Wolken, aus denen ich fiel, hingen tief. Ich war auf den Betrug vorbereitet. Hey, wer vertraut seinem Mann schon zu hundert Prozent, wenn man der Grundauffassung ist, eine (andere) Frau müsse nur zur richtigen Zeit die richtigen Knöpfe drücken? Damit will ich die Schuld gar nicht auf uns Frauen schieben. Es ist eher so, dass ich die meisten Männer nicht für besonders widerstandsfähig halte. (Sorry, Männer!) Und meinen eigenen auch nicht. Zumindest an dem Punkt der Ehe, an dem wir gerade stehen. Das ist traurig, aber realistisch.

Es kam also nicht gänzlich unerwartet. Dennoch habe ich keine Ahnung, wie es nun weitergehen soll. Und trotz aller Vernunft schmerzt es. Mein Notfallplan für den Moment: Mund halten, heimlich heulen, weitermachen! Ich habe ein imaginäres Kehrblech genommen und alle Probleme, Sorgen, Ängste und Ärgernisse unter den Teppich gekehrt.

Gleichzeitig wächst ein harter Knubbel Verbitterung in mir heran. Mit jedem Blick Carstens, den ich versuche zu interpretieren, mit jeder Bemerkung, mit jeder Auseinandersetzung wird dieser Knubbel größer, und langsam bin ich an einem Punkt, an dem ich ihn nicht mehr ignorieren kann. Im Grunde ist das, was ich unter den Teppich gekehrt habe, zum Ärgernis geworden. Es ist, als liefe ich tagtäglich Dutzende Male über diesen Teppich und jedes Mal stolpere ich darüber. Der Knubbel ist der Tiger aus der Silvestersaga *Dinner for One*, nur bin ich nicht betrunken, sondern bei vollem Bewusstsein.

Und dann kommt der Tag, an dem ich den Betrug und alles, was daran hängt, nicht mehr verdrängen kann.

»Ich kann nicht mitfahren.«

Ich stehe in der Küche und schnipple Rohkost fürs Abendessen. Eine Schale mit Möhrchen steht bereits auf der Anrichte, gerade schäle ich die Gurke. Ich liebe den Gurkengeruch und die kleinen Wasserperlen, die sich auf der nackten Gurke bilden.

»Hä?«, lautet meine erste Reaktion, weil ich keine Ahnung habe, was er mir gerade mitteilt.

»Das Projekt steht auf Messers Schneide. Der Kunde hat uns um eine Verlängerung gebeten, wenn ich jetzt wegfahre, ist alles gefährdet.«

Ich verstehe langsam. In vier Wochen beginnen die Sommerferien und wir wollen in unser Lieblingsferienhaus auf Rügen fahren. Dort haben wir vor allem die Kleinkinderjahre verbracht, die Mädchen haben sich diesen Urlaub ausdrücklich gewünscht. Seit Monaten freuen wir uns darauf, er war das große Ziel, auf das wir hingefiebert haben.

»Wie, du fährst nicht mit?«

»Nach Rügen. Es geht einfach nicht. Tut mir leid.«

Ich lasse das Schälmesser sinken und schüttle ungläubig den Kopf. »Wie stellst du dir das vor? Soll ich mit den Kindern alleine fahren?«

»Darüber habe ich mir noch keine Gedanken gemacht. Das musst du entscheiden.«

»Aha.« Ich wende mich wieder der Gurke zu, schäle betont geruhsam den Rest und schneide ihn mit Inbrunst in daumendicke Scheiben. Mit einem sehr scharfen Messer: Zack, zack, zack. Nimm das, Gurke! Stirb, los, stirb!

»Bist du sauer?«

Ich drücke ihm die Schüssel mit der gemeuchelten Gurke in die Hand und gehe ohne Antwort ins Bad. Durchatmen. Und das Zittern meiner Hände in den Griff kriegen.

Was hat Carsten mir gerade mitgeteilt? Vordergründig ist es die geplatzte Teilnahme an unserem Sommerurlaub aufgrund einer Projektverzögerung. Wie aber lautet der Subtext? Tut mir leid, Schatz, aber ich vögle lieber meine Geliebte, anstatt mit Frau und Kindern den Urlaub zu verbringen? Zack, da brauche ich doch gar nicht weiter nachzudenken. Ist ja schnell abgehakt, die Interpretation des Ehegattensubtextes. Ich wasche mir die Hände, wuchte mir einen Schwall Wasser ins Gesicht, trockne mich ab, gehe wieder nach unten und setze mich an den Abendbrottisch, als wäre nichts passiert.

Soll er es doch den Kindern sagen!

»Wir fahren wieder in den Rügenpark, oder?«, fragt Maja, als hätte sie einen siebten Sinn.

Das Thema kommt schneller aufs Tablett als erwartet, und ich ertappe mich dabei, dass mich das diebisch freut. Erwartungsvoll lehne ich mich zurück, verschränke die Arme und blicke Carsten auffordernd an. Der räuspert sich erst mal. Es ist ja das eine, mir die frohe Botschaft zu verkünden. Den Kindern gegenüber sieht das schon anders aus. Und doch haben sie längst kapiert, dass etwas nicht stimmt.

»Was ist mit dem Rügenpark? Fahren wir hin?« Liv schaut ihren Vater hoffnungsvoll an.

»Also ...«, wieder räuspert sich Carsten und schenkt mir einen flehenden Blick. Aber das kann er vergessen. »Also, das müsst ihr mit Mama klären. Ich kann leider nicht mit.«

Die beiden starren ihn ungläubig an.

»Ja, nee, is klar«, unkt Maja. »Als ob du freiwillig auf Urlaub verzichtest.«

»Auf diesen schon«, lasse ich mich hinreißen zu sticheln.

»Du fährst echt nicht mit?«, fragt Maja und kann es immer noch nicht glauben.

Carsten umreißt daraufhin seine beruflich unabkömmlichen Pflichten, Maja steht ohne ein Wort auf und verschwindet in ihr Zimmer, Liv bricht in Tränen aus und dackelt schluchzend hinterher. Ich stehe ebenfalls auf und decke den Tisch ab. Carsten kramt sein Handy aus der Hosentasche und liest Arbeitsmails. Was ist nur los mit diesem Mann?

Ich warte, bis die Kinder schlafen, ehe ich mich dreist zwischen Fernseher, Fußball und den Ehemann stelle, um ihm die Leviten zu lesen. Mir ist bewusst, dass allein das ein Affront ist. Aber ihn zu provozieren passt zu meiner Laune. Da muss er durch, Pokalspiel hin oder her.

»Ging es nicht einfühlsamer? Es reicht doch, wenn du mir diese Neuigkeit ohne Vorwarnung vor die Füße kippst. Bei den Kindern hättest du behutsamer vorgehen dürfen.«

Carsten antwortet genervt und versucht ziemlich offensichtlich, das Pokalspiel an mir vorbei weiterzuverfolgen. »So klein sind sie auch nicht mehr. Die schaffen das schon. Es geht eben nicht anders. Ich würde gerne mitfahren, das kannst du mir glauben.«

»Sicher?«, frage ich provokant.

»Wieso fragst du das?«

Jetzt habe ich seine Aufmerksamkeit. Er beäugt mich unsicher. Ja. Da lese ich das schlechte Gewissen in seinen Augen. Wenn er wüsste, was ich weiß … Ich bin geneigt, die Situation zu genießen. »Du hast noch nie einen Urlaub abgesagt. Da kann ich doch mal fragen, ob es keinen anderen Grund gibt.«

»Nein, gibt es nicht.« Lang und breit erklärt er mir, warum es unumgänglich ist, während der heiklen Projektphase vor Ort zu sein. Und jeder Satz, mit dem er sich rechtfertigt, beweist mir, wie wenig das der einzige Grund sein kann. In diesen Minuten hasse ich ihn inbrünstig. Mein Wissen behalte ich dennoch für mich.

Es dauert ein paar Tage, ehe sich die Mädchen an den Gedanken *Urlaub ohne Carsten* gewöhnt haben. Vor allem Liv trägt es ihm nach.

»Wie sollen wir uns erinnern, wenn nicht alle dabei sind?«, fragt sie ihn immer wieder.

Er gerät regelmäßig ins Schwimmen, die Gespräche sind ihm unangenehm, aber ich finde, sie sind noch viel zu gnädig mit ihm.

Ich plane um und beginne insgeheim, mich auf einen Urlaub ohne ihn zu freuen. Auf drei Wochen ohne Streit, Zank und Kompromisse. Ohne einen Carsten, dem die Ausflüge stets zu kurz oder zu unspektakulär sind. Ohne Zank über den Haushalt, der auch im Urlaub an mir hängen bleibt. Mit jedem Tag erkenne ich mehr Positives. Das gibt mir zu denken. Warum scheint alles, was mit ihm verbunden ist, mit einem Mal in diesem negativen Licht? Wir sind doch kein schlechtes Paar und als Familie funktionieren wir gut, oder nicht? Warum also ist nun alles grau? Warum fällt es mir schwer, die positiven Erinnerungen hervorzuholen? Und warum sehe ich Carsten plötzlich als Belastung und Störenfried?

Die Kluft, die sich zwischen uns in den letzten Jahren aufgetan hat, wird seit jenem Tag immer größer. Ich entferne mich von ihm, ob ich das will oder nicht. Ein Urlaub ohne Carsten könnte eine Art Testlauf sein. Wie fühlt es sich an, wenn er nicht mehr zur Familie gehört?

Leider gehen die Kinder auf die Barrikaden. Hochoffiziell halten sie mir eine Liste unter die Nase, auf der die Gründe aufgelistet sind, warum sie nicht nach Rügen, sondern lieber auf einen Reiterhof wollen. Ich verstehe sie, es verletzt mich dennoch.

»Warum wollt ihr denn nicht mit mir alleine wegfahren?«

»Weil es ein Erinnerungsurlaub werden sollte und ohne Papa ist es keiner«, lautet ihr wichtigster Punkt.

»Und was soll ich in der Zeit machen?«, frage ich vorsichtig. Ich stehe auf der Terrasse und hänge Wäsche auf. Carstens Lieblingsjeans ist als Nächstes an der Reihe.

»Du kannst die Zeit ohne uns genießen und in Ruhe viele Bücher lesen«, antwortet Maja großzügig.

»Ich möchte aber viel lieber mit euch auf Rügen am Strand liegen«, sage ich enttäuscht.

»Ach, das holen wir nach. Und guck mal, ich habe sogar schon recherchiert. Eine Reitwoche kostet viel weniger als der Rügen-Urlaub.«

»Aber darum geht es mir doch gar nicht.«

»Aber Papa«, erklärt Liv. »Und wenn wir Geld sparen, können wir im Herbst alle zusammen nach Rügen fahren.«

»Das ist in der Tat ein Argument, schade fände ich es trotzdem.«

»Du kannst doch auch reiten«, schlägt Liv gönnerhaft vor.

»Och nee«, wendet Maja ein und verdreht die Augen, »das wäre ja voll doof.«

Ich kann nicht anders. Obwohl es eine völlig normale Teeniereaktion ist, verletzt sie mich. Ich fühle mich gerade sehr alleine.

»Ich denke drüber nach, okay?«, vertröste ich sie.

Abends springe ich über meinen Schatten, recherchiere Angebote und schreibe ein Dutzend Reiterhöfe an, in der Hoffnung, keinen Platz mehr zu bekommen. Meine Laune ist auf dem Tiefpunkt und der Sommer wird zu einem Schreckgespenst. Der Frustknubbel ist binnen eines Tages auf die doppelte Größe angewachsen und ich kann ihn nicht länger ignorieren.

Betty kenne ich seit dem ersten Tag an der Uni. Wir haben zusammen Volkskunde im Nebenfach studiert, ehe sie nach zwei Semestern das Studium abbrach, um eine Schneiderlehre anzufangen.

»Ich will mir nicht länger diesen theoretischen Kram in den Kopf hämmern. Ich gehe abends ins Bett und habe das Gefühl, nichts geschafft zu haben. Ich werde Schneiderin.« Sie teilte uns diesen legendären Satz inmitten einer Vorlesung über die Sterbebräuche europäischer Kulturen mit, stand auf und verschwand. Ihr jetziger Mann Daniel und ich starrten uns fassungslos an, gackerten ein wenig hilflos und nahmen sie kein bisschen ernst. Doch Betty erschien nie wieder, blühte stattdessen in ihrer Schneiderlehre am Theater auf und ist heute hochgeschätzte Kostümschneiderin an der Oper.

Daniel bestand sein Volkskundestudium mit Bravour, hängte den Doktor dran und leitet seit einigen Jahren das über die Grenzen der Region hinaus bekannte Freilichtmuseum. Und ich? Ich studierte ebenfalls zu Ende, mit mäßigem Erfolg und der Erkenntnis, dass Wissenschaft nicht mein Ding ist. Inzwischen arbeite ich als Referentin beim Akademischen Austauschdienst, Fachbereich Nordamerika, habe nette Kollegen, einen flexiblen Arbeitgeber und bin mehr als zufrieden. Zumindest beruflich.

Betty, Daniel und ich blieben ein eingeschweißtes Trio. Wir verbrachten viel Zeit in Bettys bunter kleiner Wohnung, tranken Unmengen Wein, und nach fast drei Jahren schaffte es der strukturierte und immer ein bisschen steife Daniel endlich, Betty seine Liebe zu gestehen. Sie belohnte ihn mit den Worten: »Ich dachte, ich muss warten, bis meine Möpse über den Boden schleifen.« Er errötete bis in den kleinen Zeh, sie küsste ihn stürmisch und wich ihm nie wieder von der Seite.

Die Geschichte zwischen mir und Carsten begann ein gutes Jahr später. Unser Kennenlernen verlief allerdings schrecklich öde: Der Ort war eine Disco kurz vorm Morgengrauen, der Boden klebte und nur noch eine übersichtliche Menge bevölkerte die Tanzfläche. Er sprach mich an, ich fand ihn gut und eine Stunde später küsste er mich zum ersten Mal. Ende der Geschichte. Wenigstens gab es damals noch keine Onlineportale. Sonst hätte ich meinen Ehemann vermutlich per Fragebogen gefunden.

Die ersten Wochen behielt ich ihn für mich, dann führte ich ihn in unser Trio ein. Während sich Daniel und Carsten recht gut verstanden, ist zwischen ihm und Betty der Funke nie übergesprungen. Sie tolerieren einander. Carsten ist Betty zu überheblich und er hält Betty für eine überdrehte Trulla. Im Kern haben sicher beide recht. Bettys kritische Grundeinstellung meinem Ehemann gegenüber ist mir gerade jedenfalls sehr, sehr recht.

»Du sitzt das aus?«

Betty ist fassungslos. Wir haben uns auf der Terrasse ihres altehrwürdigen Einfamilienhauses niedergelassen. Sie haben das über hundert Jahre alte Haus von Daniels Oma geerbt, wunderschön hergerichtet und in einen Ort verwandelt, wo man sich einfach wohlfühlen *muss*. Der Abend ist lauschig, schon seit Mai ist es fast durchgehend warm und trocken, und wir fläzen uns auf einem dieser modernen Loungesofas. Die Kissen hat Betty direkt nach Anlieferung natürlich neu bezogen und sie leuchten nun im bunten Betty-Style.

»Wie lange weißt du schon, dass er diese Trulla vögelt?« Eine Frau der klaren Worte. Noch heute zuckt Daniel zusammen, wenn sie allzu deutlich sagt, was sie denkt.

»Seit einem Monat«, erwidere ich kleinlaut. Ich hätte nicht gedacht, dass der Einlauf, den Betty mir verpasst, so deutlich ausfallen wird.

»Kristin! Warum lässt du dir das gefallen? Ich würde Daniel die Hölle heißmachen und ihn an den Ohren von der Tante runterziehen. Das kannst du mir glauben.«

»Das sagst du nur, weil du genau weißt, dass er zu so etwas gar nicht fähig ist. Er betet dich an.«

»Das stimmt allerdings« – und sogleich huscht dieses versonnene Lächeln über ihr Gesicht, das immer dann auftaucht, wenn sie an ihren Mann denkt. Nach all den Jahren. Ihre Beziehung ist wirklich bemerkenswert. Natürlich haben auch sie ihre Probleme, aber das Grundgefühl, das war und ist da. Es ist die absolut aufrichtige Nähe zweier Seelen zueinander. Insgeheim beneide ich sie darum.

»Auf jeden Fall brauchst du jetzt was zu trinken. Und dann analysieren wir Carstens Fehlverhalten in aller Ruhe.«

Betty tappt in die Küche. Ich höre Schranktüren, das Klimpern von Glas, dann kommt sie zurück. Mit Wein, Grappa und passenden Gläsern. Forsch stellt sie alles auf den Tisch. »So, jetzt hole ich noch Knabberzeug und gebe Daniel Bescheid, damit er uns allein lässt. Linda und Jonas sind bei Freunden und kommen so schnell nicht nach Hause. Wir sind also unter uns.«

»Grappa? Ehrlich?«

»Klar. Gibt es eine bessere Begründung für ein ordentliches Frauenbesäufnis als einen Ehemann, der sich eine Geliebte hält?«

»Da hast du auch wieder recht.«

»Siehste.« Sie grinst, wirft mir einen Luftkuss zu und entschwindet erneut. Ich kann nicht anders. Ich freue mich auf die nächsten Stunden. Geteilter Frust ist halber Frust, und jetzt kann ich endlich alles rauslassen, was ich in mich reingefressen habe.

»Was habe ich am ersten Abend gesagt, als du uns Carsten vorgestellt hast?«, fragt sie, noch ehe sie wieder neben mir sitzt.

»Der taugt nix«, antworte ich kleinlaut.

Betty nickt so vehement, ich habe Angst, der Kopf fliegt gleich von ihren Schultern.

Ich stöhne. »Ich wusste, der Satz wird mir eines Tages auf die Füße fallen.«

»Du meinst ungefähr so wie seine schlechte Laune oder seine Überheblichkeit Menschen gegenüber, von denen er meint, sie haben die falsche Einstellung oder hören die falsche Musik?«

»Puh. Jetzt packst du aber alle Carsten-Vorurteile aus.«

»Das sind keine Vorurteile, das sind Tatsachen. Sicher, auch er hat seine guten Seiten, aber ich fand schon immer, dass ein kleiner Kotzbrocken in ihm steckt. Den er vor anderen Menschen durchaus zu verbergen weiß. Aber ich habe ihn von Anfang an durchschaut.«

Sie hat recht. Die meisten Menschen finden Carsten eloquent, locker, witzig und charmant. Der Alltag sieht anders aus. Es gibt diese zweite Seite, die er nur zu Hause auslebt oder bei Menschen, die er nicht leiden kann. Und da Betty dazu gehört, kannte sie immer schon diese andere Seite.

»Die erste Frage ist leicht, fangen wir doch damit an.« Sie hebt mir ihr Glas entgegen und wir stoßen an. »Liebst du ihn noch?«

Vor Schreck verschlucke ich mich. Ich huste und Betty kichert. Als ich mich beruhigt habe, antworte ich: »Liebe ... tjaaa, das frage ich mich die ganze Zeit. Was ist davon noch übrig? Nicht mehr viel, fürchte ich, was es aber nicht leichter macht. Natürlich könnte ich ihn mit meinem Wissen konfrontieren und vor die Tür setzen, doch es hängt einfach so viel dran. Ich kann diese Entscheidung im Moment nicht treffen.«

»Das verstehe ich, aber wenn es mit der Liebe nicht mehr so weit her ist, bleibt dir wenigstens die größte Seelenpein erspart. Das ist schon mal was.«

Ich gebe ihr recht und in den nächsten zwei Stunden analysieren wir akribisch meine Gesamtsituation. Schlauer bin ich anschließend nicht. Ich kann sie ignorieren, tolerieren und mein Leben weiterleben. Oder ich konfrontiere Carsten mit meinem Wissen und sehe, was passiert. Oder ich setze ihn direkt vor die Tür. Doch dann nehme ich in Kauf, dass unser Leben in tausend

Stücke zerspringt. Egal, wie ich es drehe und wende, im Moment ist jede Entscheidung zu groß.

Schließlich erzähle ich ihr von dem Sommerurlaub.

»Das ist echt 'ne Nummer.«

»Und wenn es wirklich berufliche Gründe sind?«, wende ich ein und höre selbst, wie lahm das klingt.

»Träum weiter. Du kennst doch Carsten. Der würde sich nie einen Urlaub entgehen lassen.«

»Du hast ja recht.« Ich süpple an meinem vierten oder fünften Grappa. Wir sind ordentlich angeschickert, es ist dunkel, allein die Kerzen auf dem Tisch flackern gemütlich vor sich hin. »Aber egal, ob er vögelt oder arbeitet, was mache ich denn nun? Ich habe keine Lust, den Sommer frustriert mit ihm zu Hause rumzusitzen.«

»Und Carsten wird auch nicht glücklich sein. Dann kann er sich nicht mit seiner Geliebten treffen, wie er es mit Sicherheit geplant hat.«

»Was wiederum ein Grund wäre, doch daheim zu bleiben.«

»Quatsch, es ändert ja nichts an seinem Fremdgehen. Und du kriegst nur schlechte Laune.«

»Stimmt. Also, was soll ich tun?«

Betty fixiert mich mit leicht nach hinten gerecktem, angetüddeltem Kopf und denkt nach. Schließlich hellt sich ihre Miene auf und sie streckt wie Wicky den Zeigefinger in die Luft. »Ich hab DIE Idee.«

Ehe ich reagieren kann, springt sie auf und verschwindet.

Betty eben.

Als sie wiederkommt, hält sie mir wortlos ein Faltblatt vor die Nase. »Lies!«

»Hä?«

»Lies!«

»Is ja gut.« Ich schnappe mir das Faltblatt. *Leben wie anno da-*

zumal. Ich kenne es, denn seit zwei Jahren haben Daniel und Betty nur dieses eine Thema. Das Leben in früherer Zeit sechs Wochen lang in Daniels Freilichtmuseum. Betty ist Herrin über die Kostüme und hat dafür die letzten beiden Jahre sogar ihre Stundenzahl an der Oper reduziert. In knapp drei Wochen soll das Projekt endlich starten. Daniel steht deswegen extrem unter Strom.

»Was soll ich denn damit?«, frage ich verwundert.

»Einziehen«, antwortet Betty lapidar.

»Einziehen?«

Betty schnappt sich ihr Weinglas und lässt sich erneut neben mich plumpsen. »Einziehen?«, äfft sie meinen leicht dümmlichen Tonfall nach. »Ja, genau. Einziehen!«

»Aha.« Ich verstehe gar nichts.

Betty nimmt die Flasche Wein vom Tisch und schenkt mir nach. »Schatzi, ich erklär's dir jetzt mal gaaaanz langsam. Extra für dich und deinen beachtlichen Frust- und Alkoholpegel.«

»Danke, seeeehr freundlich.«

»Ja, gell? Also. Die Idee ist so gut, ich könnte mir selbst auf die Schulter klopfen. Pass auf! Daniel hat mir heute erzählt, dass eine seiner Darstellerinnen abgesprungen ist. Er hat mir deswegen schon den ganzen Nachmittag die Ohren vollgeheult. Und zwar, jetzt kommt's: ausgerechnet eine Darstellerin mit zwei Töchtern. Und da kommt ihr ins Spiel. Ta-da! Was sagst du?«

»Du meinst, wir sollen da mitmachen?«

»Sie hat's geschnallt. Endlich, sie hat's geschnallt.« Betty kichert fröhlich. »Und? Ist das eine Idee oder ist das eine Idee?«

Ich kann ihre überschäumende Freude nicht teilen. »Wie stellst du dir das vor? Ich kann doch nicht meinen Job für sechs Wochen an den Nagel hängen, um Wäsche auf alten Waschbrettern zu schrubben. Und dabei soll ich mir auch noch zuschauen lassen? Also nein, irgendwie kann ich mir das überhaupt nicht vorstellen.«

»Nur wegen des Jobs oder prinzipiell nicht?«

»Ich weiß nicht.«

»Du könntest es als therapeutisches Sommerlager betrachten, das dir hilft, dein seelisches Gleichgewicht wiederherzustellen. Es ist doch so. Wenn du alleine mit den Kindern auf Rügen hockst, badest du in deinem Elend und hast viel zu viel Zeit zum Nachdenken. Dasselbe in Grün, wenn du zu Hause bleibst. Im Museum bist du dagegen abgelenkt, lernst neue Leute kennen und immer wäre jemand um dich rum. Du hättest quasi keine Gelegenheit, über deine desolate Ehe nachzugrübeln.« Sie grinst schelmisch.

Ich lasse ihre Argumentation einen Augenblick nachwirken und mustere sie mit zusammengekniffenen Augen. »Ich muss aufs Klo.«

»Du willst nur in Ruhe über eine Antwort nachdenken«, neckt sie mich.

»Ach Mann, echt grauenhaft, wie gut du mich kennst.«

»Na los, geh Pipi machen und anschließend hast du eine Antwort für mich.«

Ich schneide eine Grimasse, stehe auf und wuschle ihr im Vorbeigehen durch die wilde Lockenmähne. Das mag sie überhaupt nicht, und ich tue es gerade dann, wenn ich sie ärgern will. Diesmal lässt sie es mit einem leichten Kopfschütteln über sich ergehen.

Nachdenklich friemle ich am kupfernen Klorollenhalter. Was schlägt sie mir da vor? Sechs Wochen Museum? Eine Auszeit von allem, was mich beschäftigt? Ablenkung durch Arbeit? Und das alles gemeinsam mit meinen Kindern? Ich gebe zu, es klingt verführerisch. Und spannend obendrein. Was aber würden Liv und Maja davon halten? Und Carsten? Ich schelte mich selbst. Warum sollte mich ausgerechnet seine Meinung interessieren? Er hat schließlich auch nicht gefragt, ob wir den Sommer ohne ihn verbringen möchten.

Aber wie soll das klappen? Sechs Wochen Urlaub genehmigt mir mein Arbeitgeber nie. Oder doch? Nachfragen könnte ich ja mal. Dann erledigt sich die Sache entweder von selbst oder ich kann ernsthaft über einen sechswöchigen Historientrip nachdenken.

»Na, das ging aber schnell«, unkt Betty, als ich mich aufs Sofa plumpsen lasse. »Ich habe eher mit einem mehrstündigen Grübelmarathon gerechnet. Und, wie sieht's aus?«

»Ich frag auf der Arbeit nach, ob es machbar ist, und dann sehen wir weiter.«

Betty schaut mich mit großen Augen an. »Spontan, spontan, die Dame. Ich bin beeindruckt.«

»Ich kann durchaus spontan sein. Wenn ich will.«

»Na dann: Prost! Auf sechs Wochen Museum.«

»Freu dich nicht zu früh«, sage ich lachend.

»Betrinken können wir uns auf Verdacht ja trotzdem weiter.«

Kurzerhand rufe ich am nächsten Tag Daniel an und erfrage die Einzelheiten. Das Telefonat dauert über eine Stunde, anschließend habe ich eine Vorstellung von dem, was uns erwarten könnte. Eine kleine Aufwandsentschädigung würde es mir sogar ermöglichen, zumindest die Hälfte der Zeit unbezahlten Urlaub zu nehmen. Natürlich könnten wir uns einen dreiwöchigen Verdienstausfall auch ohne diese Aufwandsentschädigung leisten – mein Gehalt ist marginal im Vergleich zu dem, was Carsten verdient. Da ich jedoch weiß, dass dies sein Hauptargument sein wird, möchte ich vorbereitet sein.

Am nächsten Tag watschle ich zu meiner Vorgesetzten. Tina ist nur wenig älter als ich und mehr Freundin als Chefin. Natürlich muss auch sie sich die Erlaubnis von oben einholen, aber ich bin guter Dinge.

»Sechs Wochen willst du uns im Stich lassen?«

»Es ist eine einmalige Gelegenheit. Außerdem habe ich so die Gelegenheit, doch noch mal was mit meinem Studium anzufangen.«

»Bei der Heuernte?« Tina kichert. Schon nach den ersten Sätzen wusste ich, sie wird mir keine Steine in den Weg legen.

»Volkskundliche Heuernte. Ich könnte anschließend eine Arbeit darüber schreiben.«

»Dünne Quellenlage, würde ich mal behaupten«, unkt Tina wissend. Auch sie ist Historikerin, hat also wie die Hälfte der Belegschaft ein geisteswissenschaftliches Studium im Gepäck. So viele Historiker, Ethnologen, Germanisten und Kulturwissenschaftler muss man erst mal an einem Platz versammeln und beschäftigen ... Tina möchte genau wissen, was es mit dem Projekt *Living History* auf sich hat, und ich umreiße grob, worum es geht.

»Das hört sich wirklich toll an. Wie haben sie überhaupt so viele Freiwillige zusammenbekommen? Über hundert Leute für sechs Wochen zu casten, stell ich mir nicht einfach vor.«

»Sie haben in Fachzeitschriften inseriert, bei Geschichts- und Traditionsvereinen angefragt und außerdem ist viel über Mund-zu-Mund-Propaganda gelaufen. Daniel meinte, Frauen und ältere Leute ausfindig zu machen war kein Problem, Kinder und Männer im besten Alter waren die größere Hürde.«

»Das kann ich mir lebhaft vorstellen. Tatkräftige Männer im besten Alter sind rar.«

»Und deshalb gibt es auch einen Frauenüberschuss.«

»Ist ja fast wie hier.« Tina zwinkert mir zu.

Bereits am nächsten Tag habe ich die Zusage der Personalabteilung. Laut Tina sei das kein Problem gewesen: In Zeiten von Elternzeit und sich selbst verwirklichenden Weltreisenden seien sie auf umtriebige Mitarbeiter mit seltsamen Sonderwünschen eingestellt.

»Das ist nicht dein Ernst«, reagiert Carsten brüsk, nachdem die Kinder den Abendbrottisch verlassen haben und wir auf der Terrasse sitzen. Aggressivität liegt in der Luft.

»Was hast du dagegen?«, frage ich provokant.

»Du kannst doch nicht die Kinder nehmen und sechs Wochen verschwinden.«

»Warum nicht? Du konntest doch auch den Familienurlaub absagen.«

»Das ist was anderes.«

»Warum?«

Er lehnt sich zurück und verschränkt die Arme. »Weil ich eine berufliche Verpflichtung habe. Darum.«

»Aha. Und nur weil es bei mir keine Verpflichtung ist, ist es weniger wert?«

»Ach komm, den Floh hat dir doch Betty ins Ohr gesetzt. Und du tust mal wieder, was deine liebe Freundin dir sagt.« Seine Stimme wird lauter.

Ich bemühe mich um einen sachlichen Ton. »Vorschlagen darf sie mir alles. Die Entscheidung habe ich jedoch gemeinsam mit den Kindern getroffen. Sie haben eben keine Lust, den Erinnerungsurlaub ohne dich zu verbringen. Und bevor sie sechs Wochen zu Hause rumsitzen, fahren sie lieber ins Museum.«

»Sie haben schon zugestimmt?« Er guckt ungläubig.

»Ja, das haben sie.«

Er verzieht das Gesicht. »Was wäre so schlimm daran hierzubleiben?«

Ich verstehe ihn nicht. Wenn er doch freie Bahn für seine Geliebte haben möchte – warum sträubt er sich dann so? Vermutlich geht es ihm ums Prinzip. Mein Alleingang passt ihm schlicht nicht. Ich versuche es mit Argumenten, innerlich koche ich. »Die Freundinnen der Kinder sind im Urlaub, die Hitze bringt uns um, die Reiterhöfe sind ausgebucht, und ich stelle es mir nicht ansatzweise prickelnd vor, mich mit Hunderten anderen Menschen um den letzten Platz im Freibad zu prügeln.«

Carsten taxiert mich. Meine Argumente sind schlüssig, weshalb er einen Moment braucht, ehe er die vermeintlich nächste Trumpfkarte aus dem Ärmel zieht. »Aber du kannst nicht einfach sechs Wochen von der Arbeit fernbleiben.«

Ich lächle siegessicher. »Auch das habe ich bereits geklärt. Es ist kein Problem, zusätzlich drei Wochen unbezahlten Urlaub zu nehmen.« Ich feixe, als sein nächstes und letztes Argument zwangsläufig folgt.

»Drei Wochen Verdienstausfall? Wie stellst du dir das vor?«

Ich bin heute milde gestimmt. »Es gibt eine Aufwandsentschädigung. Zusammen mit der Rückerstattung aus dem Rügen-Urlaub ist der Verdienstausfall abgedeckt.«

Seine Argumente sind am Ende. Fast. »Ich finde es einfach nicht gut, die Kinder sechs Wochen lang nicht zu sehen.«

»Wir kommen zwischendurch nach Hause, und den Rest der Zeit dürftest du sowieso zu beschäftigt sein, um etwas von ihnen mitzubekommen.«

Treffer. Versenkt.

Carsten tritt den Rückzug an. Er schnappt sich sein Wasserglas, trinkt es in einem Zug leer und steht auf. »Du machst doch sowieso, was du willst. Ich gehe duschen.«

»Richtig.« Innerlich schlage ich Purzelbäume. Die Kinder überredet, den Ehemann in seine Schranken gewiesen. Museum, wir kommen!

Die Stimmung zwischen Carsten und mir in den Tagen nach der Entscheidung ist angespannt. Wir reden nicht viel, aber kleine Randbemerkungen und dumme Sprüche zeigen mir, wie überflüssig er die Ferien im Museum findet. Ich versuche, sie zu ignorieren. Nicht nur, um Streit aus dem Weg zu gehen, sondern auch, weil ich Angst habe, ihn im Affekt mit seinem Betrug zu konfrontieren. Also beiße ich mir immer wieder fest in die Wangen und gehe ihm weitgehend aus dem Weg. Ist es neu, oder manifestieren wir in diesen Tagen eine Entwicklung, in die wir seit Jahren hineinschlittern?

Sollte ich daran etwas ändern?

Ich könnte das Gespräch suchen, für gemeinsame Unternehmungen sorgen oder mich abends mit ihm unterhalten. Ich könnte versuchen, das Ruder rumzureißen, ihm zeigen, dass er keine Geliebte braucht. Ich könnte ihm zeigen, was er an mir hat, ihn verführen, regelmäßigen und guten Sex lancieren. All das könnte ich, will ich aber nicht. Ich sitze vor ihm und denke: Tu was, Kristin. Tu irgendwas. Zeig deinem Mann, wie unnötig es ist, in den Armen einer anderen Frau zu liegen. Und dann erwische ich mich bei dem Gedanken, froh zu sein, dass eine andere all diese ehelichen Pflichten übernimmt.

Egal, wie absurd sich das anhört oder anfühlt.

Zeitschleuse

Am Tag vor Beginn unserer Zeitreise packt Carsten für eine Dienstreise, während ich im Keller Wäsche vom Ständer klaube. Die ganze Zeit hat er mich spüren lassen, wie wenig ihm mein Alleingang passt. Im Gegenzug bestrafe ich ihn, indem ich seinen Missmut ignoriere.

Er geht fremd.

Er hat mir nichts mehr zu sagen.

So einfach ist das.

Ich suche die passende Socke zu der, die ich bereits in der Hand halte, und plötzlich schießt mir ein Gedanke in den Kopf. Hätte ich eigentlich den Mut aufgebracht, ins Museum zu ziehen, wenn er nicht fremdginge? Ich kann es mir kaum vorstellen. Was sagt das über meine Rolle in unserer Ehe aus? Carsten verdient mehr Geld, er macht Karriere, er ist attraktiver, eloquenter, witziger. Kurz gesagt: Er ist der Bessere. Der Wichtigere. Letztendlich stehe ich im Schatten eines charismatischen Mannes und bin oft nicht mehr als ein gefälliges Anhängsel. Wo ist da die Emanzipation, wo die Gleichberechtigung? Und warum stehe ich nach zwanzig Jahren überhaupt an einem Punkt, an dem ich abhängig bin von einem Mann, den ich nicht mehr liebe? Wollte ich das?

Ich lasse die Socke, die ich in der Hand halte, sinken und seufze tief. Ich liebe ihn nicht mehr. Er ist der Mann an meiner Seite, ich kann mir ein Leben ohne ihn nicht vorstellen, aber ich liebe ihn nicht mehr. Das Gefühl ist nicht neu. Doch dann durchströmt mich mit einem Mal ein neues Gefühl. Eines, das ich jetzt am wenigsten erwartet hätte: das Gefühl von Stärke. Denn was kann mir noch passieren, wenn Liebe keine Rolle mehr spielt? Könnte Carstens Betrug (m)eine Chance sein?

Er steht im Schlafzimmer vor dem Bett und legt akkurat seine Hemden zusammen.
»Carsten?«
»Ja?«
»Sollten wir nicht noch mal drüber reden?«
»Worüber willst du reden?« Sein Ton ist unwirsch.
»Darüber, dass dir unser Urlaub im Museum nicht passt?«
»Du hast es entschieden und ich muss mich fügen.«
»Was ist denn so schlimm daran?« Mein Ton ist bittend und das ärgert mich.
»Ich dachte, wir treffen wichtige Entscheidungen gemeinsam. So wie bisher auch.«
»Aha.«
Es passt mir nicht, was er sagt und wie er es sagt. Sein Ton ist überheblich. Fast so, als müsse ich ihn um Erlaubnis fragen. Das macht mich wütend. Er hat seine Entscheidung, nicht mit in den Urlaub zu fahren, doch auch ohne mich getroffen. Er vögelt eine andere Frau und hat mich nicht gefragt. Er macht Karriere, er ruht sich zu Hause auf seinen Lorbeeren aus, er geht zum Sport und trifft sich mit Freunden, wann immer es ihm passt. Tausend Argumente prasseln in mein Bewusstsein und mir wird klar, dass er seine Entscheidungen sehr oft *nicht* mit mir bespricht. Ich habe das hingenommen. Bin ich also selbst schuld? Wie gerne würde ich ihn jetzt anbrüllen, ihm all dies an den Kopf werfen. Aber ich tue es nicht. Ich verbleibe in meiner Rolle.
»Ich habe deine Kritik vernommen, aber ich möchte nicht im Streit auseinandergehen. Wir sehen uns lange nicht, weißt du?«

Er stutzt kurz, dann lächelt er. »Okay. Akzeptiert. Ich werde euch eben einfach vermissen. Vielleicht habe ich deshalb so schlechte Laune.« Er nimmt mich versöhnlich in den Arm, doch ich habe kein gutes Gefühl dabei. Im Grunde habe ich sein Wohlwollen erbettelt.

Heute geht es los. Carsten ist bereits weg, der Abschied war unspektakulär. »Ich muss mich beeilen, der Flieger wartet nicht.« Er drückte die Kinder, ich bekam einen schnellen Kuss, weg war er. Damit einher ging Erleichterung. Keine Diskussionen mehr.

Ich stehe vor meinem Kleiderschrank und packe. Viel ist es nicht, was wir mitnehmen müssen. Das Museum ist gewissermaßen ein All-inclusive-Club: Kost, Logis und altertümliche Fummel – alles dabei. Ich brauche lediglich Klamotten für die An- und Abreise, für die Heimfahrten sowie Unterwäsche für den Notfall.

Was also packe ich ein? Kurz scanne ich den Fundus. Das geht schnell, denn seit ein paar Wochen ist der Inhalt meines Kleiderschranks übersichtlich. Vor lauter Frust habe ich mich in einem Anfall von Aktionismus von all den Sachen getrennt, die ich nie wieder anziehen werde. Jede Mutter hat sie: die Vor-Schwangerschafts-Fummel. Na ja, fast jede. Es gibt ja diese Mütter, die schon drei Tage nach der Geburt in ihre alten Jeans passen. (Oder die von einem definitiv anderen Planeten stammenden Frauen, die sogar WÄHREND der Schwangerschaft hineinpassen.) Aber die mag ich nicht. Die Frauen vielleicht schon, aber seien wir ehrlich, insgeheim belächeln sie uns wahrscheinlich. Uns Frauen, die wir auch Jahre danach in nichts von davor passen. Ihre Figur ist wie ein nackter Finger, der auf uns zeigt. *Du,* rufen sie aufgebracht und gehässig, *du hast dich gehen lassen. Nun siehst du, was du davon hast.*

Ich weiß, was ich davon hatte. Nämlich einen Kleiderschrank

voller Klamotten, in die ich vielleicht und auch nur, wenn ich acht Stunden täglich Sport mache UND mich ausschließlich von Möhren ernähre, wieder reinpasse. Und da die Hoffnung bekanntermaßen zuletzt stirbt, hingen sie Jahr für Jahr in meinem Schrank und provozierten ein schlechtes Gewissen. Doch ich habe einen Schlussstrich gezogen. Liv ist inzwischen zehn. Es ist utopisch, jemals wieder meine alte Figur zu erreichen. Und sollte ich wider Erwarten doch noch einmal so schlank werden wie früher, dann kauf ich mir eben neue Klamotten. So.Ist.Das!

Während ich vor meiner übersichtlichen Garderobe stehe, springen die Gedanken weiter. Zu Carsten. (Ich habe schließlich geschlagene elf Minuten nicht über unsere desaströse Ehe nachgedacht.) Was passiert eigentlich, wenn die Ehe nicht mehr passt? Wie lange sollte man die im Schrank hängen lassen, in der Hoffnung, irgendwann wieder hineinzupassen? Und wann sollte man akzeptieren, dass es eben nicht wie früher wird? So weich und anschmiegsam wie die ehemals perfekte Lieblingsjeans? Die, die man anzog, wenn's am Hintern gut sitzen sollte. (Und am Bauch und überhaupt überall.) Nicht, dass ich noch andere Ehemänner im Schrank hätte oder einfach einen neuen kaufen könnte, aber trotzdem. So von der Grundidee her. Ich verwerfe den Gedanken gleich wieder. Er frustriert mich noch mehr als die ollen Klamotten. Da packe ich lieber weiter für meine Auszeit.

»Auf geht's, Kinder. Ab in die Zeitschleuse.« Ich schließe schwungvoll den Kofferraumdeckel und schultere die Reisetasche.

»Na toll. Keine Schokolade, kein Handy und sechs Wochen Langeweile. Ich breche zusammen vor Begeisterung.« Majas Unlust ist so verlässlich, ich kann nicht anders, ich lache schallend. Sie wirft mir einen bitterbösen Blick zu, den ich fast genauso genieße. Es hat schon was, wenn man die Teeniezeit mit Humor nimmt. Leider klappt das nicht immer, es gibt viel zu viele Augenblicke, in denen Maja es mit nur einem Satz schafft, mich zur Weißglut zu treiben.

Wir durchqueren das Eingangstor und erreichen wenige Minuten später das Zentrum des Museums, das für die Dauer des Projektes als Zeitschleuse dient. Ich schaue mich um. Alles wirkt so, als wären wir mitten in den Vorbereitungen zu einem großen Theaterstück gelandet. Überall stehen Kleiderständer mit Kostümen, Kisten aus Metall beherbergen Requisiten von anno dazumal. Dazwischen tummeln sich Darsteller, Museumsmitarbeiter und Schneiderinnen mit Maßband um den Hals und einem Nadelkissen am Handgelenk. Sie zupfen an den Kostümen und legen letzte Hand an. Diejenigen, die bereits fertig sind, wirken wie aus der Zeit gefallen. Und mittendrin steht Daniel wild gestikulierend bei einem älteren Herrn und daneben Betty, die Kostüme abnickt oder Darsteller an eine der Schneiderinnen verweist. Jetzt entdeckt sie mich und eilt freudestrahlend auf uns zu.

»Kristin. Schön, dass ihr da seid. Hallo, Maja. Liv, Süße, wie immer mein kleines Schneckchen.« Sie drückt mein Nesthäkchen extra fest. Sie ist ihre Patentante und hatte vom ersten Tag an eine Schwäche für sie.

»Hi, Betty. Ich sehe, du hast alles unter Kontrolle.«

»Na klar! Ist doch nichts anderes als eine riesige Theateraufführung. Daniel allerdings könnte glatt 'ne Dosis Valium vertragen, der steht seit heute Morgen völlig neben sich.« Sie grinst verschmitzt.

»Was hast du anderes erwartet?«

»Ich weiß, ich weiß.« Sie seufzt. »Stress ist wirklich schlecht für meinen Mann. Die Ausstellungseröffnungen, die ihm sonst den Schlaf rauben, sind nichts im Vergleich zu dem hier.« Sie deutet ausschweifend durch den Raum. »Ich habe schon überlegt, ob ich ihm nicht zusätzlich zum Valium noch ein Sauerstoffzelt besorgen soll.«

Es ist ein bisschen gemein, wie wir uns über Daniel lustig machen, dabei weiß ich genau, dass Betty ihren Daniel liebt, wie er ist. Er ist der ruhige Gegenpol zu seiner quirligen und umtriebigen Ehefrau, nur mit Druck kann er nicht umgehen.

»Meine Lieben? Ihr wisst, für welches Haus ihr eingeteilt seid?«

»Jawohl«, antwortet Maja. »Öder Eifelhof aus dem 18. Jahrhundert.«

Betty lacht. »Dann findet ihr eure Kleider hinten im Ausstellungssaal mit den Puppenstuben.«

»Die gibt es wieder?«, frage ich erstaunt. Ich war schon als Kind regelmäßig mit meinen Eltern hier und habe die Puppenstuben geliebt.

»Ja, schon seit einem halben Jahr. Ich wollte es dir die ganze Zeit sagen, habe es aber immer wieder vergessen.« Ich verdrehe amüsiert die Augen. Bettys Erinnerungsvermögen war noch nie sonderlich zuverlässig. »Jaja, ich und mein Gedächtnis«, gurrt sie und verschwindet wieder in der Menschenmenge.

Ich schiebe meine Mädels beherzt in den Ausstellungsraum und weg sind sie. Ich verstehe das. Die Puppenstuben sind einfach bezaubernd. Also kümmere ich mich zunächst um mich. Janine und der Hüne sind bereits da und beäugen interessiert die Kostüme. Etwas schüchtern trete ich dazu, völlig unbegründet, denn Janine textet mich sofort zu.

»Hey, Kristin, schön, dass du da bist. Wo sind deine Mädels?«

»Die schauen sich die Puppenstuben an.«

»Fein. Hast du schon deine Klamotten entdeckt? Die sind echt der Knaller. Genauso kratzig, wie ich es mir in meinen schlimmsten Träumen ausgemalt habe.« Sie verdreht belustigt die Augen.

»Der gute Daniel will uns eben die Erfahrungen der damaligen Zeit auch körperlich spüren lassen«, gebe ich schmunzelnd zurück.

Ich durchforste den Kleiderständer und entdecke ein Ensemble mit meinem Namen, daneben die Unterkleidung. Als ich sie sehe, bin ich mehr als froh, reichlich Unterwäsche eingepackt zu haben. Die langen Unterhosen, das mit Spitzen verzierte Leibchen und das Korsett sind zwar niedlich, aber ganz ohne was drunter stelle ich mir das Tragen komisch vor. Auf einem zweiten Bügel hängt ein graues bäuerliches, bodenlanges Alltagskleid aus Leinen. Geschlossen wird es durch eine lange Knopfleiste. Dazu gehört eine zart gestreifte Schürze. Das Kleid, das Janine in der Hand hält, sieht fast genauso aus, nur dass es zwei Nummern schmaler ist. Außerdem hat die Schürze anstelle der Streifen zarte Blümchen. Ich gestehe, ich bin ein Mädchen und deshalb neidisch auf die Blümchen.

»Du hast Blümchen, ich nicht. Das ist unfair.«

Janine kichert. »Ich gebe zu, ich bin schuld. Eigentlich hattest du die Blümchenschürze, aber ich bin Floristin, ich kann nicht ohne Blümchen.«

»Das ist ein schlagendes Argument«, verzeihe ich ihr den Diebstahl großmütig.

»Das ist sehr nett von dir«, mischt sich der Hüne ein. »Stellt euch vor, ich habe weder Blümchen noch Streifen, und das ist in meinen Augen eine echte Schande. Also, wie sieht's aus, Mädels. Ziehen wir das jetzt an?«

Mein Eindruck vom ersten Treffen scheint goldrichtig. Es sieht aus, als hätten wir es mit einem richtig netten Burschen zu tun. Mit einem Mal werde ich ganz kribbelig vor Aufregung, denn auf einmal habe ich das Gefühl, es könnten tolle Wochen werden.

»Ja, gute Idee, aber wo?«, frage ich.

»Na hier«, sagt Janine.

Der Hüne bemerkt meinen irritierten Blick. Ich bin nicht verklemmt, aber Fakt ist, dass ein Mann unter uns weilt. Muss ich mich da wirklich bis auf die Unterwäsche ausziehen?

»Schätzchen, falls du wegen mir Bedenken hast, kann ich dich beruhigen. Ich bin nämlich ziemlich schwul. Wollte ich sowieso direkt mal gesagt haben.«

Ich starre ihn verdutzt an und Janine fängt schallend an zu lachen. »Gut, dann haben wir das auch geklärt. Schade, du bist echt ein Hingucker.« Sie zwinkert ihm verschwörerisch zu.

»Wer ist schwul?«, fragt Maja, die natürlich genau in diesem Augenblick beschlossen hat, ein wenig mütterliche Fürsorge einzufordern.

»Ich natürlich oder kommt sonst noch jemand infrage«, neckt Timo sie.

»Nein«, antwortet meine Dreizehnjährige, wird rot wie eine Tomate und ist auch schon wieder weg.

»Tut mir leid, ich wollte sie nicht vertreiben«, sagt er.

Ich winke ab. »Du bist nur ihr erster Schwuler. Das muss sie jetzt verarbeiten.«

»Sehr schön, eine Live-Sozialisierung«, stellt er fest.

Mittlerweile sind auch die beiden anderen Damen unserer Zeitreisetruppe eingetroffen. Die Alabasterschönheit und die Grande Dame. Mit großen Augen verfolgen sie unseren kleinen Schlagabtausch. Ich glaube, ein wenig Frust in ihren Augen lesen zu können, weil wir drei schon jetzt wie eine eingeschworene Gemeinschaft wirken. Es ist Zeit, sie miteinzubeziehen, wir sind schließlich fünf Erwachsene und nicht nur drei.

Timo scheint denselben Gedanken zu haben, denn er tritt freudestrahlend auf sie zu und begrüßt sie hochoffiziell. »Schön, dass ihr da seid. Wie sieht es eigentlich aus? Wir duzen uns doch, oder? Wir sind ja nun quasi eine Familie.«

Janine kichert, ich unterdrücke ein Grinsen, das junge Mädel strahlt und Frau von Eschenbach guckt pikiert, nickt dann aber im Zeitlupentempo. So als empfände sie es als großen Affront, hätte aber keine andere Wahl. Timo umfasst mit seinen Pranken ihre Hand und schüttelt sie beherzt. Sie sieht dabei aus, als würde sie ihre Rechte am liebsten hinterher abwischen. Diese Nuss wird schwer zu knacken sein.

Ich wende mich der jungen Alabasterschönheit Elisa zu, lächle sie offenherzig an und sie erwidert das Lächeln schüchtern.

»Jetzt musst du uns aber wirklich mal sagen, wo du herkommst«, sagt Janine.

»Aus dem Schwarzwald.«

Janine schnaubt. »Sorry. Tut mir echt leid, aber das ist zu lustig. Ein Schwarzwaldmädel in der rheinischen Vergangenheit. Ob das historisch korrekt ist?«

Elisa wird rot. Das weckt meinen Mutterinstinkt und ich schicke Janine einen strengen Blick. »Nimm sie bloß nicht ernst. Eigentlich ist sie ganz nett.« Ich zwinkere Elisa zu und Janine schnappt empört nach Luft.

»Dann sprichst du eben einfach Hochdeutsch, wenn Besucher da sind, und gut ist's«, schlägt Timo vor.

»Das ist gar kein Problem, das kann ich«, erwidert Elisa stolz, nach wie vor mit eindeutigem Singsang in der Stimme.

»Okay, mach mal«, sagt Janine.

»Wieso? Das hab ich doch grad«, antwortet sie verdutzt.

Wir können nicht anders und kichern. Elisa, kurz irritiert, stimmt in unser Gekichere ein. »Ich werd mein Bestes geben.«

»Ach, wir sagen den Besuchern einfach, du bist taubstumm«, schlägt Timo pragmatisch vor.

Sie schaut ihn mit großen Augen an, aber unser Quotenmann strahlt so eine Sympathie und Gutmütigkeit aus, ihn als taktlos zu bezeichnen wäre wirklich unangemessen. Das versteht auch das junge Mädel und strahlt ihn schließlich an, als wolle sie umgehend von ihm adoptiert werden.

»Gut. Hätten wir das auch geklärt«, stellt Janine trocken fest.

Beschwingt kleiden wir uns um, anschließend bewundern wir uns gegenseitig. Mit den Alltagsklamotten haben wir unsere Identität abgelegt. Die Schubladen, in die ich meine Mitstreiter gesteckt habe, waren auch in ihrer Kleidung begründet. Vieles könnte ich so, wie ich sie jetzt sehe, gar nicht mehr denken. Selbst Frau von und zu sieht weniger unsympathisch aus und die Haare sehen ohne drei Tonnen Haarspray auch viel besser aus. Jetzt muss man sich nur noch ihren verkniffenen Gesichtsausdruck wegdenken … Kleider machen eben Leute.

»Jetzt seht euch uns an.« Timo strahlt. »Was sind wir doch für ein feiner antiker Haufen.«

»Solange nur die Klamotten antik sind, kann ich damit leben«, kontert Janine.

»Wir sehen echt ganz anders aus«, stellt Elisa fest.

»Und ich wüsste keine, der so ein Kleid besser steht«, stelle ich neidisch fest.

»Nur an deinem Bauernteint müssen wir noch etwas arbeiten«, witzelt Janine. Sie steht vor dem Spiegel und bewundert sich ausgiebig.

»Das kannst du vergessen, ich werd nicht braun.«

»Na, immerhin hast du diese niedlichen rosa Bauernwangen«, mischt sich Timo ein, schnürt sich in einem letzten Akt die Hosen zu und stellt sich effektvoll in die Mitte.

»Wenn das nicht mal ein angemessenes Outfit für einen Bauernsohn ist! Was sagt ihr?«

Wir betrachten ihn. Ich lege bewundernd meinen Kopf zur Seite, Janine schürzt die Lippen, Elisa lächelt versonnen – und Edeltraud? Ach, lassen wir das. Contenance, Contenance!

»Bist du wirklich schwul?«, fragt Janine mit quäkiger Stimme.

»Jepp.«

»Es ist skandalös«, sagt sie seufzend, »du bist eine echte Attraktion.«

»Dann können wir doch wenigstens Eintritt vom weiblichen Teil der Besucher verlangen«, schlage ich vor. »Hängt ja kein Schild an ihm dran.«

Elisa und Janine giggeln.

»Ich finde, ihr hackt ganz schön auf meinem Schwulsein rum«, stellt Timo schmollend fest.

»Sollen wir es lassen?«, fragt Janine süffisant.

»Ich befürchte, es ist schwer, *dir* den Mund zu verbieten.«

»Du hast mich so was von durchschaut, mein Lieber«, sagt Janine und seufzt noch einmal, »aber ich liebe einfach diese dummen Sprüche, die da immer rumliegen. Ich kann nicht anders.«

Timo geht zu ihr und drückt sie fest an sich. »Jeder Mensch muss lernen, mit seinen Schwächen zu leben.«

»Ihr seid unglaublich.« Elisa schmunzelt. »Man könnte meinen, ihr kennt euch schon ewig.«

»Wir sind bestimmt seelenverwandt.« Timo grinst breit.

»Na toll. Da treffe ich einmal in meinem Leben einen seelenverwandten Mann, und dann ist er schwul.«

Lachend schüttelt Timo seinen Kopf.

Ich schiebe Janine sanft vom Spiegel weg und betrachte mich. Das ist also mein neues ICH. Wie sehe ich aus? Älter? Nein, das nicht. (War so eine dumme Angst.) Jünger natürlich auch nicht. Anders? Auf jeden Fall. Eine andere Frau blickt mir aus dem Spiegel entgegen. Eine, die ein hartes Leben führt, aber auch eines, das sie zufrieden macht. Wie wäre es, wenn ich dieses vorübergehend neue Leben nutze, um herauszufinden, was ich mit dem Rest meines Lebens anstelle? Wenn ich versuche, ein neues ICH zu finden? Irgendwie ist das doch ein guter Zeitpunkt.

Ich lächle mir versonnen zu. Gar keine schlechte Idee. Ich streiche die Schürze glatt, betrachte die kleine Frau im Spiegel, als wäre sie jemand anders, und sortiere meine Haare. Was soll ich bloß mit ihnen anstellen? Dazu hat man uns bisher nichts gesagt, was ein wenig verwunderlich ist, denn von Daniel hätte ich eher einen formvollendeten Frisurenkatalog erwartet. Ich fummle ein wenig an ihnen herum. Sie sind schulterlang und haselnussbraun. Zum Glück habe ich bisher nur vereinzelt graue Haare gefunden, Färben fällt in den nächsten sechs Wochen natürlich flach. Es wird spannend, bei welcher Frau in dieser Zeit eine kleine Autobahn auf dem Kopf heranwächst.

»Was machen wir mit den Haaren?«, frage ich in die Runde.

»Das ist eine gute Frage.« Janine überlegt. »Timo?«

»Arrgh. Du bist unmöglich!«

»Okay. Ich halt mich zurück. Versprochen. Es nervt mich schon selbst.« Sie verdreht die Augen und fasst sich gespielt an die Gurgel.

»Du bist echt unmöglich. Aber wenn du schon nach den Haaren fragst. Ich empfehle den gestandenen Damen einen Dutt und Elisa einen Bauernzopf.«

Janine grinst bis hinter beide Ohren. »Jetzt sag nicht, es war keine gute Idee, dich zu fragen.«

Timo grummelt und fläzt sich auf einen Stuhl. »Wenn du so weitermachst, beantrage ich eine Verlegung.«

»Sorry, ist mir so rausgerutscht«, sagt sie quäkend und hält sich den Mund zu.

»Ich finde die Idee auf jeden Fall prima«, sage ich. »Bei der Hitze ist es gut, die Haare aus dem Weg zu haben, und zeitgemäß dürfte die Frisur ebenfalls sein.«

Elisa zuckt hilflos mit den Schultern. »Ich weiß leider gar nicht, wie ein Bauernzopf geht.«

»Komm her«, sage ich, »ich habe zwei Töchter. Zöpfe jeder Art flechte ich im Schlaf.«

Nachdem die Frisuren sitzen, suche ich die Kinder und präsentiere ihnen ihre Kleider.

»DAS soll ich tragen?« Maja schürzt frustriert ihre Lippen.

»Ich weiß, cool ist anders, aber vielleicht macht es ja Spaß«, versuche ich einen mageren Lockversuch, doch Maja bläst genervt die Backen auf. Liv hingegen ist entzückt von ihrem historischen Kleidchen mit der praktischen Schürze.

»Wie Bullerbü«, findet sie und damit ist für sie das Thema erledigt.

Als Letztes stoßen die beiden Jungs zu uns. Sie sind bereits fertig umgezogen. Ole, Janines Sohn, ist ein dunkelhaariges fesches Bürschlein in Majas Alter mit der dazugehörigen lässigen halblangen Haartolle. Wäre ich dreizehn, fände ich ihn süß. Aber ich bin zweiundvierzig UND habe eine dreizehnjährige Tochter. Also finde ich ihn: teenagerig. Alleine dieser Gesichtsausdruck! Es ist, als bekämen all die süßen kleinen Kinder spätestens an ihrem dreizehnten Geburtstag ein Flatzgesicht geliefert, inklusive der Bitte, nein, dem Befehl, dieses mindestens dreiundzwanzig Stunden am Tag zu tragen. Fast wie eine Zahnspange, nur mit viel größerer Inbrunst.

Elisas zehnjähriger Bruder Linus sieht aus wie Michel aus Lönneberga, er ist ebenso blond wie seine Schwester und eher klein. Schüchtern versteckt er sich hinter Elisa, die ihm liebevoll den Rücken krault.

In diesem Moment kommt Betty angerauscht. »Toll seht ihr aus. Mädels, lasst euch anschauen.« Sie zuppelt fachmännisch an meinem Kleid. »Da sag noch einer, wir könnten keine Kleider auf den Leib schneidern. Danke noch mal, dass du mir eure Maße geschickt hast, viel mussten wir nicht ändern. Die abgesprungene Familie war wohl eine Zwillingsfamilie.«

Der letzte Akt unseres Lebens in der Gegenwart ist das Verstauen der nicht mehr benötigten Dinge in Kisten, die mit unseren Namen beschriftet sind. Ein wenig seltsam fühlt es sich an, so ohne persönliche Gegenstände in den Urlaub zu starten, aber allein mein Kleid führt zu einer inneren Veränderung, die alles Moderne entbehrlich macht.

»Ich glaub, es geht los«, quiekt Elisa aufgeregt, kaum dass ich meine Handtasche weggepackt habe, und wie auf Kommando strebt die altertümliche Gesellschaft dem Ausgang entgegen.

»Dann hinterher«, fordert uns Janine auf.

Ich nehme meine Töchter bei der Hand. »Kommt. Es wird Zeit, unser neues Zuhause zu beziehen.«

Zeitreise

Wir folgen dem Hauptweg, ein Museumsmitarbeiter bildet die Vorhut und verkündet jeweils die Nummer der Gruppe, die ihr neues Zuhause gefunden hat. Am Ende sind nur noch wir übrig. Unser Hof liegt genau am entgegengesetzten Ende des Eingangs, dahinter kommt nur noch ein kleiner See. Wir erreichen den Hof über einen schmalen, von Hecken gesäumten Seitenweg. Ich erkenne ihn erst jetzt. Wir waren oft als Besucher hier, nun werden wir darin wohnen. Der Hof ist hufeisenförmig angelegt, das Haupthaus ist ein hellgelbes Fachwerkhaus mit kleinen Sprossenfenstern und einem schiefergedeckten Dach, daran grenzt eine Scheune. Der Hof ist teilweise gepflastert, ein größerer Teil mit buntem Schotter bedeckt. Idyllisch. Kein anderes Wort beschreibt den Anblick besser.

Wir durchqueren den Innenhof, in dessen Mitte eine riesige Eiche posiert, und entern fast euphorisch das Wohnhaus durch eine mit Schnitzereien verzierte, verwitterte Tür. Sie führt uns direkt in die Küche anno 1756. In dem dunklen, angenehm kühlen Raum sticht zunächst der alte gusseiserne Herd ins Auge. An der Wand finden sich Regalbretter, auf denen kupferne Töpfe und Schüsseln aus Emaille stehen. Ansonsten ist der Raum karg eingerichtet: eine Anrichte mit schlichtem Tongeschirr, gegenüber steht ein großer Tisch aus grobem Holz, gesäumt von niedrigen Schemeln und einer rustikalen Bank. In einer Ecke irritiert ein Feuerlöscher, ein Zugeständnis an die Moderne, das einzig Farbige auf einem Schwarz-Weiß-Bild. Eine kleine Tür führt in die Speisekammer. Sie ist gefüllt mit leinenen Säckchen, Tontöpfen und Holzkisten. Wir werden sie später genauer untersuchen.

Wir stehen etwas ratlos in diesem dunklen Raum mit der niedrigen Decke und sind ein wenig ernüchtert. In dieser Küche sollen wir sechs Wochen kochen und essen? Am eindringlichsten ist der muffige Geruch – jahrhundertealter, durchdringender Mief quillt aus allen Ritzen.

»Es stinkt«, stellt dann auch Liv fest und rümpft die Nase.

»Daran wirst du dich gewöhnen«, tröste ich sie. »Außerdem stinken wir da jetzt einfach drüber hinweg und, schwuppdiwupp, riecht es wie zu Hause.«

»Das geht gar nicht«, lenkt Maja ein, »zu Hause stinken nur vier Leute, hier stinken viel mehr und anders stinken die auch.«

»Dann mischen wir eben einen neuen Gestank. Aber jetzt im Ernst. Die Nase gewöhnt sich schnell an neue Gerüche. Das wird schon.«

»Hast du gerade behauptet, wir stinken?«, fragt Timo ungläubig.

»Ja«, antworte ich grinsend.

»Also, ich stinke nicht, ich dufte«, erwidert er.

»Das kannst du gar nicht selbst beurteilen«, mischt sich Janine ein und schnuppert frech an seinem Leinenhemd. »Okay. Stimmt. Du duftest. Noch! Aber warte, bis eine Woche rum ist. Ohne Aftershave, nach dem Holzhacken, mit nacktem Oberkörper, wohin wir natürlich gerne gucken, aber nicht zu nahe kommen. Du weißt schon, wegen des Gestanks.«

»Gräbst du mich gerade an?«

»Nö«, sagt sie lapidar. »Aber gucken ist erlaubt, absolut notwendig und viel schöner, wenn der Mann schwul ist, weil dann keine Gefahr von ihm ausgeht.«

»Was soll ich zu dieser Argumentationskette sagen. Außerdem

habe ich das Schw-Wort schon vermisst«, ächzt Timo und sie streichelt ihm liebevoll über den Oberarm.

»Seid ihr fertig?«, frage ich. »Es ist ja nicht auszuhalten, wie ihr nicht-sexuell flirtet.«

»Wie flirtet man denn nicht-sexuell?«, fragt Timo interessiert.

»Na, so wie ihr eben«, antworte ich lachend.

»Ich finde, solche Gespräche gehören sich im Beisein von Kindern nicht.« Edeltraud, die mit zusammengekniffenen Augen neben uns steht, macht ihrer Empörung Luft. Sie wird wohl eine Weile brauchen, um sich an den Ton zu gewöhnen, der hier in Windeseile Einzug gehalten hat.

»Wieso nicht?«, fragt Maja cool. »Wir sind ja keine Kleinkinder. Wir kriegen mit, was auf der Welt passiert.«

Da steht Edeltraud glatt der Mund offen und Ole steht hinter ihr und grinst wissend. Klar, dank unbegrenztem WLAN wissen die Kids, wo der Hase lang läuft.

Ich beschließe, die arme Frau zu erlösen. »Also, ich weiß nicht, wie es euch geht, aber ich finde es hier gemütlich. Und wenn das Wetter so bleibt, sind wir eh mehr draußen als drinnen.«

»Oder nur drinnen, weil man es draußen nicht aushält, es ist schön kühl hier.« Endlich traut sich auch Elisa zu Wort.

»Und ich finde, wir können froh sein, dass wir nicht in dem Hof aus dem 16. Jahrhundert gelandet sind«, meint Janine, »da ist der Stall nämlich *im* Haus und die Tiere kacken zwei Meter neben dem Esstisch.«

»Echt?« Liv staunt Bauklötze, während die Jungs grunzende Geräusche von sich geben.

»Aber so was von«, antworte ich.

»So, ihr Lieben.« Timo klatscht in die Hände. »Wollen wir uns den Rest unseres neuen Zuhauses anschauen?«

»Ich möchte jetzt wissen, wo ich schlafe«, merkt Edeltraud an. »Ich hätte nämlich gerne ein Zimmer für mich allein.«

Janine, die hinter Edeltraud steht, verdreht die Augen und lässt seitlich die Zunge aus dem Mund hängen. Ich verkneife mir ein Kichern, Timo behält die Fassung und geht vorbildlich auf die Altdamenallüren ein. »Liebe Edeltraud, du bist die Älteste hier. Wir werden sehen, was wir für dich tun können.«

Janine nickt heftig und ich wende den Blick ab. Das darf echt nicht so weitergehen. Im Gänsemarsch inspizieren wir also die Bettenlage.

Durch einen kleinen Flur gelangen wir in eine Art Wohnstube. In einer der Tür gegenüberliegenden Nische steht ein Schrankbett. Liv flitzt sofort darauf zu und klappert begeistert mit den Türen.

»Au ja, Mama, hier will ich schlafen. Da können wir abends die Türen zumachen und haben es total gemütlich.«

Maja stimmt ihr heftig nickend zu, doch Edeltraud hat Einwände. »Liebe Mädchen. Wenn dies das einzige Einzelbett ist, werde sicher ich in diesem Raum schlafen.«

Liv mustert die Dame mit abschätzigem Blick. »Das ist viel zu breit für einen.«

»Jetzt schafft die es auch schon, sich mit den Kindern in die Wolle zu kriegen. Das wird noch lustig«, flüstert mir Janine ins Ohr.

Ich pfeife meine beiden Grazien zurück. »Nun lasst uns erst mal die anderen Zimmer anschauen, dann sehen wir weiter.« Ich blicke in enttäuschte Gesichter, trotzdem nicken sie brav.

Von dem kleinen Flur aus führt eine steile Treppe nach oben.

»Ganz schön eng alles«, befindet Ole.

Er hat recht, keine zwei Leute passen nebeneinander auf die Stufen, wir knubbeln uns im Flur, während die ersten die Treppe erklimmen.

»Was soll ich denn sagen?« Timo deutet auf die Decke, viel Platz ist nicht zwischen ihm und ihr. »Und habt ihr mal auf die Türen geachtet, ich muss mich immer bücken, wenn ich da durchwill. Nach sechs Wochen in diesem Haus habe ich einen Buckel.«

»Ein Riese mit Buckel.« Linus kichert und fängt sich einen mahnenden Blick seiner Schwester ein, den er mit einem frechen Grinsen quittiert.

Oben angekommen, schieben wir uns durch einen weiteren kleinen Flur in zwei kleine Schlafzimmer. In beiden stehen jeweils zwei grob gezimmerte Holzbetten, zwei Stühle und ein Bauernschrank. Das war's. Es ist ein kleines Haus.

»Ich zähle fünf Betten«, mosert Edeltraud. »Wir sind jedoch neun Personen.«

»Sechs Betten«, nuschelt Liv mürrisch. »Ein Bett ist für zwei Leute.«

»Junge Dame, ich finde, es steht dir nicht zu, dich einzumischen.«

Bevor ich für meine kleine Tochter, die ja recht hat, in die Bresche springen kann, ist es wieder Timo, der die Stimmung rettet. »Ich hole jetzt die versprochene Kladde, und dann schauen wir nach.«

Nach kurzer Suche wird er in der Anrichte in der Küche fündig. Die Kladde entpuppt sich als roter Schnellhefter mit eng bedruckten Seiten.

»Das ist aber nicht zeitgemäß«, unke ich in gespielt kritischem Ton.

»Passt aber farblich zum Feuerlöscher«, findet Timo. Er blättert durch die Seiten, wir stehen neugierig um ihn rum. Nach einer kurzen Einführung über die Geschichte des Gebäudes folgen die praktischen Kapitel: Essen, Einkaufen, Aufgaben. Am Ende sind die Schlafgelegenheiten aufgelistet.

»Im Stroh soll auch jemand schlafen?«, fragt Elisa ungläubig.

»Ja, hier steht es.« Timo tippt auf die fragliche Stelle. »Und auf dem Heuboden sind noch mal zwei Schlafstätten. Ich schlage vor, wir machen es uns einfach. Ich bin ein Bauernsohn, ich nehme das Bett im Stroh.« Er grinst lausbübisch.

»Ich bestehe weiterhin auf einem eigenen Zimmer«, betont Edeltraud.

»Aber das haut nicht hin. Es gibt nämlich kein Einzelzimmer«, erklärt Janine betont ruhig. »Wir haben neun Betten. Daran lässt sich nicht rütteln.«

Edeltrauds Missmut ist mit Händen greifbar. »Nun, du vergisst, dass ich um einiges älter bin. Ich brauche meine Privatsphäre.«

»Wann fängt die denn an? Und ab wann *braucht* man die? Nur damit ich mich drauf einstellen kann«, ätzt Janine. Ich boxe sie dezent in den Oberarm. »Ist doch wahr«, mault sie, »wenn man hierherkommt, sollte man sich anpassen. So sehe ich das.«

Der erste Konflikt scheint unausweichlich. Während des Schlagabtausches der beiden störrischen Damen schauen wir verlegen in der Gegend herum. Einzig Liv starrt Edeltraud so unverblümt wütend an, ich befürchte, sie springt ihr gleich an die Gurgel. Damit nicht wieder Timo den Schlichter spielen muss, mache ich einen Vorschlag.

»Timo geht ins Stroh, die Jungs ins Heu. Okay?« Ich ernte eifriges Nicken und fahre fort: »Und die Mädels schlafen im Schrank.«

»Jajaja«, skandieren sie im Duett und ich zwinkere ihnen zu. Edeltraud setzt zum Protest an, doch mit einer Handbewegung bringe ich sie zum Schweigen.

»Elisa, Janine und ich schlafen in einem Raum, wir schieben einfach eines der beiden Betten rüber, und Edeltraud bekommt ihr Einzelzimmer.« Stolz blicke ich in die Runde, alle sind einverstanden, und die Bettenkrise ist ausgestanden, kaum, dass sie begonnen hat.

Wir wollen weiter den Hof erkunden, doch Liv hat eine elementare Frage. »Mama, wo gehen wir eigentlich aufs Klo?«

Sie hat recht, es gibt kein Badezimmer und keine Toilette im Haus. Dem allgemeinen Raunen ist zu entnehmen, dass auch die anderen noch nicht auf den Gedanken gekommen sind, dass hier Elementares fehlt.

»Das ist eine gute Frage, Schatz. Also kommt, suchen wir das Klo.«

Einer Pilgergruppe gleich ziehen wir im Gänsemarsch los. Wir begutachten den Heuboden, der von einer Leiter an der Außenwand aus zu erreichen ist. Ole und Linus staunen Bauklötze und erklimmen sie in Windeseile.

»Cool«, tönt es von oben, und wieder sind zwei Kinder glücklich.

Der Stall schließt direkt an das Haupthaus an. Er ist zweigeteilt. Eine Seite birgt eine beachtliche Strohburg, die in mehreren Stufen aufgebaut ist. Hier schläft Timo. »Ist doch gemütlich«, befindet er, wirft sein Bündel mit Schwung auf eine der mittleren Stufen und ist zufrieden. Auf der anderen Seite, getrennt durch eine Holzwand, begrüßen uns zwei Kühe, die zufrieden vor sich hin kauen und uns mit großen Augen anglotzen.

»Kühe«, sagt Edeltraud, »wusstet ihr, dass wir Kühe haben?«

»Ich wusste es«, sagt Timo selig und krault eine der beiden über der Nase. Ein hölzernes Schild neben der Box verrät ihre Namen. »Hallo, Bertha und Magda«, begrüßt er sie, »ich bin der neue Melkchef.«

»Ich wollte gerade fragen, wie wir diese Tiere melken«, merkt Edeltraud an, »aber ich schließe daraus, dass wir uns darum nicht sorgen müssen?«

»Nein, nein«, entgegnet Timo. »Meine Oma hat es mir beigebracht. Sie meinte, ein Bauernsohn müsse melken können. Sie fand die Melkmaschinen immer super, weil sie viel Arbeit abnehmen. ›Aber melken, Junge, das musst du trotzdem können.‹«

»Bringst du uns auch das Melken bei?«, fragt Linus mit strahlenden Augen.

»Klar«, antwortet Timo, und eine der Kühe muht, als wäre sie damit sehr, sehr einverstanden.

»Was machen wir mit der Milch?«, fragt Elisa. »Verarbeiten wir die selbst oder wird die weggebracht?«

»Wir verarbeiten sie selbst. Wir sind übrigens der einzige Hof mit Kühen«, sagt Timo. »Herr van Berg hätte gerne mehr Kühe ausgeliehen, aber es gab sonst niemanden, der melken konnte, und Laien dran zu lassen ist echt heikel.«

»Na, der wird sich gefreut haben wie ein Kleinkind, als er dich entdeckt hat«, mutmaße ich.

»Richtig, und deshalb haben wir auch noch Schafe und Ziegen.«

»Nun gut«, Janine setzt zum Stechschritt an, »dann suchen wir jetzt das Klo und die restlichen Viecher.«

Wir trippeln aus dem Stall, verlassen den Hof und umrunden das Gebäudeensemble. Direkt hinter der Scheune liegt eine große Wiese und auf der stehen die versprochenen Schafe und Ziegen. Drei Schafe und zwei Ziegen, um genau zu sein.

»Jetzt bin ich aber beruhigt, dass wir uns nicht um eine ganze Herde kümmern müssen.« Edeltraud hat wieder diesen krittelnden Ton drauf und fängt langsam an zu nerven.

»Das hätte keinen großen Unterschied gemacht«, entgegnet Timo lapidar. »Die fressen und kacken doch nur. Das können die gut alleine.«

»Apropos kacken«, sagt Janine, »ich wüsste jetzt wirklich gerne, ob wir ein Klo haben und wo das verdammte Ding steht.«

Janine ist echt 'ne Marke. Die Kinder kichern, Elisa und ich griemeln verzückt, Edeltraud schaut brüskiert. Der Umgangston ist derb, sie wird sich dran gewöhnen müssen.

Timo stupst Janine an. »Wieso so eilig, hast du Druck auf dem Darm?«

»Haha«, antwortet sie erstaunlich humorlos und nun wissen wir es alle: Sie HAT Druck. Also suchen wir das Klo. Vorher finden wir aber noch den Bauerngarten und der ist wunder-, wunderschön. So schön, dass Janine glatt ihre Notdurft vergisst. Er liegt hinter einer dichten, hohen Buchenhecke und durch ein kleines hölzernes Törchen gelangen wir hinein. Zwischen üppig bewachsenen Beeten verlaufen schmale gepflasterte Wege. Der Garten ist an die fünfhundert Quadratmeter groß, ästhetisch durchkomponiert und auf den ersten Blick gibt es nichts, was hier nicht wächst.

Janine ist hingerissen. »Davon hab ich immer geträumt. Einen richtigen, richtigen Garten.« Sie stromert durch die kleinen Wege, seufzt hier und quiekt da. »Erbsen, Himbeeren, Tomaten und schaut hier: Kräuter. So viele Kräuter! Danke, Universum, du hast mir meinen größten Wunsch erfüllt.« Es macht Spaß, sie zu beobachten, denn zu jeder Pflanze, die sie entdeckt, weiß sie irgendetwas. Ihr Wissen scheint immens. Die Kinder tun sich bereits am Himbeerstrauch gütlich.

»Ach, ich kann das jetzt gar nicht richtig würdigen«, sagt sie schließlich, »aber ihr wisst nun, wo ihr mich die meiste Zeit finden werdet.«

»Stimmt«, sagt Timo, »dein Darm.«

»Du bist lästig wie eine Fliege.« Sie boxt ihn gegen den Oberarm. »Mal doch gleich ein Plakat, wo draufsteht: ›Janine muss kacken.‹«

Die Kinder johlen erneut, besonders die beiden Jungs kriegen sich gar nicht mehr ein. Edeltraud guckt brüskiert, und ich frage

Elisa augenzwinkernd, ob sich die beiden wirklich erst seit ein paar Stunden kennen.

»Was passt, das passt«, antwortet Timo an ihrer statt. Er und Janine strahlen sich selig an.

Elisa und ich tauschen einen wissenden Blick und lassen uns ein paar Meter zurückfallen, während wir den Garten verlassen und weiterziehen.

»Es ist echt eine Schande, dass er schwul ist. Wir würden hier sonst sicher eine 1a-Liebesgeschichte vorgesetzt bekommen.«

»Das stimmt«, sagt Elisa, »aber so ist's einfach lustig zuzugucken.«

In diesem Augenblick haben wir unser stilles Örtchen gefunden, ein kleines hölzernes Haus mit Herz in der Tür. Im Gegensatz zum Rest ist es jedoch nigelnagelneu.

»Da musste Herr van Berg wohl ein bisschen aufrüsten. Niedere Bedürfnisse waren bisher eher kein Thema.« Timo klopft an die Außenwand.

»Und es hat ihm bestimmt gestunken, dass die Dinger so neu aussehen«, unke ich.

»Im wahrsten Sinne des Wortes«, setzt Timo mit einem Seitenblick auf Janine nach.

»Ich sehe schon, du hast deine pure Freude daran, mich zu ärgern«, grummelt sie. »Können wir uns das Ding jetzt angucken, und dann geht ihr endlich weiter und lasst mich hier?«

»Du darfst das stille Örtchen einweihen, das ist gemein.«

»Ihr seid wie zwei Kleinkinder, echt jetzt.« Ich öffne die Tür und wir erblicken einen gemütlich aussehenden hölzernen Thron. Davor steht ein Eimer mit Laub und Rinde und es gibt sogar Klopapier. Mensch, da ist Daniel glatt über sich hinausgewachsen.

Liv ist die Sache nicht geheuer. »Und da müssen wir jetzt immer hin? Auch nachts?«

»Ein Klo für neun Leute ist wirklich wenig«, stellt Edeltraud fest.

»Und wo waschen wir uns?«, fragt Maja.

Ich antworte erst einmal meiner kleinen Tochter. »Wenn du dich nachts nicht traust, weckst du mich. Wir gehen dann gemeinsam. Und du natürlich auch, Maja.« Augenscheinlich scheint das drängendste Problem gelöst, bleibt die Frage, wo wir uns waschen.

»Das könnt ihr gern ohne mich klären ... Und jetzt, bitte ... bitte ... GEHT.« Janines Stimme ist angespannt, ihr Gesichtsausdruck auch.

Timo setzt zu einem Kommentar an, doch ich schiebe ihn brüsk weiter. »Genug Fäkalsprüche für heute, jetzt lass das Mädel in Ruhe kacken.«

Timo lacht. »Der Satz des Tages und er stammt leider nicht von mir.«

Wir erreichen die Rückseite unseres hufeisenförmigen Hofes. Hier gibt es eine weitere Wiese und einen Brunnen. Kein Loch, das in die Tiefe führt, sondern ein großes steinernes Becken, in das munter kaltes Wasser sprudelt.

»Voilà«, sage ich, »willkommen in unserem Badezimmer.«

Es ist ein schöner Hof, in dem wir die nächsten Wochen wohnen dürfen, da sind wir uns einig. Auch Edeltraud. Das Bettenproblem ist gelöst, wir wissen, womit wir es zu tun haben, und in den nächsten Stunden entdecken wir weitere Details. Wir studieren noch einmal die Kladde, verschaffen uns einen Überblick über die verschiedenen Gerätschaften, rätseln, wie der Ofen am besten zu befeuern ist, sichten die Lebensmittel in der Speisekammer und richten uns in den Zimmern ein. Bei alldem herrscht eine fast ausgelassene Stimmung. Es ist ein bisschen wie auf Klassenfahrt. Niemand von uns weiß, was uns die nächsten Wochen erwartet, aber wir freuen uns darauf.

Die Kinder liegen bereits in den Betten, auch Liv und Maja sind völlig fertig von den Eindrücken dieses ersten Tages. Zufrieden mit sich und der Welt kuscheln sie sich in ihrem Schrank in die Laken. Eine kleine Diskussion gibt es noch um die Schranktür. Sie wollen sie aus Gemütlichkeitsgründen schließen, ich sorge mich um die nächtliche Sauerstoffzufuhr.

»Du übertreibst mal wieder, Mama. Aber wenn du dann besser schlafen kannst, lehn' sie halt an«, meint Maja, verdreht effektvoll die Augen und kehrt mir den Rücken zu. Eine fast bemerkenswerte Kompromissbereitschaft meiner Teenietochter.

Mit gutem Gefühl und der Gewissheit, meine Kinder am nächsten Tag lebend im Schrank wiederzufinden, geselle ich mich zu den anderen Erwachsenen auf die Bank unter der großen Eiche im Hof. Wir glauben alle nicht, dass wir noch lange durchhalten, aber für ein Gläschen Wasser muss Zeit sein.

»Also«, übernimmt Timo das Wort, als wir alle einen Becher mit klarem, wunderbar kühlem Quellwasser in der Hand halten. »Als einziger Mann in der Runde und somit wohl so etwas wie der Haushaltsvorstand, zumindest wenn man die Maßstäbe von 1756 anlegt ...« Weiter kommt er nicht.

»Du bist der Knecht, lieber Timo. Nicht der Haushaltsvorstand«, weist ihn Janine liebenswürdig, aber mit drohendem Unterton zurecht.

»Jetzt lass mich doch mal ausreden. Ich brauche doch nur einen Grund, um euch zum Quellwassersaufen aufzufordern.«

Die Kabbelei der beiden scheint sich zu institutionalisieren. Es macht Spaß, ihnen beim Abstecken ihrer Hoheitsgebiete zuzusehen, und ich liebe ihre Wortgefechte jetzt schon.

Leider grätscht die gute Edeltraud in die ausgelassene Stimmung. »Ist es nicht so, dass diese Rolle am ehesten dem ältesten Bewohner zusteht?«

Wir starren sie ungläubig an. In den Gesichtern der anderen

lese ich das, was ich denke, und selbst die höfliche Elisa guckt erstaunt. Wir sind uns wortlos einig: Bloß nicht die Trulla als Chef, damit verderben wir uns den ganzen Spaß. Es verstreichen lange Sekunden, ehe Timo sich erbarmt, eine Antwort zu geben.

»Brauchen wir denn überhaupt einen Haushaltsvorstand? Ich habe das eben nicht unbedingt ernst gemeint. Ich denke doch, wir bekommen das Ganze auch basisdemokratisch hin.«

Gute Antwort.

»Nun ja, das entspräche aber nicht den Zuständen der damaligen Zeit.«

»In der damaligen Zeit würde auch kein Schwuler mit vier Frauen und vier Kindern zusammenwohnen.«

Touché. Frau von Eschenbach schnappt nach Luft. Sie setzt zu einer Antwort an, doch die Worte verenden ihr im Hals. Ihr Blick ist dennoch Aussage genug. Bevor die Stimmung kippt und wir das Spiel *Alle gegen eine* spielen, versuche ich, den drohenden Streit zu verhindern.

»Wäre es denn so verkehrt, wenn es jemanden gäbe, der als Sprachrohr fungiert und den organisatorischen Überblick hat? Es muss ja nicht gleich ein Haushaltsvorstand sein, der den anderen sagt, was sie zu tun haben. Wir probieren es aus, und wenn wir merken, es ist unnötig, lassen wir's. Außerdem könnten wir rotieren. Wir sind schließlich lange genug hier.«

»Das ist eine gute Idee«, sagt Janine und auch Timo und Elisa nicken.

»Wer fängt an?«

»Immer die, die fragt, natürlich.« Janine zwinkert Elisa zu. »Wer ist dafür?«

Sie, Timo und ich heben erheitert die Hand, Edeltraud zuckt mit derselben, kann sich aber nicht überwinden, sie zu heben.

»Aber wir sollten wöchentlich wechseln«, setzt sie nach.

»Geht klar«, sagt Timo und entzieht ihr damit jede weitere Argumentationsgrundlage.

»Liebe Elisa, nimmst du die Wahl an?«

Elisa wird knallrot. Mittelpunkt zu sein ist wohl nicht ihr Ding. »Ha, ja … Das kann ich schon machen.«

»Sehr schön!« Janine klopft ihr wohlwollend auf die Schulter. »Du machst das schon. Im Grunde ist es ja auch nur eine Formsache.« Sie sagt dies mit einem Seitenblick auf Edeltraud, doch die scheint überhaupt nicht zu merken, dass wir den Zirkus nur veranstalten, damit sie Ruhe gibt.

Wir stoßen an und lassen den ersten Tag Revue passieren. Er war auf eine schöne Art und Weise anstrengend.

»Ich bin echt gespannt, wie es ist, wenn die ganzen Besucher hier rumstromern und uns auf die Finger gucken. Das ist bestimmt total seltsam«, sage ich.

»Ach, ich texte die einfach zu. Dann habe ich nicht das Gefühl, nur beobachtet zu werden. Reden kann ich.«

»Das glauben wir dir aufs Wort, liebe Janine«, foppe ich sie.

Sie stößt mich in die Rippen. »Ich finde, ihr seid ganz schön frech, dafür, dass wir uns erst einen Tag kennen. Aber ich meinte ausnahmsweise mein pures, allumfängliches Fachwissen als Kräuterhexe.«

»Darauf bin ich wirklich gespannt.« Das meine ich ernst. »Wir können bestimmt viel von dir lernen.«

»Oh ja.« Sie wirft einen Blick in die Runde. »Spätestens beim ersten Kater werdet ihr froh sein, mich zu haben.«

»Echt? Du weißt, was gegen einen Kater hilft?« Timos Neugierde ist geweckt. »Weißt du denn auch, wie man einen herstellt?« Er grinst auffordernd.

»Oh, glaub mir, lieber Timo, ich könnte dich auf den Trip deines Lebens schicken. Aber dieses Wissen wirst du niemals aus mir herausbekommen.«

»Schade aber auch«, gibt er mit einem Flunsch zurück. »Und dabei haben wir hier nicht mal ordentlichen Alkohol.« Gespielt frustriert nippt er an seinem Wasserglas.

Janine setzt zu einer Antwort an, als ein älterer Herr im Nadelstreifenwams und mit missmutigem Gesichtsausdruck im Stechschritt den Hof betritt. Der penetrante Typ von der Einführungsveranstaltung!

»EDELTRAUD«, bellt er und gibt sich damit als deren Gatte zu erkennen. Sie zuckt unmerklich zusammen, um fast im gleichen Augenblick aufzuspringen und ihre Röcke glatt zu streichen. Anschließend tritt sie ihm würdevoll und mit geradem Rücken entgegen. »Eberhardt, hast du dich in deiner Unterkunft eingefunden?«

»Ich werde direkt im Anschluss mit Herrn van Berg sprechen. Ich finde die Zuteilung der Unterkunft äußerst fragwürdig, Edeltraud.«

»Was stimmt denn mit deiner Unterkunft nicht, Eberhardt?«, fragt die Gattin sorgenvoll und legt ihre Stirn in Falten.

»Zunächst einmal muss ich mir das Zimmer mit einem ungehobelten Jungspund teilen. Das werde ich in keinem Fall dulden. Zudem sind die Betten äußerst unbequem.«

»Nun ja, Eberhardt«, wendet die Gattin ein, »wir müssen nun einmal mit den Zuständen früherer Jahrhunderte zurechtkommen. Wir haben doch darüber geredet, Eberhardt.«

»Sicher haben wir das, Edeltraud, doch ich habe weder vor, mir über Wochen die dümmlichen Kommentare eines ungehobelten Jünglings anzuhören, noch mir meinen Rücken zu ruinieren. Wenn mir Herr van Berg nicht entgegenkommt, werden wir umgehend abreisen.«

Wir? Das Frauchen nickt artig. Ernsthaft?

»Nun, Edeltraud«, blafft der Typ weiter, »und ich bin erstaunt, wie sie es schaffen, ihre Vornamen in fast jeden Satz zu packen. Ich komm mir schon fast vor wie damals bei den *Drombuschs*. Fehlt nur noch das ›Schnuppe‹.

»Würdest du mir nun deine Unterkunft zeigen?«, fordert er sie förmlich auf.

»Aber selbstverständlich, Eberhardt«, antwortet Edeltraud wie aus einem Lehrbuch für die anständige Ehefrau und führt ihren Gatten in das Gebäude.

Wir warten drei Sekunden, ehe wir loslegen.

»Ist das gerade wirklich passiert?«, frage ich fassungslos.

»Ja, ist es«, konstatiert Timo.

»Was schüttet der seiner Frau morgens in den Kaffee, dass die sich benimmt wie die *Frauen von Stepford*?«, fragt Janine.

»Das könnte ja lustig werden, wenn sie den hier nicht mehr bekommt«, erwidert Timo.

»Genau, vielleicht mutiert sie dann zur Revoluzzerbraut«, unkt Janine.

»Das wäre spannend«, sage ich, »aber im Ernst. Ich habe so etwas noch nicht erlebt. Sind die wirklich aus dem 20. Jahrhundert?«

»Falls nicht, sind sie ja jetzt da, wo sie hingehören«, stellt Janine fest.

»Wohlbemerkt, in angemessenen Betten«, stänkere ich. »Ich bin gespannt, wie Daniel darauf reagieren wird. Er kann ihm kaum eine Tausend-Euro-Kaltschaummatratze ins Bett legen.«

»Wenn's doch eine historische ist …« Janine kriegt sich vor lauter Giggelei kaum ein.

»Vielleicht hätte er die beiden besser in ein Haus gesteckt«, überlegt Elisa.

»Ob wir unsere erste Mitbewohnerin wohl schon vor der ersten Nacht verlieren?« Timo gießt sich nachdenklich Wasser nach.

»Das schafft nicht mal *Big Brother*«, stichelt Janine.

»Ich würde sie vermissen«, meint Timo. »Sonst ist hier ja niemand, über den man ohne schlechtes Gewissen herziehen kann.«

»Ich finde, die Traudl sollte bleiben. Ein gemeinsamer Feind ist doch ganz gut für die Moral der Truppe«, stellt Elisa fest. Wir blicken sie erstaunt an. Sie taut wohl langsam auf.

»Allerdings«, meint Timo. »Wir werden sie einfach festketten und es genau damit begründen. Und Traudl ist ja wohl super, den Namen wird sie jetzt nicht mehr los.«

Elisa wird ob des Lobs glatt mal wieder rot.

»Und dann diese Vornamengeschichte«, lästere ich munter weiter. »Wie oft nennen die sich am Tag wohl bei den Vornamen?«

»In jedem Satz, meine Liebe, in jedem einzelnen verfickten Satz.« Janine schüttelt fassungslos den Kopf.

Timo mustert Janine und nimmt das neue Lästerthema gleich auf. »JANINE, würdest du mir bitte die altertümliche Wasserkaraffe reichen?«

»Aber sicher, TIMO«, säuselt sie.

»Danke, JANINE.«

»Aber bitte, TIMO.«

»Ihr geht viel zu freundlich miteinander um«, stelle ich fest. »Timo, du musst herrischer sein.«

»Ich bin schwul, liebe Kristin. Vergiss das nicht.«

Und so geht es weiter, als würden wir uns schon unser halbes Leben kennen. Wann war ich das letzte Mal so unbeschwert? Dieses simple Herumflachsen in einer sich neu findenden Gruppe – das habe ich zuletzt erlebt, als ich kurz vor meinem achtzehnten Geburtstag mit einer Jugendgruppe in Schweden war. Über zwanzig Jahre später freue ich mich wieder über jede Unkerei und Lästerei. Kann es sein, dass ich schon am ersten Abend hier angekommen bin? Kann es sein, dass diese Menschen es schaffen, dass ich allen Ballast, alle Sorgen und alle Grübeleien einfach von mir werfe und in der Lage bin, den schnöden Augenblick zu genießen?

Es wäre zu schön.

Ich falle nahezu ohnmächtig, aber zufrieden und mit mir im Reinen ins Bett und schlafe ein, ehe mein Kopf auf dem Kopfkissen liegt. Das ist mir schon lange nicht mehr passiert.

Akklimatisierung

Ob man in dem kleinen See schwimmen kann? Mit diesem Gedanken wache ich im Morgengrauen auf meiner Strohmatratze auf. Die Nacht war gut. Die Räume sind angenehm kühl, das Bett bequemer, als ich dachte. Und deshalb bin ich ausgeschlafen, motiviert und habe Lust, schwimmen zu gehen.

Einen Versuch ist es wert, also recke und strecke ich mich, schlage die Decke mit dem rot karierten, kratzigen Leinenbezug zurück und krieche vorsichtig aus dem Bett. Elisa hat mir den Rücken zugedreht und gibt keinen Mucks von sich, Janine schnarcht leise vor sich hin. Jugendherbergsfeeling! Ich schnappe mir meine Klamotten, die ich lieblos über einen der Stühle geschmissen habe, und betrete die Küche. Der kalte Rauch des gestrigen Feuers hängt noch in der Luft und vermischt sich mit den Gerüchen der letzten Jahrhunderte.

Ich zögere vor dem Anziehen. Das Korsett ignoriere ich, aber was kommt zuerst? Kniehose, Hemdchen, darüber das Unterkleid. Das Überkleid will nicht so, wie ich will, und es dauert eine Weile, bis ich alles zurechtgezuppelt habe und die lange Knopfleiste geschlossen ist. Liebend gern würde ich jetzt einfach ein dünnes Kleid überziehen. Die Klamotten sind definitiv zu warm für diesen Sommer.

Schließlich ziehe ich die schwere Holztür ins gusseiserne Schloss. Es ist schon jetzt sehr warm. Gefühlt seit April haben wir einen Sommer, wie wir ihn uns seit Jahren wünschen. Es regnet kaum, ist meistens über dreißig Grad warm, und wenn man den Meteorologen Glauben schenkt, wird sich daran auch so schnell nichts ändern. Ich schlendere den ausgeschilderten Weg zum See hinunter, lausche der umtriebigen Vogelschar, den im leichten Wind rauschenden Blättern, dem Knacken und Rascheln im Unterholz. Es ist schön hier!

Am Holzsteg des Sees angekommen, vergewissere ich mich, dass ich alleine bin, schäle mich aus den Klamotten, die ich eben noch so umständlich angezogen habe, lasse sie liegen, wo sie gerade hinfallen, schaue mich ein letztes Mal um. Dann trete ich in Hemdchen und neuzeitlichem Schlüpfer auf den schmalen Holzsteg. Das Holz an den Füßen fühlt sich rau und warm an, vorsichtig tunke ich meinen linken Fuß ins Wasser. So kalt ist es gar nicht. Ich setze mich auf den Steg, ziehe mich dann doch komplett aus und lasse mich beherzt fallen. Oh. Ist das schön!

Die ersten Schwimmzüge mache ich vorsichtig, in freien Gewässern fürchte ich das Unsichtbare: die Alge, die sich plötzlich um den Fuß wickelt, den Fisch in meiner Nähe ... Das finde ich gruselig. Schließlich weiß niemand, was in so einem See alles rumschwimmt. Es könnte mich anknabbern, und dann stehe ich da und mir fehlt plötzlich ein kleiner Zeh! Natürlich weiß ich, dass das völliger Humbug ist, aber Kopfkino ist eben Kopfkino, und es soll ja schon Welse gegeben haben, die Dackel fressen. Da wäre eine nackte Anfangvierzigerin doch mal eine spektakuläre Neuigkeit. Ich versuche, den Gedanken an frauenfressende Riesenwelse zu verdrängen, und schwimme forscher. Die imaginären Ungeheuer verschwinden, Entspannung setzt ein und ich beginne nachzudenken. Leider lande ich umgehend bei meinem Ehemann. Eine schon fast lieb gewordene Grübelei über Verlust, Fehler, fehlende Pläne und verpasste Chancen. Ich hätte beim Riesenwels bleiben sollen.

Bevor ich weitere Monster herbeifantasieren kann, trägt der

Wind das Geräusch von Schritten übers Wasser. Das hat mir gerade noch gefehlt! Vorsichtig schwimme ich an den Schilfgürtel heran, der das Ufer säumt, in der Hoffnung, verborgen zu bleiben. Aus dem Wald tritt Eberhardt! Mit einem Spazierstock bewaffnet, nähert er sich dem Ufer, lässt den Blick schweifen, entdeckt mich jedoch nicht. Dafür aber meine wild durcheinanderliegenden Klamotten. Mit missbilligendem Blick stochert er mit seinem Stock darin herum und zerrt meine lange Unterhose heraus. Als wäre sie eine historische Sensation, studiert er sie eingehend und sucht dann den See ab. Diesmal entdeckt er mich. Rückzug oder Angriff? Ich entscheide mich für Angriff.

»Guten Morgen, Herr von Eschenberg«, flöte ich, »nutzen Sie auch die Ruhe der Morgenstunde?«

Irritiert und scheinbar völlig mit dem Anblick einer nackten Frau in einem Badesee überfordert – obwohl das Wasser trübe genug ist, dass man nicht direkt alles sieht –, kratzt er sich wenig standesgemäß am Kopf, läuft rot an, nuschelt Unverständliches und verschwindet blitzschnell im Wald. Ich kichere fröhlich in mich hinein. Dieses Erlebnis wird den Herrn sicher noch eine Weile beschäftigen. Mir zumindest hat es dazu verholfen, die restliche Zeit in Ruhe meine Bahnen zu ziehen. Ganz ohne depressive oder Angst machende Gedanken. Als ich endlich hellwach und angenehm erfrischt aus dem Wasser steige, fühle ich mich für den zweiten Tag in der *Vergangenheit* gewappnet.

Ich erscheine an einem gedeckten Frühstückstisch und habe sofort ein schlechtes Gewissen. Die anderen haben geschuftet, während ich mich vergnügt habe. Ich drücke meinen Töchtern einen Guten-Morgen-Schmatzer auf die Wange und bitte meine Mitbewohner um Nachsicht.

»Tut mir leid, aber es war einfach zu schön. Ich war eine Runde baden. Der See hat laut nach mir gerufen.«

»Warum hat er mich nicht gerufen?«, fragt Timo mit einem schelmischen Grinsen im Gesicht.

»Das Muhen der Kühe hat das Wasser übertönt«, erklärt ihm Janine.

Die beiden machen einfach da weiter, wo sie gestern aufgehört haben.

»Ich tippe eher auf das Stroh«, erwidert er, »der Geruch hat eine komatöse Wirkung.«

»Ja klar, das Stroh war schuld.«

Wie schön. Dank des verlässlichen kleinen Wortgefechtes ist mein spätes Erscheinen schon wieder vergessen. Fast. Edeltraud mustert mich mit missbilligendem Blick.

»Du warst wirklich im See?«, fragt Elisa erstaunt.

»Ja. Ich wollte es mal ausprobieren. Und es ist herrlich. Dabei weiß ich gar nicht, ob es erlaubt ist.«

»Eher nicht, würde ich sagen.« Timo schüttelt gespielt vorwurfsvoll mit dem Kopf. »Aber wir behalten es für uns.«

Der Seitenblick, den wir Edeltraud zuwerfen, ist offensichtlich, doch sie verzieht keine Miene. Ich erzähle jetzt lieber nicht, dass ich ihren Gatten getroffen habe.

»Für mich wäre das ja nichts«, lenkt Janine ab. »Algen, Fische, dunkles Wasser. Igitt.«

»Du hast die Riesenwelse vergessen«, unke ich.

»Na toll. Jetzt komme ich erst recht nicht mehr auf die Idee.«

»Schön zu wissen, dass auch du eine Schmerzgrenze hast.« Belustigt greift Timo nach der Holzschüssel mit dem Brot.

»Jetzt setz dich erst mal«, meint Janine. »Ole, rück mal ein Stück für Kristin.« Der rollt mit den Augen und kommt ihrer Aufforderung nach, indem er seinerseits Linus anstupst, damit dieser wiederum Platz für ihn macht. Janine nickt zufrieden und wendet sich wieder mir zu. »Du kannst ja später abdecken und spülen, dann verzeihen wir dir dein Schwänzen. Vielleicht.«

»Ist gebongt«, antworte ich und quetsche mich auf den freien Platz neben Ole. Es gibt frisches Brot mit Butter und Marmelade sowie einen warmen Getreidebrei mit Honig.

»Wie schmeckt der Brei?«, frage ich skeptisch Liv und Maja, die jede eine Schüssel vor sich stehen haben.

»Der ist eigentlich ganz lecker«, befindet Liv und schiebt sich mit dem Holzlöffel demonstrativ eine stattliche Portion in den Mund.

Maja nickt. »Stimmt. Ein bisschen wie Porridge, nur körniger.«

Ich vertraue der Einschätzung meiner Töchter und nehme mir ebenfalls eine Portion. Eigentlich fehlt jetzt nur noch Kaffee. »Kaffee gibt es nicht, oder?«

Unisones Stöhnen ist die Antwort. »Du kannst froh sein, dass du eben nicht da warst. Wir sind uns gegenseitig fast an die Gurgel gegangen, als wir das entdeckt haben. Ich habe die komplette Speisekammer auf den Kopf gestellt, aber nix gefunden.« Janine verzieht genervt das Gesicht.

Elisa kichert. »Ich habe dann in die Kladde geguckt und da stand es schwarz auf weiß.«

»Was?«, frage ich neugierig. Elisa greift nach der Kladde auf der Anrichte und liest vor: »Zwar gab es Kaffee und schwarzen Tee in Deutschland schon seit dem 17. Jahrhundert, jedoch nur für die gehobene Gesellschaft. In den niederen Schichten wurden diese Getränke erst mit Beginn des 19. Jahrhunderts gebräuchlich. Aus Gründen der historischen Korrektheit sind diese Getränke deshalb nicht vorgesehen.«

»So ein Käse.« Ich rümpfe die Nase. »Daniel ist echt ein fieser Prinzipienreiter. Kein Kaffee. Er hätte uns wenigstens vorwarnen können. Dann hätte ich völlig schmerzfrei welchen reingeschmuggelt.«

»Und was machen wir jetzt? Ich meine, was trinken wir morgens? Ich bin ohne Kaffee wirklich ungenießbar.« Timo sieht tatsächlich geknickt aus.

Janine lehnt sich genüsslich zurück. »Ich mixe uns einen anregenden Kräutertee. Glaubt mir, der putscht genauso auf wie Kaffee.«

»Du bist ein Schatz«, lobt Timo sichtlich vergnügt.

»Weiß ich.«

»Sollen wir uns gleich die Schule anschauen?«, frage ich meine Töchter, als wir gemeinsam den Tisch abdecken. Morgen ist ihr erster Schultag.

»Na gut«, sagt Maja wenig begeistert.

»Und wenn die anderen Kinder doof sind?«, fragt Liv kritisch.

»Alle Kinder sind nie doof«, antworte ich pragmatisch.

»Stimmt«, bekräftigt Janine, »ein paar nette sind eigentlich immer dabei.«

»Eigentlich?«, fragt Timo und hebt eine Augenbraue.

»Ja, eigentlich«, wiederholt Janine.

Edeltraud schüttelt ihren Kopf. »Hier ist es wie im Kindergarten.«

Recht hat sie und genauso lustig ist es auch.

»Kommt ihr mit?«, wende ich mich an Janine und Elisa.

»Ich glaub, eher nicht«, sagt Elisa, »der Linus wollte sich gleich erst mal ein bissle das Gelände anschauen.«

»Und Ole muss gar nicht zur Schule. Er wird ja hier eine Art Volontariat machen. Ich finde das echt super.« Janine wirft ihrem Sohn einen auffordernden Blick zu und hofft auf Bestätigung.

»Hurra«, jubelt Ole lahm. Er scheint das männliche Pendant zu Maja zu sein, aber er mäkelt still. Augen verdrehen *und* mürrisch schauen, die Königsdisziplinen.

»Zunächst sollten wir aber schauen, welche Arbeiten zu erledigen sind, und sie verteilen«, wendet Edeltraud ein und hat wieder recht. Uneingeschränkt. Dass wir alle brav nicken, erfüllt sie sichtlich mit Wohlwollen. So etwas Ähnliches wie ein Lächeln erscheint auf ihrem Gesicht.

Die Verteilung geht schnell. Wir beschränken uns auf das Nötigste, weil wir uns in Ruhe zurechtfinden wollen. Zudem ist es jetzt schon unendlich heiß und der Berg an Sonderaufgaben überfordert uns noch. Wie schlägt man Butter? Wie schneidet man Heu mit einer Sense und wann wendet man es? Wie spült man ohne Spüli? Wie wird der Herd richtig befeuert? Diese Fragen und viele mehr hinterlassen bei uns im Moment Ratlosigkeit. Es gibt zwar Fachleute, die nach und nach die Höfe besuchen und ihr Wissen weitergeben, doch üben müssen wir selbst und darüber hinaus ein authentisches Bild vermitteln. Die Mittel des Museums reichen nicht für eine lange Ausbildung, aber ich unterstelle Daniel, Menschen gecastet zu haben, die entweder Erfahrung haben oder bis in die Fingerspitzen pragmatisch und zu jeder Herausforderung bereit sind.

Die Grundaufteilung ist folgende: Timo kümmert sich um die Tiere, Janine übernimmt den Garten, Edeltrauds Spezialgebiet ist die Handarbeit. Elisa und ich haben keine besonderen Talente und erledigen das, was sonst anfällt. Betten lüften beispielsweise.

Die Federbetten MÜSSEN täglich aufgeschüttelt und ein bis zwei Stunden gelüftet werden, sonst kommt es aufgrund der Körperfeuchte zu Geruch und Schimmelbildung.

Der Satz steht fett gedruckt UND kursiv in der Kladde. Wir rümpfen die Nase und nehmen uns fest vor, diese Aufforderung extrem ernst zu nehmen. Keiner von uns will schimmlig vor sich hin dösen.

Die Schule ist ein altes Fachwerkhaus, kaum größer als ein Wohnhaus, kurzum, eine Dorfschule, wie man sie sich vorstellt. Der Schulhof ist nicht viel mehr als festgetretene Erde, hinter dem Schulhaus liegt eine große Wiese mit riesigen Birken und Weiden. Die Idylle ist perfekt.

Wir sind nicht die Einzigen, die den Vormittag nutzen, um die Schule zu erkunden, und das passt meinen Kindern gar nicht. Wie zwei Schatten schleichen sie hinter mir her. Ich kartiere die anderen Mütter mit ihren Zöglingen, denn es finden sich, fast wie im echten Leben, ausschließlich Frauen mit ihrem Nachwuchs auf dem Gelände. Kein Vater weit und breit. Ich genieße dieses schöne Bild. Kleider aus drei Jahrhunderten stehen einzeln und in kleinen Grüppchen auf dem Schulhof, dazwischen wuseln kleine Jungs in Knickerbockern und Mädchen in Rüschenkleidern. Eines fällt mir dabei auf. Neigt man im echten Leben dazu, die Menschen oft anhand ihrer Kleidung in Schubladen zu stecken, ist dies hier ausgeschlossen. Die Identität liegt unter Kostümen verborgen. Es erinnert mich ein wenig an Karneval. Keine Kleidung, keine Frisur lässt Rückschlüsse darauf zu, welcher Mensch einem gegenübersteht. Es ist eine echte Chance, die Leute nach ihrem Inneren zu beurteilen.

Maja nimmt meine Hand, das ist schon ewig nicht mehr vorgekommen. »Mama, hier sind nur kleine Kinder.«

Das stimmt. Die meisten Kinder sind im Grundschulalter. Selbst Liv gehört zu den Älteren, Teenager sind nicht zu sehen. Was zur Historie passt: Damals besuchten Kinder nur bis dreizehn die Schule, und hier handelt es sich um eine einfache Volksschule. Mit vierzehn mussten die meisten schon arbeiten. Dazu gehört Ole, weshalb die Teenies im Museum eine Art Berufspraktikum absolvieren und so verschiedene Berufe ausprobieren können. Zudem dürfen sie in die reguläre Museumsarbeit schnuppern und in der Werkstatt oder im Archiv aushelfen.

»Die anderen Großen haben wohl keine Lust, sich die Schule anzuschauen. Morgen sieht das bestimmt anders aus«, sage ich beruhigend und tätschle ihre Hand. Ihre Unsicherheit ist niedlich, und es tut mir gut, mal wieder die Mama raushängen lassen zu dürfen.

Auch drinnen hält die Schule, was sie verspricht. Ein Raum, ein erhöht stehendes Lehrerpult und am Boden verschraubte Schulbänke. Etliche Kinder im frühen Grundschulalter sitzen bereits und hantieren emsig mit Schwamm und Tafel. Mütter stehen daneben und erklären, was ihnen spontan einfällt. Zum Beispiel, dass die Schüler früher mit dem Rohrstock geschlagen wurden oder dass sie ihr eigenes Holz für den Ofen mitbringen mussten, um im Winter nicht zu frieren. Und dass die Ferien dazu da waren, den Eltern bei der Kartoffelernte zu helfen. Eine Menge Halbwissen ist unterwegs.

In diesem Moment sichte ich die Lehrerin. Es ist eine junge Frau Ende zwanzig, Anfang dreißig mit kastanienbraunem, langem Haar und einem dunklen Teint. Sie sieht so hübsch aus, dass ich mir vorstelle, dass im wahren Leben die Väter sicher gerne zu ihr in die Elternsprechstunde kommen … Schubladendenken? Hallo, Kristin, rufe ich mich selbst zur Ordnung. Zum Glück gilt ihre ganze Aufmerksamkeit dem schulischen Schauspiel, das sie höchst amüsiert betrachtet – und sie ist mir sofort sympathisch.

»Maja, geh doch zur Lehrerin und frag sie einfach nach anderen Kindern in deinem Alter. Sie wird ja eine Liste haben.«

Maja ziert sich. »Nee, das ist ja voll peinlich, nachher denkt die noch, ich will wissen, ob Jungs in der Klasse sind oder so. Nee, lass mal.«

»Na gut, du wirst es ja morgen sehen.«

»Kannst du nicht fragen?«

»So weit kommt es noch. Siehst du hier irgendwelche Eltern, die mit der Lehrerin sprechen?«

»Nee.«

»Siehst du. Dann tu ich es auch nicht. Du schaffst es oder du lässt dich überraschen.«

In diesem Augenblick setzt sich Liv in Bewegung und marschiert schnurstracks zum Lehrerpult. Das ist typisch. Wenn Maja sich ziert, mimt sie gern die Forsche.

»Frau Lehrerin?«, fragt sie und reicht dabei kaum mit der Nase über das Pult.

»Ja?«, fragt die Lehrerin und lächelt meine Tochter an, wie es sich für nette Lehrerinnen gehört.

»Kann ich Sie mal was fragen?«

»Aber sicher. Wie heißt du denn? Dann weiß ich auch, wer mich fragt.«

»Ich bin Liv und das dahinten ist meine Schwester Maja. Und die will wissen, wie alt die Kinder in der Klasse sind.«

Die Lehrerin schmunzelt, gleichzeitig studiert sie eine vor ihr liegende Liste. »Ich bin übrigens Jana Felten. Dann weißt du das auch gleich. Und in der Tat, liebe Liv, es sind mehr jüngere als ältere Kinder hier. Ich finde das auch ein bisschen schade.«

»Und wie viele sind auch zehn?«

»Es gibt drei Achtjährige, zwei Neunjährige, zwei Zehnjährige, du und noch ein Junge, und ein Mädchen ist dreizehn. Das ist wohl deine Schwester.«

Ich traue mich gar nicht, Maja anzusehen, aber ich kann mir vorstellen, was sie nun denkt.

»Na toll«, murrt sie auf Kommando, dreht sich um und verschwindet.

Ich schaue Frau Felten entschuldigend an.

»Mir wird schon was einfallen. Jetzt lassen wir sie erst mal ankommen, dann sehen wir weiter«, sagt sie mit einem Augenzwinkern.

»Das ist lieb von Ihnen.«

»Na ja, ein Teenie allein unter Kindern. Es versteht sich von selbst, dass sie sich da nicht besonders wohlfühlt.«

»Wie genau läuft es denn mit der Schule?«, fragt Liv. Auch Hartnäckigkeit gehört zu ihren Qualitäten.

»Wir haben von Montag bis Freitag Unterricht, jeweils von 8.30 bis 12.30 Uhr. Und natürlich lernen wir nicht nur. Wir werden oft draußen sein, und ich bringe euch Spiele aus früherer Zeit bei, damit wir den Besuchern etwas aus der Vergangenheit zeigen können.«

»Das klingt toll«, stelle ich fest. »Sind denn die Besucher die ganze Zeit dabei?«

»Nein.« Frau Felten schüttelt den Kopf. »Wir haben lange überlegt, aber die Kinder sollen sich ja nicht vorkommen wie Tiere im Zoo. Deshalb ist die Besuchszeit auf eine Stunde am Tag beschränkt.«

Das klingt durchdacht. Ich nicke ihr zu und mache mich mit Liv auf den Rückweg. Fröhlich plappernd hält sie meine Hand. »Ich freu mich auf die Schule. Frau Felten ist voll nett und ein paar nette Kinder sind bestimmt auch dabei. Sonst spiel ich halt mit den Kleinen.«

»Das ist eine prima Einstellung. Außerdem ist es ja keine richtige Schule wie zu Hause.«

»Genau.« Liv juchzt, löst sich von meiner Hand und hopst davon.

Alles richtig gemacht. Jetzt muss nur noch Maja überzeugt werden.

In der Küche stehen Janine und Timo Seite an Seite und braten Kartoffeln. »Eigentlich sollen wir ja nur abends kochen, aber ich finde, heute Mittag haben wir uns eine Stärkung verdient.« Timo nimmt das tönerne Salztöpfchen von der Anrichte und würzt großzügig die herrlich duftenden Kartoffeln.

»Ich habe so einen Hunger«, stöhne ich. »Irgendwie habe ich jetzt schon das Gefühl, Döner oder Pizza das letzte Mal vor Jahren gegessen zu haben.«

»Döner?« Ole steht erwartungsvoll im Türrahmen. »Welches Schaf musste dafür sterben?«

»Stimmt.« Janines Gesicht hellt sich auf. »Wir haben Döner auf der Wiese.«

»Untersteh dich, das auch nur zu denken«, rügt Timo sie harsch. »Meine Schafe sind keine Döner.« Er schüttelt den Kopf, nimmt die Pfanne vom Herd und trägt die Kartoffeln zum Tisch.

»Sagt mal, müssen wir eigentlich beten oder so?«, erkundigt sich Elisa, als wir alle sitzen.

»Ein gute Frage«, entgegnet Edeltraud. »Hat sich schon jemand mit dem Kapitel der Tischsitten in der Kladde vertraut gemacht?« Wir schütteln den Kopf. Edeltraud steht auf, holt das Ding vom Kaminsims und blättert darin herum. »Hm. Hier steht nichts dazu.«

»Kann ich mir gar nicht vorstellen«, überlege ich laut, »Daniel ist sonst so akribisch.«

»Ah. Doch. Hier. Unter Allgemeines.« Sie liest laut vor: »Da die Hauptmahlzeiten morgens und abends außerhalb der Besuchszeiten eingenommen werden, steht es den Bewohnern frei, wie sie die Mahlzeiten organisieren. Gerade in bäuerlichen Haushalten waren Tischsitten nicht verbreitet.«

»Und was heißt das jetzt?«, fragt Elisa.

»Wir dürfen essen wie die Bauern«, unkt Timo.

»Cool!«, rufen die Kinder wie aus einem Mund.

»Nix da.« Ich schreite ein. »Die Regeln, die zu Hause gelten, gelten auch hier.«

»Och, menno!« Liv verzieht den Mund.

»Wieso, habt ihr so strenge Regeln?«, fragt Timo. »Kann ich mir gar nicht vorstellen.«

»Neeee«, antwortet sie gedehnt, »aber Regeln sind immer doof.«

»Wie lauten denn eure Regeln, vielleicht können wir ja die nehmen?«, schlägt Elisa vor.

»Die Kleinen warten auf die Kleinen«, zählt Maja auf, »die Großen warten auf die Großen, der Mund bleibt beim Kauen zu und Liv gefälligst sitzen.« Sie gackert und fängt sich einen bösen Blick von meinem Hibbelköpfchen ein.

»Das sind aber wenige Regeln«, sagt Edeltraud.

»Stimmt«, schalte ich mich endlich ein. »Bei mir gab es früher viele Regeln und das Essen hat nie Spaß gemacht. Deswegen haben wir nur wenige und dafür mehr Freude.«

»Sehe ich genauso«, sagt Janine, »von mir aus nehmen wir die.«

»Bin ich klein oder groß?«, fragt Ole seine Mutter.

»Das kommt darauf an, ob du mit uns bis zum Ende am Tisch hocken willst.«

»Okay. Ich bin klein«, antwortet Ole und fischt die erste Kartoffel aus der Schüssel.

»Stopp«, sage ich, »zuerst wird gebetet.«

Ole lässt vor Schreck die Kartoffel fallen und Linus guckt mich entsetzt an.

»War ein Scherz«, sage ich lachend.

»Gott sei Dank.« Timo rollt die Augen.

»Nee«, spottet Janine, »dem danken wir nicht, den haben wir ja gerade ausgebootet.«

Der Nachmittag vergeht mit Arbeit. Viel Arbeit. Jeder Handgriff ist anstrengend. Ungewohnt für Arme, Beine und jedes andere Körperteil. Dabei lassen wir es langsam angehen, aber so ist es eben, wenn Schreibtischtäter plötzlich zu Bauern werden.

Herr Faber vom Landschaftsverband – einer der Fachleute, die uns in unsere tägliche Arbeit einweisen – schaut vorbei, zeigt uns Gerätschaften, versorgt uns mit Hintergrundwissen und erklärt uns, wie wir mit den Besuchern sprechen und umgehen sollen.

Am Ende dieses Tages haben wir das Gefühl, eine Mammutaufgabe bewältigt zu haben, und sitzen träge auf der Bank im Hof. Elisa, Timo, Janine und ich. Der Tag fordert seinen Tribut. Bis auf ein paar lästige Fliegen, die um unsere Köpfe schwirren und die wir dann und wann mit einer lässigen Handbewegung verscheuchen, tun wir … nichts. Wir sind völlig ausgelaugt. Edeltraud hat sich mit Kopfschmerzen in ihr Kämmerlein zurückgezogen und die Kinder spielen auf der Wiese. Sie haben sich zusammengerauft, ein Seil aus dem Stall gemopst und veranstalten einen Wettbewerb im Seilchenspringen. Sie schreien und jauchzen, und in diesem Augenblick scheint es, als hätten sie ihr Leben lang nichts anderes getan, als sich mit den einfachen Dingen des Lebens zu vergnügen. Selbst die beiden Teenies, und das alleine ist der Aufenthalt schon wert. Kein einziges Mal hat Maja bisher nach ihrem Smartphone gelechzt. Ich bin beeindruckt.

»Jetzt ich wieder«, brüllt Linus in diesem Augenblick und auf Elisas Gesicht erscheint ein versonnenes Lächeln. »Ich glaub, es tut ihm gut, hier zu sein.«

»Wieso hast du ihn eigentlich mitgebracht?«, fragt Janine. »Vermissen ihn eure Eltern nicht?«

Auf Elisas Gesicht erscheint ein wehmütiger Ausdruck. »Unsere Eltern sind vor fünf Jahren bei einem Autounfall ums Leben gekommen.«

»Das ist ja furchtbar.« Ich zucke kurz zusammen.

»Ja, das ist es, aber wir haben uns eingerichtet, der Linus und ich. Er war ja noch klein, mittlerweile ist's für ihn so lange her. Ich denke, er kommt gut damit klar.«

»Du kümmerst dich also um ihn?«, fragt Timo.
Elisa nickt.

»Aber wie machst du das? Studieren, dich um deinen Bruder kümmern ... Wovon lebt ihr?« Janine mustert Elisa interessiert. Unser perfektes, unaufdringliches Mädel bekommt Ecken und Kanten.

In bedächtigen Worten erzählt sie uns ihre Geschichte. »Ich war ja erst einundzwanzig, als es passierte, und war grad nach Freiburg gezogen. Es war schrecklich, doch das Schlimmste war, sich nicht von ihnen verabschieden zu können. Aber wir haben eine coole Familie. Unsere Großeltern, Tanten und Onkel. Sie haben uns unterstützt, bei allem geholfen und sogar angeboten, Linus zu sich zu nehmen. Aber ich wollte, dass er bei mir bleibt. Eine Tante ist Rechtsanwältin, und sie hat mich dabei unterstützt, das Sorgerecht zu bekommen. Es war echt nicht einfach, weil ich ja noch so jung bin, und ich war so glücklich, als es geklappt hat. Ums Geld brauchen wir uns keine Sorgen zu machen. Meine Eltern hatten ein gut gehendes Sanitätsgeschäft, ein großes Haus und eine Lebensversicherung. Den Laden hab ich verkauft, das Haus vermietet und dann hab ich uns eine kleine Wohnung in unserem Heimatort gekauft. Ich pendle jetzt immer nach Freiburg, eine Stunde ist das, damit der Linus in seiner Umgebung bleiben kann. Meine Familie hilft, wo sie kann, und deswegen klappt es gut.«

»Das hört sich gut an«, sagt Timo, »der Rest ist ja schon schrecklich genug.«

»Du musstest schnell erwachsen werden«, stellt Janine fest.

»Ja. Aber ich bin eh vernünftig und keine, die von einer Party zur nächsten zieht.«

Ich ziehe im Geiste meinen Hut vor Elisa. »Du bist bestimmt eine großartige große Schwester.«

»Ich geb mir Mühe.«

»Und, hast du denn einen Freund?«, fragt Timo mit ungebremster Neugier.

»Nein. Aber im Moment will ich auch keinen.«

»Der Richtige wird schon kommen«, sage ich. »Die Liebe klopft doch gerade dann an, wenn man sie am wenigsten erwartet.«

»Das stimmt.« Janine nickt heftig mit dem Kopf. »Am liebsten dann, wenn man gar keine Lust drauf hat.«

»Hm, ich habe eine Idee!« Timo richtet sich inspiriert auf. »Was haltet ihr davon? Wir erzählen uns unsere Geschichten in drei Sätzen. Dann wissen wir das Wichtigste und können weiterfrotzeln. Das macht sowieso mehr Spaß.«

»Cool«, sagt Elisa, »ich bin dann fertig. Wer will jetzt?«

Janine hebt die Hand. »Drei Sätze. Überleg, überleg. Ich komme aus einer heilen, gut funktionierenden Familie aus Bergisch Gladbach und habe zwei Brüder. Ole ist der Sohn eines Klassenkameraden, mit dem ich zusammen war, seitdem ich sechzehn war. Wir haben uns einvernehmlich getrennt, als Ole zwei war, und seit fünf Jahren habe ich einen tollen Freund, mit dem ich aber nicht zusammenlebe. Fragen?«

»Wie heißt der Glückliche und warum lebt ihr nicht zusammen?«, fragt Timo.

»Er heißt Andreas, und wir wohnen getrennt, weil ich keine Lust auf Einmischung in meine Erziehung habe. Außerdem ist er Musiker, viel unterwegs und wohnt mitten in Köln, wo mich keine zehn Pferde hinkriegen, weil ich ein überzeugtes Landei bin. Wir finden beide, es ist genau so gut, wie es ist.«

»Also fällt es dir nicht schwer, auf ihn zu verzichten?« Elisa wirkt skeptisch.

»Nicht im Mindesten«, antwortet sie lachend, »aber ich liebe ihn wirklich. Nur falls ihr danach als Nächstes fragen wollt. Denn diese Frage folgt IMMER. Es gibt nicht viele, die alternative Beziehungskonzepte verstehen.«

»Das finde ich jetzt sehr schade«, sagt Timo augenzwinkernd,

»ich hatte mir echt schon überlegt, ob hetero nicht eine Option wäre.«

»Schenk's dir, Süßer, auch wenn du den besten Arsch ever hast.«

»Wo sie recht hat, hat sie recht«, setze ich hinzu, weil ich auch mal an einem dieser lustigen Wortgeplänkel teilhaben möchte.

»Na, das ist eine passende Überleitung zu meinen drei Sätzen«, sagt Timo. »Ich bin auf einem Bauernhof an der Nordsee groß geworden, habe zwei Brüder und ganz wunderbare Eltern. Nach dem Abi bin ich aber nach Köln gezogen, weil ich zwar nie ein Problem mit meinem Schwulsein hatte, man auf dem Dorf aber immer ein bunter Hund ist. Also bin ich seit fünfzehn Jahren Kölner. Ein ziemlich stolzer Kölner, wenn man es genau nimmt.«

»Und hast du einen Freund?«, frage ich.

»Nein, ich bin seit einem Jahr Single. Hier und da ein kleines Affärchen, doch im Moment will ich nicht mehr. Okay. Ich reiche das Zepter weiter. Kristin?«

Ich denke kurz nach. Soll ich es erzählen? Warum eigentlich nicht? »Ich stamme aus der Nähe von Trier, habe Geschichte studiert und wohne mit meiner Familie jetzt in Aachen. Bis vor ein paar Wochen war mein Leben durchschnittlich und solide. Dann habe ich meinen Mann zufällig dabei erwischt, wie er mit seiner Geliebten telefoniert, und seitdem bin ich ein bisschen verloren. Ich habe ihm auch noch nicht gesagt, dass ich es weiß. Hierherzukommen war die Idee meiner Freundin Betty, der Frau des Direktors. Sie meinte, ihr bringt mich auf andere Gedanken. Ach, und meine Kinder wissen es nicht, also wäre es nett, wenn ihr es für euch behaltet.«

»Ups«, sagt Janine, »der Klassiker mit Anfang vierzig. Neue Frau macht alten Mann jünger. Richtig?«

»Mag sein. Ich habe keine Ahnung, wer sie ist.«

»Und wie geht's dir damit?«, fragt Elisa vorsichtig.

»Tja, das ist seltsam. Die Tatsache an sich hat mich gar nicht so schockiert. Ich habe eher ein Problem mit allem, was dranhängt. Aber ehrlich? Ich will das in diesen sechs Wochen sacken lassen. Und am Ende weiß ich vielleicht, wie es weitergehen kann.«

Kein schlechter Plan, befinden die anderen, und so wissen wir nach diesem Abend wieder ein bisschen mehr voneinander.

Bullerbü

Janine wäscht sich sorgfältig die Hände in der Waschschüssel, die wir aus pragmatischen Gründen neben dem Hauseingang aufgestellt haben. So viel Schmutz und Dreck hatten wir noch nie an unseren Händen. Seit gestern habe ich das ständige Bedürfnis, mir die Hände zu waschen, und dank fehlender Handcreme sehen sie schon jetzt zehn Jahre älter aus.

Als hätte Janine meine Gedanken erraten, seufzt sie. »Handschuhe und Handcreme. Ich würde alles dafür geben. In sechs Wochen haben wir die Hände alter Waschfrauen.«

»Dafür brauche ich keine sechs Wochen«, jammere ich und wedle mit meinen geschundenen Händen.

»Na ja, du bist ja auch älter als ich.«

»Jaja, reite nur drauf rum.«

Elisa kommt um die Ecke und winkt mit einem Zettel. »Seid ihr fertig? Können wir los?«

Nach einem anstrengenden und lehrreichen Vormittag, an dem uns ein weiterer Fachmann die Bedienung des Butterfasses, der Mangel und des Spinnrades erklärt hat, sind wir zum Ausflug in den Dorfladen verabredet. Elisa hat eine Liste mit Dingen erstellt, die uns fehlen und von denen wir hoffen, sie dort zu bekommen. Natürlich nur, wenn wir sie uns leisten können. Wir saßen gestern etwas irritiert vor den uns zugeteilten Wertmarken, die sich Daniel als Währung ausgedacht hat. Es gibt sie in verschiedenen Einheiten und Farben. Sie beginnen bei einer MM (Museumsmark) bis hin zu fünfzig MM. Die Farben stehen für das Jahrhundert, fünf verschiedene Farben gibt es, das 18. Jahrhundert trägt grün. So soll beim Einkauf gewährleistet sein, dass wir nur die Produkte kaufen, die in unserer Zeit erhältlich waren. Dreiundachtzig MM wurden unserer vielköpfigen Familie pro Woche zugeteilt. Ich möchte gar nicht wissen, wie lange Daniel an dieser Bewertungsgrundlage getüftelt hat.

»Auf geht's«, sagt Janine.

Ich schnappe mir einen der Weidenkörbe und wir schlendern den unbefestigten Weg entlang. Es ist ein schönes Bild. Drei Frauen in langen grauen Kleidern und vom Tagwerk knittrigen Leinenschürzen gehen zum Einkaufen ins Dorf. Wir haben Edeltraud gefragt, ob sie mitkommt, aber sie wollte sich sofort ans Spinnrad setzen, und das, was sie dort auf Anhieb fabrizierte, sah gar nicht mal schlecht aus.

Elisa sieht mit ihrem weißen Ausgehhäubchen richtig süß aus; es ist das Zeichen der unverheirateten Frau. Janine und ich waren ein bisschen beleidigt, aber in unserem Alter wäre das Häubchen eher ein Zeichen dafür, dass wir keinen abgekriegt haben und als alte Jungfern vor uns hin darben. Dann laufen wir doch lieber oben ohne, obwohl uns Elisa auf dem Weg gleich mehrfach versichert, wie nützlich das Häubchen in der prallen Sonne ist. Dabei war sie anfangs gar nicht begeistert.

»Ich sehe bestimmt total beknackt aus«, jammerte sie, als sie mit dem Häubchen in die Küche kam.

»Meine liebe Elisa, du siehst nicht einmal in einem Kartoffelsack beknackt aus, sondern immer wie die Jungfrau Maria«, versuchte ich, ihr das Offensichtliche einzubläuen.

»Dann hoffen wir mal, dass der liebe Gott einen weiten Bogen um sie macht und lieber einem Josef den Job überlässt«, lautete Timos pragmatische Antwort.

Wir überlegen, was wir für unser Geld alles bekommen werden. Die Liste der Dinge, die wir vermissen, ist schon nach zwei Tagen lang.

»Schokolaaaade«, jault Janine.

»Kaffee«, befindet Elisa.

»Käse«, schluchze ich.

»Bier«, fügt Janine mit einem tiefen Seufzer hinzu.

»Wein.« Der Vorschlag ist meiner.

»Gummibärchen«, sagt Elisa.

»Aufhören«, befehle ich, »sonst sabbern wir gleich.«

Auf dem Dorfplatz angekommen, bleiben wir abrupt stehen. Vor dem Lädchen hat sich eine Riesenschlange gebildet. »Ach du liebes bissle«, ächzt Elisa.

»Schätze, bis wir drankommen, ist Schokolade aus«, unkt Janine.

Wir reihen uns ein, und ich betrachte die Frauen, die geduldig Schlange stehen, Rock an Rock. Ich weiß, es gibt zu wenig Männer, aber was in Gottes Namen hält sie vom Einkaufen ab? Ich nehme mir fest vor, das nächste Mal Timo mitzuschleppen.

Neugierig luge ich an der Schlange vorbei in den Krämerladen. Ich weiß von Betty, dass sich Daniel schwergetan hat, ein Konzept zu finden, das gleich mehrere Jahrhunderte abdeckt. Welche Einrichtung soll es sein? Und wie geht man damit um, dass Konserven der Nachkriegszeit im 20. Jahrhundert neben dem Gurkenfass aus dem 17. Jahrhundert stehen? Daniel hat Betty mit diesen Überlegungen tagelang in den Wahnsinn getrieben, und sie hat ihm immer wieder klarzumachen versucht, dass sein Konzept nicht aufgehen würde und er Kompromisse schließen müsste.

Janine zupft mich am Rock, nickt in Richtung der beiden Frauen vor uns und wir spitzen die Ohren. Heimlich zu lauschen macht in jedem Alter Spaß.

»Ich hatte noch nie so einen Muskelkater, und dann diese

Hitze«, jammert eine hagere Frau in den Vierzigern mit Hakennase und wirrem Dutt. »Der *Ironman* ist ein Witz gegen diese Maloche. Ich weiß gar nicht, wie ich das sechs Wochen lang aushalten soll.«

»Wenn wenigstens das Essen reichen würde. Aber ich gehe immer hungrig ins Bett«, sagt ihre Mitstreiterin.

Und so geht es weiter. Das Essen, die Mitbewohner, wieder die Hitze, dann die Betten. Die Damen sind sichtlich unzufrieden. Janine gähnt theatralisch, Elisa grinst verschmitzt. Wir stehen fast eine halbe Stunde in der prallen Sonne, ehe wir uns bis zum Eingang des Lädchens geschoben haben und endlich eintreten dürfen.

Auf den ersten Blick könnte ich nicht sagen, für welches Jahrhundert sich Daniel entschieden hat. Es ist alt und vollgestopft bis unter die Decke. An den Seiten stehen grob gezimmerte Regale mit Leinensäcken, Holzkisten, Einmachgläsern und Konserven. Vor der massiven Ladentheke staune ich über ein großes Gurkenfass, daneben lehnen Säcke mit Mehl, Kartoffeln und Hülsenfrüchten. Von der Decke hängen zwei riesige Schinken und hinter der Ladentheke steht das Prunkstück des Ladens – ein Trümmer von einem Apothekerschrank, mit Hunderten von kleinen Schubladen und blinkenden Messingschildern.

Ich will gar nicht wissen, wie viele Leute damit beschäftigt waren, all den Kram zusammenzutragen.

Hinter der Theke thront Margret. Margret Bellmann ist zweiundsechzig und entstammt Bettys Dunstkreis. Ich habe sie schon auf Familienfeiern von Betty und Daniel erleben dürfen. Es gibt kaum eine Frau, die mehr im Leben steht. Bis vor Kurzem war sie eine von wenigen Schuhmacherinnen in Deutschland, spezialisiert auf Hochhackiges für besondere Menschen oder besondere Anlässe. Ihre kleine Manufaktur war über die Grenzen Kölns hinaus bekannt und eine ihrer Devisen lautet: An ihren Schuhen erkennt man die Menschen. Wer jetzt denkt, eine kölsche Frohnatur vor sich zu haben, täuscht sich allerdings gewaltig. Margret kommt ursprünglich aus Hannover und hat ihr gestochenes Hochdeutsch stets gepflegt. Dafür ist das Kölsch ihres Mannes Walter umso charmanter.

»Kristin«, begrüßt sie mich mit einem herzerwärmenden Lächeln. »Endlich ein bekanntes Gesicht! Wie schön, dich zu sehen.«

»Hallo, Margret«, erwidere ich freudig, »wie gefällt es dir in deinem Reich?«

»Ich fühle mich schon jetzt pudelwohl. Was Daniel und seine Mitarbeiter hier zusammengetragen haben, ist ganz erstaunlich. Ich habe noch nicht den kompletten Überblick, aber natürlich ist alles bis ins Kleinste dokumentiert.«

»Wundert uns nicht, was?«

»Nicht im Geringsten.« Sie deutet auf ein großes, in schweres Leder gebundenes Buch, das aufgeschlagen vor ihr liegt. Ich riskiere einen kurzen Blick. Zu sehen sind Tabellen biblischen Ausmaßes, zu jedem Posten gibt es eine Angabe, wo er genau zu finden ist, außerdem werden die verkaufsüblichen Mengen genannt sowie der Preis für die jeweilige Zeit. Gab es etwas in einem Jahrhundert nicht, so ist dies mit einem schwarzen Balken gekennzeichnet.

»Eine Woche, dann habe ich das hoffentlich verinnerlicht.« Margret klingt zuversichtlich. »Im Moment bin ich allerdings ausschließlich damit beschäftigt, in enttäuschte Gesichter zu blicken. Ihr werdet gleich genauso schauen. Also, her mit eurer Liste. Ich darf euch vielleicht ein, zwei Dinge davon verkaufen.«

Elisa kramt in der Schürzentasche und fördert den Zettel zutage.

»Welches Jahr?«, fragt Margret geschäftsmäßig.

»1756«, antwortet Elisa.

»Oje«, entgegnet Margret. »Ein frustrierendes Jahrhundert. Kaffee, Tee und Schokolade könnt ihr gleich von der Liste streichen.«

»Aber ich habe nachgelesen«, versuche ich zu schwindeln, »Tee und Kaffee gab es schon.«

»Aber nur in hochherrschaftlichen Häusern, meine Liebe.« Margret lächelt süß.

»Menno«, mault Janine.

»Ich habe doch angekündigt, dass es euch so ergehen wird. Ich warte schon auf den ersten verzweifelten Raubüberfall, aber das dauert vermutlich noch ein paar Tage. Noch sind die Leute nicht ausgehungert genug.«

Ich deute eine dicke Schlagzeile an: »Raubüberfall im Freilichtmuseum. Es gab keinen Kaffee.«

»Mal den Teufel nicht an die Wand«, murmelt Margret, »ich hoffe doch, dass ich diesen Job heil überstehe. Und wenn die Leute sich erst mal an alles gewöhnt haben, führe ich bestimmt auch die netten Plaudereien, von denen ich im Vorfeld geträumt habe.« Sie zuckt mit den Achseln. »Dann lasst mal hören, womit ich euch unglücklich machen kann.«

Am Ende verlassen wir ihren Laden mit einem Päckchen Zucker, Mehl, einem Stück Seife und einem Pfund getrockneter Erbsen. Nichts, was Spaß macht. Fast nichts. Immerhin nennen wir ein kleines Päckchen Kaffee unser Eigen.

»Das ist aus meinem Privatbesitz. Wenn ihr das Daniel erzählt, erwürge ich euch eigenhändig.« Mit diesen Worten stopfte mir Margret den Kaffee als Letztes in den Korb.

»Eine Flasche Wein für fünfzehn MMs bei einem Wochenbudget von dreiundachtzig? Das gibt's doch gar nicht«, echauffiert sich Janine beim Hinausgehen und zieht damit die Blicke der wartenden Schürzenversammlung auf sich. »Was hat sich dein Geschichtsheini dabei nur gedacht?«

»Es spiegelt die damalige Lebenswirklichkeit wider. Stellen wir uns also nicht so an.«

»Dafür haben die sich aber im Keller ihren Stoff selbst zusammengebraut«, mault Janine weiter. Auf einmal hält sie inne, ein Leuchten huscht über ihr Gesicht und sie schlängelt sich entschuldigend an den Wartenden vorbei. Dreißig Sekunden später steht sie erneut vor uns. Missmut im Gesicht. »Hat sie natürlich nicht. Reinen Alkohol. Wäre auch zu schön gewesen.«

»Das ist jetzt nicht dein Ernst.« Elisa schüttelt ihren Kopf. »Du wolltest das Zeug selbst herstellen?«

»Warum nicht? Ist doch wie Kuchenbacken. Aber hier gibt es nix. Wie ätzend.« Den letzten Satz sagt sie ziemlich laut, weshalb sich einige der Wartenden erneut nach uns umdrehen.

»Hört ruhig zu«, ruft Janine ihnen zu. »Alles, was ihr gerne hättet, gibt es da drinnen nicht.« Sie kichert hämisch.

Ein paar Frauen lachen, einige schütteln den Kopf. Janine ist ein echtes Naturereignis.

Auch ich schüttle meinen Kopf. »Es grenzt an ein Wunder, dass du dir mit deiner Art nicht ständig Ärger einhandelst.«

»Das liegt einzig und allein an dem Charme, den ich versprühe.«

»Oder du bist eine Hexe«, stellt Elisa lapidar fest. Sie sieht meinen überraschten Blick. »Ich mein das völlig ernst. Irgendwie ist sie eine Hexe. Eine gute Hexe, aber eine Hexe.«

Ich schaue Janine an und die zuckt nur mit den Schultern. »Wo unser Mädel recht hat, hat sie recht.«

»Dann pass mal auf, dass du anno 1756 nicht auf dem Scheiterhaufen landest.«

»Deine Connections zu Margret sind praktisch«, säuselt Elisa, während wir zurückschlendern. »So haben wir wenigstens ein bisschen Kaffee. Du glaubst gar nicht, wie ich mich darauf freue.«

»Es bedeutet aber auch, dass ihr euch immer gut mit mir stellen müsst«, feixe ich.

»Och, mir fällt das nicht schwer. Schleimen kann ich«, erwidert Janine

Ich stupse sie in die Seite. »Ich hoffe doch, dass du nicht nur deshalb nett zu mir bist.«

»Aber klar doch, welchen Grund sollte ich sonst haben?«

»Blöde Kuh.«

»Und Zucker haben wir auch«, stellt Elisa fest und zuppelt an ihrem Häubchen. »Ich steh doch so auf Süßkram, dann kann ich mir ein wenig in den Joghurt mischen.«

»Welche Frau tut das nicht?«, fragt Janine. »Aber mit dem kleinen Päckchen kommen wir nicht weit.«

»Schokolade …« Elisa seufzt zum x-ten Mal, seitdem wir aufgebrochen sind.

»Weißt du was, Elisa?« Janine hält inne. »Mir ist da grad zum Thema Zucker was eingefallen. Ich habe im Kräuterbeet Süßdolde entdeckt. Früher hat man die zum Süßen benutzt. Wir können das mal ausprobieren.«

»Das sagst du erst jetzt?« Ich stupse sie in die Seite.

»Na ja, manches Wissen braucht eine Weile, ehe es sich an die Oberfläche drängelt.«

»Vielleicht gibt es in der Bibliothek ein zeitgemäßes Werk zum Thema.«

»Kristin, du bist ein Genie.« Janine strahlt. »Dass ich da nicht selbst draufgekommen bin.«

»Tja«, antworte ich keck, »manchmal braucht man eben den richtigen Menschen an seiner Seite.«

Am späten Nachmittag, als alles erledigt ist, schnappe ich mir den einen Tonkrug und gehe zum Brunnen. Dort finde ich Liv. Sie lehnt mit dem Rücken an der Scheune, fummelt an einem Grashalm und trägt einen mürrischen Gesichtsausdruck zur Schau. Als sie mich sieht, hellt sich ihr Blick kurz auf.

»Hey, Schatz. Was ist los?«

»Mir ist langweilig.«

Das ist nichts Neues. Seitdem Maja nicht mehr spielt, ist in gewisser Weise Livs Bespaßung weggebrochen und Langeweile ein neuer Begleiter.

»Was ist denn mit den anderen Kindern?«

»Ich weiß nicht. Die gehen alle nach der Schule auf ihre Höfe.«

»Frag doch einfach ein nettes Kind, ob es spielen möchte.«

»Hm. Nee.«

»Dann frag Linus. Den habe ich eben auf der Wiese mit sich selbst spielen sehen.«

Liv blickt mich skeptisch an. »Das ist doch ein Junge.«

Ich lache. Meine Mädels und die Jungs. Aus irgendeinem Grund finden sie, dass sich diese Spezies nicht zur Kontaktaufnahme eignet. »Gib dir einen Ruck«, sporne ich sie an, »er scheint nett zu sein.«

»Nur, weil du das findest, muss es ja noch lange nicht stimmen«, gibt sie neunmalklug zurück.

»Gut, dann sage ich jetzt, dass Linus ein schrecklicher und verzogener Junge ist und ich dich niemals dabei erwischen will, wie du auch nur ein Wort mit ihm wechselst.«

Wie auf Kommando springt Liv vom Boden auf und verschwindet. Ha! Wenn psychologische Tricks doch immer so gut funktionieren würden.

Erst zum Abendessen taucht sie wieder auf, setzt sich ohne ein Wort an den Tisch und verweigert jeden Blickkontakt. Hui, was ist denn da passiert? Linus erscheint wenige Minuten später, die beiden würdigen sich keines Blickes. Dennoch ist irgendetwas merkwürdig. Ich habe keine Zeit, mir darüber Gedanken zu machen, denn in diesem Augenblick erscheint ein sichtlich aufgebrachter Timo in der Küchentür.

»Wer zum Teufel war bei den Schafen?«, fragt er so lautstark, dass wir zusammenzucken, und wenn ich mich nicht täusche, zucken zwei kleine Gestalten ganz besonders zusammen.

»Aha, NIEMAND«, stellt Timo fest, »also hat auch NIEMAND etwas damit zu tun, dass die Schafe eine neue Frisur haben?«

Maja und Ole fangen an zu kichern, Linus und Liv grinsen verkniffen.

»Definiere neue Frisur«, fordert Janine Timo vorsichtig auf.

»Neue Frisur bedeutet, dass irgendein Schwachmat Herzchen in die Wolle geschnitten hat.« Er ist wirklich wütend.

»Herzchen?«, wiederhole ich fassungslos, muss dann aber kichern.

»Ja, Herzchen. Also, raus mit der Sprache, wer war das?«

Die Lösung liegt auf der Hand. Die Delinquenten sehen aus, als wollten sie sich am liebsten in Luft auflösen. Liv knibbelt an ihrer Nagelhaut, Linus sucht etwas am Boden, was nicht da ist.

»Das war also eure glorreiche Idee?«, fragt Timo lauernd, auch wenn seine Mundwinkel verräterisch zucken. So beschämt, wie die beiden dreingucken, kann man nicht wirklich böse sein.

»Du hast gesagt, ich soll mit Linus spielen, und irgendwie …«

Aha. Die Schuld wird auf mich abgeschoben. So geht das aber nicht, liebes Kind. »Mit Spielen meinte ich nicht, dass ihr den Michel mimen sollt. Die armen Schafe kriegen doch Minderwertigkeitskomplexe.« Es fällt mir schwer, die strenge Mutter zu spielen, denn eine gewisse Kreativität kann man den beiden nicht absprechen.

»Tut mir leid«, nuschelt Liv.

»Mir auch«, brummt Linus.

»Wenn ihr schon Unfug im Kopf habt, dann lasst euch nächstes Mal etwas weniger Dauerhaftes einfallen. Und vor allem: Lasst meine Tiere in Ruhe! Wie habt ihr es überhaupt geschafft, dass die Viecher stillhalten?«

»Linus hat sie mit Heu gefüttert und ich habe die Herzchen reingeschnitten«, erklärt Liv, nun schon ein bisschen selbstbewusster, weil die große Strafpredigt auszufallen scheint.

»Und wer kam auf die Idee?«, frage ich.

»Wir beide. Wir wollten was anstellen«, gibt Liv unumwunden zu und Linus nickt hektisch. Wenigstens halten sie zusammen und schieben sich nicht gegenseitig die Schuld in die Schuhe.

»Na gut«, sagt Timo. »Einmal lasse ich das durchgehen. Aber wagt euch nicht noch mal an meine Tiere.«

»Ich finde, sie haben dennoch eine Strafe verdient«, mischt sich nun Edeltraud ein, die das Ganze mit steinerner Miene verfolgt hat.

Was soll ich darauf sagen? Ich finde, es ist unsere Sache, ob wir die Kinder bestrafen.

Elisa, die mindestens genauso beschämt am Tisch sitzt wie ihr kleiner Bruder, nickt jedoch. »Das ist das Mindeste, dass ihr dafür dem Timo heute im Stall helft.«

Eine gute Idee, ich nicke auch. Ebenso Timo, Liv und Linus. Wir sind eine kleine nickende Gesellschaft und damit ist das Thema vom Tisch. Und den beiden hoffentlich eine Lehre.

Bis zum nächsten Tag.

Es war schön zu beobachten, wie Linus und Liv nach der Schule ein weiteres Mal loszogen. Leider freute ich mich zu früh, denn als sie wenig später zurückkehren, haben sie jemanden im Schlepptau.

»Oh nein«, ruft Elisa, als sie den Hof erreichen, »was haben sie denn jetzt wieder angestellt?«

»Egal, was es ist, wir sollten uns freuen, wie gut sie sich verstehen«, werfe ich ein.

»Eine Meisterin im positiven Denken.« Timo tritt aus dem Stall und erfasst die Szene in einem Wimpernschlag. »Hauptsache, sie haben keine Tiere gequält.«

»Eigentlich haben sie nicht die Schafe, sondern dich gequält«, stellt Janine nüchtern fest und Timo schneidet ihr eine Grimasse.

Derweil ist das Trio eingetroffen und wir werden über die zweite Schandtat unserer Schützlinge aufgeklärt. Ich komme mir schon vor wie bei *Max und Moritz.*

Dieses war der zweite Streich, doch der dritte folgt sogleich.

»Wer sind die Eltern dieser Kinder?«, bellt die Begleitung unserer Kinder mit krächzender Stimme. Ich habe mich am ersten Tag kurz mit ihm unterhalten. Er ist Mitte vierzig, Buchhalter und ein bisschen verschroben; seinen Namen habe ich mir nicht gemerkt. Ich hatte das Gefühl, mit einer Pappfigur zu sprechen, so reaktionsarm war er. Jetzt allerdings wohnt seinem Gesicht durchaus Lebendigkeit inne. Wütende Lebendigkeit. Dass er die beiden nicht an den Ohren den Weg entlanggezogen hat, ist alles. Die Übeltäter bewundern beschämt den Boden.

»Das sind wir«, informiere ich ihn. »Was können wir für Sie tun?«

»Ich habe diese Flegel dabei erwischt, wie sie sich in der Scheune eine Bude aus Stroh gebaut haben. Dafür haben sie bestimmt zehn Ballen auseinandergerissen. Eine schöne Sauerei ist das. Wir müssen das Stroh quer über den Hof zum Stall tragen, der Aufwand ist immens.«

»Habt ihr euch entschuldigt?«, frage ich pflichtbewusst.

»'tschuldigung«, nuscheln Liv und Linus im Duett und nicht mehr ganz so überzeugend wie gestern. Sie härten ab.

»Ehrlich gesagt, reicht mir das nicht«, sagt der Lehrer. »Ich möchte, dass die beiden das Stroh in den Stall zurückbringen.«

Elisa seufzt. »Linus, das machst du jetzt und dann hört ihr auf mit diesem Blödsinn. Okay?«

»Okay«, sagt Linus.

»Dann habt ihr ja für morgen eine sinnvolle Beschäftigung. Ist doch auch was.«

Der Typ gibt sich zufrieden. Nein, einen Nackenschlag hat er noch für die verantwortungslosen Erziehungsberechtigten. »Sie sollten mit den Kindern dringend über das Eigentum anderer Leute sprechen.« Spricht's und trollt sich des Weges.

»Man kann es mit der Humorlosigkeit auch übertreiben«, raunt ihm Janine hinterher.

Ich sitze mit Timo im Hof, erledigt und glücklich nach einem weiteren Vormittag voll ungewohnter Tätigkeit. Langsam bekommt unser Leben eine gewisse Routine. Braucht man wirklich nur ein paar Tage, um sich in einem fremden Jahrhundert zurechtzufinden? Unsere Gruppe ist ein Geschenk. Als wären wir ein kleines Puzzle, das bisher verstreut über das Land lebte, fügt sich wie von Zauberhand ein Teil ins andere. Edeltraud ist das eine störrische Teil, das man ein wenig fester hineindrücken muss, damit es passt.

Ich erzähle Timo von dem Bild.

»Aha. Wir sind ein Puzzle. Schwierigkeitsstufe?«

»Neun Teile. Anfängerlevel.«

»Na, dann ist es doch kein Wunder, dass wir es – rapp, zapp – zusammengepuzzelt haben.«

Janine kommt um die Ecke, in den Armen ein stattliches Bündel kleiner Kräuterbouquets.

»Dir ist schon klar, dass das keine Blumen sind?« Timo runzelt die Stirn.

»Korrekt, du Schlaumeier, das ist meine spezielle Kräutermischung. Und die werden wir jetzt unter die Leute bringen.«

»Hä?« Timo kratzt sich verwundert seinen Bart.

»Ich will endlich ein paar Nachbarn kennenlernen. Ich bin total gespannt, wie die sich schlagen, und deswegen stellen wir uns jetzt vor.«

»Coole Idee.« Timo nickt anerkennend.

»Dann los, trommeln wir also zusammen, wer mitkommen möchte.«

Edeltraud ist unauffindbar, die Kinder ebenfalls. Elisa erwischen wir auf dem Plumpsklo.

Energisch pocht Janine an die Tür. »Komm, Elfe, wir gehen Nachbarn besuchen.«

Wir hören ein Quieken, dann ein Glucksen. »Müsst ihr mich so erschrecken?«

»Ja, müssen wir, du weißt, Privatsphäre ist für sechs Wochen gestrichen.«

»Sogar auf dem Klo?«, frage ich entrüstet.

»Ja«, antwortet Janine knapp, »und das habt ihr euch am ersten Tag selbst eingebrockt.«

»Bist du etwa nachtragend?«, fragt Timo zuckersüß.

»Aber so was von. Was ist nun, Elisa, kommst du, oder müssen wir dich da rausholen?«

»Ja-ha«, tönt es von drinnen.

»Dann wisch dir flugs das Popöchen ab, sonst helfe ich dir.«

Feixend stehen wir wie ein Haufen Pennäler vor dem Klohaus und warten auf unser viertes Puzzlestück. Mit den Sträußchen bewaffnet, ziehen wir kurz darauf von Hof zu Hof. Was uns neben den Unterschieden auffällt, sind vor allem die Ähnlichkeiten. Denn obwohl Häuser und Höfe aus über fünf Jahrhunderten stammen, sehen wir nur eins: lange Kleider, rote Gesichter, geschundene Hände. Die meisten Nachbarn freuen sich über unseren Besuch und quasi aus dem Stand können wir über dieselben Dinge lamentieren. Die Hitze bringt einen um, das Essen ist karg, es gibt keinen Kaffee. Wir leiden gemeinschaftlich – und doch möchte niemand wieder nach Hause.

Der fragwürdige Höhepunkt unserer Tournee ist der kleine Gutshof, in dem ein ganz besonderer Herr wohnt. Eberhardt von Eschenbach.

Als wir die gekieste Auffahrt entlangstaksen (ich habe noch nie verstanden, warum man Kies als Bodenbelag wählt, ich fühle mich da grundsätzlich jeder Bodenhaftung beraubt), steht er auf der feudalen Eingangstreppe. Wir wechseln eindeutige Blicke, denn eines ist sicher: Niemandem steht die Rolle des Gutsherrn besser als Edeltrauds Wachhund. Es scheint, als habe man ihn endlich seiner wahren Bestimmung zugeführt. Und so steht er da und beaufsichtigt zwei Mägde, die Unkraut aus den Blumenbeeten zupfen.

»Kontrolliert der etwa, ob die richtig arbeiten?«, fragt Elisa ungläubig.

»Ich fürchte, ja«, antwortet Timo.

»Am liebsten würde ich mein letztes Sträußchen den Ziegen geben«, ächzt Janine. »Auf den habe ich gar keinen Bock.«

»Ich schon«, erwidere ich, »ich bin nämlich neugierig, wie er ohne seine Frau klarkommt.«

»Ich auch«, fügt Timo hinzu, »deine Kräuter kannst du trotzdem den Ziegen geben, die freuen sich sicher, und der Milch tut es auch gut.«

»Du bist auch immer und jederzeit im Einsatz, was?«, scherzt Janine und lässt die Kräuter in ihrer Schürzentasche verschwinden.

Derweil beobachtet uns der Gutsherr genau, und als wolle er uns seine vornehme Stellung demonstrieren, gleitet seine Hand in die Tasche seines Wamses und er fördert eine Taschenuhr zutage. Die klappt er auf, wirft einen Blick darauf und uns einen zu und lässt sie wieder in die Tasche zurückgleiten. Wir begrüßen die beiden Frauen im Blumenbeet. Eberhardt thront gut einen Meter über uns. Nichts wäre angemessener.

»Guten Abend, die Damen, Herr von Eschenbach, wir drehen gerade eine Runde durch die Nachbarschaft.«

»Warum? Haben Sie nichts zu tun?«, fragt er uncharmant und eine der beiden Frauen verdreht ziemlich offensichtlich die Augen.

»Genau«, antwortet Janine, »denn wir haben ja Ihre Frau, die macht die ganze Arbeit.«

Ich muss aufpassen, nicht loszukichern, Elisa hält sich sogar die Hand vor den Mund, um nicht loszuplatzen.

Herr von Eschenbach schnappt nach Luft. »Das ist unerhört!«

»Genau wie Ihre Frage.«

Bevor es zu einem verbalen Scharmützel kommt oder gar einem echten, wer weiß das schon, springt eine der beiden Frauen in die Bresche. »Wollt ihr euch mal unser Haus anschauen?«

»Total gerne«, erwidert Elisa.

Wir ignorieren den Griesgram und lassen uns von Katja und Hanna, so ihre Namen, durch einen Nebeneingang in die beeindruckende Küche des vornehmen Hofes aus dem 19. Jahrhundert führen.

»Die ist ja cool«, staunt Timo. »Kein Vergleich zu unserer Bauernküche.«

»Ich würde lieber in der letzten Hütte wohnen und dafür nicht mit diesem Stinkstiefel unter einem Dach.« Katja nennt das Kind beim Namen.

»Wie viele Diener darf er denn befehligen?« Janine steckt ihren Kopf in die Speisekammer.

»Wir sind fünf. Wir beide, die Köchin, ein Knecht und der Kotzbrocken. Rührt keinen Finger und weiß alles besser«, erklärt Katja.

»Und das Schlimme ist, er hat uns total im Griff.« Hanna

rümpft die Nase. »Der hat so eine Art – man tut lieber, was er sagt. Ich kann das kaum beschreiben.«

Janine guckt mitleidig. »Ihr müsst dem Kerl Kontra geben, und zwar jedes Mal, wenn euch was nicht passt. Damit kommt er bestimmt nicht klar.«

»Ich weiß gar nicht, wie ich es noch fünf Wochen mit dem aushalten soll«, ächzt Katja.

»Tröstet euch, wir haben dafür seine Frau«, versuche ich, sie aufzumuntern.

»Ah, ihr seid also diese schreckliche WG, an die er seine Gattin verloren hat?« Hanna grinst.

»Jepp, genau die sind wir«, antwortet Janine in resigniertem Ton.

»Und, wie ist die so?«, will Katja wissen.

»Wir haben noch Hoffnung.« Ich lache und die anderen mustern mich erstaunt.

»Echt? Du hast Hoffnung?« Elisa blickt mich überrascht an.

»Nennt mich bescheuert, aber ich glaube einfach nicht, dass sie nur doof ist.«

»Dein Wort in Gottes Ohr.« Timo klingt nicht überzeugt.

Katja und Hanna sind wirklich sympathisch. Sie kochen uns einen wunderbaren Kaffee, und wir verbringen fast eine Stunde in ihrer Küche, bevor wir uns verabschieden und gemütlich durch die immer noch heiße Abendsonne zurückschlendern.

»Wieso denkst du, dass in Edeltraud ein netter Kern schlummert?«, fragt Timo.

»Ist einfach so'n Gefühl.«

Erst einmal verweilt sie jedoch in ihrer Rolle, denn wir werden mit einer harschen Rüge begrüßt.

»Wir haben auf euch gewartet, seit einer halben Stunde muss ich das Essen warm halten. Jetzt ist es verkocht.« Edeltraud steht mit in die Seiten gestützten Fäusten vor dem Herd, in einer Faust hält sie einen Kochlöffel.

»Was gibt's denn?« Timo reibt sich erwartungsvoll sein muskulöses Bäuchlein.

»Gemüseeintopf mit Speck und Mettwürstchen.«

»Also genau das Richtige bei der Temperatur«, witzle ich.

»Egal«, sagt Timo, »Hauptsache lecker.«

»Ich mag keinen Speck, Mama«, nölt Liv, die sich an mich lehnt, sobald ich mich neben ihr auf die Sitzbank plumpsen lasse.

»Macht nix, fisch ihn einfach raus und leg ihn auf meinen Teller.«

»Okay.« Sie lächelt dankbar.

»Und ich mag kein gekochtes Gemüse«, informiert uns Linus.

»Dann tauschst du einfach mit Liv das Gemüse gegen den Speck«, schlägt Janine vor.

»Hm, lecker, ein Speck- und Würstcheneintopf«, sagt Ole. »DIE Spezialität des 18. Jahrhunderts.«

»Und wer mag keine Mettwürstchen?«, fragt Timo lauernd. »Ich nehme die gerne. Im Übrigen AUCH Speck UND Gemüse. Ich habe so einen Hunger, ich esse alles.«

»Die mag ich nicht so gern«, gibt Elisa zu, »du kannst meine Würstchen ruhig haben.«

»Möchte vielleicht sonst noch jemand meckern?« Edeltraud hat den Mag-ich-nicht-Wortwechsel pikiert verfolgt. Sie steht ganz schön unter Strom wegen ihrer Suppe.

»Kinder meckern doch immer«, entgegne ich beschwichtigend.

»Jetzt stell den Topf einfach auf den Tisch, satte Menschen sind zufriedene Menschen«, schlägt Timo vor.

Edeltraud nimmt den Kessel vom Feuer und platziert ihn in unserer Mitte. Anschließend drückt sie Timo die Suppenkelle in die Hand. Einer nach dem anderen reichen wir ihm unsere Tonschüsseln – und er füllt sie mit ... ähm ... einer ganz schön trüben Plörre. Ein breiiges Einerlei, in dem man das Gemüse allenfalls erahnen kann. Zwischen den Gemüseüberresten schwimmt eine Handvoll trauriger Speckwürfelchen und hier und da ein Scheibchen Mettwurst. Schon fast entschuldigend klaubt Elisa zwei davon aus ihrer Schüssel und lässt sie behutsam in Timos Suppe plumpsen, der keine Mettwurst in seiner Schüssel gefunden hat.

Niemand sagt ein Wort. Hauptsache, es schmeckt, denke ich, denn *Das Auge isst mit* war im 18. Jahrhundert mit Sicherheit kein Kriterium, wenn es darum ging, den Magen zu füllen. Vielleicht hat Edeltraud ja ein Originalrezept aufgetrieben und die Suppe muss einfach so aussehen?

Wir warten, bis der letzte Teller gefüllt ist, wünschen uns einen guten Appetit und legen los. Ich nehme den ersten Löffel und ... muss aufpassen, die Suppe nicht gleich wieder auszuspucken. Sie schmeckt ... grässlich. Der Speck ist wabbelig, in den Gemüsebrei hat kein Krümelchen Salz den Weg gefunden und über alldem liegt ein feiner Geschmack nach Verbranntem. Mehr geschmackliche Dissonanz geht kaum.

Maja, die neben mir sitzt, hat den ersten Löffel hinuntergewürgt und will etwas sagen, aber ich halte sie mit strengem Blick davon ab. Sie wendet sich deshalb Liv zu und zieht eine Grimasse, woraufhin Liv nur mit spitzen Lippen an ihrem Löffel nuckelt und ihn anschließend fallen lässt. Janine schnappt angewidert nach Luft, doch Timo schaut ernst in die Runde und mimt den Hausherrn. *Wehe, es sagt einer ein Wort!* Wir gehorchen, fixieren betreten die Tischplatte und rühren hilflos in unseren Tellern.

Edeltraud sitzt angespannt am Kopfende, hat ihren Löffel nicht angerührt, sieht in unsere Gesichter und stützt ihren Kopf unglücklich in die Hände. »Irgendwas muss schiefgegangen sein«, murmelt sie leise, steht auf und geht.

Ich zähle innerlich bis fünf, ehe das Getöse losbricht.

»Oh mein Gott«, sagt Janine.

»Einfach nur ekelhaft«, ätzt Ole.

»Ich habe Hunger«, jault Liv.

»Das kann doch jedem mal passieren«, sagt Elisa.

»Mir ist es egal. Ich esse das jetzt«, verkündet Timo fast verzweifelt.

Ich stehe auf, hole das Salztöpfchen von der Anrichte und rühre eine große Portion Salz in die Plörre. Dann nehme ich einen Löffel und probiere. »Also, jetzt geht es auf jeden Fall besser, als hungrig ins Bett zu gehen.«

Wir gießen alle unsere Suppe zurück in den Topf, ich salze erneut und verteile die Suppe ein zweites Mal. Derweil schneidet Janine Brot für die Kinder, die es glücklich in sich hineinstopfen. Während wir in Windeseile essen, überlegen wir, wer Edeltraud beschwichtigt, damit sie nicht den ganzen Abend mit sauertöpfischer Miene rumläuft.

»Das sollte jemand übernehmen, der diplomatisch ist«, schlägt Janine vor, »und das bin in keinem Falle ich.«

»Selbsteinsicht ist der erste Schritt zur Besserung«, vernünftelt Timo.

»Dann bist du wohl der Richtige für den Job«, gibt sie zurück.

»Vielleicht sollten wir lieber weibliche Intuition spielen lassen?«

»Ein bisschen davon hast du doch auch …« Janine kann nicht anders.

Er streckt ihr die Zunge raus. »Kristin. Gehst du Traudl betüddeln?«

»Ich kann mir nichts Schöneres vorstellen.«

Ich schiebe mir den letzten Bissen in den Mund, stehe auf und fahnde nach der unglücklichen Köchin. Sie sitzt auf einer Bank hinterm Stall. Es ist ein verschwiegenes Plätzchen, schwer einsehbar in einer Nische verborgen und der perfekte Platz, um Ruhe zu finden. Schweigend setze ich mich neben sie und suche noch nach den richtigen Worten, als sie von sich aus anfängt zu reden. Ihr Ton ist jämmerlich und passt so gar nicht zu der Edeltraud, die ich bisher kennengelernt habe.

»Kristin, es ist schrecklich.«

»Ach, Edeltraud, das kann doch jedem mal passieren. Morgen werden wir darüber lachen.«

»Nein, so einfach ist es leider nicht.« Sie schaut mich flehend an, und ich finde, sie übertreibt ein wenig.

»Es ist doch nur ein misslungenes Abendessen. Mach es nicht größer, als es ist.«

Sie ringt sichtlich mit sich. »Wenn ich dir etwas anvertraue, kannst du es für dich behalten?«

Ich nicke und werde neugierig.

»Es ist einfach unendlich peinlich.« Sie macht eine bedeutungsvolle Pause. »Aber ich kann überhaupt nicht kochen.«

»Ach Quatsch«, entgegne ich, »nur weil dir die Suppe misslungen ist ...«

»Nein«, unterbricht sie mich harsch. »Ich kann nicht kochen, ich konnte noch nie kochen und ich werde es auch nie lernen.«

»Oh!«

»Ja, genau. Oh! Glaub mir, es ist schrecklich, und Eberhardt ist es unglaublich peinlich. Wenn wir Besuch haben, bestellt er das Essen bei einem Metzger drei Orte weiter. Wir lassen es nicht einmal liefern, weil die Nachbarn es sonst mitkriegen würden. Eberhardt fährt hin, lädt im Hinterhof das Essen ein und packt es in unserer Garage wieder aus. Eine Ehefrau, die nicht kochen kann, passt nicht in sein Weltbild.« Sie starrt ins Leere.

»Oh«, sage ich noch einmal, denn in mein Weltbild passt sie ebenfalls nicht. Im ersten Augenblick finde ich es sogar lustig, im zweiten wird mir die Tragik ihrer Situation klar. Denn: Welche Aufgabe hat eine Frau in ihren Kreisen, die nicht arbeitet und einzig solchen gesellschaftlichen Verpflichtungen nachgeht, wie den Gästen ein ordentliches Essen vorzusetzen?

»Ich finde das überhaupt nicht schlimm«, sage ich dennoch. »Nicht kochen zu können ist keine Schande.«

»Oh doch«, widerspricht sie vehement. »Bei uns ist es das. Was glaubst du denn, was die anderen Frauen auftischen, die den ganzen Tag zu Hause sind? Perfekt durchkomponierte Menüs mit sorgfältig ausgewählten Zutaten. Wir Landfrauen haben nichts anderes. Gesellschaftliches Ansehen ist der Inhalt unseres Lebens und die Männer erwarten nur eins: eine repräsentative Ehefrau.«

»Hast du denn versucht, es zu lernen?«

»Du glaubst gar nicht, wie viele Kochkurse mir Eberhardt schon aufgezwungen hat, aber ...« Sie macht wieder eine Pause und mustert mich kritisch. »Kann ich mich wirklich darauf verlassen, dass du es für dich behältst? Es darf einfach nicht die Runde machen. Das wäre eine Katastrophe.«

Ich lege ihr beruhigend eine Hand aufs Knie. »Du kannst dich auf mich verlassen. Auch wenn ich glaube, dass die anderen ebenfalls Verständnis hätten.«

Sie nickt dankend. »Ich ... ich habe keinen Geruchssinn. Und deshalb kann ich nichts schmecken und eben auch nicht kochen. Es ist die Folge einer schweren Virusinfektion als Kind.«

»Das ist ja schrecklich.« Erneut suche ich nach Worten. »Aber ... aber es ist eine Krankheit. Warum stehst du nicht dazu? Es wäre sicher leichter.«

Sie zuckt resigniert mit den Achseln. »Mit einer Lüge fängt es an und sie zieht viele Lügen nach sich. Es ist schwer, da wieder rauszukommen.«

Ich verstehe es und dann wieder nicht. »Im Grunde musst du es selbst wissen. Doch viel wichtiger ist jetzt: Wie machen wir weiter? Ich befürchte, wenn du es den anderen nicht erzählst, werden sie bis zum Ende unserer Zeit hier über deine Kochkünste ... spotten.«

»Das stimmt.«

Ich habe eine Idee. »Was hältst du davon? Wir kochen einfach gemeinsam.«

Edeltraud blickt mich überrascht an. Natürlich, unser Verhältnis ist angespannt, ihre Marotten sind anstrengend. Aber sie scheint kein schlechter Mensch zu sein, sondern jemand, der seine Unsicherheit hinter einer starren Fassade versteckt. Plötzlich habe ich richtig Lust, die Nuss zu knacken, und was eignet sich dafür besser als ein geteiltes Geheimnis?

»Danke, Kristin, ich weiß dein Angebot zu schätzen.«

»Schön. Dann vergessen wir jetzt diese unsägliche Suppe, gehen zurück zu den anderen und lachen gemeinsam darüber, dass du heute die mieseste Köchin auf dem ganzen Planeten warst. Okay?«

Vorsichtig lächelt sie mich an. »Einverstanden.«

Ausstellungsobjekte

Heute ist alles anders, denn das Museum öffnet seine Pforten für die Besucher. Nach fünf Tagen, in denen wir lernten, verzichteten und schwitzten, beginnt unser neuer Alltag.

»Ich wusste, wir sind deswegen hier, aber ich fühle mich, als müsste ich noch mal zur Abiprüfung«, jammert Elisa, während ich hinter ihr stehe und gewissenhaft ihr Korsett schnüre, nachdem ich ihr einen besonders aufwendigen Bauernzopf geflochten habe. Es ist unser morgendliches Ritual. Wir schnüren uns gegenseitig ein. Auch wenn wir die Dinger bei den Temperaturen nie lange aushalten und sie nach ein paar Stunden in irgendeine Ecke fliegen. Heute wollen wir durchhalten.

Janine, die bereits fix und fertig auf ihrer Bettkante hockt, versucht, Elisa zu beruhigen. »Es ist wirklich komisch, wenn uns jetzt fremde Leute bei der Arbeit zuschauen. Aber sieh es so: Es ist ein Job. Wir machen das, was wir auch die letzten Tage getan haben, und beantworten nebenbei ein paar Fragen.«

»Und wenn ich keine Antworten hab?«, fragt Elisa zweifelnd. »Im Laden war ich doch noch gar nicht.« Sie soll Margret im Verkauf helfen, um den ersten Besucheransturm zu bewältigen.

»Hm«, macht Janine, »hatten wir nicht überlegt, dich taubstumm zu machen?«

»Ich dachte, das war ein Witz.« Eine kleine Grübelfalte erscheint zwischen Elisas zarten Brauen.

»War es auch, aber vielleicht wäre es wirklich hilfreich? Außerdem verwirrst du so die Besucher nicht mit deinem badischen Singsang.«

»Aber ich könnte doch einen Bauerssohn aus der Eifel geheiratet haben und hierhergezogen sein.«

»Und wie soll der Bauerssohn aus dem 18. Jahrhundert, der kaum was zu essen hatte, geschweige denn ein Pferd, in den Schwarzwald gekommen sein, um sich unsterblich in dich zu verlieben? Mit dem Ochsenkarren?« Janine ist skeptisch.

»Richtig«, unterstreiche ich amüsiert, »ich denke, das Szenario *Eifler Kerl begegnet Schwarzwaldmädel und verliebt sich unsterblich* könnte man auf einem Auswandererschiff Richtung Amerika glaubwürdig verkaufen, hier fällt es eher in die Kategorie *unwahrscheinlich*.«

»Manchmal hasse ich deine historische Klugscheißerei.« Janine rollt affektiert mit den Augen. »Aber es stimmt. Es werden dich viele wegen deines Singsangs ansprechen.«

Elisa zieht einen süßen Flunsch. »Manchmal fühl ich mich echt diskriminiert.«

»*Liebevoll* diskriminiert«, verbessere ich, zurre ein letztes Mal an den Schnüren und binde eine feste Schleife.

»Ganz schön eng«, ächzt sie.

»Sorry. Soll ich's lockerer machen?«

»Ja, bitte.«

Ich löse die Schleife, lasse ein bisschen Spannung raus und binde sie ein zweites Mal. »Weißt du was? Sei einfach, wie du bist, und wenn die Leute anfangen zu nerven, verlierst du halt deine Sinne.«

Nach dem Frühstück mit Margrets wunderbarem Kaffee, der die Lebensgeister an diesem wichtigen Tag in Schwung bringt, verteilen wir die Aufgaben. *Business as usual.* Timo versorgt die Tiere, Edeltraud stickt und spinnt, bis sämtliche Schafe der Eifel nackig sind, Janine betreut den Garten, die Kinder gehen zur Schule und ich schmeiße den Haushalt – putzen, kochen, spülen. Mein neuer Alltag ist nicht weit von dem zu Hause entfernt, und ich werde das Gefühl nicht los, kein wirkliches Talent zu haben. Als ich die Milch aus dem Stall hole und Timo genau das sage, spricht er mir Mut zu.

»Du hast das historische Basiswissen. Du bist gewissermaßen unser Infopoint.«

Seine Aussage stimmt mich versöhnlich.

Ich kehre den Hof mit einem Reisigbesen, als die ersten Besucher den Weg entlangschlendern. Es ist eine Familie mit zwei Kindern in Livs und Majas Alter. Unvermittelt versetzt es mir einen Stich. Denn ich sehe nicht diese Familie, sondern meine. Gehören solche Ausflüge bald der Vergangenheit an? Der Gedanke tut so weh, am liebsten würde ich davonlaufen. Doch dann steht die Familie vor mir, und ich habe keine Zeit mehr, in Selbstmitleid zu baden.

»In welchem Jahrhundert befinden wir uns hier?«, fragt der verkniffen wirkende Familienvater mit Nickelbrille, Halbglatze und Ökoschuhen ohne ein Wort der Begrüßung.

Zum Geier, lies doch die Tafel am Eingang, denke ich. Stattdessen sage ich laut: »Mein Herr, ich verstehe Ihre Frage nicht, wir schreiben das Jahr 1756. Wie kann ich Ihnen helfen?«

Er mustert mich abschätzig, doch ich erwidere seinen Blick forsch. Es ist sicher nicht sein erster Hof, er muss doch langsam begriffen haben, dass wir nicht weiter denken können, als bis zu dem Jahr, in dem wir leben.

Die Frau springt für den verdatterten Gatten ein. »Welches sind denn Ihre Aufgaben auf dem Hof?«

Ich freue mich über die einfache Frage und antworte ausführlich. Auf die erste Frage folgen weitere. Ich erkläre, wie man ohne Spülmittel spült. Natürlich erst, nachdem ich verdeutlicht habe, dass ich keine Ahnung habe, was es mit diesem Spülmittel auf sich hat. Ich nehme die Familie mit in die Küche und zeige unsere Wurzelbürste sowie das Töpfchen mit dem Sand für grobe Verschmutzungen.

»Das ist aber unpraktisch«, sagt die Frau daraufhin und ich zucke ratlos mit den Achseln. So wird eben gespült. Ich weiß schließlich nicht, was die Zukunft bringt: Spülmittel, Spülmaschinen, Antihaftbeschichtungen – wäre ich eine Magd aus dem 18. Jahrhundert, ich würde staunen, was an Bequemlichkeit auf uns zukommt, und würde mich zwangsläufig fragen, womit sich die Menschen in der Zukunft beschäftigen, wenn so vieles von dem wegfällt, was meinen Tag bestimmt.

Sie wollen mehr sehen. Also begleite ich sie zu Timo in den Stall, sehe zu, wie er den Kindern die Grundlagen des Melkens zeigt, danach bringe ich sie zu Janine in den Garten. Wie sich herausstellt, hat die Frau ein Faible für Kräuter, und die beiden versinken in Fachgesprächen. Doch auch Janine muss sie immer wieder auf die richtige Fährte locken, wenn es darum geht, dass die »moderne Zeit« ebenjene ist, in der wir leben. 1756. Keine Weltkriege, kein Deutschland, kein Strom.

Ich würde gerne länger bleiben, denn das Wissen, das Janine über Pflanzen und ihre Wirkungsweisen angehäuft hat, ist beeindruckend. Doch ich muss zurück zu meiner Arbeit. Ich will den Hof kehren, ehe die Sonne senkrecht steht, und der Schweiß fließt wie ein munterer Quellbach. Mein Plan geht allerdings nicht auf, denn der Besucherstrom kommt in Schwung und ich werde immer wieder von neugierigen Menschen und ihren Fragen aufgehalten. Es ist spannend und unterhaltsam gleichermaßen. Jeder Besucher bringt andere Vorkenntnisse mit, jeder hat seine eigene Art, mit den Antworten umzugehen. Manch einer bietet Hilfe an und vor allem die Kinder genießen unser Museum zum Anfassen. Ich drücke einem etwa zehnjährigen

Mädchen die Wurzelbürste in die Hand und fordere es auf, einen Topf zu schrubben. Ein Junge nimmt mir spontan den Besen aus der Hand und kehrt den halben Hof, während seine Eltern mit Timo über die Tierhaltung in vorindustrieller Zeit diskutieren. Das Museum ist gut besucht, manchmal sind so viele Menschen gleichzeitig da, dass ich kaum weiß, wo mir der Kopf steht. Wir sind lebendes Inventar. Ich lasse Frauen mein Kleid anfassen, Kinder die Schränke öffnen und schüttle mit einer besonders motivierten Frau in den Fünfzigern die Bettdecken auf. Am schönsten ist es, wenn alte Menschen vor mir stehen. Sie können sich noch an eine Zeit erinnern, in der die meisten modernen Errungenschaften Zukunftsmusik bedeuteten, sie wissen von Entbehrung und kräftezehrender Hausarbeit.

Wir machen unsere Sache gut. Am späten Nachmittag stehle ich mich zu Janine in den Garten.
»Ich weiß, du meinst es gut, aber wenn du so weitermachst, ist dein Garten in zwei Tagen leer.« Ich habe beschlossen, ihr die Leviten zu lesen, nachdem der gefühlt hundertste Besucher mit einem Strauß Kräuter an mir vorbeigezogen ist.
»Ich weiß. Ich nehme mir jedes Mal vor, es zu lassen, aber dann reizt es mich einfach zu sehr.«
»Hast du etwa ein Helfersyndrom?«
»Nö, ich finde es einfach nur saugeil, wenn ich weiß, was den Leuten hilft.«
Ich lache und schüttle den Kopf. Ich liebe diese Frau.
»Stell dir vor. Da war eine Frau in den Wechseljahren. Sie hat mir ausführlich erklärt, an welchen Körperstellen sie überall Probleme hat, und als sie beim Thema Scheidentrockenheit angekommen ist, ist ihr Mann fast im Boden versunken.«
»Der Arme. Konntest du wenigstens helfen?«
»Rotklee gegen Hitzewallungen und Stimmungsschwankun-

gen und Melisse zum Aufpeppen. Und stell dir vor, sie hat am Ende sogar gefragt, ob es auch etwas gibt, was gegen Erektionsbeschwerden hilft. Das war dann der Punkt, an dem der Ehemann sich verzogen hat.«

»Wie geil ist das denn! Ich glaube, es ist deine offene Art, die die Menschen dazu bringt, Intimes auf den Tisch zu packen. Gibt es denn was gegen Erektionsbeschwerden?«

»Wieso? Hat dein Mann welche?«

»Nee. Bei dem würde ich dich eher nach was fragen, was den Sexualtrieb einstellt.«

Janine gackert, und ich ärgere mich, dass Carsten in meine Museumswelt eindringt. Immer wieder und noch viel zu oft.

Janine merkt es und lenkt mich ab. »Ich habe ihnen Brennnesseltee, Ingwer und Ginseng empfohlen. Und ich war kurz davor zu sagen, dass ein schöner Blowjob Wunder wirkt. Ich konnte mich gerade noch zusammenreißen.«

»Eine weise Entscheidung.«

Trotz des ereignisreichen und schönen Tages atme ich erleichtert auf, als die Sonne hinter der Scheune verschwindet und Ruhe einkehrt. Es bleibt nur noch, das Abendessen vorzubereiten. Ich mache Pellkartoffeln mit Kräuterquark. Timo war gestern stolz wie Bolle, als er nach zwei Tagen Quarkbetreuung zum ersten Mal welchen hergestellt hatte. Er hüpfte wie ein aufgescheuchtes Huhn durch die Küche und sang: »Ich habe Quaaaark gemacht, ich habe Quaaaark gemacht!«

Janine entgegnete trocken, echte Männer würden röhren, wenn sie Feuer machen, ein Timo eben beim Quaaaark. Doch das hielt ihn nicht davon ab, weiterzusingen. Die Kräuter für den Quark hat mir Janine zusammengestellt. Dazu gibt es einen Salat und als Nachtisch Beerenkompott, ebenfalls mit Quark.

Ich schrubbe die Kartoffeln mit der Wurzelbürste, hole Wasser vom Brunnen, setze den riesigen Topf auf den Herd und schüre das Holz. Einfach ist das Kochen nicht, es gleicht eher einer Operation. Ist das Holz gut geschichtet? Hält die Glut, bis das Essen durch ist? Während die Kartoffeln endlich munter vor sich hin köcheln, hacke ich die Kräuter mit einem riesigen Wiegemesser, rühre den Quark und summe leise vor mich hin. Kein Besuch stört mich, ich bin froh, ein wenig Zeit für mich zu haben und nicht reden zu müssen. Ich schiebe gerade die Kräuter vom Hackbrett in die Holzschüssel mit dem bereits gesalzenen Quark, als Elisa hereinkommt.

»Hallo, Kristin, wie war euer Tag? Ich bin ein bissel traurig, nicht hier gewesen zu sein, aber bei der Margret war's auch nett. Obwohl ich mich echt gewundert habe, dass so viele Leute saure Gurken gekauft haben.«

»Es liegt am Fass«, mutmaße ich, »die Möglichkeit, eine Fassgurke zu essen, hat man nicht alle Tage.«

»Könnte stimmen. Außerdem gibt es bei Margret ja jetzt nicht so viel, was man einfach mitnehmen kann.«

»Und wer will schon Mehl in Papiertüten durchs Museum schleppen.«

Wir lachen beide.

»Was gibt's zu essen?«

Ich erkläre es ihr und ihre Augen blitzen.

»Ich liebe Pellkartoffeln. Das Einzige, was mich nervt, ist die Pellerei.«

Ich pflichte ihr bei. Sosehr ich mich gefreut habe, wenn es nach der Schule Pellkartoffeln mit Sahnehering gab, ich war immer halb verhungert, ehe ich mit dieser doofen Pellerei fertig war. Zweimal im Jahr hatte meine Mutter Mitleid und pellte die Kartoffeln, bevor wir zu Hause eintrudelten. Es waren Tage, an denen ich vor Erleichterung aufseufzte.

»Weißt du was?«, sage ich kurz entschlossen. »Wir haben noch

Zeit bis zum Abendessen, und das schreit nach einer guten Tat. Magst du mir beim Pellen helfen?«

»Gerne«, antwortet Elisa.

Wir decken den Tisch und pellen dann um die Wette.

»Ihr seid die BESTEN«, lobt uns Timo, als er die riesige Schüssel mit fertigen Kartoffeln sieht. Und dann erzählt er uns dieselbe Geschichte. Vom Hunger nach der Schule, dem Frust beim Pellen und einer Mutter, die manchmal Mitleid hatte ...

In einem Anfall von Aktionismus schnappe ich mir mit Janine Tisch und Schemel und wir tragen alles nach draußen. Richtig lauschig sieht es aus, als wir fertig sind.

»Warum sind wir auf die Idee nicht früher gekommen?«, frage ich, als wir versonnen unser Werk betrachten.

»Das kann ich dir genau sagen«, meint Janine trocken. »Weil dein guter Daniel uns beim nächsten Rundgang tutto pronto auffordern wird, den ganzen Scheiß wieder reinzuschleppen. So ein Chichi ist schließlich anachronistisch.«

Timo gesellt sich zu uns und lacht laut auf. »Ach, Janine, keiner kann die Wahrheit in so schöne Worte fassen.«

»Du bist ein blöhöööödes Arschloch«, säuselt diese, worauf Timo breit grinst und zurückgibt, er könne sich kaum ein schöneres Kompliment aus ihrem Mund vorstellen.

Einer nach dem anderen trudelt ein und schließlich sitzt jeder an seinem Platz. Während des Essens lassen wir den Tag Revue passieren.

»Wie war's in der Schule?«, frage ich die Kinder. »War's nicht komisch, beobachtet zu werden?«

»Ging so«, sagt Maja. »Ehrlich, Mama, die Besucher konnten sich überhaupt nicht benehmen.«

»Genau«, sagt Liv. »Die Kinder dürfen ja reinkommen und sich setzen, aber die Eltern sollen an der Tür stehen bleiben. Da haben die sich überhaupt nicht dran gehalten. Ständig latschten die rein und wollten mit der Lehrerin quatschen. Das hat voll genervt.«

»Aber Frau Felten hat es auch aufgeregt«, stellt Maja kichernd fest. »Also sind wir rausgegangen, denn sie meinte leise zu mir, ich solle mit den Besucherkindern alte Spiele spielen, während sie die nervigen Eltern beschäftigt.«

Ich grinse innerlich, denn der Plan der Lehrerin wird mit den Tagen immer deutlicher. Maja fungiert als ihre Adjutantin.

Wir sezieren die Besucher und stecken sie in drei Schubladen: die netten, die nervigen und die, die einen anglotzen und nicht einmal Guten Tag sagen.

»Ich meine, ich bin doch kein Ausstellungsstück«, echauffiert sich Janine. »Ich kann ja damit leben, wenn sie mich fotografieren, aber sie könnten wenigstens fragen.«

»Finde ich auch«, sagt Timo. »Vielleicht will ich ja mal kurz in Ruhe in der Nase bohren. Fände ich nicht so schick, wenn das in irgendeinem Familienalbum landet.«

»Dreist fand ich ja auch die, die einfach Himbeeren oder Erbsen gepflückt haben«, ereifert sich Janine.

»Was hast du dann gesagt?«, fragt Edeltraud.

»Ich habe sie höflich darauf aufmerksam gemacht, dass wir davon leben und einen grausamen Hungertod sterben, wenn sie weitermachen. Und dass es Zeiten gab, in denen Lebensmitteldiebstahl mit Handabhacken bestraft wurde.«

»Ich fänd's ja cool, wenn es hier einen Polizisten gäbe, der die dann ins Gefängnis steckt«, findet Ole und Linus nickt im Akkord.

»Keine schlechte Idee«, stimmt ihm Timo zu. »Ich hatte nämlich auch ein kurioses Erlebnis.«

»Erzähl«, bittet ihn Elisa und zwinkert in die Runde.

»Also, ich melke gerade Bertha, als ein piekfeines Pärchen mit Sohn reinkommt.«

»Oh ja, die waren gut«, werfe ich ein, denn mir sind sie auch extrem auf die Nerven gefallen, »die hatten keinen Stock, sondern 'nen ganzen Baum im Hintern. Der Typ hat alles auf historische Korrektheit hinterfragt. In dem Augenblick war ich einfach nur saufroh, dass wir uns auf Daniel verlassen können.«

»Jepp«, sagt Timo, »auf jeden Fall kommen die rein, und der Vater befiehlt mir, seinen Sohn melken zu lassen. Eigentlich hätte ich sofort Nein sagen müssen. Zumal ich nicht Hinz und Kunz an die Zitzen meiner Süßen lasse. Aber irgendwie hat mich der Typ provoziert. Also hab ich den Jungen auf den Schemel gesetzt und ihm genau erklärt, was er machen muss. Aber er versteht's nicht. Ich erklär's noch mal, ich mach es vor, aber nix passiert. Irgendwann hat der Alte genug von der Unfähigkeit seines Sprösslings beziehungsweise davon, dass ich nicht richtig erkläre. Er geht also zu der Kuh, beugt sich runter, will alles besser machen, und genau in dem Augenblick hat der Sohnemann den Bogen raus und spritzt seinem Alten die Milch volle Möhre ins Gesicht. Ich hätte schreien können vor Begeisterung.« Er klatscht sich vor Freude auf den Schenkel.

»Und was passierte dann?«, will Elisa wissen.

»Der hat sich tierisch aufgeregt. Stand da, sah aus, als hätte er eine Ladung Ihr-wisst-schon-was ins Gesicht gekriegt und echauffiert sich darüber, dass sein feiner Zwirn besudelt ist. Der Sohn wäre am liebsten ins nächste Erdloch gekrochen und seine blondierte Trulla war plötzlich verschwunden.«

Wir lachen uns scheckig, und als wir uns wieder beruhigt haben, ergänzt Janine: »Die Trulla ist dann bei mir aufgetaucht. Die war eigentlich ganz nett, aber jetzt weiß ich, warum die sich die ganze Zeit umgeguckt hat, als sei sie auf der Flucht.«

»Das scheint ja ein schrecklicher Ehemann zu sein«, stellt Elisa fest.

»Das kannst du laut sagen. Es gibt Ehemänner, die behandeln ihre Frauen wie Eigentum.«

Plötzlich herrscht Schweigen im Raum. Alle bemühen sich, nicht zu Edeltraud zu schauen. Diese wiederum sitzt am Ende des Tisches und fegt imaginäre Krümel zusammen. Es ist der große rosa Elefant, den wir alle angestrengt versuchen zu ignorieren. Und dann passiert etwas, womit wir überhaupt nicht rechnen. Edeltraud trägt den Elefanten selbst hinaus.

»Bei mir hat sich eine Besucherin meinen Stickrahmen genommen, als ich kurz zur Toilette war. Sie hat einfach weitergestickt, ohne Sinn und Verstand. Ich habe eine halbe Stunde gebraucht, ehe ich alles wieder rückgängig machen konnte.«

»Das ist dreist«, sagt Timo. »Hast du was gesagt?«

»Ich habe ihr erklärt, dass wir nicht nur zum Spaß hier sitzen, sondern dass die Dinge, die wir tun, einen Sinn haben. Da war sie beleidigt und ist gegangen.«

»Die sehen uns echt als Ausstellungsstücke«, stellt Janine fest. »Ich finde es unglaublich, wie wir unsere Persönlichkeitsrechte einbüßen. Solchen Leuten sollte man anschließend einen Besuch zu Hause abstatten und sie genauso behandeln.«

»Gute Idee«, stimmt ihr Timo zu. »Und ja, wir sind Ausstellungsstücke. Ich sag's euch, es wird der Tag kommen, an dem mir einer beim historischen Kacken zuguckt.«

»Timo!«, schimpfen wir im Chor.

Es ist fast Mitternacht, ehe wir endlich ins Bett gehen. Den Tisch lassen wir einvernehmlich draußen stehen. Es ist uns glatt egal, was Daniel dazu sagen würde.

Sahneschnittchen

Ich bin so früh wach, dass ich Zeit zum Grübeln habe. Gerade weil ich in den letzten Tagen so abgelenkt war, trifft es mich mit voller Wucht.

Carsten, Carsten, Carsten.

Irgendwann habe ich die Nase voll, krieche aus dem Bett und spaziere in der Morgendämmerung zum See. Zu meinem Unmut bin ich nicht alleine. Mit einem wunderschönen Fernglas aus Messing steht Eberhardt von Eschenbach am Ufer des Sees und beobachtet Enten.

»Guten Morgen, Herr von Eschenbach.«

»Guten Morgen«, antwortet er und schaut verdrießlich. Vermutlich hat er unsere letzte Begegnung noch in guter Erinnerung.

»Sie beobachten Enten?«

»Ja, der frühe Morgen eignet sich bestens dafür.«

Ich will ihn gerade zu seiner Tierliebe beglückwünschen, als er fortfährt. »Ich stelle fest, es gibt zu viele von ihnen. Das ist der Gesundheit des Ökosystems nicht zuträglich. Ich werde mit dem Direktor darüber sprechen, dass man getrost ein paar abschießen könnte. Ich habe einen Jagdschein und werde es ihm anbieten.«

Ähm, ja. »Sie haben aber nicht vor, diese Enten jetzt zu schießen?«

»Nein, ich habe leider mein Gewehr nicht dabei und muss ja, wie bereits erwähnt, Rücksprache halten.« Er spricht, als wäre ich ein lästiges Blag, das zu viele dumme Fragen stellt. Ich beschließe, mich nicht darüber zu ärgern.

»Dann hätten Sie nichts dagegen, wenn ich eine Runde schwimme?« Und dann kann ich es mir nicht verkneifen. »Diesmal lasse ich auch etwas an.«

Der gute Eberhardt ist eindeutig unangenehm berührt. Er segnet meine Bitte mit einem schnellen Kopfschütteln ab und unser Gespräch ist beendet.

Ich gehe ein paar Schritte, finde eine seichte Stelle, an der Eberhardt mich nur noch schemenhaft durch die Büsche sehen kann, und entkleide mich bis auf Unterkleid und Rüschenbuxe. Ein Badeanzug wäre toll. Aber et is, wie et is, sagt der von mir hochgeschätzte Rheinländer, und so watschle ich bedächtig ins Wasser. Der Boden unter den Füßen ist glitschig, Schlamm spratzt zwischen den Zehen. Ich verdränge das aufkeimende Ekelgefühl und wate tapfer weiter. Als ich den kleinen Schilfgürtel hinter mir gelassen habe, bemerke ich, dass Eberhardt mich beobachtet. Blödmann. Er soll lieber in Gedanken Enten abknallen.

Als ich erfrischt und mit viel besserer Laune zurückschlendere, sehe ich schon von Weitem Timo. Er sitzt im Gras und lehnt mit nacktem Oberkörper am Stamm einer prunkvollen Buche. Sein Bild weckt augenblicklich kitschige Assoziationen. Unser Knecht könnte nämlich glatt einem Ölschinken des 18. Jahrhunderts entsprungen sein. Er ist ein Bild von einem Mann und gehört zu der Sorte Männer, die Frauen in ihren abendlichen Träumen ins Bett tragen, ihnen wunderschöne Worte ins Ohr säuseln und sie anschließend auf unnachahmliche Weise vernaschen. Ich kichere in mich hinein, meine Fantasie geht richtig mit mir durch. Genauso gut würde er sich mit seinen antiken Klamotten (also der Hose, denn mehr trägt er ja nicht) auf dem Cover eines Groschenromans machen. Sein Blick wäre feurig, im Arm hielte er die unfolgsame Adelstochter mit Schmollmund, aufgelöstem Haar und üppigen Brüsten, die fast aus dem Mieder springen. Ich gluckse leise. Wenn Timo wüsste, welche Bilder ich im Kopf habe, er wäre sicher erschüttert.

Er bemerkt mich erst, als ich schon vor ihm stehe, öffnet träge die Augen und lächelt mich an. »Hey, Kristin. Kommst du vom Planschen?«

»Ja, und es war absolut herrlich. Ich verstehe gar nicht, warum ich immer alleine gehe. Komm doch mal mit.«

»Ist eigentlich eine gute Idee, aber ich genieße lieber die Morgensonne.«

»Ich habe übrigens gerade festgestellt, dass du dich hervorragend als Protagonist für historische Groschenheftchen eignest.«

»Oha.« Er mustert mich belustigt. »Denkst du dabei an die Art Heftchen, die sich ältere Damen heimlich unter der Bettdecke reinziehen, weil sie zwischen den Zeilen halbe Pornos sind?«

»Genau an die denke ich.« Ich grinse breit. »Diese Assoziationen waren leider unumgänglich, als ich dich mit nacktem Oberkörper an diesem romantischen Plätzchen sitzen sah.«

Timo lacht schallend. »Du degradierst mich also zum schnöden Sexobjekt und feuchten Traum der gelangweilten Hausfrau?«

»Jawohl«, antworte ich lachend und knickse.

Er strahlt mich an. »Weißt du was? Manchmal denke ich, wir kennen uns alle schon ewig.«

»Geht mir ebenso. Es passt einfach super mit uns.«

Wir strahlen noch ein bisschen, dann schnappt Timo sich sein Leinenhemd und zieht es in einer einzigen fließenden Bewegung über den Kopf. »Genug gefaulenzt. Lass uns zurückgehen. Ich hab Hunger.«

Ich reiche ihm die Hand und will ihm aufhelfen.

»Wirke ich so gebrechlich, dass mir ein Persönchen wie du helfen will?«

»Nenn es Emanzipation, starker Mann.«

»Dann komm, du zarte Emanze. Ab mit uns an den Frühstückstisch.«

Heute empfangen wir die Besucher routinierter als gestern, die Antworten gehen uns leichter über die Lippen, und wir merken schon kaum noch, dass wir Objekte öffentlichen Interesses sind. Nach dem Mittagessen schnappe ich mir Maja und bitte sie, mir beim Aufschütteln der Federbetten und Wenden der Strohmatratzen zu helfen. Sie sind nicht schwer, aber so unhandlich, dass man es nur zu zweit machen kann.

Ich erwarte Widerspruch, so wie zu Hause, aber sie folgt mir, ohne zu murren. Muss ich mir Sorgen machen?

Wir stehen vor dem Bett der Kinder. »Packst du oben an und ich unten? Wenn ich *Los* sage, wenden wir sie mit einem Schwung und pressen sie wieder da rein.«

So weit die Theorie. Maja greift zu, ich auch, aber irgendwie führt der Schwung, mit dem wir die Matratze wenden, dazu, dass ich eine meiner beiden Ecken verliere und das Ding anschließend aussieht wie ein unförmiges Parallelogramm. Aufs Bettgestell passt es nicht mehr.

»Ups.« Im ersten Augenblick ist Maja genervt, will sie die Arbeit doch so schnell wie möglich hinter sich bringen, dann schauen wir uns an, ziemlich dümmlich, und fangen an zu gackern.

»Ich glaube, wir müssen das Bett umbauen.« Ich kratze mich ratlos an der Wange und schiebe dann das Stroh in der Matratze umher.

»Mama, so wird das nix.« Maja gackert immer noch.

»Wenn Liv das sieht, kriegt sie die Krise.«

»Dann verlangt sie, dass du sofort zu Ikea fährst und eine neue Matratze kaufst.«

»Oder ich muss ihr eine neue nähen.«

»Oder sie erzählt dir, dass du die schlimmste Mutter ever bist und das alles nur gemacht hast, um sie zu ärgern.«

Wir beömmeln uns königlich, sind doch Livs Ausbrüche legendär. Wenn etwas nicht funktioniert, neigt sie zu Überreaktionen.

»Komisch«, sage ich nachdenklich, »hier hatte sie noch gar keinen Ausbruch.«

»Na ja, sie ist ja auch damit beschäftigt, Mist zu bauen.«

»Sie ist so glücklich hier, da verzeihe ich ihr gern. Ich schimpfe oft nur, weil es meine mütterliche Pflicht ist.«

»Dabei könntest du dich echt mal komplett locker machen, Mama.«

Ich strecke meiner Großen unmütterlich die Zunge raus, und sie tut so, als falle sie in Ohnmacht.

»Mama, ich ruf das Jugendamt an, ich werde misshandelt.«

»Ich weiß ja nicht, ob Zungerausstrecken als Misshandlung durchgeht, außerdem hast du kein Telefon.«

Wieder grinsen wir uns an, die Stimmung ist super, unser Problem mit der Matratze löst das allerdings nicht.

»Komm! Rausholen, aufschütteln, reinpressen.«

Wir brauchen fünf Anläufe, ehe das Ding wieder einigermaßen aufs Bettgestell passt, und sind anschließend fix und fertig. Leider warten noch vier weitere Betten auf uns. Diesmal sind wir vorsichtiger und ab dem dritten Bett erstaunlich routiniert.

»Sag mal, Majakind. Wie geht es dir eigentlich? Bist du zufrieden? Auch mit der Schule?«

»Ja, Mama, bin ich. Wäre zwar cool, wenn ein paar Größere hier wären, aber eigentlich macht es Spaß mit den Kleinen. Also alles gechillt.«

»Das freut mich. Und Frau Felten ist ja wirklich total lieb.«

»Ja, das ist sie. Wir überlegen vormittags schon immer, was wir nachmittags noch mit den Kindern anstellen können. Die ist echt lustig. Ich hätte sie gerne als Lehrerin.«

Ich stopfe Janines Matratze etwas lieblos zurück. Mal sehen, ob sie sich morgen über diesen komischen Knubbel in der Mitte beschwert. Dann drücke ich meine Tochter. Und – ein Wunder – sie drückt mich zurück. Hach, tut das gut!

In diesem Augenblick stolpern zwei Besucherinnen ins Zimmer. Sie sind etwa in Majas Alter, extrem geschminkt, knapp, sehr knapp bekleidet und tragen beide ihre Smartphones vor sich her. Sie filmen.

»Und hier, liebe Follower, seht ihr, wie antigeil man aussieht, wenn man die Ferien mit so 'nem krassen Scheiß verbringen muss.«

Meiner Tochter entgleisen die Gesichtszüge und sie dreht sich augenblicklich weg.

»Könnt ihr das bitte ausmachen?«, frage ich sehr, sehr höflich, obwohl mir eher nach einer Tracht Prügel zumute ist. Aber wir werden gefilmt, und man weiß ja nie, wo sie das Zeug hochladen.

»Uncool«, ätzt eines der Mädchen und sie verlassen das Zimmer.

»Was waren das denn für ... für ...«

»... *bitches*, Mama«, vervollständigt Maja sachlich und völlig angemessen meinen Satz.

Nach den Betten kommen die Bohnen. Maja habe ich entlassen, sie wollte noch etwas Wichtiges mit Frau Felten klären. Elisa sah ihre Chance und heuerte mich gleich an.

Historisch korrekte Bohnen sind was Feines, wir haben einen großen Sack davon im Vorratsraum stehen. Elisa schleppt ihn an den Esstisch, dann geht der Spaß los. Sie sind nämlich nicht sortenrein und verzehrfertig, wie man es aus dem Supermarkt gewohnt ist, sondern wir werden geradewegs in ein Grimm'sches Märchen katapultiert. Die Guten ins Töpfchen, die schlechten ...

in die Kompostschüssel. Ich bin geneigt, uns Ruß ins Gesicht zu schmieren, um das richtige Aschenputtelfeeling heraufzubeschwören. Aber uns fehlen die Nüsse, die schönen Kleider und eine Eule haben wir auch nicht. Geschweige denn, dass ein Prinz in der Nähe wäre, dem ich schöne Augen machen könnte.

Wir greifen beide in den Sack, nehmen eine Handvoll und sortieren all das aus, was keiner essen möchte: kleine Steinchen, angeranzte Bohnen und Reste der Bohnenpflanze. Aber wir haben Spaß, es ist keine anstrengende Arbeit, sondern schon fast meditativ. Ich fixiere gerade ein etwas zweifelhaftes Böhnchen, bei dem ich mich nicht entscheiden kann, ob es ein gutes oder ein schlechtes ist, als Daniel im Stechschritt auf uns zukommt.

»Hey, Daniel, was gibt's«, begrüße ich ihn fröhlich, doch dann sehe ich die Runzeln auf seiner Stirn und das verärgerte Blitzen seiner Augen. Oha, er ist in Rage.

»Gut, dass ich dich finde, ich muss mit dir reden.« Sein Blick bleibt kurz an Elisa hängen. »Sie sind die Mutter von Linus?«

»Ich bin die Schwester, aber ich bin verantwortlich. Was gibt es denn?«

»Sehr gut, sehr gut«, murmelt er geistesabwesend, so als müsse er erst einmal überlegen, wie er seine Klagen an uns Frauen bringt. Elisa und ich tauschen einen Blick und wissen Bescheid. Unser Duo hat wieder zugeschlagen und diesmal hat leider der Museumsdirektor davon Wind bekommen.

»Liv und dieser Linus«, sagt er schließlich. »Eben war die Chefin des Besuchercafés bei mir und hat sich bitterlich beklagt.«

»Oje«, sage ich, »was haben sie angestellt?«

»Es war ihr sehr unangenehm, aber sie sagte, so geht es nicht weiter. In den letzten zwei Tagen habe sie toleriert, dass die beiden kleine Blumensträuße an die Besucher verkaufen, um sich anschließend von ihnen Pommes kaufen zu lassen, aber heute ...«

Ich schneide ihm das Wort ab. »Sie haben was?«

»Du hast schon richtig gehört. Sie haben Blumensträuße gegen Pommes getauscht.«

Ich kann nicht anders, ich kichere los. »Da siehst du mal, was passiert, wenn du uns hier hungern lässt.«

»Sehr witzig«, entgegnet Daniel, »ich glaube nicht, dass hier irgendjemand hungern muss.«

»Na ja, Pommes haben wir hier nicht, und wenn die Kinder sehen, was die Besucher essen dürfen und sie nicht, wundert mich ihre Kreativität nicht. Ein Wunder, dass nicht schon andere Kinder auf die Idee gekommen sind.«

»Jetzt versteh ich auch, warum die seit zwei Tagen keinen Hunger hatten«, bemerkt Elisa. »Ich hab mir schon Sorgen um den Linus gemacht.«

»Wohl eher umsonst«, sage ich. »Aber jetzt sag, was haben sie noch angestellt?«

»Sie sind unter die Tische gekrochen und haben Besuchern die Schnürsenkel zusammengebunden. Einige fanden es ganz lustig, andere haben sich bitter bei Frau Schmitz beschwert. Deshalb ist sie zu mir gekommen. Das muss sofort aufhören. Die Kinder müssen sich an die Regeln halten, sonst herrscht hier binnen Kurzem Sodom und Gomorrha.« Daniels Blick ist ernst. Im Geiste sieht er vermutlich sein Museum im Chaos versinken.

Janine gesellt sich zu uns. »Warum herrscht hier bald Sodom und Dingens?«

Wir erzählen es ihr und sie lacht schallend. »Maxi und Moritz. Sie haben wieder zugeschlagen? Tja, eure Kinder haben eindeutig zu viel Zeit.«

Ich seufze. Denn natürlich darf dieser Streich nicht ungesühnt bleiben. Nun muss ich also doch wieder mütterlich schimpfen, auch wenn ich mich innerlich wegschmeiße. Zu Daniel sage ich pflichtbewusst: »Wir werden den Delinquenten den Kopf waschen, versprochen.«

»Gut, ich verlasse mich auf dich, Kristin.«

»Das kannst du«, sage ich und kreuze meine Finger hinter dem Rücken.

Daniel scheint zufrieden, verabschiedet sich und dreht ab.

»Spießer.« Janine schnaubt verächtlich durch die Nase. »Der soll sich echt mal locker machen.«

»Aber er ist wirklich ein netter Spießer«, verteidige ich meinen Freund mager. »Pass auf«, schlage ich Elisa vor, »wir streifen jetzt das Aschenputtel ab, suchen die Streuner, halten ihnen eine angemessene Standpauke und lassen sie Böhnchen sortieren.«

»Hört sich nach einem Plan an«, entgegnet Elisa.

Wir schütten die restlichen Böhnchen in den Sack zurück und suchen die Delinquenten.

Waschtag

»Holde, das Essen war köstlich.«

Ich drehe mich um. Auf der Bank sitzt der Sohn des Gutsherrn und betrachtet mich mit glanzvollem Ausdruck in den Augen. Schon eine Weile bemerke ich diese Blicke. Immer machen sie mich verlegen, denn ich weiß sie nicht zu deuten. Doch sie bezaubern mich.

Hä? Ich kenn den Typen doch gar nicht. Was will der hier? Aber warum kenne ich ihn und seinen Blick? Ich bin im Museum, aber es fehlen die Menschen um mich herum, die ich in den letzten Tagen schätzen gelernt habe. Und warum überhaupt der Sohn des Gutsherrn?

Ich werde rot, so rot wie die Sonne, ehe sie abends fortgeht, um anderen Menschen ihr Licht zu schenken. Behutsam wische ich meine vom Spülen geröteten Hände an der Schürze ab. »Es freut mich, dass es Euch geschmeckt hat.«

»Nun habt Ihr Euch eine Pause verdient, Teuerste. Setzt Euch zu mir.« Er streckt seine Hand nach mir aus, ich reiche ihm die meine und lasse mich neben ihm nieder. Er ist der Sohn des Gutsherrn, ich habe seinen Anweisungen Folge zu leisten.

Es fühlt sich vertraut an, neben ihm zu sitzen. Aber warum? Ich kenne den Kerl nicht und er ist viel zu jung. Mitte zwanzig vielleicht. Ich verstehe nur Bahnhof!

»Euer Lob ehrt mich. Ich hatte einen beschwerlichen Tag, mir dünkt, der Sommer endet nie. Möchtet Ihr noch ein wenig von dem Essen, ich bringe es Euch gerne.«

»Nach Essen gelüstet mich nicht, doch einen anderen Wunsch könnt Ihr mir erfüllen.« Er lächelt mich versonnen an. »Ich beobachte Euch nun schon so lange. So liebreizend, so hinreißend seid Ihr. Deshalb möchte ich Euch um einen Spaziergang bitten. Würdet Ihr mir die Ehre zuteilwerden lassen?«

Was zum Teufel ist hier los?

Mein Herz pocht in meiner Brust, so schnell, wie das Pferd des Eilboten galoppiert. »Euer Angebot schmeichelt mir. Ein Spaziergang im Abendlicht hört sich verlockend an. Wenn Ihr draußen warten möget, bis ich mich ein wenig erfrischt habe.«

Er strahlt mich an, sein Lächeln fährt mir durch Mark und Bein. Er erhebt sich, schlendert von dannen, und ich eile mit zitternden Knien in den Schlafraum, gieße mir ein wenig Wasser über die Handgelenke und benetze mein Gesicht. Mein Brustkorb hebt und senkt sich unerbittlich in dem engen Korsett. Es fehlt nicht viel und ich sinke entkräftet darnieder.

Oookay, ich drehe völlig ab. Aber eins fällt mir auf. Es ist gar nicht so schlimm, dass der Gutsherrensohn so ein junger Hüpfer ist. Er ist ein leckeres Kerlchen, und was spricht dagegen zu gucken, wo die Sache hinführt? Außerdem scheine ich auch ein paar Jährchen jünger zu sein. Wenn das nicht mal eine Win-win-Situation ist! Ich kann den Humbug ja einfach mal genießen.

Die Vögel zwitschern, ein lauer Lufthauch streichelt das Gesicht, die Abendsonne zaubert ein bezauberndes Schattenspiel ins üppige, warme Gras. Wir stehen unter der großen Trauerweide am sprudelnden Bach. Der Spaziergang war wundervoll, mit ihm, dem Mann mit dem hinreißenden Lächeln, der warmen Stimme, den strahlenden Augen. Der Sohn des Gutsherrn bringt mein Herz zum Stolpern und mich, die einfache Magd, mit erquicklichen Worten und Blicken zum Lächeln.

Bin ich naiv oder komplett hormongesteuert? Ein paar säuselnde Worte des Knaben und ich kann nicht mehr klar denken? Ach, scheiß drauf!

|4|

Ohne Worte zieht er mich an sich, das Wasser plätschert leise, der Wind fährt sachte durch mein Haar. »Du bist bezaubernd.« Er umfasst meine Taille und löst langsam den Knoten der Schürze, lässt sie ins Gras fallen, öffnet Knopf um Knopf meines Kleides, bis schließlich auch dieses auf den Boden gleitet und ich nur noch in Unterkleid und Korsett vor ihm stehe. Mein Innerstes bebt vor Aufregung, meine Mitte glüht, und ich bin bereit, diesem Mann alles zu geben. Alles, was ich noch nie jemandem gegeben habe.

Wie? Was ich noch nie jemandem gegeben habe? Ich bin zweiundvierzig. Ich habe den ganzen Kram doch schon lange hinter mir. Bin ich nun Kristin oder die Magd? Eine jungfräuliche Magd, wohlbemerkt, die gerade einem dahergelaufenen Hallodri Selbige anbietet. Kann das bitte sofort aufhören? Oder vielleicht auch nicht. Es ist nämlich ganz schön warm im Schritt. Aber ich kann doch nicht einfach mit dem Gutsherrensohn in die Kiste steigen, nur weil der mir ein paar warme Komplimente macht! Der hat bestimmt schon jede Magd durch. Und dann? Schwängert mich der Heini und ich bin eine entehrte Frau. Auf der anderen Seite bin ich gerade ganz schön spitz und mein Körper ist straff und schön. Es wäre doch eine Schande, wenn ich das nicht genießen würde. Aber will ich wirklich ein zweites Mal entjungfert werden?

Ich schmiege mich willenlos und schwach vor Leidenschaft an ihn, lasse seine Finger gewähren, erlaube ihnen Eintritt und genieße jede Berührung. Es brennt wie Feuer, und ich verzehre mich vor Gefühlen, wie ich sie noch nie in meinem Leben empfunden habe. Jede seiner Berührungen entfacht ein weiteres Feuer …

So! Jetzt reicht's aber. Naives Dummchen! Kein erstes Mal ist so, wie die kleine Küchenmamsell sich das zurechtspinnt. Ich wache jetzt auf. Basta. Obwohl, es ist so heiß und feucht und überhaupt, was hat eigentlich diese lästige Stimme der Vernunft in meinem schönen Schmachtfetzen verloren?

Und dann wache ich tatsächlich auf.
Schade.

Waschtag.
Damit einher geht die so ziemlich ätzendste Tätigkeit, die mir bisher untergekommen ist. Vor mir steht ein hölzerner Waschzuber auf einem wackeligen Holzschemel. Darin lehnt schräg ein Waschbrett, ebenfalls aus Holz. Der Zuber ist mit heißem Wasser kurz vor der Schmerzgrenze gefüllt, dem wir Buchenholzasche hinzugefügt haben. Waschseife gab es zwar schon, doch die konnten sich nur die wohlhabenden Haushalte leisten, und wir sind schließlich bescheidene Bauersleute. Fast eine Stunde lang habe ich mit Janine auf dem Ofen erhitztes Wasser mithilfe einer großen Zinnkanne in die Zuber verfrachtet. Sie steht neben mir vor ihrem eigenen Zuber, denn nur so werden wir dem beachtlichen Wäscheberg eines Neunpersonenhaushaltes Herr.

Eigentlich hätten wir den Kram auch noch einweichen müssen, aber wir haben übereinstimmend beschlossen, es zu lassen. Es gibt Grenzen, finden wir und kommen uns vor wie zwei aufrührerische Emanzen, die anno 1756 noch einen weiten Weg vor sich haben. Daniel würde mir persönlich den Kopf abreißen, wüsste er, wie frech wir seine Auflagen ignorieren. Aber ehrlich? Interessiert es irgendeinen Besucher, ob wir die Wäsche vorher eingeweicht haben?

So langsam wie möglich, denn es ist genauso heiß wie die letzten Tage und der Schweiß rinnt schon jetzt aus allen verfügbaren Poren, nehme ich eine meiner langen Unterhosen und werfe sie in die heiße, fast stechend riechende Flüssigkeit. Versonnen beobachte ich, wie sie langsam untergeht. Anschließend greife ich nach einer Art großen Kochlöffel und rühre bedächtig durch die Unterhosensuppe. Ich habe keine Lust, ich hasse diese Hitze, und der Dampf, der ununterbrochen aufsteigt, gibt mir den Rest. Als ich eine angemessene Weile herumgerührt habe, erbarme ich mich des ersten Höschens und schrubbe es über das Waschbrett, bis mein innerer Waschgeist mir sagt, es genügt. Die Haltung, die ich dabei einnehme, ist alles andere als rückenfreundlich. Ich fische das nächste Stück aus dem Zuber und beginne von vorne. Janine steht ebenfalls tief gebeugt und schrubbt Elisas Schürze. Auch bei ihr rinnt der Schweiß und sie schweigt seit einer gefühlten Ewigkeit. Es ist geradezu gespenstisch.

Just in diesem Augenblick beginnt sie zu schimpfen wie ein Rohrspatz.

»Glaub mir, ich ertrage alles, wirklich alles. Ich verzichte auf Schokolade, esse Edeltrauds Gemüseplörre, schlafe auf dieser piksenden Strohmatratze, erdulde scheißkratzige Klamotten – aber irgendwann reicht's. Wenn dieser verdammte Haufen nicht bald kleiner wird, fahre ich mit dem nächsten Bus nach Hause.«

»Hier fährt kein Bus.«

»Dann laufe ich eben. Ist mir doch scheißegal. Hauptsache, ich muss nicht weiter Edeltrauds ranzige Damenhöschen schrubben.«

»Lass das Edeltraud nicht hören.« Ich lache und werfe einen Blick über den Hof. Edeltraud hockt vor dem Spinnrad und lässt die Wolle über die Spindel flitzen. Sie macht einen entspannten Eindruck, der ihr viel besser steht als das Gesicht, das sie in den ersten Tagen zur Schau getragen hat. »Außerdem schrubbst du gerade Elisas Schürze.«

»Boah, bist du kleinlich! Aber ernsthaft, muss das hier sein? Können wir nicht einfach ein bisschen schauwaschen und den Rest in eine Maschine schmeißen? Das merkt doch kein Mensch.«

»Das spiegelt aber nicht die Lebensumstände des 18. Jahrhunderts wider, die wir doch allumfassend erleben und darstellen sollen.« Ich ahme Daniels hochgestochene und eckige Aussprache nach.

Janine prustet los und verschwindet fast kopfüber in ihrem Waschzuber.

»Konzentration, liebe Janine«, ermahne ich sie, denn in diesem Augenblick naht Kundschaft. Ein Pärchen mittleren Alters schlendert ein paar Meter weiter an uns vorbei, hält inne und beäugt uns neugierig.

»Kommen Sie ruhig näher«, werden sie von Janine aufgefordert. »Wenn Sie wollen, dürfen Sie ruhig auch eine Runde Unterhosen schrubben.«

»Bleib in deiner Rolle«, ermahne ich sie und kichere.

Das Paar scheint zu überlegen, ob die Aufforderung ernst gemeint ist. Der Mann, gekleidet, als wäre er auf einer Expedition ins Amazonasgebiet, will weitergehen, doch bei seiner Frau siegt die Neugierde. Sie packt ihn am Kakihemd und zerrt ihn zu uns.

»Ist das anstrengend?«, fragt sie vorsichtig.

Janine, mit hochrotem Kopf und großen Schweißflecken unter den Achseln, kontert liebenswürdig. »Wonach sieht es denn aus? Nach einem Mittagsschläfchen im Strandkorb?«

Ich beiße mir in die Wangen. Sie kann es nicht lassen. Es wird nicht lange dauern, bis Beschwerden über die aufmüpfige Madame aus dem 18. Jahrhundert bei Daniel auflaufen.

Die interessierte Dame ignoriert die Bemerkung geflissentlich. »Ist da Waschmittel drin?«, fragt sie und fächert sich mit der flachen Hand einen Schwall Wasserdampf Richtung Nase.

»Ariel«, antwortet Janine, und nun muss es einfach sein. Ich boxe sie fest in den Oberarm. Sie MUSS lernen, sich zusammenzureißen.

Und während Janine sich mit entrüstetem Blick ihren Arm reibt, antworte ich der Dame, wie es von uns erwartet wird: »Werte Frau, wir versetzen das Waschwasser mit Buchenholzasche. Dadurch entsteht eine Art Lauge, die den meisten Flecken entgegenwirkt. Waschmittel kennen wir nicht, es gibt Seife, doch diese ist leider den feinen Herrschaften vorbehalten.« Ha! Ich finde, auf diesen historisch perfekten Satz kann ich stolz sein.

»Das ist interessant«, stellt die Frau fest, dreht auf dem Absatz um, nimmt ihren Mann an der Hand und die beiden verschwinden.

»Kein Guten Tag, kein Auf Wiedersehen«, mault Janine, die immer noch mit ihrem Oberarm beschäftigt ist.

»Wir sind eben Ausstellungsstücke«, sinniere ich.

»Wie wahr«, murmelt Janine und starrt auf ihre Hände. »Es ist grandios, wie ich mir als Ausstellungsstück die Hände versauen darf.« Sie hält sie mir unter die Nase. Sie leuchten rot wie ein Ampelmännchen und sind aufgedunsen wie nach einer Kortisonspritze. »Wenn ich hier raus bin, sehe ich zehn Jahre älter aus. Echt, wir müssen da was machen.«

Ich betrachte meine Hände. »Ich bin dabei.«

Wir widmen uns wieder der Wäsche.

»Ich habe heute Nacht übrigens was total Beknacktes geträumt.«

»Erzähl.«

»Ich war eine junge Magd und bin vom Sohn des Gutsherrn verführt worden.«

Janine kichert. »Du weißt ja, es gibt nur zwei Arten von Träumen.«

»Die da wären?«

»Angstträume und Wunschträume. Du kannst dir jetzt aussuchen, was davon auf deinen Traum zutrifft.«

Ich will schon antworten, aber sie kommt mir zuvor. »Ich würde ja schlicht behaupten, dass du es mal wieder richtig nötig hast.«

Ich ziehe eine Grimasse. »Sehr witzig.«

Eine gefühlte Ewigkeit später rieche ich mich trotz der Lauge selbst. Doch immerhin ist der Wäschestapel merklich kleiner geworden. Über Zäunen, Stühlen und auf der Wiese liegen die frisch gewaschenen Sachen und trocknen in der Sonne. Natürliche Bleiche. Wir müssen uns gegenseitig versichern, dass die Wäsche sauber ist, denn es fehlt der Waschmittelgeruch, der einem dieses Gefühl von Sauberkeit suggeriert. Was gut riecht, muss sauber sein. Wenn man darüber nachdenkt – es ist eine der Absurditäten unseres modernen Alltags.

»Was machen wir, wenn wir fertig sind?«, frage ich meine Leidensgenossin und bin richtig geschafft. »Am liebsten würde ich in den See springen, aber das geht ja wegen der Besucher nicht. Doch irgendwie MUSS ich mich abkühlen, sonst werde ich aggressiv.«

»Wieso werden?« Janine giggelt und schmeißt mir ein zusammengeknülltes, klatschnasses Wäschestück entgegen.

Ich fange es auf und das Wasser rinnt mir direkt in den Ausschnitt. Zuerst ist es noch warm, dann fühlt es sich wunderbar an. Ich will den Fetzen gerade zurückwerfen, als Daniel in Begleitung eines Mannes um die Ecke biegt. Ich presse das klatschnasse Stück gegen meine Brust, werfe Janine einen fragenden Blick zu und begrüße die beiden mit einem Lächeln. Gleichzeitig beäuge ich Daniels Begleitung. Der Mann ist Ende dreißig, Anfang vierzig, groß, dunkelhaarig, und – ganz objektiv – gut aussehend. Er ist der Typ Mann, dem man aufgrund seines Aussehens eine gewisse Arroganz andichtet.

Während die beiden näher kommen, relativiert sich das Bild ein wenig. Seine Haare sind ein bisschen zu lang und dann wiederum nicht lang genug, um cool zu wirken. Er trägt labbrige Jeans, ein T-Shirt, das schon bessere Zeiten gesehen hat, und Chucks. Es wirkt, als sei ihm nicht wichtig, was er anhat. Eher so, als hätten die Klamotten heute Morgen zuoberst im Schrank gelegen. Sein anfangs neutraler Gesichtsausdruck verzieht sich zu einem belustigten Grinsen, als er den klatschnassen Stofffetzen vor meiner Brust entdeckt. Das irritiert mich, deshalb wende ich den Blick ab und sehe nach, ob das Wasser im Bottich etwas zum Vorschein gebracht hat, das eine weitere Überprüfung wert wäre. Hat es nicht. Ich beschließe, meine mysteriöse Unsicherheit zu ignorieren, und wende mich an Daniel.

»Hey, Daniel. Kontrollierst du, ob wir ordentlich waschen?«

Er betrachtet den übersichtlichen Berg Wäsche, der noch am Boden liegt. Und er wäre nicht Daniel, wenn er nicht sofort sehen würde, was damit nicht stimmt.

»Ich sehe, ihr habt die Wäsche nicht eingeweicht.«

»Sei nicht päpstlicher als der Papst. Hast du mal aufs Thermometer geguckt? Wir sind fix und fertig. Lass uns bitte, bitte unvernünftig und schlampig sein.«

Es fällt ihm schwer, das sieht man, aber vermutlich sitzt die imaginäre Betty auf seiner Schulter und redet ihm ins Gewissen. Mit einem schiefen Grinsen segnet er unsere Nachlässigkeit ab. Danke, imaginäre Betty!

»Ich sehe heute darüber hinweg, aber bitte denkt daran, wir möchten dem Besucher die reale Vergangenheit spiegeln. Solche Dinge verfälschen das Bild.«

»Jaja«, antworte ich gespielt zerknirscht. Uncooler Prinzipienreiter.

Sein Begleiter grinst mich an, als wisse er genau, wie Daniel tickt. Die Auflösung folgt auf dem Fuße. »Ich bin aber nicht gekommen, um eure Arbeit zu kritisieren, sondern um euch Max vorzustellen.«

»Hallo, Max«, antworten wir synchron wie eifrige Schulmädchen und kichern dann auch noch wie solche.

Max, was auch immer er hier zu suchen hat, schenkt uns ein breites Lächeln und entblößt eine Reihe weißer Zähne, an denen jeder Kieferorthopäde seine Freude hätte.

»Max, das ist Kristin. Sie ist die beste Freundin meiner Frau, und das ist ... ähm ...«

»Janine, ihre Waschkumpanin?«, schlage ich vor.

»Und Max ist wer?«, fragt Janine, als stünde er nicht direkt neben uns.

»Max ist ein alter Schulfreund. Wir haben uns ein paar Jahre aus den Augen verloren, aber nun ergibt sich für ihn die wunderbare Möglichkeit, kurzfristig an unserem Projekt teilzunehmen. Ab morgen wird er bei euch wohnen und die Schreinerei betreuen.«

»Aha«, sage ich. Ein neuer Mitbewohner. Und dann auch noch so ein Hingucker. Die anderen Frauen werden ihre Freude haben.

Janine reagiert schnörkellos. »Fein, ein Mann«, stellt sie fest, wischt sich die Hände an der Schürze ab und reicht ihm die Hand. »Hallo, Max, schön, dass du da bist. Einen Mann können wir gut gebrauchen. Bisher haben wir nur einen halben und zwei Jungs. Ein bisschen Testosteron wird uns guttun.«

Ich folge ihrem Beispiel und reiche ihm ebenfalls die Hand. Sein Händedruck ist fest und warm. Erst dann wird mir bewusst, was Janine gerade gesagt hat. »Lass Timo das mit dem halben Mann bloß nicht hören.«

»Ach, Timo«, antwortet sie gedehnt und macht gleichzeitig eine wegwerfende Handbewegung, »der verkraftet das.«

Die Männer gucken leicht irritiert.

»Nehmt diese Frau bloß nicht ernst, sonst habt ihr nachher einen Knoten im Gehirn«, schlage ich vor und verkneife es mir, Janine heute zum dritten Mal zu boxen. Ihre rotzige Unbedarftheit weckt die gewalttätige Seite in mir.

»Dann hoffe ich mal, dass ich das Bild *Mann* auch ausfüllen kann«, antwortet Max spöttisch.

»Glaub mir, Süßer, das kannst du.« Janine schenkt Max ein zuckersüßes Lächeln.

Max fängt schallend an zu lachen und Daniel presst voller Selbstbeherrschung die Lippen zusammen.

»Ich kann dir nur eins raten«, wende ich mich an Max, »leg dich niemals mit ihr an, sonst wirst du hier keinen Tag überleben.«

»Ich kann's mir irgendwie vorstellen«, erwidert er amüsiert.

Währenddessen hat sich Edeltraud hinter ihrem Spinnrad hervorgekramt und zu uns gesellt. »Guten Tag, die Herren«, begrüßt sie sie mit der ihr eigenen Spröde. »Ich hörte, wir bekommen einen neuen Darsteller für unseren Hof?«

»Da haben Sie richtig gehört«, bestätigt Daniel.

»Dann gehe ich ebenso folgerichtig davon aus, dass wir mehr Lebensmittelmarken bekommen und Hilfe bei der Hofarbeit? Beides können wir nämlich, gelinde gesagt, durchaus gebrauchen. Wir wissen kaum, wie wir die Fülle an Arbeit bewältigen sollen.«

Ich bin beeindruckt. Edeltraud hat einen Sinn fürs Praktische. Doch ich bin sowieso zuversichtlich. Etwas schlummert in ihr – es muss nur geweckt werden.

Daniel nickt beruhigend ihre vorgetragenen Punkte ab.

»Ich bin zwar vor allem für die Schreinerei verantwortlich«, ergänzt der schmucke Neuling, »aber selbstverständlich werde ich auf dem Hof helfen.«

»Gut, dann ist das geklärt. Nun stellt sich noch die Frage, wo er schläft.« Edeltrauds Pragmatismus ist wirklich beeindruckend, denn diese Frage stellt sich in der Tat.

Daniel schüttelt die Lösung souverän aus dem Ärmel. »Max hat überhaupt kein Problem damit, mit dem anderen Herrn im Stall zu schlafen.«

»Im Gegenteil«, fügt Max charmant hinzu, »ich stelle es mir gemütlich vor.«

»Weiß Timo schon davon?«, frage ich vorsichtig nach.

Janine kichert. »Der wird sein Glück kaum fassen können. Dann hat er was zu gucken.«

Jetzt boxe ich sie wirklich. Es ist Timos Aufgabe, seine sexuelle Orientierung rauszuposaunen. Über Max' Kopf erscheint ein großes Fragezeichen.

»Ey«, mault Janine entrüstet, »lass deinen Erziehungsbedarf an deinen Kindern aus.«

»Die wissen im Gegensatz zu dir, was sich gehört«, kontere ich.

Augenscheinlich ist alles geklärt, denn nach einer kurzen Verabschiedung trollen sich die Herren mit dem Hinweis, Max werde nun eingekleidet. Edeltraud kehrt zurück zu ihrem Spinnrad und wir schwitzen uns gemeinsam dem Ende des Waschtages entgegen.

»Jetzt sag, wer ist dieser Max?«

Ich bin extra zum Verwaltungsgebäude marschiert und habe Betty in der Kleiderkammer gefunden, wo sie den Saum eines Kleides umnäht. Die Trägerin ist ständig darüber gestolpert, und Betty ärgert sich immer sehr, wenn eine ihrer Näherinnen nicht ordentlich gearbeitet hat. Deshalb bringt sie es selbst in Ordnung. Ich sitze ihr gegenüber auf einem kleinen Schemel und reiche ihr das Nähgarn, um das sie gebeten hat.

»Ein ehemaliger Schulfreund von Daniel«, verrät sie gedankenverloren, setzt ihre Lesebrille auf und fädelt den Faden durchs Nadelöhr.

»Warum nähst du mit der Hand? Mit der Maschine geht es doch viel schneller.«

»Stimmt, aber ich muss mich gerade ein bisschen entspannen. Ich kriege meine Tage, und du weißt ja, ich bin dann ein Monster.«

Das stimmt. Ich kenne keine Frau, die in den Tagen vor den Tagen ein größeres Opfer ihrer Hormone ist. Ihre Familie traut sich dann kaum noch in ihre Nähe und muss trotzdem ständig erdulden, wie sie weint, lacht, schimpft und brüllt – meist alles binnen weniger Minuten. Sie hasst sich selbst dafür.

»Dann entspann dich mal weiter und erzähl mir das, was ich noch nicht weiß. Dass er ein Schulfreund ist, wissen wir schon.«

»Hm«, macht sie. »Ehrlich gesagt, weiß ich gar nicht viel mehr. Daniel hat ihn plötzlich aus dem Hut gezaubert. Ich hatte hier und da mal von einem Max gehört, mit dem er früher befreundet war, aber seitdem wir uns kennen, hatten sie nie Kontakt. Vor zwei Tagen hat er mir dann erzählt, Max würde ins Museum ziehen und vorher eine Nacht bei uns übernachten. Ich finde ihn ganz nett.«

»Ich bin etwas skeptisch. Unsere Gruppe ist so schön zusammengewachsen. Was, wenn er Unruhe reinbringt?«

»Mach dir nicht so viele Gedanken. Er wird sich integrieren. Offen und umgänglich ist er ja.«

»Und du weißt sonst nichts über ihn? Immerhin war er einen ganzen Abend bei euch. Du bist genauso neugierig wie ich. Also, schieß los!«

Betty sieht mich mit kraus gezogener Stirn an.

»Jetzt sag schon«, bettle ich.

Sie rollt mit den Augen. »Na gut. Scheinbar ist er fremdgegangen und ist jetzt erst mal zu Hause ausgezogen. Er wohnt im Moment in Köln und seine Frau mit den beiden Kindern in München.«

»Arschloch.«

»Ich wusste, dass du es so sehen wirst. Und nun bist du voreingenommen.«

Ich seufze. »Ihr setzt mir die Reinkarnation meines persönlichen Elends vor die Nase?«

»Ich habe damit nichts zu tun«, verteidigt sich Betty mager.

»Hast du Daniel denn darauf aufmerksam gemacht, dass es vielleicht keine so gute Idee ist?«

»Kristin, Daniel weiß doch gar nicht, dass Carsten dich betrügt.«

»Da hast du auch wieder recht.«

Wir schweigen uns an. Betty näht, ich grüble. Wie soll ich diesem Mann unbefangen gegenübertreten? Einem Arsch von Amts wegen? Ich muss es wenigstens versuchen – den anderen zuliebe.

»Okay, ich geh mal zurück. Ich muss Wäsche einsammeln, falten und verteilen. Ehrlich, Waschtag ist ein Synonym für Folter. Die Menschen früher müssen härter gewesen sein.«

»Dann nimm doch diese Erkenntnis, um dir dein eigenes Leben schönzureden. Was ist schon ein Betrüger im Haus gegen das Leben, das die Menschen damals geführt haben?«

»Positives Denken, liebe Betty, passt aber so gar nicht zu deiner hormonellen Misere.«

»Na ja, als gute Freundin versuche ich, meine eigenen Befindlichkeiten hintenanzustellen.«

»Ich weiß es zu schätzen.«

Sie legt ihre Nadel beiseite, wir umarmen uns kurz und fest, und dann gehe ich zurück und rede mir ein, dass jeder Mensch eine Chance verdient.

Wir sitzen beim Abendessen, als ein feuriger Knecht mit wirrem Haar und einem Bündel über der Schulter den Weg entlangschlendert.

»Holla, ist das ein Sahneschnittchen«, sagt Timo anerkennend. »Ist das unser neuer Mitbewohner?«

»Ja, das ist dein neuer Bett-, ähm, Strohgenosse«, erklärt Janine trocken. »Überfall ihn nicht gleich in der ersten Nacht.«

»Schade«, schmollt Timo gespielt. »In der Regel falle ich über Frischlinge sofort her, und bisher habe ich noch jeden umgepolt, der nicht bei drei auf dem Baum war. Aber ich werde mich zusammenreißen. Dir zuliebe.«

Neugierig beobachten wir das Näherkommen unseres Neuzugangs. Ein neuer Mitbewohner ist spannend, ohne Frage.

»Ich bin froh, dass wir weitere männliche Unterstützung bekommen«, sagt Edeltraud, »das hat auch Eberhardt gesagt. Er findet, wir Frauen verrichten zu viel Männerarbeit.«

»Niemand hält deinen Eberhardt davon ab zu helfen, wenn er das meint.« Janine ist ganz offensichtlich genervt.

Edeltraud zieht einen Flunsch und ich kann sie fast verstehen.

Unterdessen erreicht Max unseren Tisch. »Guten Abend zusammen«, grüßt er freundlich. »Hier bin ich, und ich hoffe, es ist keine allzu große Belastung für euch, nach einer Woche noch jemanden in die Gruppe aufzunehmen.«

»Nein, natürlich nicht«, sagt Timo munter. »Wir freuen uns, endlich einen zweiten Mann an Bord zu haben. Komm, leg dein Bündel ab und setz dich. Möchtest du was essen?«

»Danke. Das ist nett.«

Max setzt sich zwischen Timo und Elisa und schnappt sich eine Scheibe Bauernbrot, die er mit einer bescheidenen Menge Butter bestreicht. In der nächsten halben Stunde quetschen ihn die anderen aus, ich halte mich zurück. Ich höre zu und suche das Haar in der Suppe.

Er kommt aus Köln, hat viele Jahre in München gewohnt und war Teilhaber einer kleinen Agentur für Marktkommunikation. Wegen seiner Eltern ist er vor Kurzem zurück nach Köln gezogen und will nun eine eigene Agentur eröffnen. Im Moment genehmigt er sich jedoch eine Auszeit, und als Daniel, den er beim zwanzigjährigen Abitreffen wiedertraf, von dem Museumsprojekt erzählte, bot er spontan seine Hilfe an. Sein Vater war Schreiner und die Arbeit mit Holz ist schon immer sein Ausgleich zur täglichen Kopfarbeit gewesen. Er freut sich, die alte Schreinerei betreuen zu dürfen, für die Daniel trotz langer Suche niemanden gefunden hatte. Man könnte also sagen, es hat sich alles wunderbar gefügt.

So weit, so gut. Allerdings kenne ich den wahren Grund seines Umzugs, und er wird mir deshalb mit jedem Satz unsympathischer.

Dass ich mich mit keinem Wort an dem Gespräch beteilige, fällt Janine auf. »Kristin? Hilfst du mir, den Tisch abzuräumen?«

»Ja. Klar.« Ich springe auf, viel zu hektisch, und stoße dabei Livs Becher vom Tisch.

»Nicht so hastig.« Timo grinst. »Das dreckige Geschirr rennt nicht weg.«

Plötzlich habe ich alle Aufmerksamkeit. Max steht ebenfalls auf und schickt sich an zu helfen.

»Bring du mal deine Sachen in den Stall«, fordert ihn Janine auf. »Timo? Zeig deinem neuen Kumpel seine Unterkunft.«

»Klar, komm mit. Ich find's saugemütlich, aber ich warne dich schon mal vor. Ich schnarche wie ein Heterohirsch.«

Gut, nun weiß Max, woran er ist. *Offensiv* ist ein bescheidenes Wort, wenn man beschreiben möchte, wie Timo die Menschen auf seine sexuelle Orientierung hinweist. Irgendwann muss ich ihn mal fragen, warum er das tut.

»So. Jetzt verrätst du mir, was dir dieser Kerl getan hat.« Janine nimmt mir bestimmt die Becher aus der Hand, als wir in der Küche stehen. »Du sprichst nicht und guckst aus der Wäsche, als hätte man dir einen Axtmörder vor die Nase gesetzt.«

»So ähnlich«, grummle ich, »ich habe es von Betty, aber binde es bitte nicht allen auf die Nase. Ich will ihm nicht gleich alles versauen.«

»Oha, jetzt bin ich gespannt.«

»Er hat seine Frau betrogen und die hat ihn vor die Tür gesetzt.«

»Ups.«

»Genau das.«

»Und deine Freundin hat nicht erkannt, dass es keine gute Idee ist, dir ausgerechnet diesen Vogel vor die Nase zu setzen?«

»Daniel weiß nicht, dass Carsten fremdgeht. Außerdem war Betty selbst überrascht. Max ist quasi aus dem Nichts aufgetaucht.«

»Also ist er zurück zu Mami und Papi gezogen, weil ihn seine Alte rausgeschmissen hat.«

»Korrekt.«

»Und du findest ihn jetzt natürlich doof, weil er dich an deinen nichtsnutzigen Ehemann erinnert?«

»Korrekt.«

»Ich verstehe dich, aber entspann dich. Erstens müsstest du sonst vermutlich jeden dritten Mann hassen und zweitens kennst du nicht seine ganze Geschichte. Gib ihm eine Chance. Auf den ersten Blick wirkt er ja nett.«

»Du hast gut reden«, grummle ich noch einmal. »Aber gut. Ich versuch's.«

»Braves Mädchen.«

Nachdem Janine und ich wieder Platz genommen haben, höre ich nur noch mit halbem Ohr zu, wie sich alle mit Max unterhalten. Ole fragt nach der Schreinerei, und ich kriege mit, dass Max ihm anbietet, jederzeit vorbeikommen zu dürfen. Edeltraud bittet Max, die gesponnene Wolle zum Verwaltungsgebäude zu bringen. (Endlich ein richtiger Mann, dem man männliche Dinge auftragen kann.) Janine erzählt ihm vom Garten.

Elisa, Timo, die Kinder ...

Nur ich habe noch kein einziges Wort über die Lippen gebracht.

Es ist meine letzte Tat für heute. Mit dem Zinneimer bewaffnet, tapse ich zum Brunnen und hole Wasser fürs Frühstück.

Den vollen Eimer zu schleppen ist anstrengend und ich benötige meine ganze Konzentration. Deshalb bemerke ich Max erst im letzten Augenblick. Er steht neben der Eiche, und ich muss direkt an ihm vorbei, um ins Haus zu gelangen. Wenn ich jetzt nicht mit ihm rede, wird's peinlich.

»Hi.«

»Hallo, Kristin. Soll ich dir helfen? Sieht aus, als wäre der Eimer schwer.«

Ich stelle ihm den Eimer so stürmisch vor die Füße, dass ein Schwall Wasser überschwappt. »Aber ja, das wäre nett. Danke.«

»Gern«, sagt er freundlich, mustert mich und trägt den Eimer brav in die Küche. Ich warte darauf, dass er geht und mich alleine lässt, aber er bleibt, wo er ist, lehnt sich an die Anrichte und schaut mir in aller Seelenruhe dabei zu, wie ich Wasser in den Kessel schöpfe, Holz in den Ofen schichte und mir langsam blöd vorkomme.

Schließlich platzt mir der Kragen. »Guckst du Frauen gerne bei der Arbeit zu?«

Er verzieht keine Miene.

»Hallo? Antwort?«

Jetzt grinst er. »Entschuldige, ich formuliere im Geiste noch. Ich bin nämlich verwirrt, weil du mit mir redest, nachdem du mich bisher komplett ignoriert hast.«

»Hm.«

»Aha, na gut. Ich muss das jetzt nicht persönlich nehmen, oder?«

»Nein.«

»Du bist mit Betty und Daniel befreundet. Schon sehr lange, wie sie erzählten.«

»Ja.«

»Na, dann sollten wir uns doch verstehen, wenn wir schon dieselben Freunde haben.«

»Vielleicht.« Ich schließe die Ofentür einen Tick zu laut, wische mir die Hände an meiner Schürze ab und verlasse den Raum. »Gute Nacht.«

Endlich im Bett ärgere ich mich maßlos. Meine Vorbehalte sind offensichtlich. Dabei wäre es den anderen gegenüber nicht fair, die schöne Stimmung mit dem zu versauen, was mir Betty erzählt hat. Also werde ich mich ab morgen zusammenreißen und ein bisschen netter sein.

Alltagsroutinen

Familie Flodder braucht Betreuung.

»Kristin? Kannst du dir Max schnappen und dieser Familie den Hof zeigen? Dann lernt er ihn auch direkt kennen.«

Ich komme vom Bettenlüften und bin schweißgebadet. Timo hat mich abgefangen und bittet um etwas, auf das ich, gelinde gesagt, überhaupt keine Lust habe. Die Familie, um die es geht, steht jedoch erwartungsvoll in den Startlöchern. Vater, Mutter, Kind, alle drei sehen aus, als wären sie Nachfahren der Kelly Family in ihrer erfolgreichsten Zeit.

»Wo ist er denn?«

»Am Brunnen.«

»Warten Sie bitte kurz, ich bin gleich wieder da«, wende ich mich an die Besucher und marschiere los.

Max schaufelt sich gerade kaltes Wasser ins Gesicht. Er sieht schon gut aus, der Kerl, das muss man ihm lassen.

»Kannst du dir bitte was anziehen? Wir haben einen Job.« Ich gebe zu, mein Tonfall könnte freundlicher sein. Ich wollte doch nett sein, ermahne ich mich. »Bitte.«

»Und der wäre?«

»Ich soll der Kelly Family den Hof zeigen, und Timo meinte, du sollst mitkommen, um gleich einen Einblick zu kriegen.«

»Gib mir zwei Minuten.«

»Wir treffen uns im Hof.«

Die Familie in Hippie-Kluft, von der ich viel Text und ökologisches Bewusstsein erwartet hätte, ist erstaunlich wortkarg. Außer »hm«, »interessant« und »sehen wir genauso« bekomme ich keine Rückmeldung, also spiele ich die Alleinunterhalterin, zeige das Haus, die Ställe und den Garten. Nicht einmal Janine bekomme sie zum Reden. Gehen wollen sie jedoch auch nicht. Allein Max stellt hier und da eine Frage, hält sich aber ansonsten im Hintergrund.

»Hier haben wir Schafe und Ziegen, aber die geben erst im Frühjahr wieder Milch und kosten uns im Moment nur Gras.«

Wir stehen vor der Weide. Es ist unsere letzte Station.

»Haben Sie vielen Dank«, sagt die Frau, schnappt sich ihre Familie und geht.

»Mann, waren die öde«, sage ich.

Max lehnt sich mit dem Rücken an den Zaun. »Es war auch nicht wirklich interessant, wenn ich ehrlich sein soll. Du wirktest ein wenig angespannt.«

Arroganter Schnösel! Ich werfe ihm einen bitterbösen Blick zu und lasse ihn stehen. Soll er's doch besser machen.

Auf dem Weg entdecke ich Maja, Liv und Linus, die auf einem Mäuerchen sitzen. Augenscheinlich betreiben sie eine Art Vergangenheitsbewältigung. Neugierig verberge ich mich hinter einem Busch. Es ist zu süß. Sie singen alte Kinderlieder. Lieder, die sie über Jahre bei Autofahrten, an verregneten Sonntagen und abends vor dem Einschlafen begleitet haben.

Maja springt gerade vom Mäuerchen und präsentiert eines ihrer damaligen Lieblingslieder. Es ist das *Feuerwehrlied* von Volker Rosin. Es bedarf ihres kompletten Körpereinsatzes, um zu demonstrieren, wie sie damals ein Musikvideo dazu gedreht haben.

Das Lied ist zu Ende und Liv springt neben ihre Schwester. »Das *Fingerlied*, Maja, komm, wir machen das *Fingerlied*.«

Einen Augenblick sieht Maja sie fragend an, dann erhellt sich ihr Blick. »Das wird dir gefallen, Linus«, versichert sie breit grinsend und legt los.

Liv stimmt ein.

Wo ist der Daumen? Wo ist der Daumen?
Hier bin ich? Siehst du mich?
Guten Tag, Herr Daumen. Guten Tag, Herr Daumen.
Jetzt ist er weg. Im Versteck.

Sie halten die Daumen in die Höhe und lassen sie tanzen. Man ahnt, wo es hinführt. Nach dem Daumen kommt der Zeigefinger und schon jetzt können sie sich kaum noch halten vor Lachen. Bei der dritten Strophe grölen sie als Trio und zeigen voller Stolz und in eindrucksvoller Präsenz die Mittelfinger.

Zum Ringfinger kommen sie nicht mehr. Sie giggeln so herrlich, wie nur Kinder es vermögen.

Gerade Maja gönne ich diesen Augenblick kindlicher Unbeschwertheit. Sie sind immer seltener, und ich werde ganz wehmütig. Was für die Kinder noch ein halbes Leben entfernt ist, gleicht uns Müttern dem Schlag eines Schmetterlingsflügels. Gerade waren sie noch klein und schutzbedürftig und einen winzigen Augenblick später nehmen sie ihr Leben selbst in die Hand.

Schon deshalb ist ihre Reaktion, als sie mich entdecken, logisch. »Ma-ma, kannst du uns alleine lassen!«

»Bin ja schon weg, aber der Mittelfinger bleibt ab jetzt unter Verschluss.«

»Ja-haaa«, tönen sie im Chor und Liv scheucht mich mit einer eindeutigen Handbewegung fort.

Meine Laune ist gerettet. Warum soll sie mir auch ein Fremdgeher versauen?

Heute habe ich kaum eine Minute für mich. Zahlreiche Besucher schieben sich durch die Räume und malträtieren mich mit sinnvollen und weniger sinnvollen Fragen. Nachmittags helfe ich Edeltraud unauffällig beim Kochen, darauf achtend, dass niemand es mitbekommt. Ihre dankbaren Blicke sind eine wahre Freude, und wie so oft in den letzten Tagen ist spürbar, wie gut ihr der Abstand zu Eberhardt tut.

Nebenbei habe ich die mieseste Arbeit abgegriffen, die es meiner Meinung nach neben dem Waschen gibt: Butter zu schlagen. Wie eine Irre malträtiere ich das Fass und versuche, die Milch von Bertha und Magda in Butter zu verwandeln. Das soll funktionieren? Inbrünstig hämmere ich wieder und wieder den Stil ins Fass, und obwohl es in der Küche kühl ist, rinnt der Schweiß. Eine gefühlte Ewigkeit später sind meine Bemühungen von Erfolg gekrönt. Voller Stolz streiche ich einen beachtlichen Batzen Butter in eine emaillierte Schüssel.

»Guck mal«, sage ich stolz zu Janine, die seit einigen Minuten ebenfalls in der Küche ist und zwei Kupferkessel von angebrannten Essensresten befreit. »Ich habe Butter gemacht. Echte Butter. Selbst. Gemacht.«

»Wow«, sagt sie angestrengt. »Du hast Butter gemacht.«

»Ey, du dürftest mein Werk ruhig ernster nehmen, das war sauanstrengend.«

»Ja, und deshalb kaufen wir die heutzutage für 1,79 bei Aldi.« Janine grinst von einem Ohr bis zum anderen.

»Blöde Nuss«, sage ich lachend, »aber du hast recht.«

Eine Dame jenseits der achtzig verfolgt interessiert unser Gespräch. Wir hätten es gar nicht führen dürfen. Denn Worte wie »blöde Nuss« oder »Aldi« sind definitiv nicht zeitgemäß. Daniel würde sich die Haare raufen. Aber bitte, wir würden wahnsinnig, wenn wir dieses Theater den ganzen Tag spielen müssten.

»Wissen Sie«, sagt die Dame und tritt einen Schritt näher, »ich bin schon so alt, dass ich damals die Butter noch selbst schlagen musste. Im Krieg wurde ich als Kölner Stadtkind auf einen Bauernhof evakuiert. Die Bauersfrau hatte fünf von uns zu versorgen plus ihre eigenen Kinder. Wir waren insgesamt zu elft. Sie war streng und unnachgiebig und wir hatten nicht viel zu lachen. Damals fand ich sie grausam. Heute weiß ich, dass Not Eigenschaften aus Menschen herauskitzelt, die besser verborgen bleiben. Und sie war kein grundsätzlich schlechter Mensch. Neben allen Arbeiten, die sie uns aufbrummte, war das Butterschlagen meine liebste Tätigkeit … Ich habe all meine kindliche Wut an der Milch ausgelassen.«

Sie lächelt mit all ihren tausend Falten. Wir haben die Arbeit eingestellt und hören aufmerksam zu. Sie genießt unser Interesse und plaudert munter weiter. Natürlich weiß ich, dass unser Leben heute an Bequemlichkeit fast nicht zu überbieten ist. Wir können uns um andere Dinge sorgen, weil unser komfortables Leben alle Grundbedürfnisse abdeckt. Die alte Dame führt es uns einmal mehr vor Augen. Ist es nicht genau das, was wir hier lernen wollen? Demut? Demut vor dem Leben und was es zu anderen Zeiten bedeutete, allein die Grundbedürfnisse abzudecken? Ein untreuer Ehemann, fehlende Selbstverwirklichung, Streit, Sorgen um die Kinder? Die Frauen damals waren froh, wenn von den vielen Kindern, die sie bekamen, wenigstens ein paar durchkamen, um auf dem Hof zu helfen. Nicht Liebe stand bei einer Ehe im Vordergrund, sondern ein gutes Auskommen. Dinge wie leckeres Essen, erfüllender Sex, gute Gespräche oder gesellige Abende mit Freunden sind ein Luxus, den wir heute als selbstverständlich hinnehmen. Ja, es geht uns gut. Und dennoch geht es uns nie gut genug. Immer streben wir nach mehr.

Demut. Das ist das, was wir hier lernen sollten.

»Warum kommt ihr nicht einfach mal mit?«, frage ich Elisa, Timo und Janine, als wir nach unserem Tagwerk verschwitzt im Schatten hinter der Scheune sitzen. Elisa fächelt sich Luft mit einem alten Kehrblech zu, Janine und Timo schwitzen vor sich hin.

»Och nö.« Timo gähnt lustlos.

»Ich verstehe einfach nicht, warum nie einer mitkommt. Das Wasser ist frisch, klar und kühl.«

»Aber es ist kein Badesee«, sagt Janine.

»Und du bist genau die Sorte Mensch, die das interessiert«, unke ich. »Also. Welche Ausrede habt ihr wirklich?«

»Ich hasse offene Gewässer.« Janine zuckt mit den Schultern.

»Es ist halt verboten, da kann ich nicht aus mir raus«, erklärt Elisa.

»Ich kann nicht schwimmen«, sagt Timo.

»Bitte was?«

Wir starren ihn ungläubig an und er guckt verschämt.

»Na ja, bei uns gab es kein Schwimmbad, meine Eltern konnten wegen des Hofes nie wegfahren, also ... ist es untergegangen.«

»Das ist krass. Aber ich kann verstehen, dass man sich doof vorkommt, mit Schwimmflügelchen ins Wasser zu gehen oder zusammen mit Erstklässlern einen Seepferdchenkurs zu besuchen.«

»Da hast du ja wieder was, wo du dich auf meine Kosten amüsieren kannst.« Timo guckt Janine böse an. So böse, dass man es gar nicht ernst nehmen KANN.

»Schwimmst du eigentlich nackt?«, fragt mich Elisa.

»In Unterwäsche, seitdem mich Eberhardt erwischt hat.«

»Wer schwimmt nackt?«, fragt Max, der in diesem Augenblick um die Ecke biegt.

»Niemand«, sage ich genervt.

»Brauchst dir also keine Hoffnung zu machen.« Timo lacht sich ins Fäustchen.

»Also, was ist jetzt?«, fragt Janine. »Probieren können wir's ja mal. Wer kommt mit?«

Max nickt, Janine meldet sich auf ihre eigene Frage selbst, Elisa schüttelt entschuldigend den Kopf und Timo schwankt. Und ich habe gar keine Lust mehr, wenn Max mitkommt.

Letztendlich sind wir zu dritt: Max, Janine und ich. Ich bin gehemmt, denn ich fühle mich in seiner Gegenwart nicht wohl. Weil ich aber auf die Abkühlung nicht verzichten will, verstecke ich mich hinter einem dicken Baum, ziehe mich bis auf das Unterkleid aus, bilde ein säuberliches Häufchen und steige ins Wasser.

»He! Willst du nicht warten?« Janine hat ebenfalls nur noch ihr Unterkleid an.

»Dann komm rein.«

»Na gut, aber nur für dich.« Sie tapst vorsichtig durch den Schilfgürtel. »Iiih, ist das eklig. Das ist ja voll schleimig. Bah! Was ist das? Ein Fisch? Boah, ich krieg zu viel, das geht gaaar nicht.« Resigniert bleibt sie stehen. »Ohne mich«, sagt sie schließlich, tritt den Rückweg an und setzt sich in den Schatten.

Gut. Dann schwimme ich eben alleine. Als ich zurückkomme, ist sie weg.

»Wo ist Janine?«, frage ich Max, der auf dem Steg sitzt und die Füße ins Wasser baumeln lässt.

»Die hatte keine Lust mehr.«

Na toll, jetzt bin ich mit ihm alleine.

»Gehst du regelmäßig schwimmen?«

Ich antworte widerwillig. »Jein. Ich war bisher dreimal. Vorgenommen habe ich es mir öfter, aber dann kommt doch immer was dazwischen.«

»Aha.«

Stille. Ich überlege, wie ich aus dem Wasser komme. Die Unterwäsche klebt an meinem Körper und enthüllt mehr, als sie verdeckt. Ich will nicht, dass er mich so sieht. »Könntest du dich umdrehen?«, frage ich schließlich.

»Klar.« Er hebt seine Füße aus dem Wasser und steht auf.

Ich hoffe, dass er sich verkrümelt, aber den Gefallen tut er mir nicht. Stattdessen setzt er sich an die Querseite des Stegs mit dem Rücken zu mir. Ich wate aus dem Wasser, reinige meine

Schlammfüße und stülpe mir das Überkleid über die klatschnasse Unterwäsche. Es saugt sich sofort mit Wasser voll, aber das macht nichts. So heiß, wie es ist, trocknet es, bevor ich den Hof erreiche. Ich schnüre und knöpfe und bin mir bei alldem seiner Anwesenheit wohl bewusst. Fertig. »Ich gehe jetzt.«

Er springt auf und folgt mir. »War's denn erfrischend?«, versucht er, ein Gespräch anzuzetteln.

»Ja.«

»Kann ich mir vorstellen. Mir hat es gereicht, die Füße ins Wasser zu halten. Schwimmst du auch zu Hause?«

»Ab und an.«

»Schön.«

Wieder versandet das Gespräch. Zum Glück nimmt er wenige Augenblicke später die Abzweigung zur Schreinerei.

Unruhige Beine

»Wo ist Liv?«

Ich frage Maja bereits zum zweiten Mal, aber sie ignoriert mich gekonnt. Dabei hat sie kein Smartphone und keine Kopfhörer im Ohr. Daran scheitert unsere Kommunikation nämlich meistens zu Hause. Es gab da diese kurze, kaum spürbare Übergangszeit, in der das Kind beschloss, ein mürrischer Teenie zu werden. Und das manifestierte sich vor allem in der plötzlichen und hemmungslosen Nutzung ihres kleinen Kommunikationsgottes.

Gerne schiebe ich alles auf dieses Ding, doch seitdem wir hier sind, muss ich meine Meinung revidieren. Ohne Smartphone ignoriert sie mich leider genauso. Dabei störe ich sie nicht einmal bei irgendwas. Sie sitzt auf der grob gezimmerten Bank vor dem Stall und wirft dem Himmel und ihrer Umwelt teeneske Blicke zu. Hirn im Umbau. Keine Zeit für gute Laune, sinnvolle Beschäftigungen oder mütterliche Anliegen. Gut, ich bin gerade ein bisschen gemein, denn es gibt sie ja dann und wann: die Phasen, in denen das Kind zugänglich, eloquent und witzig ist. Sogar anschmiegsam. Aber immer bestimmt sie, wann das ist. Und ich akzeptiere ihr Angebot dann grundsätzlich gerne, getreu dem Motto: Man nimmt, was man kriegt. In dieser Zeit des pubertären Umbruchs weiß man schließlich nie, wann man gerade ein letztes Mal erlebt.

Doch zurück zu meinem Anliegen. Meine Tochter soll mir verraten, wo Liv abgeblieben ist. Deren Spuren verlieren sich nämlich nach dem Mittagessen. Darüber machte ich mir keine Gedanken, bis ich Linus alleine auf der Wiese spielen sah. Wenn er hier ist, wo ist dann Liv? Sein siamesischer Zwilling?

»Mein liebes Majakind. Wärst du so freundlich, mir zu verraten, ob du weißt, wo deine Schwester abgeblieben ist?«

Endlich blickt sie auf. »Die ist bestimmt mit Linus unterwegs, also chill mal.«

Sie verdreht die Augen, ich verdrehe meine ebenfalls. Was die Göre kann, kann ich schon lange. »So weit war ich auch schon, aber Linus spielt dahinten mit sich und zwei Stöcken. Also? Hast du sie nun gesehen, oder nicht?«

»Neeeeein, hab ich nicht«, murrt Maja. »Aber frag doch Edeltraud«, ruft sie mir zu, bevor sie aufsteht und verschwindet.

Ich suche also Edeltraud und entdecke sie in der Küche, wo sie Gemüse fürs Abendessen schneidet. »Hallo, Edeltraud. Ich helfe dir später, aber zuerst brauche ich deine Hilfe.«

Sie schaut auf und legt das große Messer auf den Holzblock. Dann lächelt sie. Es steht ihr gut, dieses Lächeln, so viel besser als der verbitterte Zug um den Mund, den sie meistens zur Schau trägt. Liegt es nur an ihrem herrischen Ehemann, dass sie ist, wie sie ist? Endet es so, wenn man eine Ehe aussitzt, die nur noch auf dem Papier Bestand zu haben scheint? Eine Ehe, in der die Frau vielleicht aus wirtschaftlichen Gründen über Jahrzehnte zurücksteckt, anstatt ihr Schicksal in die eigenen Hände zu nehmen? Werde ich auch zu einer Edeltraud, wenn ich lange genug ausharre? Ich will nicht weiter darüber nachdenken, also bringe ich mein Anliegen vor.

»Edeltraud, ich suche Liv. Nicht, dass ich mir Sorgen mache, aber ich habe sie seit heute Mittag nicht gesehen, aber Linus ist hier, deshalb wüsste ich gerne, wo mein Kind steckt, damit ich anschließend in Ruhe irgendeinen historischen Kram erledigen kann.«

Edeltraud guckt mich verdutzt an, sie hat immer noch Schwierigkeiten mit unserer flapsigen Ausdrucksweise, aber sie schlägt sich wacker und ist längst nicht mehr so schockiert wie zu Beginn.

»In der Tat weiß ich, wo deine Liv ist. Bei Max in der Werkstatt.«

Sie lächelt wissend und ich bin einen Augenblick sprachlos. Warum weiß ich das nicht? Und was treibt Liv bei Max?

»Danke. Das ist mir tatsächlich neu.«

»Tja, so ist das, wenn die Kinder groß werden. Da wissen andere Leute oft mehr als die eigenen Eltern.« Edeltraud sieht mich schmunzelnd an.

»Du bist eine weise Frau, liebe Edeltraud.«

»Schön, dass das auch mal jemand erkennt«, antwortet sie mit einem verwegenen Grinsen im Gesicht.

Ich ziehe meine Augenbrauen nach oben. Traudl ist *witzig*. Wer hätte das gedacht? »Dann werde ich mal sehen, was meine Tochter da treibt. Und danke dir.«

»Keine Ursache, du wirst überrascht sein.«

»Jetzt bin ich aber gespannt«, antworte ich, lächle sie an und verlasse die Küche.

Auf dem Weg zur Schreinerei grüble ich. Warum ist Liv bei Max? Ich habe die beiden bisher kaum ein Wort wechseln sehen. Sucht sie seine Nähe? Oder sucht gar Max Livs Nähe? Und wenn ja, warum?

Als ich die Werkstatt erreiche und unauffällig durch die weit geöffnete Tür luge, bekomme ich meine Antwort. Es verschlägt mir den Atem. Die Szenerie ist harmlos und gleichzeitig so aussagekräftig.

In der Mitte des Raumes steht ein großer Werktisch. Ein Schraubstock hält ein grob gezimmertes Stück Holz. Liv steht davor, eine riesige Feile in der Hand, und schleift die Kanten. Max steht daneben und erklärt ihr, wie sie die Feile am besten hält.

Zwischendurch schaut Liv mit großen Augen zu ihm auf und sucht nach Bestätigung. Er nickt ihr aufmunternd zu.

Auf dem Tisch liegen ein paar gesägte und geschliffene Holzplatten und -stäbe. Es scheint ein größeres Projekt zu sein, kein Wunder, dass Linus frustriert mit Stöcken spielt. Max hat Liv kaltschnäuzig ihrem Seelenzwilling abgeworben. Der Gedanke versetzt mir einen Stich: Es ist eine typische Vater-Tochter-Szene, und das befremdet mich. Ich kenne solche Szenen zwischen Carsten und Liv nicht. ER hält überhaupt nichts vom Handwerken, und auch sonst hat er keine Hobbys, in die er die Kinder einbeziehen könnte. Lesen, Fußball schauen, Badminton spielen ... nichts davon interessiert die Mädchen. Natürlich ist er kein schlechter Vater. Er spielt mit den Kindern, er redet mit ihnen, er macht mit ihnen Hausaufgaben. Aber das ist in letzter Zeit deutlich weniger geworden. Vermutlich ist er mit den Gedanken bei seiner Affäre und nimmt seine Töchter nur noch als Störfaktor wahr.

Fremdgehen ist sicher anstrengend.

Nicht, dass ich da Erfahrung hätte.

Wer hier wohl wessen Nähe gesucht hat? Ich kann mir vorstellen, dass Liv, neugierig wie sie ist, einfach in die Werkstatt marschiert ist, tausend Fragen gestellt hat und anschließend, ob sie etwas bauen darf.

Wie aber soll ich damit umgehen? Ich will diesen Typen nicht in ihrer Nähe, trotzdem beschließe ich, allein an Liv zu denken und mich zu freuen, dass sie jemanden gefunden hat, der die Freude am Handwerk in ihr weckt. Außerdem soll sie ihr kleines Geheimnis ruhig ein wenig für sich behalten. Deshalb trete ich, von beiden unbemerkt, den Rückweg an.

Wieder liegt ein Tag harter Arbeit hinter uns, doch nach einem letzten Gute Nacht kann ich leider nicht einschlafen. Meine Beine wollen nicht still liegen, und egal, wie ich mich drehe und wende, keine Position passt. Wenn ich die Augen schließe, raunen sie mir zu, ich solle sie schnell wieder aufmachen. Elisa und Janine schlafen tief und fest. Elisa lautlos wie immer, Janine schnarcht leise vor sich hin.

Normalerweise kann ich mit meiner Schlaflosigkeit gut umgehen. Ich habe mir angewöhnt zu lesen, zu arbeiten oder einfach fernzusehen. Nur wenn ich anfange zu grübeln, nervt sie. Denn es ist kein sinnvolles Denken, das zu Lösungen führt, sondern ein wirres Gedankenpotpourri, in dem kein Gedanke zum anderen passt und halbe Gedanken und Sätze sinnlos umherschwirren. Der Geist ist darauf erpicht, sie im Schlaf zu einem Traum zusammenzufügen. Weil der aber nicht kommt, wirbeln sie umher und sind genauso verwirrt wie ich.

Also tue ich das einzig Sinnvolle, krame mich aus den Laken, ignoriere die Tatsache, dass ich nur ein Nachthemd trage, da es ein langes und sehr sittsames Nachthemd ist, schleiche mich aus dem Haus und gehe spazieren.

Ein wunderschöner Sternenhimmel entschädigt mich für die Schlaflosigkeit. Die Luft hat sich abgekühlt, ein lauer Wind schenkt Erfrischung und meine Beine dürfen sich endlich bewegen. Stramm marschiere ich Richtung Dorfplatz. Ich habe keine Angst. Das Museumsgelände ist eingezäunt und der Nachtwächter dreht mit seinem Hund zuverlässig seine Runden. Ich habe also keinen Grund, mich zu fürchten.

Oder doch? Ein wenig gruselig ist es schon, denn das Knacken und Knistern im Unterholz befeuert meine Fantasie. Sind da ein Igel, eine Maus, ein Wildschwein? Das Wildschwein sortiere ich aus. Wegen des Zauns, und man hätte uns sicher gesagt, wenn es hier Wildschweine gäbe. Hätte man doch, oder? Oder ist es ein Meuchelmörder? Ich schmunzle über mich selbst. Ohne Meuchelmörderfantasien geht es offenbar nicht. Aber dann müsste der schon in den Reihen der Museumsbewohner zu finden sein, und das ist ja totaler Quatsch. Aber wer sagt, dass da nicht doch einer ist?

Aaaaah! Falscher Gedanke! Den kriege ich natürlich nicht mehr aus dem Kopf. Wie stehen meine Chancen, wenn da nun ein Museumsbewohnerunhold im Gebüsch hockt? Schlecht, beschließe ich, und gehe noch schneller. Scheiße, diese blöde Angst kann ich gar nicht gebrauchen. Obendrein befinde ich mich gerade genau zwischen zwei Siedlungen. Ich überlege, wie ich mich aus der mir selbst eingeredeten, hochgefährlichen Situation retten könnte, aber der Wald links und rechts ist so dicht mit Unterholz bewachsen, in die Büsche schlagen ist also keine Option, wenn der Meuchelmörder auf mich zurennt. Bleibt also im Fall der Fälle nur vor- oder zurücklaufen. Aber – da bin ich total realistisch – ich bin so unsportlich, im Zweifel hat mich der Fiesling innerhalb von zwei Minuten ermordet und ins Gebüsch geschleift. Oder er schleift mich erst ins Gebüsch, macht grässliche Dinge mit mir und ermordet mich dann. Oder er macht die grässlichen Dinge, ermordet mich nicht, aber ich bin anschließend reif für die Klapse. Oh, Mann! Wenn ich nicht gerade so einen Schiss hätte, könnte ich über meine wirren Theorien lachen. Könnt ihr nicht weggehen, ihr fiesen Gedanken? Eichhörnchen, Igel, Maus, Eichhörnchen, Igel, Maus, leiere ich ein inneres Mantra. Die machen die Geräusche. So einfach ist das. Es ist der gleiche Wald, durch den ich tagsüber ohne Scheu laufe. Was um Himmels willen ist denn jetzt anders, außer dem Knacken, dem Rascheln und der Schritte.

Schritte???

Scheiße! Seit wann sind die denn da? Vor lauter Grübelei habe ich gar nicht gemerkt, dass die Gefahr längst im Anmarsch ist. Mein Adrenalinspiegel schnellt binnen Sekunden ins Unermessliche. Ich versuche, mich zu beruhigen. Es ist sicher nur der Nachtwächter. Aber der hätte den Hund dabei und ich würde auch Hundeschritte hören, oder nicht?

Ich reagiere spontan und tue das in meinen Augen einzig Sinnvolle: Ich schlage mich ins Gebüsch. Gar nicht so einfach. Scheiße, Zweig im Gesicht, und dann die Zecken, die ich mir bestimmt einfange. Und warum hat der Busch, den ich mir ausgesucht habe, Dornen? Ich merke, wie sie mir feine Spuren auf Arme und Beine zeichnen, während ich mühsam durchs Unterholz krieche. Dabei rege ich mich auf. Über den potenziellen Mörder, meine Angst und die beknackte Idee, mitten in der Nacht durch einen dunklen Wald zu laufen. Ich klaube ein besonders fieses Dornending aus dem Nachthemd, biege die Zweige auseinander, hocke mich hin und mache mich klein.

Sind die Schritte noch da?

Ich lausche. Das ist nicht leicht, wenn das Herz wummert wie der Bass einer Großraumdisco. Doch! Ich höre sie. Oh nein, jetzt nicht mehr! Der Meuchelmörder ist stehen geblieben. Hat er mich gesehen? Oder gehört? Ich halte mir die Hände vors Gesicht und zittere. Ich höre nichts. Nichts. Nichts. Nichts. Lieber Gott, mach wenigstens, dass es schnell geht … Da, die Schritte setzen wieder ein, mein Herz bleibt kurz stehen, dann entfernen sie sich. Ich zähle langsam bis hundert, danke dem lieben Gott inbrünstig und verspreche wirklich, ganz wirklich, nach meinem Aufenthalt hier jeden Sonntag in die Kirche zu gehen (oder wenigstens ab und zu eine Kerze anzuzünden). Erst danach nehme ich die Hände vom Gesicht, krabble vorsichtig aus dem Gebüsch und nehme noch ein paar Kratzer mit.

Vorsichtig erhebe ich mich, luge nach links und rechts – und erkenne Max.

Ich atme sehr tief durch und ein Haufen mittelgroßer Geröllbrocken plumpst mit lautem Getöse von meinem Herzen. Max ist gut, der tut nichts. Dennoch harre ich aus, bis er weit genug weg ist. Zum einen habe ich keine Lust, mit ihm zu reden, zum anderen ist es peinlich, mitten in der Nacht aus einem Gebüsch zu klettern. Also bleibe ich, wo ich bin, lausche meinem sich langsam beruhigenden Herzschlag und beobachte, wie Max den Weg entlangmarschiert. Was will er eigentlich hier? Kann er ebenfalls nicht schlafen und nutzt die Kühle und Ruhe für einen Spaziergang? Allerdings wirkt er sehr zielstrebig, und das macht mich neugierig.

Ich streiche mein Nachthemd glatt, entferne ein paar Dornen, und ehe ich mich versehe, schleiche ich ihm hinterher. Warum, weiß ich nicht. Vermutlich ist es schlichte Neugier. Ich folge ihm im gebührenden Abstand und ohne, dass er mich bemerkt. Kein einziges Mal dreht er sich um.

Meine Intuition gibt mir recht. Entschieden steuert er den Seiteneingang des Ausstellungsgebäudes an. Er zieht einen Schlüssel aus der Tasche, schließt die Tür auf und verschwindet.

Verdammt, was tut er dadrin?

Ich suche einen Platz, von dem aus ich einen guten Blick habe, ohne selbst entdeckt zu werden. Nirgends geht ein Licht an. Ich runzle die Stirn. Mysteriös. Nach einer kleinen Ewigkeit flackert es in einem der oberen Stockwerke bläulich. Ich tippe auf einen Computer.

Was soll das? Warum hat er einen Schlüssel zum Verwaltungsgebäude? Rätselhaft. Ich beschließe zu warten. Als es dann doch langweilig wird, beginne ich ernsthaft darüber nachzudenken, auf den großen Ahorn zu klettern, der praktischerweise vor besagtem Stockwerk steht. Aber erstens bin ich nicht mehr zwölf und zweitens so neugierig dann auch nicht, um einen Sturz vom Baum zu riskieren.

Während ich noch sinniere, geht das blaue Licht wieder aus. Wenige Augenblicke später tritt Max aus dem Gebäude und schließt die Tür sorgfältig ab. Dann schaut er sich um. Sein Blick bleibt kurz an dem Gebüsch hängen, hinter dem ich mich verschanzt habe, aber meine Einbildung spielt mir sicher einen Streich. Anschließend marschiert er strammen Schrittes den Weg zurück. Was auch immer er hier verloren hat, er tut es heimlich. Ob mit oder ohne Daniels Erlaubnis, allein das ist fraglich. Nur eines weiß ich: Mein Misstrauen ihm gegenüber wird dadurch nicht kleiner.

Völlig erschöpft falle ich schließlich ins Bett und schlafe sofort ein.

Am nächsten Tag beobachte ich Max aus den Augenwinkeln. Beim Frühstück, beim Mittagessen, beim Abendessen und jedes Mal, wenn er mir über den Weg läuft, doch er ist wie immer. Was habe ich erwartet? Ich werde nach den Kratzern auf meinen Armen gefragt und rede mich raus. Ich sei in den Dornbusch neben dem Brunnen gefallen. Das sorgt für Lacher, was bin ich auch für ein Schussel.

Das Murmeltier begrüßt mich fröhlich, als ich abermals nicht einschlafen kann. Was also liegt näher, als erneut spazieren zu gehen? Ob Max auch wieder unterwegs ist? Ich rede mir ein, nicht aus diesem Grund durch den Wald zu wandern, doch als ich mich dem Verwaltungsgebäude nähere, sehe ich schon von Weitem das bläuliche Licht. *Bingo!* Ich positioniere mich erneut hinter dem Busch und überbrücke die Wartezeit mit der Suche nach Ausreden, falls er mich entdecken sollte. Nach einer gefühlten Ewigkeit erscheint er, schließt ab und geht zurück.

Wieder warte ich, bis ich ihn nicht mehr sehe. Ich stelle verschiedene Theorien auf, während ich den Weg entlangtrotte. Er könnte seiner kranken Oma täglich eine Mail schreiben. Ich verwerfe die Oma und ersetze sie durch seine Kinder. Aber auch von dieser Version nehme ich Abstand, denn so lange, wie er da oben hockt, dauert keine Mail. Möglicherweise telefoniert er mit ihnen. Bestimmt nicht, um die Zeit sind sie längst im Bett. Er macht seine Steuererklärung, er sucht nach einer Wohnung, er guckt sich Pornos an. Keine Idee gefällt mir. Das Einzige, was sicher scheint, ist die Tatsache, dass die Aktion mit Daniel abgesprochen ist, sonst hätte er keinen Schlüssel. Was aber könnte Daniel dazu bewogen haben, ihm den zu geben?

»Kristin. Ein toller Sternenhimmel, nicht wahr?«

Ich zucke fürchterlich zusammen. Scheiße! Max steht direkt vor mir und schaut mich an. Ziemlich amüsiert, wenn ich das, was ich in dem diffusen Mondlicht erkennen kann, richtig deute.

Was sage ich denn jetzt? Bleib ruhig, Kristin, es ist nicht verboten, nachts durch die Gegend zu spazieren. Ich muss mich vor niemandem rechtfertigen und vor ihm gleich gar nicht.

»Ja, in der Tat, ein unglaublicher Sternenhimmel. Viel schöner als in der Stadt. Den muss man einfach genießen. Ich bin wirklich froh, dass ich nicht schlafen konnte und so in den Genuss komme.«

»Gestern war er auch sehr schön, nicht wahr? Die Ausrede für deine Kratzer fand ich übrigens gut.«

Ich zucke noch einmal zusammen. »Äh. Nee. Wie kommst du darauf?«

»Stimmt. Den Sternenhimmel hast du dir nicht unbedingt angesehen. Stattdessen bist du mir lieber hinterhergeschlichen und hast dich in die Büsche geschlagen.«

Ertappt. Mist. Was sag ich denn jetzt? Aber muss ich mich rechtfertigen? Ich werde wütend. Wegen dieses Kreuzverhörs und wegen des auffordernden Blickes, mit dem er mich taxiert. Ich bin schließlich nicht diejenige, die etwas zu verbergen hat. Die Wut ist da – nun muss ich sie nur noch bündeln und patzig werden. Ein Leichtes.

»Ich bin dir nicht hinterhergeschlichen, sondern einfach nur spazieren gegangen. Dabei habe ich zufällig entdeckt, dass du offensichtlich ein Geheimnis hast. Oder welche Erklärung hast du sonst dafür, nachts heimlich im Ausstellungsgebäude herumzustreunen? Und woher hast du überhaupt den Schlüssel?« Ich blicke ihn triumphierend an und muss dabei meinen Kopf ganz schön weit nach hinten strecken. So nah stand ich noch nie vor ihm, und er ist größer, als mir bislang klar war.

»Oha, du hast dir ja schnell eine Meinung gebildet. Oder schleichst du mir schon länger hinterher?«

Ich feixe. Denn gerade hat er mir verraten, was ich nicht weiß, aber vermute. Dass er nämlich regelmäßig das Ausstellungsgebäude aufsucht. Eine Waffe, die ich umgehend einsetze. »Seit gestern, aber danke, dass ich nun weiß, dass du diese Ausflüge regelmäßig unternimmst. Meine Neugierde wird dadurch nicht kleiner.«

Nun ist er es, der, wenn auch unmerklich, zusammenzuckt. »Selbst wenn es so wäre, es geht dich nichts an, weil es etwas Persönliches ist, und, ehrlich gesagt, finde ich es ein bisschen seltsam, dass du nachts Männern hinterherschleichst. Ich hoffe schwer, du machst das nicht öfter. Sonst könnte leicht ein falscher Eindruck entstehen.«

Sein Angriff berührt mich nicht, er dient nur der Ablenkung. Hallo? Ich habe Kinder. Den Trick kenne ich. »Das ist mein größtes Hobby. Mach ich ein- bis zweimal die Woche.«

Er lacht. Widerwillig. »Schlagfertig bist du, das muss man dir lassen.«

Ich fixiere ihn mit zusammengekniffenen Augen. »Und was fangen wir nun mit der Erkenntnis an, dass ich dein Geheimnis kenne?«

»Ich würde sagen, mir hinterherzuschleichen ist auch nicht viel besser, und somit wären wir quitt. Ich verrate dich nicht und du mich auch nicht.«

»Willst du mich verarschen?«

»Nein, wieso? Warum sollte ich?«

Wir schauen uns an. Keiner sagt etwas, aber wir fechten einen stummen Kampf aus. Ich könnte jetzt lachen, es locker sehen. Könnte ich. Aber ich will nicht. Und Max anscheinend auch nicht. Stattdessen funkeln wir uns weiter an.

»Okay, ich bin dir hinterhergeschlichen, weil ich neugierig war«, sage ich schließlich, »aber das macht deine nächtlichen Ausflüge nicht besser, denn du hintergehst uns alle. Wir verzichten nämlich auf Handys und Computer. Ich finde, da darf man wohl mal zickig werden.«

»Hast du gerade zugegeben, dass du zickig bist?«

»Warum sind Frauen immer zickig, wenn sie contra geben? Wenn frau etwas Unangenehmes sagt, stempelt ihr sie als zickig ab, so einfach ist das?«

»Es tut mir leid, wenn dieser Eindruck entstanden ist, aber ich finde dich schlicht und einfach gerade zickig. Außerdem hast du das Wort selbst benutzt.«

Ich schnappe nach Luft. So ein unverschämter Kerl. »Du lenkst vom Thema ab.«

»Tu ich das?«

»Ah! Du machst mich wahnsinnig.«

»Das finde ich jetzt irgendwie attraktiv.«

Er sagt es einfach so. Als wäre es nichts. Und trotzdem bin ich verstört. Denn plötzlich schwingt etwas zwischen uns. Komische Gefühle vibrieren an meiner Mageninnenwand. Die will ich aber nicht haben und deshalb gehe ich erneut zum Angriff über. »Ich fasse zusammen. Du schleichst dich Nacht für Nacht aus dem Haus, gehst in dieses Gebäude und erledigst irgendwelche mysteriösen Dinge, von denen du nicht möchtest, dass jemand sie mitbekommt. Ich finde, das sollte ich morgen früh mit den anderen besprechen. Ich bin gespannt, was sie dazu sagen. Und Daniel werde ich natürlich auch in Kenntnis setzen. Ich möchte niemanden in unserer Mitte wissen, der etwas zu verbergen hat. Das ist nicht fair, und ich werde einen Teufel tun, deine Ausflüge zu decken.«

Max schluckt. Sein Adamsapfel hüpft nervös auf und ab, ansonsten macht er weiterhin einen ruhigen Eindruck. »Du willst petzen?«

»Ich bin zickig und ich petze. Ja. Ich vermute, das entspricht ganz und gar deinem Frauenbild.«

»Nein«, sagt er vorsichtig und fixiert mich mit eigentümlichem Blick. »Könntest du dir das bitte noch mal überlegen?«

Keine Rechtfertigung, keine Anfeindung, nur eine schnöde Bitte? Ich bin verdutzt. Es scheint ihm wichtig zu sein. Mit einem Mal sitze ich am längeren Hebel, und an seinem Blick sehe ich, dass er das weiß. »Eigentlich nicht, nein. Ich finde es nicht in Ordnung und möchte die Meinung der anderen hören.«

»Du meinst es wirklich ernst«, sagt er leise, »aber zumindest die Sache mit Daniel kannst du dir sparen. Oder was glaubst du, warum ich einen Schlüssel habe?«

»Daniel weiß also Bescheid.«

»Ja.«

»Warum sagst du mir nicht einfach, was du nachts so treibst, dann kann ich darüber nachdenken, ob ich es für mich behalte.«

»Das geht leider nicht, wirklich nicht. Aber es ist nichts Verwerfliches. Du müsstest mir vertrauen.«

»Pfff«, presse ich angewidert durch die Lippen. »Vertrauen. Dir. Einem Fremdgeher.«

Erstaunt sieht er mich an. »Ach, daher weht der Wind. Du hast Vorurteile, weil du etwas über mich gehört hast, von dem du nicht einmal weißt, ob es wahr ist.«

»Dann stimmt es also nicht?«

»Eine Geschichte hat immer zwei Seiten.«

»Wer fremdgeht, geht fremd, da ist mir deine Seite der Geschichte, ehrlich gesagt, schnuppe.«

»Du klingst ganz schön verbittert.«

»Pfff«, mache ich erneut und starre ihn böse, richtig böse an. »Was weißt du denn schon.«

Was dann passiert, damit habe ich nicht gerechnet. Max kommt einen Schritt näher und schaut mir in die Augen. Ich erwarte einen vorwurfsvollen Blick, einen wütenden, einen strengen, einen entrüsteten oder bösen. Aber keinen ... solchen ... Ehe ich weiter nach Adjektiven forschen kann, beugt er sich zu mir, nimmt meinen Kopf zwischen seine Hände und küsst mich. Nicht sanft, nicht vorsichtig, sondern stürmisch.

Ich bin völlig perplex. So perplex, dass ich nicht in der Lage bin, mich dagegen zu wehren. Und so lasse ich mich mitten in der Nacht, mitten im Wald von diesem Max, Fremdgeher und Heimlichtuer, küssen und küssen ... und küsse ihn schließlich zurück. Denn ... er fühlt sich gut an, dieser Kuss. Viel zu gut.

Und dann finde ich den Schalter für rationales Denken wieder. Ich kann meine Arme heben, seine Hände von meinem Gesicht ziehen, den Kuss beenden, einen Schritt zurücktreten, ihn verwirrt anstarren und brüsk sagen: »Hast du sie noch alle?«

Ich erwarte keine Antwort, drehe mich um und verschwinde. Und zwar schnell. Fluchtinstinkt! Raus hier, ehe unangemessene Gefühle mich meines Verstandes berauben. Raus hier, ehe nichtsnutzige Flattermänner meine Magengegend besiedeln. Raus hier, ehe ich mir eingestehen muss, dass da längst Flattermänner unterwegs sind.

Nach ein paar Metern werfe ich einen Blick zurück. Max steht immer noch an derselben Stelle. Mehr als seinen Umriss sehe ich nicht, und das ist gut so. Ich will nicht wissen, wie er guckt, und nicht darüber nachdenken, was er denkt. Und schon gar nicht will ich erkunden, warum er das gerade getan hat.

»Damit du die Klappe hältst, so einfach ist das«, sage ich laut zu mir selbst. Und dann: »Dieser miese kleine Schmierlappen.«

Le coq est mort

Kurz nach Sonnenaufgang sitzen wir verschlafen im Hof und schlürfen träge Janines Kräutertee, niemand redet. Ich hadere mit dem, was passiert ist, und verdränge es gleichzeitig. Es ist einfach zu verwirrend. Doch Ablenkung naht unverhofft, denn plötzlich kommt Bewegung in die Szenerie. Mit forschem und keinen Widerstand duldenden Schritt betritt unser Lieblingsmuseumsbewohner Eberhardt den Hof. Auftritt Eberhardt. Zweiter Akt, dritte Szene. Ich werfe Janine einen Blick zu und hebe vielsagend eine Augenbraue.

Sie nickt wissend. »Uns steht etwas bevor, das spüre ich.«

»Chakra-Tante«, flüstere ich kichernd zurück, »ich bin gespannt.«

»Egal. Es wird anstrengend«, prophezeit sie.

»Vielleicht trifft es ja nur die Gattin und wir bleiben verschont.«

»Glaub ich nicht«, sagt die Chakra-Tante und hat wie so oft recht.

Eberhardt positioniert sich in der Mitte des Hofes, wirft einen um Aufmerksamkeit buhlenden Blick in die Runde und wartet, bis auch der letzte Hansel gemerkt hat, dass Seine Heiligkeit etwas zu verkünden hat. »Ich habe eben eine wichtige Diskussion mit Herrn van Berg zu Ende geführt und freue mich, Sie darüber informieren zu können, dass er alle meine Argumente verstanden hat und die von mir geplante Aktion in vollem Umfang unterstützt.« Er nickt, als wolle er sich am liebsten selbst auf die Schulter klopfen.

»Und die wäre?«, fragt Timo, der mit zwei vollen Eimern Wasser im Eingang zum Stall steht und die Eimer so vorsichtig hält, als wären zarte Federn drin. Ich glaube, er ist der einzige Mann, dem ich zutraue, eine Frau auf Händen zu tragen. Es ist eine Schande, dass er schwul ist.

»Nun. Wie Sie wissen, möchten wir hier im Museum das Leben der Vergangenheit so authentisch wie möglich nachstellen. Ist dies korrekt?«

»Boah, Alter, kotz dich frei«, flüstert mir Janine ins Ohr.

Ich kichere, Janine ebenfalls, woraufhin Elisa mich anstupst. »Ich will mitkichern.«

»Uuh«, flüstert Janine weiter, »Achtung, Achtung! Böser Blick, böser Blick!«

Ich schiele zu Eberhardt hinüber. Der Blick ist wirklich böse. Wenn der Mann nicht die ihm seiner Meinung nach zustehende Aufmerksamkeit bekommt, wird er ungehalten. Das bemerken wir nicht zum ersten Mal. Und doch hat er diese oberlehrerhafte Art, die meine Obrigkeitshörigkeit anspricht. »Jetzt lasst den armen Mann reden. Dann haben wir es schneller hinter uns«, verargumentiere ich die Anbiederung an seine Autorität.

»Spielverderberin«, schmollt Elisa.

»Ich erzähl's dir später«, verspreche ich und klopfe ihr beschwichtigend auf den Schenkel.

»Es wäre freundlich, wenn mir die mir zustehende Aufmerksamkeit zuteilwürde«, rügt uns Eberhardt nun, »denn es handelt sich um eine vom Museumsdirektor erteilte Arbeitsanweisung.«

»Aha«, sagt Janine, »und seit wann sind Sie berechtigt, Arbeitsanweisungen zu erteilen, und warum tun Sie es ausgerechnet hier?« Sie verschränkt die Arme vor der Brust und blitzt Eberhardt kampfeslustig an.

»Nun, dieses Recht habe ich mir durch mein Fachwissen und die tatkräftige Unterstützung bei der korrekten Umsetzung der historischen Zusammenhänge erworben – und Ihr Hof eignet sich am besten«, stellt er selbstbewusst fest.

»Aha, und dann darf ich Sie demnächst zum Kräuterpflücken abkommandieren, weil ich mir durch mein Fachwissen das Recht dazu erworben habe und Sie sich am besten dafür eignen?« Janine kann es nicht lassen, und mein Blick in die Runde zeigt mir den Spaß, den die anderen daran haben. Sogar Edeltraud. Ihr Gesicht ist unbewegt, aber ihre Augen blitzen verräterisch. Wie Janine ihrem Gatten die Stirn bietet gefällt ihr.

»Das können Sie gerne mit Herrn van Berg ausdiskutieren«, erwidert unser Gutsherr großmütig. »Er hat mein Vorhaben vollumfänglich abgesegnet. Lebten Sie im 19. Jahrhundert, gehörte dies zu Ihren Grundfertigkeiten.«

Jetzt lupft doch glatt der komplette Gesprächskreis die Augenbrauen. Ein riesiges Fragezeichen schwebt über uns. Mir allerdings schwant langsam etwas.

»Wenn Sie uns liebenswürdigerweise verraten, worum es geht, können wir uns den Prolog sparen und entscheiden, ob wir Herrn van Bergs Anordnungen Folge leisten«, insistiert Max. »Wir diskutieren mittlerweile fünf geschlagene Minuten, ohne zu wissen, worum es überhaupt geht.«

»Nun. Endlich ein Mann, der klare Worte findet.« Eberhardt nickt erfreut.

»Klar. Das kann ja auch nur ein Mann«, lästert Janine bissig. »Einer Frau ist das offensichtlich nicht zuzutrauen.«

»Da gebe ich Ihnen völlig recht, meine Liebe«, entgegnet Eberhardt trocken.

Ich glaube, die Gute springt ihm gleich an die Gurgel. Ich werde sie sicher nicht aufhalten. Was für ein selbstgerechter, frauenfeindlicher Sack!

»Jetzt lassen Sie die Kirche mal im Dorf«, springt uns Timo zur Seite. »Es scheint, Sie sind noch nicht im neuen Jahrtausend angekommen.«

»Er sollte im Museum bleiben und sich am Ende des Projektes als lebendiges Ausstellungsstück inventarisieren lassen.« Gleich ist es so weit. Janine springt ihn an. Hundert Prozent.

Ich lasse noch einmal meinen Blick durch die Runde schweifen. Die Frauen starren böse, die Kinder hören schon längst nicht mehr zu, und Max und Timo sehen angewidert aus. Ihr Geschlechtsgenosse ist ihnen sichtlich unangenehm.

Nun mischt sich die Gattin ein. Edeltraud ist aufgestanden und legt die Hände in die Hüften.

»Ich schlage vor, Eberhardt, du kommst zum Wesentlichen. Diese Diskussion führt zu nichts.« Ihr Ton ist überaus freundlich. So als versuche sie, ein wildes Tier zu bändigen, das kurz davorsteht, eine ganze Schafsherde zu vertilgen. Nun, sie kennt ihren Mann seit vierzig Jahren und weiß vermutlich genau, wie er zu domptieren ist.

Eine herrische Bemerkung liegt ihm auf der Zunge, das sieht man, aber er schluckt sie hinunter. Im wahrsten Sinne des Wortes. Sein Adamsapfel zuckt und zuckt. Edeltraud scheint dies als Beweis ihres erfolgreichen Einschreitens zu reichen. Sie nimmt die Hände aus den Hüften und setzt sich wieder. Auf eine subtile Art und Weise hat sie ihren Mann doch im Griff.

Eberhardt räuspert sich. »Nun gut. Wie Sie vielleicht wissen, besitze ich einen Jagdschein. Ich habe Herrn van Berg meine Kenntnisse dargelegt und ihn davon überzeugt, dass es aus Gründen der historischen Genauigkeit wichtig ist, das Fleisch, das wir verzehren, selbst zu erlegen, auszunehmen und zu verarbeiten.«

Ein Raunen geht durch die Runde. Die Kinder sind plötzlich höchst aufmerksam und Liv fängt an zu weinen. »Nein, nein,

nein, die Tiere sollen nicht sterben«, schluchzt sie herzzerreißend und fällt mir in die Arme. »Mama! Versprich mir, dass die Tiere am Leben bleiben.«

»Sie haben sie ja wohl nicht mehr alle«, sagt Janine.

»Meine Tiere werden nicht gegessen«, sagt Timo.

»Dann werden wir eben alle Vegetarier«, sagt Maja. »Das ist für die Umwelt sowieso am besten.«

»Willst du etwa ein Schwein schlachten, Eberhardt?«, fragt Edeltraut.

»Ich fall tot um, wenn ich da zugucken muss«, sagt Elisa.

»Cool!«, befinden Ole und Linus.

»Es ist leider eine sehr konsequente Forderung angesichts des Lebens, das wir gerade führen«, schaltet sich Max ein.

»Hallo? Geht's noch?«, fahre ich ihn an, immer noch wütend, weil er mitten in der Nacht schändlich über mich hergefallen ist – und weil ich ihn zurückgeküsst habe.

Und dann bricht die Diskussion so richtig los und Eberhardt hebt nur noch beschwichtigend die Arme. »Kein Schwein, kein Schwein«, skandiert er, »davon konnte ich Herrn van Berg leider nicht überzeugen, aber ein Huhn oder einen Hahn. Das ließe er zu.«

»Sie Hühnermörder, Sie!«, ruft Maja und fängt ebenfalls an zu weinen.

Die Palette an Emotionen reicht weit.

Nach Entrüstungen und wüsten Beschimpfungen ist es Max, der dem aufgeregten Gezeter ein Ende bereitet, indem er in die Mitte tritt und eine flammende Rede hält. Auf eine Art und Weise, die mir wider meines Willens Respekt abverlangt. So hätte Eberhardt das verpacken sollen! Max besitzt eine natürliche und unaufdringliche Autorität, die uns binnen weniger Momente verstummen lässt.

»Ich kann verstehen, dass die Vorstellung, ein Tier zu töten, das wir essen möchten, ein seltsames, ja fast martialisches Gefühl ist. Aber ehrlich. Habt ihr euch noch nie Gedanken darüber gemacht, wie weit entfernt wir heutzutage von den Lebewesen sind, die als Mahlzeit auf unserem Tisch landen? Wir essen nur noch die steril verpackten besten Stücke der Tiere, verarbeiten alles Unappetitliche zu Hundefutter oder verschiffen es nach Afrika. Ehrlich gesagt, ist es absurd. Ich habe mir schon oft darüber Gedanken gemacht, wer noch Fleisch essen würde, wenn er die Tiere selbst töten müsste. Und der, der es tut, kann sich eines respektvollen Zugangs zu dem Thema rühmen, weil er den Kontakt zum Tier nicht gescheut hat. Er weiß, dass es ein Tier ist, das er isst. Im besten Falle hat er es aufgezogen und wertgeschätzt. Müssten wir so leben, gäbe es viel seltener Fleisch, das ganze Tier würde verarbeitet, und wir würden einen Schritt zurück in Richtung Natürlichkeit gehen.«

Es ist ein leidenschaftliches Plädoyer, an dessen Ende er uns abwartend ansieht.

Linus und Ole recken gemeinschaftlich die Hände in die Höhe. »Yeah, lasst uns ein Huhn schlachten«, verkündet Ole inbrünstig, womit er sich einen mehr als kühlen Blick meiner großen Tochter einhandelt.

Liv verkriecht sich wie eine Dreijährige in meiner Umarmung. Weil mir schwant, dass die zeitgemäße Hühnchenschlachtung gerade auf den Weg gebracht wurde, streichle ich ihr einfach nur beruhigend über den Rücken. Es wäre sicher hilfreich gewesen, dieses Thema zunächst unter uns Erwachsenen zu besprechen. Dann hätte man die Kinder damit entweder gar nicht behelligt oder das Thema feinfühliger angehen können. Aber gut. Nun müssen wir da alle durch. Mental oder live.

Die allgemeine Reaktion auf Max' Rede ist positiv. Zu Recht. Ja, es stimmt, was er sagt. Wir haben keinen Bezug mehr zum Fleisch. Wer welches isst, sollte das Tier auch töten können. Es sind Lebewesen. Selbst wenn sie steril verpackt in der Kühltheke liegen.

Die Vereinbarung am Ende ist die folgende: Wer morgen der Tötung des Huhns beiwohnt, darf sich am Ende auf ein knuspriges Biohuhn freuen, alle anderen essen Gemüse.

Eberhardt verlässt den Hof mit geradezu vergnüglichem Blick. Da hat er doch glatt einen Punkt gemacht.

Es nehmen teil: Eberhardt, Edeltraud, Max, Janine, Elisa, Ole, Linus und meine Wenigkeit. Der Hof ist heute für Besucher gesperrt. Eine Hühnchenschlachtung ist wohl nicht massenkompatibel.

Ich war hin- und hergerissen, ob ich teilnehmen soll oder nicht. Aber allein bei dem Gedanken an ein knuspriges Hühnchen lief mir das Wasser im Mund zusammen. Egal, wie lebendig es gerade noch durch die Gegend flattert. Genau genommen ist es auch kein Huhn, sondern ein Hahn. Ein recht stattliches Tier, das Daniel einem Biobauern abgekauft hat und auf den Ledersitzen seines größenwahnsinnigen Coupés transportiert hat, was zu ihm ungefähr so gut passt, wie alle fünfe gerade sein zu lassen.

Wir haben uns im Schatten der großen Eiche versammelt. In der Mitte steht ein waschechter Schlachtblock, den Eberhardt in der Scheune eines anderen Hofes gefunden hat. Darauf liegen ein rundes, daumendickes Stück Holz und ein kleines Beil. Schon bei dem Anblick wird mir anders, aber da muss ich jetzt durch. »Denk an das leckere Hähnchen«, ist mein Mantra des Tages. Bereit steht ebenfalls ein Waschzuber mit heißem Wasser.

Die Stimmung ähnelt der auf einer Beerdigung. Es ist still und wir stehen pietätvoll im Halbkreis um den Hackklotz herum.

Stundenlang hatte uns das Hähnchen am Morgen auf Trab gehalten. Nach längerer Diskussion entschieden wir uns, den armen

Kerl noch ein paar Runden über den Hof drehen zu lassen. Dort krähte und krähte er, als wolle er uns in einem langen Argumentationsmarathon mitteilen, warum es eine richtig schlechte Idee wäre, ihm das Leben zu nehmen. Ich war mehr als froh, dass Liv und Maja in der Schule waren und weder den Hahn noch seine letzten Anstrengungen mitbekamen.

Janine lief wie paralysiert durch die Gegend und sprach mit dem Tier. »Kevin«, so ihr Name für den Hahn, »dies ist eine gesellschaftskritische Aktion. Deshalb, und nur deshalb, müssen wir dir leider heute den Hals umdrehen und dich anschließend aufessen.«

»Du hast einen leichten Hang zur Theatralik«, stellte Max fest, als er dieses Gespräch mitbekam. »Es ist Geflügel. Wie viel Geflügel hast du im Laufe deines Lebens schon verputzt, ohne dass du den Viechern vorher einen Namen gegeben hast?«

Janine starrte ihn an, und ich hatte kurz Angst, sie würde IHN gleich über den Hackklotz legen. Doch dann lächelte sie zufrieden und antwortete: »Mein Hang zur Theatralik ist legendär und lebende Tiere haben bei mir schon immer einen Namen bekommen. Und der einzige Umstand, der das hier für mich einigermaßen erträglich macht, ist die Tatsache, dass es ein Hahn ist und kein Huhn – und ich endlich mal einem Mann den Hals umdrehen darf.«

Max fing schallend an zu lachen. »Eines muss man dir lassen. Du hast immer eine Antwort parat, die sitzt.«

»Das hat sie«, sagte ich.

»Und Kristin ist eine gelehrige Schülerin«, setzte Janine nach. »Nimm dich vor ihr in Acht.«

Max streifte kurz meinen Blick und lächelte süffisant. »Ich werde es mir zu Herzen nehmen.«

Ich drehte mich weg und versuchte, ihn zu ignorieren.

Auftritt Eberhardt. Zweiter Akt, vierte Szene. Jetzt müsste er nicht mehr um Aufmerksamkeit buhlen. Es ist totenstill. Trotzdem räuspert er sich mehrfach deutlich, bevor er mit seiner Tötungspräsentation beginnt.

»Wir gehen Schritt für Schritt vor. Ich erkläre, was wann und wozu gemacht wird, und dann arbeiten wir uns durch den Prozess. Die grobe Planung sieht folgendermaßen aus: Ich werde das Tier fachmännisch betäuben und töten. Anschließend dürfen die beiden jungen Herren die Füße entfernen, die Damen das Tier von den Federn befreien, und Herr Hegner wird das Huhn zum Schluss unter meiner Anleitung ausnehmen. Sind damit alle so weit einverstanden?«

Natürlich kann Janine sich einen Kommentar nicht verkneifen. »Das haben Sie sich ja fein ausgedacht. Die coolen Sachen machen die Männer, wir Frauen dürfen Federn rupfen, wie es sich in Ihrer Welt gehört?«

»Frau Fleckner, möchten vielleicht Sie dem Hahn den Kopf abhacken?«, antwortet Eberhardt erstaunlich schlagfertig.

Und dann passiert etwas, was mir den Mund offen stehen lässt. Janine braucht ewig, ehe sie antwortet, und dann nicht einmal spitzzüngig. »Eins zu null für Sie«, sagt sie.

Meine Welt steht kopf.

»Gut, fangen wir an.« Eberhardt tritt zur Seite und stellt Kevin, der seit einer halben Stunde in seiner aus Weiden geflochtenen Todeszelle hockt, neben den Hackklotz.

»Zunächst betäuben wir das Tier.«

Mit geübtem Griff – es kann einfach nicht sein erstes Huhn sein, ähm, Hahn – befreit er Kevin aus dem Korb. Der wehrt sich nur kurz, denn schwungvoll dreht Eberhardt ihn um, packt ihn an den Füßen und lässt ihn mit dem Kopf nach unten baumeln. Mit derselben Hand fixiert er die Flügel. Der nunmehr bewegungsunfähige Kevin gluckst verwirrt. Unterdessen greift unser

Experte mit der anderen Hand nach dem Holzstock. »Nun betäube ich das Tier mit einem gezielten und nicht zu festen Schlag auf den Kopf. Nicht zu fest, weil wir ihn nicht direkt töten möchten.«

»Warum nicht?«, fragt Max interessiert.

»Die Betäubung nimmt ihm die Schmerzen. Eine direkte Tötung würde das Ausbluten erschweren und sich auf die Qualität des Fleisches auswirken.«

Max nickt und Eberhardt fährt fort: »Sind alle bereit? Dann betäube ich das Tier. Jetzt.«

»Ähm.« Janine hebt zaghaft die Hand. »Darf ich Kevin noch ein paar letzte Worte sagen?«

»Janine«, kann ich es mir nicht verkneifen, »wenn du so weitermachst, essen wir den Hahn nachher nicht, sondern beerdigen ihn aufwendig und schwermütig.«

»Hast ja recht«, grummelt sie, »aber ich habe ihn echt ins Herz geschlossen.«

»Lässt du die Männer da immer so schnell rein?«, fragt Max und fängt sich einen bitterbösen Blick ein.

»Nur die guten«, antwortet Janine kratzbürstig und lässt sich nicht weiter beirren. Sie tritt einen Schritt nach vorne, krault den nach wie vor verwirrten Kevin am noch vorhandenen Hals und richtet letzte Worte an ihn. »Mach's gut, Kevin. Ich werde dich vermissen.«

»Während du auf seinen zarten Schenkeln herumknabberst«, setzt Max nach.

Ich würde ihm gerne zuraunen, er solle vorsichtig sein, denn das Beil liegt ziemlich nah und ziemlich offensichtlich in der Gegend herum. Die Jungs fangen an zu gackern, und sogar Edeltraud, die bisher das Geschehen mit unbewegter Miene verfolgt hat, kann sich ein Grinsen nicht verkneifen. Irgendwie ist diese Szenerie auf eine surreale Weise ausnehmend witzig.

Der Abschied ist vollbracht, und ehe wir es richtig begreifen, holt Eberhardt aus und versetzt Kevin einen gezielten Schlag auf den Kopf. Der Arme bekommt nun nichts mehr mit, sein Kopf baumelt müde durch die Gegend. Eberhardt drapiert den bewusstlosen Kevin auf dem Hackklotz.

Als folgten wir einer unbewussten Choreografie, legen alle Frauen, ich eingeschlossen, den Kopf schräg und murmeln betroffen: »Ooh.«

Schade, dass Timo sich ausgeklinkt hat, er hätte sicher mit eingestimmt.

Sichtlich Spaß haben nur die Jungs. Mit der flachen Hand deutet sich Ole an den Hals. »Örks. Und jetzt. Kopp ab.«

»Genau«, sagt Eberhardt, »jetzt können wir den Kopf abschlagen.« Er nimmt das kleine Beil und setzt zum Schlag an.

»Mo-ment«, quiekt Janine, »das geht mir zu schnell. Können Sie kurz warten?«

»Schweigeminute?«, fragt Max mit hochgezogenen Augenbrauen. Er bewegt sich definitiv auf dünnem Eis.

Totenstille Sekunden folgen, in denen wir Abschied von Kevin nehmen. Er liegt so friedlich da, der arme Hahn. So rein, so unschuldig, so ... mit Kopf. Ich versuche, mir den Hahn gerade ohne Kopf vorzustellen, als genau in diesem Augenblick das kleine Hackebeil mein inneres Bild Realität werden lässt.

Zack, zack, Kopf ab!

In hohem Bogen fliegt der Kopf zwei Meter weit in den Schotter. Ole ruft »Boah!«, Janine quiekt noch mal, Max guckt verblüfft, Eberhardt schwingt triumphierend das Hackebeil, Edeltraud hält die Hände vor den Mund. Und Kevin? Der springt kopflos vom Tisch und läuft Richtung Eiche, die ihn ungebremst in Empfang nimmt. Dort bricht er zusammen.

Ja, man weiß es. Unwillkürliche Reaktion des Nervensystems, letzte Zuckungen und so weiter. Aber irgendwie hat in diesem Augenblick niemand damit gerechnet, und der akribische Eberhardt hat es in seinem Eifer glatt versäumt, uns vorzuwarnen.

Interessanterweise scheint dies auch der Punkt zu sein, an dem wir von Kevin auf Braten umschalten. Bald wird geschmaust. Kevins Seele ist im Hühnerhimmel, vielleicht erwarten ihn dort sogar ein paar willige Hühner. Was er uns dagegen als Andenken dagelassen hat, ist mit Sicherheit ein sehr, sehr leckeres Brathähnchen.

Eberhardt drapiert das kopflose Tier auf dem Schlachtklotz. Aus seinem Hals tröpfelt das Blut auf den Schotter. Eine Schüssel wäre sinnvoll gewesen. Wird der nächste Regen das Blut wegwaschen, oder werden wir nun immer an Kevin und sein bitteres Ende erinnert, wenn wir dort vorbeikommen?

Als hätte Max meinen Gedanken erraten, schlägt er mit einem Seitenblick auf Janine vor: »Was meint ihr? Sollen wir einen Gedenkstein aufstellen?«

»Wenn du so weitermachst, mein Lieber, bist du der Nächste auf dem Hackklotz«, antwortet Janine mit liebenswürdiger Stimme.

Ich sag doch: dünnes Eis.

Edeltraud sammelt beherzt Kevins Haupt ein. Mit zwei Fingern hält sie es in die Luft. »Eberhardt, was machen wir damit?«

»Einbalsamieren?«, frage ich, ohne nachzudenken, und diesmal bin ich es, die Janines erstaunliche Humorlosigkeit zu spüren bekommt.

»Möchtest du dich zu Max auf den Klotz gesellen?«

»Im Tode wie im Leben vereint.« Max grinst und ich verpasse ihm im Reflex einen Boxer in die Seite. Wir können es auch gleich auf Plakatwänden verkünden, dass uns da gestern was passiert ist ...

»Ab in den Müll damit«, feixt Ole.

»Der Junge hat recht«, antwortet Eberhardt, »wir bräuchten noch eine Schüssel, in der wir die nicht benötigten Teile und Innereien sammeln. Wenn eine der Frauen so liebenswürdig wäre, eine zu besorgen?«

»Tut mir leid, aber dafür reicht meine Kette nicht«, antwortet Janine herablassend. »Doch möglicherweise ist die der werten Gattin etwas länger.«

Eberhardt versteht den Witz als konkrete Aufforderung. »Edeltraud, bitte hol eine Schüssel.«

Edeltraud spurt, und mir fällt auf, er hat immerhin »bitte« gesagt.

Als sie mit Schüssel zurückkehrt, wird sie weiter herumkommandiert. »Edeltraud, überprüfst du bitte, ob das Wasser heiß genug ist?«

»Ich finde es völlig angemessen, wenn die Frau sich die Hände verbrüht. Diese Aufgabe ist eines Patriarchen wohl nicht würdig«, raunt mir Janine zu.

Edeltraud tut derweil, wie ihr geheißen, lässt sich aber immerhin zu einem erklärenden Kommentar hinreißen. »Frauen können Hitze an den Händen viel besser ertragen als Männer.«

»Womit bewiesen wäre, wer das starke Geschlecht ist«, stelle ich fest und sie lächelt mich mit einem Blitzen in den Augen an.

»Das Wasser ist heiß genug«, urteilt die brave Ehefrau.

Wer Kevin dort hineintunken möchte, fragt unser Kursleiter, und Ole meldet sich. »Ich will das machen.«

Eberhardt drückt ihm den kopflosen Hahn in die Hand und fasziniert beobachten wir sein letztes Bad. Ole schwenkt Kevin durch den Bottich, bis Eberhardt befindet, es sei genug. »Nun wird gerupft«, erklärt er und klatscht dabei kleinjungenhaft in die Hände. »Am besten setzt man sich dafür hin. Edeltraud, würdest du Hocker besorgen?«

»Ich mach das schon«, antwortet Max, dem es wohl langsam zu bunt wird, wie wir unterschwellig zu weiblichen Handlangern degradiert werden.

Er holt zwei Hocker aus der Küche sowie den Melkschemel aus dem Stall, dabei sammelt er Timo ein, der beschlossen hat, nach Kevins Dahinscheiden nun mental stark genug zu sein, um den Fortgang des Montagsbratens zu verfolgen.

»Ach nee«, sagt Janine. »Mitessen willst du dann doch, oder was?«

Timo grinst verlegen. »Ich denke an nichts anderes mehr als Hähnchenkeulen. Sorry.«

Wir lachen und ich klopfe dem sich schämenden Timo auf den Rücken. »Kein Problem. Das bisschen Mann, was in dir drin ist, werden wir fördern und tolerieren.«

»Mann oder Memme?«, fragt Janine.

»Memme«, antwortet Timo kreuzernst.

Wir sind dran. Wir hocken um einen großen Bottich aus Zinn, lauschen den Tipps zum optimalen Rupfen und legen los. Scheiße, ist das anstrengend! Ich rupfe wie eine Wilde an den langen Federn der Brust, während sich Janine und Elisa das Hinterteil vornehmen. Mehr als vier, fünf Federn gleichzeitig erwischen wir kaum und es ist eine riesige Sauerei. Besonders die kleinen Federn fliegen munter durch die Gegend und schon bald bietet Kevin keinen schönen Anblick mehr. Wir schwitzen wie an einem Waschtag. Nach ein paar Minuten haben die Männer genug von dem Anblick federnrupfender Frauen und ziehen sich mit ein paar gemeinen Sprüchen zurück. Wir sind kurz davor, sie ebenfalls kopfüber in den Bottich zu tunken.

Entgegen unserer sonstigen Gewohnheit arbeiten wir still und konzentriert. Erst als Kevin fast nackt ist, finden wir die Sprache wieder und präsentieren den anderen angestrengt, aber stolz das künftige Abendessen.

Beim Abhacken der Beine sind Linus und Ole nur halb so cool, wie sie dachten. Linus braucht ganze zehn Anläufe, bevor das linke Bein im Schotter landet, und Ole zermetzelt das rechte Beinchen bis zur Unkenntlichkeit. Eberhardt beweist ein Übermaß an Geduld, als Vater und Opa scheint er durchaus seine Qualitäten zu haben. Ich glaube gerne an das Gute im Menschen und sogar ein Eberhardt muss was davon haben.

Letztendlich ist das Experiment Hähnchentötung gelungen. Wenn auch auf ziemlich skurrile Art und Weise.

Fast routiniert erledigen Max und Eberhardt den Rest. Ich habe genug für heute und verdrücke mich. Mein Bedarf an echtem Leben ist erst mal gedeckt. Was nehme ich aus dieser Geschichte mit? Definitiv werde ich sorgfältiger darüber nachdenken, woher das Fleisch auf meinem Teller stammt. Es wird seit Jahren weniger, allein dadurch, dass die Mädchen keines essen. Und wenn wir welches kaufen, dann Biofleisch. Natürlich hört diese persönliche Vorgabe immer dann auf, wenn man auswärts isst. Auch ich mache mir wenig Gedanken darüber, woher das Dönerfleisch stammt oder das Schnitzel. Es schmeckt und alles andere ist in diesem Augenblick unwichtig. Dabei hat es jedes Tier verdient, dass uns bewusst ist, dass es für uns geboren wurde, aufwuchs und starb. Aus ethischen Gründen wäre ich gerne Vegetarierin. Aber es schmeckt einfach viel zu gut, und gerade dann, wenn ich mehrere Tage oder Wochen am Stück kein Fleisch gegessen habe, überkommt mich ein elementarer Fleischhunger, der dann einfach gestillt werden MUSS. In der Hinsicht beneide ich meine Kinder. Sie wissen schlicht nicht mehr, wie Fleisch schmeckt, und vermissen es demnach auch nicht.

Am Abend werden wir für unsere Mühe belohnt. Wir sitzen im Hof, Janine hat Margret ein paar Kerzen abgeschwatzt, und wir haben Leintücher über dem Tisch ausgebreitet. Ein wahres Festmahl erwartet uns. Kevin, Bratkartoffeln, Salat aus dem Garten, ein frisches Bauernbrot und museumseigener Apfelsaft. Der arme

Kevin muss noch ein paar Witze über sich ergehen lassen, ehe wir ihn in gerechte Stücke aufteilen und voller Genuss verspeisen. So lecker haben wir schon lange nicht mehr gegessen.

Es ist Janine, die Kevins Überreste auf die letzte Reise schickt.

»Timo, können wir den jetzt vom Tisch schaffen? Er war lecker, aber so kann ich ihn mir nicht weiter angucken. Da krieg ich schlechte Laune und dafür ist es gerade viel zu lustig.«

»Aber klar. Mach ich. Nur für dich«, liebsäuselt er, klaubt wenig respektvoll Kevins Skelett vom Teller und verschwindet mit gackernden Geräuschen Richtung Küche.

»Es ist ein Hahn, Timo«, ruft ihm Max hinterher, »mag sein, dass er ein schwuler Hahn war, das werden wir nicht mehr herausfinden. Aber auch dann hätte er gekräht und nicht gegackert.«

Wir verbringen einen wunderbaren Abend, reden, trinken, lachen und diskutieren. Selbst Edeltraud und Eberhardt verbreiten gute Laune. Sie sind heute ein Teil der Gruppe. So ändern sich die Dinge. Bei Edeltraud weiß ich, dass dies ein Anfang ist. Eberhardt hat wohl einfach nur einen guten Tag und wird den Stinkstiefel morgen sicher wiederfinden.

Es ist ein Fest für Kevin und gleichzeitig ein Fest für uns.

Ich für meinen Teil danke dem Tag für diese gelungene Ablenkung.

Beichtstunde

Eigentlich muss ich die Töpfe von gestern Abend schrubben. Ich schlurfe missmutig in die Küche, und ein Blick reicht, um schlechte Laune zu kriegen. Festmahl hin oder her – sie sind schrecklich verkrustet. Es ist einer dieser Augenblicke, in denen ich alles für ein bisschen neumodisches, chemisch veredeltes Spüli gäbe. Außerdem bin ich heute nicht so schön abgelenkt wie gestern und grüble seit dem Aufwachen über diesen vermaledeiten Kuss und das, was Max nachts so treibt.

Edeltraud sitzt in der Ecke und stickt. Zwei beigefarbene Rentnerinnen leisten ihr Gesellschaft und gemeinschaftlich beklagen sie den Verfall alter Handarbeitskunst. Ich lasse sie in dem Glauben, haben sie doch augenscheinlich den seit Jahren durch das Netz befeuerten DIY- und Handarbeitstrend verpasst. So ganz nehme ich Edeltraud die Nummer der verkniffenen Alten sowieso nicht mehr ab, seitdem sie hochoffiziell gegen den Gatten aufbegehrt hat. Ihre Fassade hat Risse bekommen.

Just in diesem Moment kreuzen sich unsere Blicke und ich sehe ein charmantes Blitzen in ihren Augen. Sie liefert den Damen wohl nur das, was sie gerne hören möchten. Ich zwinkere ihr zu, verschiebe die Spülorgie und verlasse den Raum.

Ziellos schleppe ich mich durch die heiße Vormittagssonne und entdecke das offene Törchen zum Bauerngarten. Janine ist also im Garten. Ich gehe auf die Zehenspitzen und werfe einen Blick über die dichte Buchenhecke. Ich entdecke Janines unordentlichen Dutt. Sie scheint schon eine Weile hier zu sein, denn nur bei ihren Pflanzen vergisst sie alles um sich herum und lässt zu, dass sich ihre Frisur in ein Vogelnest verwandelt.

Ich zögere, bevor ich den Garten betrete, denn dann werde ich Janine unweigerlich von dem Kuss erzählen. Seit gestern schwelt es in mir, die Hühnertötung war eine willkommene Ablenkung, aber jetzt muss es raus. Auch wenn mir noch nicht klar ist, wie ich die Geschichte erzählen soll, ohne gleichzeitig Max' heimliche Ausflüge zu erwähnen. Denn das will ich nicht. Noch nicht.

Verdammt. Ist mein Leben nicht kompliziert genug? Muss mir nun auch noch dieser unsägliche, undurchsichtige Schmierlappen dazwischenfunken? Warum interessiert mich das überhaupt? Und, um das Fragenkarussell zu vervollständigen, das seit gestern Runde um Runde in meinem Kopf dreht: Warum durchlebe ich diesen grenzüberschreitenden, überheblichen und grundsätzlich schrecklichen Kuss wieder und wieder, ohne dass er sich in meiner Erinnerung anfühlt, wie er sich anfühlen sollte? Fürchterlich nämlich. Ich wundere mich über mich selbst. Wenn ich nicht immer schon dazu neigen würde, seltsame Gedankengänge zu produzieren, ich würde umgehend zum nächsten Psychotherapeuten trampen.

Aber vorher kann ich ja Janine um Rat fragen.

Sie grinst mich begeistert an, als ich um die Ecke biege. »Endlich Besuch! Heute lassen mich alle im Stich. Ich verstehe das überhaupt nicht. Ich komme mir vor, als habe jemand ein Schild mit dem Hinweis *Vorsicht, Lepra!* ans Gartentor gehängt. Steht das da? Komm, sag's mir, wenn es so ist.« Sie seufzt theatralisch, wischt sich ihre Hände an der Schürze ab und betrachtet anschließend mit gerunzelter Stirn die schwarzen Ränder unter ihren Fingernägeln und die Schwielen an ihren Handinnenflächen. »Außerdem würde ich alles für Gartenhandschuhe geben.«

Sie wandert ein paar Schritte weiter, geht in die Knie und hockt sich vor die üppig behängten Tomatenpflanzen. Mit Daumen und Zeigefinger zwickt sie die Blindgänger aus den Tomatenachseln. So zumindest nenne ich diese Dinger, die man bei der Tomate wegmachen muss, damit ... Ja, warum überhaupt?

»Warum muss man diese Dinger eigentlich wegmachen?«, frage ich und finde, Tomatengrübeleien sind tausendmal besser als Kussgrübeleien.

»Aha, es spricht«, stellt Janine fest und kichert. »Du bist da draußen rumgeschlichen wie ein bei Tageslicht ausgesetztes Gespenst.«

Ich grinse verhalten, verweigere jedoch die Antwort. Stattdessen lupfe ich meinen Rock und hocke mich vor die Pflanzen. »Kann ich dir beim Wegmachen dieser Dinger helfen? Wie heißen die eigentlich?«

»Ignorier nur meine psychologische Einschätzung.« Janine lacht. »Und vergeh dich ruhig an meinen Tomaten. Je schneller ich fertig bin, umso eher kann ich zu den Brombeeren in den Schatten. Und das, was du da tust, nennt man ausgeizen. Wir entfernen die Seitentriebe, damit die Kraft in die Früchte und nicht in die Pflanze geht.«

»Aha, klingt logisch.«

»Gut, haben wir auch das geklärt. Und nun erzählst du mir, warum du dich so beknackt aufführst.«

Ich setze zu einer Erklärung an, doch sie fährt mir über den Mund. »Und wenn du jetzt ›nichts‹ sagst, beschmeiß ich dich mit grünen Tomaten. Glaub mir, das tut weh.«

Ich starre sie an, halte inne, die Hand gerade nach einem besonders großen Seitentrieb ausgestreckt. »Max hat mich geküsst.«

Genau im selben Augenblick tönt Timos tiefe Stimme hinter mir: »Warum willst du Kristin mit grünen Tomaten bewerfen? Ach, darum!«

Janine starrt mich an, Timo starrt mich und Janine an und ich starre auf den großen Seitentrieb der Tomate.

Und dann fangen wir gleichzeitig an zu lachen und zu lachen und zu lachen, bis Janine in ihre liebevoll gehegten Pflanzen kippt.

Minuten später haben wir den Lachanfall überwunden und unser Lager konspirativ in der Scheune aufgeschlagen. Weil es kühl ist und wir unsere Ruhe haben. Immerhin sind wir von neun bis achtzehn Uhr historisches Bühnenpersonal. Daniel würde uns für diese kleine Privatparty den Hals umdrehen.

»So, liebe Kristin, mir ist sehr wohl aufgefallen, dass du dich seit unserem jetzt schon legendären Lachanfall darauf ausruhst, dass deine beiden Lieblingsmitbewohner abgelenkt sind. Aber glaub mir, Schätzchen, für die ausführliche Erörterung deines Fauxpas wollte ich es einfach nur kühl und gemütlich haben.«

Timo, der sich mithilfe einer zusammengerollten Decke wie ein König auf dem Thron zurechtgezuckelt hat, lehnt sich genussvoll zurück und verschränkt auffordernd die Arme. Janine ist ganz nach oben auf den Strohturm gekrabbelt, liegt auf der Seite und verharrt in Habachtstellung. Es ist ein seltsames Tribunal, vor dem ich stehe. Ich konnte mich noch nicht entscheiden, wo auf dieser Strohburg mein Platz ist. Oben, unten, in der Mitte? Klare Verzögerungstaktik. Da mir das letztendlich nicht weiterhilft, wähle ich einen Platz ganz unten. Sollen sie ruhig über mich richten.

»Hat er dich geküsst, du ihn oder ihr einander?«, fragt Timo.

Gut, ein wenig mehr Vorlauf hätte ich schon erwartet. »Er hat mich geküsst.«

»Mit Zunge?«, fragt Janine.

»Ja, die war auch dabei, aber richtig zurückgeküsst hab ich nicht.«

»Wie kann man denn mit Zunge nicht zurückküssen?« Janine hebt süffisant eine Augenbraue.

»Na gut, aber nur aus Versehen. Direkt danach bin ich abgehauen.« Ich verkünde es stolz wie ein kleines Mädchen.

»Nette Geschichte, ich hätte aber gerne die lange Version«, sagt Timo.

Ich halte ihren Blicken stand und denke nach. Was will ich erzählen? Wenn ich von meiner Entdeckung erzähle, werden sie sicher darauf bestehen, gemeinsam herauszufinden, was an Max nicht stimmt. Aber aus irgendeinem Grund möchte ich das alleine tun. Mein Gehirn arbeitet wie ein Supercomputer. Ich brauche schnell eine Lösung. Wie heißt es so schön im kleinen Einmaleins der perfekten Lüge? Bleibe nah an der Wahrheit.

»Ich konnte nicht schlafen, also bin ich spazieren gegangen. Auf dem Rückweg hörte ich plötzlich Schritte hinter mir, bekam furchtbare Angst und bin ins Gebüsch gesprungen. Ja, ich weiß, total albern. Max hat mich entdeckt und sich über mich lustig gemacht. Darüber habe ich mich fürchterlich aufgeregt und ihn beschimpft. Und mittendrin hat er mich geküsst.«

»Er hat dir das Maul gestopft«, jubiliert Timo. »Ein Kuss ist eine sehr effektive Art, aufgebrachte Frauen ruhigzustellen.«

»Hallo? Besinne dich bitte auf deine Solidarität uns gegenüber«, ermahnt ihn Janine, aber er wischt ihre Bemerkung mit einer Handbewegung fort.

»Ich hab mir vor Angst fast ins Höschen gemacht. Ich finde, das hätte Max ruhig ernst nehmen können, stattdessen macht der so was!«

»Beim Küssen werden unter anderem die Hormone Serotonin und Oxytocin ausgeschüttet, außerdem das Stresshormon Cortisol ausgeschaltet«, doziert Timo, »vielleicht war es eine bewusst geplante medizinische Heldentat.«

»Also, ich hab dich ja echt gern, Bauernjunge, aber jetzt spinnst du komplett«, kommentiert Janine seine Theorie. »Lass mich mal ran.«

»Kommt jetzt das weibliche Einfühlungsvermögen, das uns Männern einfach nicht in die Wiege gelegt wurde?«

»Könnt ihr bitte aufhören mit euren zum Kotzen genialen Wortwechseln? Ich muss hier anständig bemuttert werden«, maule ich.

Die beiden gucken mich erstaunt an.

»Ja, ich bin auch noch da.«

Janine lässt sich ein Stroh-Stockwerk nach unten plumpsen. »Ich weiß, warum er dich geküsst hat.«

»Warum?«

»Er findet dich einfach gut.« Sie zuckt mit den Achseln. »Es ist doch so. Wir Frauen interpretieren uns zu Tode, aber ein Mann hat im Grunde nur zwei Knöpfe. An und aus.«

»Boah, bist du sexistisch.« Timo schüttelt den Kopf.

»Das sind wir Frauen doch immer«, feixt sie.

Bevor sie mich wieder vergessen, rede ich weiter. »Wenn es so wäre, was ich nicht glaube, ist das völlig egal, weil ich ihn doof finde.«

»Aber du hast ihn zurückgeküsst«, stellt Janine schnörkellos fest.

»Ja, das hab ich, aber ich war verwirrt.«

»Dein Kopf will es vielleicht nicht, weil du ehemanntechnisch noch nicht richtig sortiert bist.« Janine blickt mich stolz an.

»Wenn mein Kopf nichts zu sagen hat, wen frage ich dann?«

»Na, dein Herz«, singen beide gleichzeitig, lachen, geben sich die Gettofaust und sind zufrieden wie ein Mathelehrer, dessen Erklärungen wie durch ein Wunder alle Schüler verstanden haben.

»Sollte mein Herz da irgendwie involviert sein, hau ich ihm eine runter«, brummle ich.

Janine krabbelt eine letzte Strohstufe nach unten und drückt mich. »Ach, Süße, du bist einfach schrecklich verwirrt im Moment. Entspann dich. Alles andere ergibt sich eh von selbst. Oder auch nicht. Wir lassen jetzt die Interpretationen und machen einfach mit dem weiter, wozu wir hier sind.«

Timo nickt. »Wir leben wie Bauern vor zweihundertfünfzig Jahren. Die hatten keine Zeit für so einen Kokolores.«

Ich nicke artig. »Sollte ich also mit ihm reden?«

»Solltest du, wenn er sich keine Hoffnungen machen soll«, stellt Timo fest, »deine Zunge in seinem Mund berechtigt nämlich durchaus zu der Annahme.«

»Aber überstürze nichts«, fügt Janine hinzu.

»Wie gut, dass ich morgen nach Hause fahre, dann kann ich über zwei Männer nachgrübeln«, stelle ich abschließend fest.

Wir verlassen den konspirativen Platz, und ich suche meine Kinder, weil ich sie schon seit Stunden nicht mehr gesehen habe.

Ich trotte mit Elisa Richtung Schulhaus, denn auf die Frage, ob sie die Kinder gesehen hat, zuckte sie nur mit den Schultern. Also suchen wir gemeinsam. Anschließend wollen wir Margret einen Besuch abstatten. Aber warum suchen wir die Kinder eigentlich? Sie sind glücklich und beschäftigt. Sie gehen nach draußen, streiten, spielen, machen Unfug und brauchen uns gar nicht. Wir sind diejenigen, die die Rückkopplung brauchen.

Geht es den Kindern gut?

Tun sie anständige Dinge?

Gibt es etwas, vor dem wir sie warnen müssen?

Darüber unterhalten wir uns, während wir durch den kleinen Wald wandern. Es ist heiß wie immer, kein Lüftchen bewegt sich und wir schwitzen. Auch wie immer.

»Warum suchen wir sie eigentlich?«, fragt Elisa. »Sie sind doch zufrieden.« Sie friemelt zum hundertsten Mal an ihrem Häubchen rum, das heute nicht richtig sitzen will.

»Weil ich glaube, dass Liv und Linus ein Kontrollbesuch dann und wann von Schlimmerem abhält.«

»Da hast du auch wieder recht. Sie sind echt schlimm.«

Bedenken unbegründet. Wir finden sie mit zahlreichen anderen Kindern auf dem Schulhof. Und Maja steht inmitten einer Schar kleiner Fans und koordiniert den Zeitvertreib. Auf dem Boden sind Hüpfekästchen aufgemalt, sie hat ein Haushaltsgummi aufgetrieben (ich habe Margret in Verdacht), und ein paar Kinder laufen mit Eiern auf Löffeln um die Wette. Einige Eier haben schon das Zeitliche gesegnet und irgendwelche Bewohner müssen wohl heute auf einen Teil ihres Abendessens verzichten. Nicht nur Museumskinder machen mit, sondern auch Besucherkinder. Seltsamerweise sind keine Eltern anwesend, und das macht mich stutzig.

»Hallo, Maja«, begrüße ich meine Große. »War das deine Idee?«

Sie strahlt mich an. »Ja. Liv und Linus haben die Kinder zusammengetrommelt, und wer gewinnt, erhält eine Tüte mit Bonbons. Die hat Margret gestiftet.«

Ich bin beeindruckt. »Wow. Das ist toll.« Ich deute auf zwei Besuchermädchen, die gerade versuchen, ein Fadenspiel von Hand zu Hand zu reichen. »Aber wo sind die Eltern?«

Maja grinst. »Das war Oles Idee. Er spielt mit einigen Jungs drüben Fußball und wollte sie nur ohne Eltern mitspielen lassen.«

»Und das haben die mit sich machen lassen?«

»Na ja, einige sind wieder abgezogen, andere waren ganz cool und haben nur gefragt, wann sie ihre Kinder wieder abholen sollen.«

Ich streichle ihr übers Haar und sie lässt es mit gequältem Gesichtsausdruck über sich ergehen. Was waren das für Zeiten, als Kuscheln noch ein elementares Bedürfnis war? Wenigstens schüttelt sie mich nicht ab wie eine lästige Fliege. Alles schon passiert.

»Dann lassen wir euch auch in Ruhe«, sagt Elisa schließlich.
»Gute Idee. Sorry, Mama, nix gegen dich, aber ...«
»Schon gut, Süße, ich versteh's. Wir sind wieder weg!«

»Wie viele Marken hast du dabei?«

Elisa greift in ihre Schürzentasche und zückt einen Zwanziger. »Der muss reichen. Wir haben nicht mehr so viel.«

Ich habe mich mit den Marken bisher kaum beschäftigt. Fast wie von selbst ist diese Aufgabe Elisa zugefallen. Neutral, gewissenhaft, verlässlich. Sie ist eine unaufdringliche gute Seele.

Es scheint, als habe sie meine Gedanken erraten. »Darf ich dich mal was fragen?«

»Ja, klar.«

»Ich weiß nicht, wie ich es sagen soll, aber du, Timo und Janine, ihr seid ein eingeschworenes Trio. Manchmal komme ich mir vor, als würde ich gar nicht richtig dazugehören.«

»Hm, verstehe. Aber das ist Quatsch. Das sind nur Janine und Timo. Die beiden ticken wie ein Uhrwerk. Wir zwei gehören dazu, sind aber nicht so symbiotisch.«

»Ihr habt also nichts gegen mich?«

»Quatsch. Timo und Janine finden dich super, und ich hege, ehrlich gesagt, ziemlich mütterliche Gefühle für dich. Du wirkst manchmal so zart und zerbrechlich, auch wenn du das gar nicht bist. Vermutlich bist du stärker als wir alle zusammen. Und ausschließen wollen wir dich gleich gar nicht.«

»Danke, das ist lieb von dir. Dann hab ich mir das nur eingebildet.« Sie seufzt. »Ich bin halt so. Ich beziehe die Dinge gerne auf mich.«

Ich stupse sie an. »Bleib einfach, wie du bist. Wenn du schüchtern und zurückhaltend bist, dann ist das eben so. Wir mögen dich deswegen nicht weniger.«

»Danke, Kristin.«

»Außerdem sind wir doch allein durch Maxi und Moritz miteinander verbunden.«

»Ich gönn's dem Linus so sehr. Hier darf er endlich mal richtig unbeschwert sein, das ist so cool.«

»Und Liv ebenfalls.« Ich lache.

Wir erreichen den Dorfplatz und wieder einmal staune ich. Auf dem Hof fühlt es sich oft an, als wären wir alleine. Die Besucher kommen und gehen, aber im Grunde verbringen wir die meiste Zeit des Tages innerhalb der Familie. Familie? Ja, so erlebe ich uns. Der Kontakt zu den anderen Höfen ist dagegen eingeschränkt. Wir haben einfach viel zu viel zu tun und sind uns selbst genug. Ob es den anderen Gemeinschaften genauso geht?

Auf dem Dorfplatz mischen sich alle aus mehreren Jahrhunderten – kleine Gruppen, die plaudernd zusammenstehen, Frauen mit Weidenkörben, Kinder, die an Rockzipfeln hängen, Museumsmitarbeiter, die ebenfalls historische Kostüme tragen und den Besuchern Rede und Antwort stehen. Nicht wir wirken wie aus der Zeit gefallen, sondern sie, die Neuzeitmenschen. So bunt und unterschiedlich, wie es außerhalb des Museums normal ist, so anachronistisch und unpassend wirkt es hier. Am befremdlichsten finde ich mittlerweile die Smartphones. Immer sind sie präsent, die Menschen starren darauf, als wäre ein Leben ohne gar nicht mehr möglich. Es ist eine Erkenntnis, die ich unbedingt mit nach Hause nehmen möchte. Ein Handy soll hilfreich sein, aber nicht im Mittelpunkt stehen.

Wir treten in den Laden. Margret freut sich sichtlich, uns zu sehen. »Zwei bekannte Gesichter«, sagt sie. »Wie schön.«

Unaufgefordert versorgt sie uns mit dem neuesten Museumstratsch. Im 16. Jahrhundert gab es einen heftigen Zickenkrieg und die Hälfte der Bewohner hat das Projekt abgebrochen. Das 19. Jahrhundert beklagt ein gebrochenes Bein. »Außerdem haben die Besucher heute alle einen Dachschaden und scheinen direkt aus der Geschlossenen zu kommen. Manchmal denke ich, daran kann nur irgendeine kosmische Strahlung schuld sein.«

»Gibt's denn sonst was Neues?«, fragt Elisa und steckt die braune Papiertüte mit dem Zucker in den Korb, anschließend die Bohnen, ein Stück Seife und ein Pfund Gewürzgurken fürs Abendessen.

»Spontan fällt mir nichts ein, aber wartet mal, ich hab da noch was.«

Sie greift tief unter die Ladentheke und fördert eine kleine Packung schwarzen Tee hervor. »Ich habe ihn extra im Teeladen besorgt«, sagt sie mit einem Augenzwinkern, und ich bin geneigt, ihr auf Knien dafür zu danken.

Unsere Laune ist prima, als wir zurückschlendern.

»Jetzt noch ein Stück Kuchen. Dann wär's perfekt.«

»Dann lass uns doch einfach einen backen«, schlägt Elisa vor.

»Erst Kevin, nun Tee und Kuchen. Wir ertrinken in Dekadenz und die anderen werden uns die Füße küssen.«

»Aber so was von«, bestätigt mich Elisa.

»Allerdings brauchen wir noch Eier«, sage ich, »weißt du was? Die im Sauerländischen Hof haben Hühner. Soll ich versuchen, sie einzutauschen?«

»Aber gegen was?«

Ich studiere den übersichtlichen Inhalt ihres Korbes und halte schließlich die Gurken in die Höhe. »Die sollten reichen, und wir schaffen es auch ohne Gurken.«

»Gut, dann geh ich schon mal nach Hause und schaue nach einem Rezept in diesem ollen Kochbuch.«

»Prima. So machen wir's.«

Wir verabschieden uns an der Weggabelung, und, wie soll es anders sein, kommt mir kurz darauf Max entgegen. Schon von Weitem sehe ich sein feistes Grinsen. Spontan inspiziere ich die Büsche am Wegesrand. Was habe ich für ein Problem? Der Kuss ist zwei Tage her. Warum überfällt mich auf einmal dieser Fluchtinstinkt? Er kommt näher, ich komme näher, jeder Schritt scheint ein Schritt näher ans Schafott. Was sage ich, was sage ich, was sage ich? Und dann ist er plötzlich in Gesprächsweite.

»Hey«, sagt er.

»Hey«, sage ich und gehe einfach weiter. Er auch. Ich atme tief durch, freue mich, entfleucht zu sein, als ich höre, wie seine Schritte verstummen.

»Hab ich dir was getan?«

Ich laufe trotzdem weiter, total bescheuert, merke es und bleibe dann auch stehen. Ich drehe mich um. »Nee, alles okay, ich muss nur ein paar Eier besorgen, Elisa wartet drauf. Wir wollen einen Kuchen backen. Margret hat uns heimlich Tee zugesteckt und Tee ohne Kuchen ist nur die halbe Freude. Und weil wir keine Eier haben, muss ich jetzt ins 16. Jahrhundert und Eier gegen Gurken tauschen. Dabei frage ich mich die ganze Zeit, warum wir eigentlich keine Hühner haben und warum wir nicht eines von den Viechern geschlachtet haben, die hier im Museum rumlaufen. Aber Daniel wird sich dabei schon was gedacht haben. Wahrscheinlich sind die Hühner im 16. Jahrhundert nur mickrige Viecher, von denen keiner satt wird. Ich werde das gleich mal überprüfen, weil es mich beschäftigt.«

Max, der etwa zehn Meter von mir entfernt steht, betrachtet mich, als hätte ich sie nicht mehr alle. Wenn ich es mir recht überlege, liegt er damit gar nicht mal daneben.

»Soso, du gehst jetzt Hühner überprüfen.«

»Jawohl, und deshalb habe ich auch keine Zeit, mich mit dir zu unterhalten.«

Ich will weiter, doch so leicht lässt mich der Kerl nicht von der Angel.

»Gehst du mir aus dem Weg, weil ich dich geküsst habe, dir mein Geheimnis nicht verraten habe oder beides?«

Mist.

»Kristin, es war einfach eine völlig absurde Situation, nachts mitten im Wald. Es tut mir leid, dass ich dich erschreckt habe, und auch, dass ich dich geküsst habe.«

»Warum hast du es dann getan?«

Diesmal braucht er eine Weile, ehe er antwortet. »Keine Ahnung.« Er zuckt mit den Achseln.

»Man küsst doch nicht jemanden, ohne zu wissen, warum.«

»Man küsst auch niemanden zurück, ohne zu wissen, warum.«

Ich habe nicht behauptet, dass ich nicht wüsste, warum ich zurückgeküsst habe. Mist, Mist, Mist.

»Auf die Antwort bin ich jetzt aber gespannt.«

»Das gilt nicht, ich habe zuerst gefragt.«

Er presst ein komisches Geräusch aus seiner Kehle. So ein *Grmpf*, das heißt: Himmel, diese Frau treibt mich in den Wahnsinn. Gut. Er mich auch. Ist ja dann gerecht.

»Wir sind albern«, sagt er schließlich, »wir sollten uns wie Erwachsene benehmen. Ich fange an. Ich habe dich geküsst, weil mir danach war. Du hast mich provoziert, der Gedanke kam hoch, also hab ich es getan. Hinterher hab ich es nicht bereut, aber festgestellt, dass es keine gute Idee war. Ende der Begründung.«

Ich starre ihn an. Nicht nur, weil wir ein völlig absurdes Gespräch führen, sondern auch, weil mich seine Ehrlichkeit überrascht. Sie passt nicht in mein Bild von ihm. Er ist ein Lügner und Betrüger, und ich will ihn nicht plötzlich mögen, nur weil er mal was Vernünftiges tut. Er bleibt trotzdem ein Lügner und Betrüger. Max schaut mich erwartungsvoll an.

»Ich wüsste gerne, was in deinem Kopf gerade vorgeht.«

»Willst du nicht. Aber wie gehen wir mit dem Kuss und deinen nächtlichen Ausflügen jetzt um?«

»Es wäre toll, wenn du meine Ausflüge für dich behältst. Ich kann es nicht von dir verlangen, aber es wäre mir wichtig.«

Aus irgendeinem komischen Grund möchte ich es mir einfach machen. »Gut. Geht klar.«

»Und wie wir mit dem Kuss umgehen, entscheidest du.«

»Wir tun so, als sei nichts passiert. Wir waren beide nicht bei klarem Verstand, weil es a) mitten in der Nacht war, ich b) einen Adrenalinspiegel hatte, der für die nächsten zwei Jahre reicht, und es c) die allerbeste Lösung ist.«

Max schüttelt seinen Kopf und grinst. »*Quid pro quo*. Geht klar. Aber du bist echt ein seltsames Mädchen.«

»Mädchen? Pah, ich bin eine erwachsene Frau.« Sage es und gehe.

Nein, ich bin nicht überfordert, bin ich nie!

Auch Max geht weiter und ich habe es endlich überstanden. Denn selbst, wenn er Interesse an mir gehabt hätte, hätte sich das mit Sicherheit jetzt erledigt. Beknackter kann man sich nämlich nicht benehmen, das ist selbst mir klar.

Mit drei Eiern kehre ich zurück auf unseren Hof. Sie sind klein und die Hühner waren tatsächlich mickrig. Es war kein guter Tausch, aber das ist egal, denn am Ende freuen sich alle so sehr über Kuchen und Tee, dass jedes Ei den teuren Gurkenpreis wert war.

Heimurlaub

Wider Erwarten sind die Kinder nicht begeistert, nach Hause zu fahren.

Vielleicht geht es ihnen wie mir. Ich habe mich gerade eingelebt in diesem Leben ohne die Segnungen des modernen Alltags. Alles das, was mir zunächst schwergefallen ist, schätze ich mittlerweile. In gewisser Weise ist der Aufenthalt Detox für die Seele. Trotz der schweren Arbeit, des Verzichts und der Augenblicke, in denen ich wegen der Hitze am liebsten in klimatisierte Räume mit allen Errungenschaften der modernen Welt flüchten möchte, fühle ich mich außerordentlich wohl in dieser künstlich erschaffenen historischen Welt.

Die Gemeinschaft ist ein wichtiger Teil dieses so anderen Zuhauses. Hier ist immer jemand da – ob man Hilfe braucht, einen guten Rat oder einfach jemanden, um sein Herz auszuschütten. Nicht zuletzt genieße ich den Abstand, den ich gewonnen habe, seitdem ich nicht mehr täglich mit Carsten und seinem Betrug konfrontiert bin.

Was für mich gilt, gilt auch für die Mädchen. Sie haben immer jemanden zum Spielen, zum Reden oder zum Abhängen. Braucht man einen Erwachsenen, hat jeder ein offenes Ohr für sie. Es ist eine Ahnung davon, wie Gemeinschaft in früheren Jahrhunderten funktioniert hat, als noch nicht jeder damit beschäftigt war, sich mit einem völlig anderen Selbstbewusstsein und einer anderen Vorstellung vom Leben ins Private zurückzuziehen.

Trotzdem hätte ich erwartet, dass Maja bei der Aussicht auf zwei Tage Smartphone größere Begeisterung an den Tag legt. Und so sage ich auf der Rückfahrt mit zwei mürrischen Kindern im Gepäck einen Satz für die Ewigkeit: »Maja, wir sind in zwei Tagen wieder da. Jetzt freu dich einfach auf dein Handy und vermutlich zwei Millionen neue Nachrichten.«

Maja schenkt mir ein halbherziges Lächeln. »Ich freu mich ja drauf, aber am liebsten wäre mir mein Handy IM Museum.«

»Dann wäre es im Museum aber nur halb so schön. Glaub mir.«

»Du bist erwachsen, du kannst das gar nicht beurteilen.«

»K.-o.-Argument, Tochter, immer wieder.«

»Deswegen benutze ich es so gerne.«

Wir lachen und schenken uns einen wissenden Blick. So schwierig die Zeit der Pubertät ist – und so traurig dieser schrittweise Abschied von meinem kleinen Mädchen –, es sind solche Gespräche, die mein Herz erwärmen. Meine Tochter entwickelt sich zu einem vollwertigen Menschen.

»Na super, und auf was soll ICH mich freuen?«, mault Liv.

Sie hat richtig schlechte Laune. Für sie ist das Museum eine Offenbarung und mir graut jetzt schon vor dem Abschied. Wenn sie in die Schule zurückkehren muss, die sie eh nicht sonderlich mag, und in einen Alltag, der ihr nicht immer leichtfällt.

»Du kannst dich auf Mila freuen, auf dein Spielzeug und natürlich auf Papa. Der freut sich nämlich total auf euch.«

»Mila ist im Urlaub, Spielzeug brauche ich keins, Maja hängt die ganze Zeit am Handy, und klar freu ich mich auf Papa, aber das ist ja schnell vorbei und dann ist mir wieder langweilig.«

Oje, meine Kleine ist richtig mies drauf.

Den Rest der Fahrt sinnieren wir schweigend vor uns hin. Wie seltsam es ist, in diesem Auto zu sitzen. Fremd und vertraut zugleich. Alles, was wir auf der Fahrt sehen, wirkt ungewohnt. Die

Supermärkte, die modernen Gebäude, Ampeln, Autos, Menschen, Industriegebiete, Hektik, Geschäftigkeit, Konsum. Vor allem der Konsum macht mir zu schaffen. In was für einer Welt leben wir, in der es so bedeutsam ist, zu kaufen, zu besitzen und zu verschwenden?

Wenn das so weitergeht, ziehe ich noch zu den *Amish People*. Plötzlich kann ich verstehen, warum Menschen dieses andere Leben wählen, doch ich ermahne mich selbst. Sechs Wochen sind kein ganzes Leben. Irgendwann werden wir von dem kargen, arbeitsreichen Dasein genug haben, denn im Grunde funktioniert unser Experiment nur, weil es eine Auszeit und ein Gegenentwurf ist. Es ist ein bisschen wie beim Zelten. Nur weil man die drei Wochen im Sommer genießt, möchte man nicht das ganze Jahr im Zelt wohnen. Wäre das unser echter Alltag, wir wären ausschließlich damit beschäftigt, über die Runden zu kommen. Jeder, der dieses Leben früher führen musste, würde nicht zögern, es gegen eins in unserer Zeit zu tauschen. Freizeit, Luxus und Freiheit inklusive. Das gilt vor allem für uns Frauen. Wir vergessen gerne, wie hart unsere Freiheit erkämpft ist.

Ebenfalls fremd fühlt sich meine Kleidung an. Ich trage ein dünnes Kleidchen, den Temperaturen angemessen, aber ich fühle mich nackt. Meine Kinder kommen mir in Shorts und T-Shirt fremd vor, so sehr habe ich mich an die Museumskleidung gewöhnt.

Als wir eine gute Stunde später in unsere Straße biegen, überkommt mich ein mulmiges Gefühl. Zwei Wochen habe ich Carsten nicht gesehen. Zwei Wochen, in denen ich mitunter verdrängt habe, auf welch wackeligen Füßen unser Familienkonstrukt steht. Schaffe ich es, ihm unvoreingenommen gegenüberzutreten? Ahnt er, dass etwas nicht stimmt? Wir haben zweimal telefoniert, im Grunde hätte ich am liebsten gar nicht angerufen. Beide Male habe ich den Hörer schnellstmöglich an die Kinder weitergereicht. Einmal fragte er, ob alles in Ordnung sei, aber ich habe meine Wortkargheit mit den harten, arbeitsreichen Tagen begründet. Er hat nicht tiefer gebohrt. Vermutlich ist er einfach froh, sein Liebchen ungestört betüddeln zu können.

Überraschenderweise wird es eine schöne Ankunft.

»Papa!« Liv fliegt fast aus dem Auto und stürmt auf Carsten zu, der mit der Zeitung in der Hand auf der Bank vor dem Haus sitzt. Offensichtlich hat er auf uns gewartet.

»Liv, meine Kleine. Komm her.« Liv will ihm in die Arme fliegen, aber er hält sie auf Armeslänge entfernt. »Lass dich anschauen. Jetzt habe ich dich so lange nicht gesehen. Du bist gewachsen, oder? Zwei Wochen, und du erdreistest dich, einfach zu wachsen?«

»Das macht die gute Eifelluft.« Ich lache, alle Bedenken sind wie weggeblasen und ich genieße einfach nur den Augenblick. Wenn man Kinder hat, ist die Partnerschaft eben nur EIN Aspekt von Familie. Nie war es mir deutlicher als in diesem Augenblick.

»Klar«, muffelt Maja, die in Zeitlupe die Einfahrt entlangdackelt, wie es sich in ihrem Alter gehört. »Wir sind gewachsen. In zwei Wochen. Träum weiter, Papa.«

»Na ja, du vielleicht nicht, deine Brüste schon.« Er grinst Maja gut gelaunt an.

Autsch. Großer Fettnapf. Maja entgleisen die Gesichtszüge. Wann begreift Carsten endlich, dass er nicht mehr alles sagen darf, was ihm durch den Kopf schießt?

Maja wirft mir einen Blick zu. *Warum tut er das?*, fragt sie mich stumm.

»Papa ist eben Papa«, flüstere ich ihr zu, »er meint es nicht so, das weißt du doch.«

»Ich find's trotzdem blöd«, flüstert sie zurück.

Ich tätschle ihr den Rücken und schiebe sie in Carstens Richtung.

»Nun komm schon her, Große«, sagt Carsten versöhnlich. »Ich hab es nicht so gemeint.«

Maja nimmt das Angebot an und lässt sich ebenfalls drücken.

Nun bin ich dran. Carsten küsst mich fest auf den Mund und drückt mich. Wie fühlt er sich an, dieser Kuss, nachdem ich nach sechzehn Jahren das erste Mal von einem anderen Mann geküsst wurde? Ganz normal und doch seltsam, denn automatisch vergleiche ich das Gefühl dieses Kusses mit dem Gefühl, als mich Max küsste. Krieg dich ein, schelte ich mich selbst. Du machst die Dinge größer, als sie sind.

»Hallo, mein Schatz, schön, dich wiederzusehen. Du bist aber nicht gewachsen. Eher geschrumpft. Bekommt ihr nicht genug zu essen?«

»Doch, aber wir arbeiten hart.« Ich zwinge mich zu lächeln. Ich möchte mich entspannen, aber so einfach ist das nicht.

Gemeinsam gehen wir ins Haus und ich staune. Auf einem gedeckten Tisch steht eine Platte mit Kuchen. Ich entdecke meine Lieblingstorte, Frankfurter Kranz, für Liv und Maja gibt es ihre geliebten Nussecken. Der Kaffee ist gekocht und verbreitet einen herrlichen Duft, für die Kinder steht eine Flasche Limonade auf dem Tisch.

»Papa, du bist unser Held«, jubiliert Liv und fliegt ihm ein zweites Mal in die Arme.

»Ich dachte, ihr könntet nach dem langen Entzug Freude daran haben«, sagt er sichtlich stolz. »Und heute Abend lade ich euch zum Spanier ein. Ihr dürft essen, bis ihr platzt, und Mama darf trinken, bis sie nicht mehr gerade stehen kann.«

»Das ist lieb von dir«, lobe ich ihn artig, und gleichzeitig frage ich mich, ob das alles nicht ein perfides Ablenkungsmanöver ist.

Es ist zu perfekt. Es sind die berühmten Blumen des schlechten Gewissens, die da für die ganze Familie auf dem Tisch stehen.

»Ach, das habt ihr euch verdient, mein Schatz«, sagt er fröhlich.

Zu fröhlich?

Ich brauche keine fünf Minuten, um wieder in den Zustand zu gelangen, in dem ich vor meiner Abreise war. Ich hinterfrage alles, was er tut oder sagt, und alles hat einen bitteren Beigeschmack. Dennoch reiße ich mich zusammen, Liv und Maja sollen das Beisammensein mit ihrem Vater genießen.

Und das tun sie. Wir lachen, erzählen und Carsten staunt. Es gibt so viel zu berichten, die Kinder verhaspeln sich in ihren Sätzen. Sie erzählen von anderen Kindern, der Schule, dem Leben auf dem Hof, den Tieren, dem, was sie vermissen, und dem, was sie nicht vermissen, obwohl sie sich das vorher nie hätten vorstellen können.

»Was vermisst du am meisten?«, fragt er Maja.

Sie überlegt und ist selbst überrascht. »Eigentlich nichts.«

»Kein WhatsApp, kein TikTok, kein Bett, in dem man bis mittags rumhängen kann, und nicht mal deine Freundinnen?«

»Irgendwie nicht«, sagt Maja. »Schon komisch. Hätte ich gar nicht gedacht.«

»Wenigstens weißt du jetzt, wie wir früher groß geworden sind – ohne den Kram, ohne den ihr heute nicht mehr leben könnt.«

»Ja, voll krass.« Maja lacht sich scheckig.

»Und was vermisst du?«, fragt er nun Liv, deren Antwort wie aus der Pistole geschossen kommt.

»Unseren Kater, die Dusche und Schokolade. Aber Spaß macht es trotzdem.«

»Vor allem mit Linus«, ergänzt Maja kichernd, und wir berichten von Maxi und Moritz, ihren unartigen, aber kreativen Ideen und wer im Museumsdorf schon graue Haare wegen der beiden hat.

Liv genießt ihre Rolle als kleiner Teufel in vollen Zügen.

Beim Spanier geht es weiter. Wir erzählen, Carsten hört zu. Die Kinder fragen, wie es ihm ergangen ist.

»Was soll ich schon erzählen, viel Arbeit und die ist langweilig und öde wie immer«, sagt er mit einem Augenzwinkern.

In einem Cartoon wäre die Szene folgende. Neben einer Sprechblase, die zeigt, was er sagt, erscheint eine Denkblase: *Ich arbeite ein bisschen, zwischendurch vögle ich meine Geliebte, deshalb bin ich so tiefenentspannt und kann jetzt so tun, als sei ich der beste Ehemann und Vater ever.*

Ich bin gemein, ich weiß. Aber je mehr Wein ich intus habe, umso mehr kommen mir seine Laune, sein Interesse, sein perfektes Spiel vor wie eine einzige Heuchelei. Zum Schluss bleibt mir jedes Lachen im Hals stecken, und als wir endlich aufbrechen, die Kinder ins Bett gehen und der gemütliche Ehepartnerteil kommt, habe ich nichts als Wut im Bauch.

»Setzen wir uns auf die Terrasse, wir zwei? Bevor ich meine Frau wieder auf Zeitreise schicken muss?«

»Ja, wenn's sein muss«, sage ich brummig, Theater spielen liegt mir nicht länger.

»Wie, *wenn's sein muss?*« Er ist sichtlich irritiert.

»Ich bin einfach total müde.«

»Schade«, sagt er. »Sollen wir ins Bett gehen?«

»Ja.«

Die Missstimmung ist mit Händen greifbar. Für Carsten kommt sie aus dem Nichts. Was ist los mit seiner Frau? Er gibt sich Mühe, er ist nett und zuvorkommend, er tut alles, damit ich mich wohlfühle. Wenn ich mich nicht zusammenreiße, muss ich reinen Tisch machen, und das will ich nicht. Also beiße ich die

Zähne zusammen. Wieder einmal. Es ist ein Gefühl, das ich in den letzten Wochen nicht haben musste, und erst jetzt merke ich, wie sehr ich vor dem Museum mit zusammengebissenen Zähnen durchs Leben gelaufen bin. Nicht im übertragenen, sondern im wörtlichen Sinn. Ich löse also meinen Kiefer ganz bewusst und bewege ihn ein paarmal hin und her.

»Was soll's. Einen Wein vertrage ich noch.«

»Cool«, sagt Carsten und geht in den Keller, um eine neue Flasche zu holen.

Ich hole die Sitzpolster, stelle Kerzen auf den Tisch und schließe die Lampions an. Es ist wunderschön hier draußen. Ein lauer Wind streicht erfrischend über meine Arme, die Grillen zirpen. Und dann tanzen auch noch die Glühwürmchen. »Leben, du verarschst mich«, sage ich leise, lasse mich in den Lehnstuhl sinken und schließe die Augen.

Carsten kommt wieder und wir unterhalten uns leise über Belanglosigkeiten. Über sein aktuelles Projekt, Freunde, von denen ich länger nichts gehört habe, die Nachbarn, das Wetter. Er ist zufrieden, mehr als einmal betont er, wie schön dieser Abend ist, wie froh er ist, dass wir alle wieder zu Hause sind.

Lügner!!!

Ich beschließe, genug für heute zu haben, und hoffe, alleine ins Bett gehen zu können. Doch ich habe kein Glück.

»Komm ins Löffelchen«, murmelt er, als wir gemeinsam im Bett liegen.

Warum tut er das? Ist es aus? Oder hat er mich vermisst und weiß nun, was er an mir hat? Vielleicht hat er gar nicht geschauspielert und seine Freude ist echt. Sollte ich dann nicht einfach genießen, wenn er meine Nähe sucht? Ich bin verwirrt, aber kuscheln will ich trotzdem nicht.

»Ich weiß, wie ich dich wieder wach bekomme.«

Er streichelt meinen Rücken, weil er genau weiß, wie sehr

ich das mag. Er hat es schon lange nicht mehr getan. Hat er seine Affäre beendet? Ich lasse es über mich ergehen und versinke in einem höchst seltsamen Zustand. Das Kraulen entspannt mich, weil mich Rückenkraulen nun einmal entspannt, und gleichzeitig beiße ich die Zähne zusammen.

Am nächsten Morgen flüchte ich geradezu aus dem Bett. Ich gehe zum Bäcker, hole Brötchen, decke den Tisch und stelle fest, wie einfach das ist, wenn kein Ofen zu befeuern ist, kein Wasser vom Brunnen geholt werden muss und all die anderen beschwerlichen Dinge wegfallen.

Die Kinder erscheinen fröhlich am Frühstückstisch.

»Nutella!«, ruft Liv genüsslich. »Brötchen. Frische Brötchen.«

»Marmelade, ach, ich mag's echt im Museum, aber das hier ist auch schwer geil«, stellt Maja fest.

Auch Carsten lässt sich von dem familiär gedeckten Frühstückstisch aus dem Bett treiben. »Hach, das ist so schön. Endlich wieder mit allen frühstücken.«

In meinem Kopf ploppen Sprechblasen auf. Übernachten sie nie gemeinsam? Kann die Trulla keinen Frühstückstisch decken? Ist sie verheiratet und sie treffen sich nur im Hotel? Und wieder diese Frage: Ist es aus? Oder spielt er einfach nur perfektes Theater?

Er kommt zu mir und drückt mir einen zärtlichen Kuss auf die Stirn. »Guten Morgen, meine Schöne. Hast du gut geschlafen?«

Und das ist der Augenblick, in dem mir der Kragen platzt. »Nein, ich habe nicht gut geschlafen, und schön, dass du erst aus dem Bett kriechst, wenn das Frühstück schon fertig auf dem Tisch steht. Wie immer eben. Ich dachte ja schon, du hättest was gelernt, als wir gestern nach Hause kamen und der Tisch so schön gedeckt war, aber der Alltag hat scheinbar schnell wieder Einzug gehalten.« Mein Ton ist nicht unhöflich oder gereizt. Er ist unverschämt.

Carsten guckt mich irritiert an. »Hab ich dir was getan?«

Die Kinder sitzen am Tisch, ermahne ich mich, denn ich bin kurz davor, mit der Wahrheit rauszurücken. Ich schnaube durch die Nase und verziehe mich in den Keller, um noch ein Glas Quittenmarmelade zu holen. Dabei atme ich tief durch. Mehr als einmal. Wieder oben setze ich meine freundlichste Miene auf und entschuldige mich. »Tut mir leid, ich habe einen Kater.«

Er lässt es als Entschuldigung gelten, vielleicht weil es so leicht ist oder weil er denkt, ich kriege meine Tage. Es ist einfach für ihn, es immer wieder darauf zu schieben. Er ist sicher nicht der einzige Mann, der das tut. Was hat sich der liebe Gott eigentlich dabei gedacht, als er uns diesen hormonellen Ausnahmezustand angehext hat? *Hey, ich gebe den Frauen was mit, damit Männer bloß nicht darüber nachdenken müssen, ob sie etwas falsch gemacht haben.*

Ich muss grinsen. Ein Zeichen für meinen Mann, dass alles wieder in Ordnung ist.

Während wir den Tisch abdecken, habe ich dennoch das Gefühl, er möchte mit mir reden, zum Glück ist Liv die ganze Zeit um uns herum und redet, als habe jemand einen großen Topf voller Worte gefunden und ihr gestern Abend vors Bett gestellt. Irgendwann muss sie leider dringend aufs Klo.

»Sag mal, was war das denn eben?«, fragt mich Carsten prompt. »Ist was nicht in Ordnung? So ein Ausbruch kommt doch nicht aus dem Nichts.«

»Ich krieg meine Tage. Kennst mich doch.«

Nach dem Frühstück packen wir unsere Habseligkeiten zusammen und fahren zurück ins Museum. Carsten nimmt mich in den Arm und ich habe ein richtig, richtig schlechtes Gefühl. Ein Gefühl, als wäre diese ganze Affäre nicht mehr als ein Auswuchs meiner Fantasie. Und ein Gefühl, als sei ich diejenige, die etwas falsch gemacht hat.

Als sie sich von einem fremden Mann küssen ließ.

Lagerköfferchen

In dem Augenblick, in dem wir in unsere Kleider schlüpfen, werden wir wieder zu Bewohnern des 18. Jahrhunderts. Das 21. Jahrhundert tritt zurück, und die Errungenschaften der Moderne verwandeln sich in Dinge, die man haben kann, aber nicht braucht. Auch Carsten verwandelt sich in etwas, das ich nicht brauche.

Ich bin froh, wieder hier zu sein. Unschwer erkennbar freuen sich auch Maja und Liv.

Im Grunde leben die Kinder der Gegenwart in einem Überfluss, der sie überfordert. Hier dagegen dürfen sie Kinder sein. Es ist eine Art Bullerbü, in dem Eigenverantwortung und Kindsein Hand in Hand gehen. Sie entdecken Stärken, die ihr normaler Alltag nicht fördert, sie lernen Kindsein ohne Spielzeug und Entertainment. Grenzen, die zu Hause gelten, weichen auf, im Gegenzug haben sie Pflichten, die es zu Hause nicht gibt. Vor allem Maja tut das gut. Ist sie zu Hause damit beschäftigt, den Übergang zwischen Kind und Frau zu bewältigen, darf sie hier einfach beides sein, ohne dass diese Rollen miteinander kollidieren. Sie übernimmt Verantwortung für andere und darf trotzdem weiter das Kind sein, das sie immer noch ist.

Jedes Kind hätte es verdient, einmal im Leben auf Zeitreise zu gehen.

Auf dem Weg zum Hof schließt sich uns ein Trupp Kinder an. Majas Fanklub. Die Kleinste ist gerade mal vier oder fünf Jahre alt und fordert keck Majas Hand ein. Maja ist für die Kinder eine Autoritätsperson und sie hängen an ihren Lippen. Der Aufenthalt wird Maja prägen, da bin ich sicher.

»Maja, Maja, was hast du dir für morgen ausgedacht?«, ruft die Kleinste.

»Was soll ich mir denn ausdenken?«

»Hm. Ich weiß nicht. Wir könnten basteln. Oder turnen. Au ja. Turnen.« Sie strahlt meine Tochter an.

»Meinst du denn, ich kann dir was beibringen?«

»Ja klar, und das kannst nur du.«

»Ach, Quatsch, das können andere auch«, meint Maja leicht verschämt, weil sie von mir, ihrer eigenen Autoritätsperson, beobachtet wird.

»Ne-in«, quiekt das Nesthäkchen, »das kannst nur du.«

»Also, was haltet ihr davon?«, fragt sie in die Kinderrunde. »Soll ich euch beibringen, wie man ein Rad schlägt?«

»Jaaa«, kommt die vielstimmige Antwort.

Nur ein kleiner Junge, sieben oder acht Jahre alt, zieht einen Flunsch. »Und was soll ich dann machen?«

»Na, du lernst es auch«, meint Maja und tätschelt ihm den Kopf.

»Aber Jungs schlagen doch kein Rad!« Er ist geradezu entrüstet.

»Warum nicht?«, fragt Maja ihn aufmunternd. »Gibt es ein Gesetz, das Jungs das Radschlagen verbietet?«

»Weiß nicht, aber das ist doch Mädchenkram.«

»Dann musst du dir zu Hause aber mal anschauen, wie Männer turnen, ohne dass das mädchenhaft ist. Florian Hambüchen zum Beispiel ist ein Turner, der bei den Olympischen Spielen eine Goldmedaille gewonnen hat. Außerdem ist es doch völlig egal. Alles, was Spaß macht, ist erlaubt.«

Ich kann nicht anders. Ich bin mächtig stolz auf meine Große!

Timo begrüßt uns mit großem Hallo. Ich will unbedingt wissen, was ich verpasst habe, doch er muss dringend in den Stall, deshalb suche ich Janine und finde sie mit Elisa im Garten. Sie gibt gerade einen kleinen Einführungskurs in Sachen Kräuterkunde und Elisa klebt förmlich an ihren Lippen.

»Das hier ist Eisenkraut«, doziert Janine und zeigt auf eine zartgliedrige Pflanze in Kniehöhe mit kleinen lila Blüten. »Man nennt es auch Wunschkraut oder Druidenkraut. Es ist nicht extra gepflanzt worden, sondern wächst hier als Unkraut. Dabei ist es ein echtes Wunderkraut. Hilft gegen Entzündungen, fördert die Wundheilung, kann Fieber senken und mildert sogar Regelschmerzen. Außerdem hilft es beim Einschlafen. Und noch bei einem Dutzend anderer Sachen. Wird schon seit dem Altertum genutzt.«

»Wahnsinn«, ruft Elisa und tätschelt die Blüten. »Warum wird es dann heute nicht mehr genutzt?«

»Wird es«, sagt Janine, »es ist zum Beispiel als Wirkstoff in Schnupfenmitteln enthalten.«

»Echt? Ich finde es echt krass, was du alles weißt.«

»Na ja«, Janine lacht, »ich bin eben eine Kräuterhexe.«

In diesem Augenblick entdeckt sie mich. »Hey, Kristin, schön, du bist wieder da. Wie war der Ausflug in die Moderne?«

»Seltsam. Alles wie immer und dann auch wieder nicht. Man sieht alles mit anderen Augen und vieles findet man plötzlich total unnötig.«

»Das glaube ich.« Elisa nickt zustimmend. »Ich wundere mich auch immer wieder, wie wenig ich vermisse.«

»Aber manches ist auch richtig geil«, feixt Janine. »Erzähl, was war *richtig geil* am Wochenende?«

Ich lache, nehme meine Finger zu Hilfe und zähle auf: »Klospülung, warme Dusche, Kaffee, Schokolade, Wein, Spülmaschine. Oh, und der Spanier natürlich!«

»Ich bin zu hundert Prozent einverstanden«, entgegnet Janine und sabbert fast vor Neid.

Wir plänkeln noch eine Weile darüber, was entbehrlich ist und was essenziell. Anschließend will ich endlich wissen, wie die Tage ohne uns waren.

»Historisches Einerlei. Nervige Besucher, viele missratene Gören und so weiter. Ehrlich. Ich finde, die Kinder hier sind anders drauf als diese gelangweilten Neuzeitgören.«

»Darüber habe ich mir auch schon Gedanken gemacht. Ich denke, die Kinder kommen hier mindestens genauso runter wie wir.«

»Wenn nicht sogar noch mehr.« Elisa reicht Janine ein Büschel Petersilie. »Wisst ihr, es ist nicht immer leicht mit dem Linus daheim. Er macht sich immer so viele Gedanken, weil er so anders ist als andere Jungs. Hier kann er einfach sein, wie er ist.«

»Und eine Menge Unfug anstellen.« Janine grinst und legt das Petersiliensträußchen auf ein weißes Küchentuch, auf dem schon andere Sträußchen liegen.

»Ja, weil sie sich selbst genug sind«, bestätige ich ihre Beobachtung. »Zu Hause schauen sie die falschen Videos oder geben ihr Taschengeld für unnötigen Plastikkram aus. Da geht es vor allem darum dazuzugehören. Der Unfug, den sie hier anstellen, ist wenigstens kreativ, naturverbunden, einfach das, was Kinder tun sollten. Michelunfug quasi.«

»Michelunfug?«, fragt Elisa.

»Michel aus Lönneberga«, setze ich erklärend hinzu.

»Stimmt, da hast du recht«, sagt Janine. »Dann solltet ihr dringend darüber nachdenken, euch auch einen Schuppen zu suchen, in den ihr die beiden von Zeit zu Zeit einsperrt.«

»Gute Idee«, krähen Elisa und ich gleichzeitig.

»Und sonst hab ich nix verpasst?«

»Hm«, Janine überlegt, »Max hat was mit einer blonden Tusse

aus dem 16. Jahrhundert angefangen und Timo hat die Kühe umbenannt. Rate! Eins davon ist wahr.«

Ein kurzer Hopser marodiert durch meine Magengrube, dann ist es auch schon wieder vorbei. Ich fühle mich trotzdem erwischt und Janines selbstsicherer Gesichtsausdruck spricht Bände.

»Blöde Nuss«, schimpfe ich, »warum benennt Timo seine Tiere um?«

»Weil er beschlossen hat, dass die Namen nicht zu ihnen passen.«

»Aha. Und wie heißen sie jetzt?«

»Magda und Bertha schimpfen sich nun Schneeweißchen und Rosenrot.«

»Oh mein Gott.« Ich halte mir gespielt entsetzt die Hand vor den Mund. »Sag nicht, Timo ist schwul!« Wir schütten uns aus vor Lachen. »Braucht ihr noch mehr Kräuter oder kommt ihr mit rüber?«

»Nee, reicht für heute«, antwortet Janine, wischt sich die Hände an der Schürze ab und wir schlendern zum Hof.

Die Sonne ist bereits hinter der Scheune verschwunden, der Innenhof liegt im Schatten. Es ist nach sieben, die Besucher sind auf dem Weg nach Hause, das Museum gehört bis morgen früh uns. Der Tisch ist gedeckt und wir starten entspannt in einen lauen Abend. Timo hat gekocht, wir werden also satt und schmecken wird es auch. Edeltrauds Einsatz habe ich gestern verpasst und mir schwant, was die anderen zu erleiden hatten.

»Ich habe so einen Hunger. Gestern war der Pudding klumpig, die Suppe sah aus wie Spülwasser und hat auch fast so geschmeckt«, ächzt Ole, der sich just in diesem Augenblick mit einem schwerfälligen »Uff« auf einen Hocker plumpsen lässt.

»Dabei hat es in letzter Zeit eigentlich ganz gut geschmeckt«, wundert sich Elisa.

In diesem Augenblick kommt auch Edeltraud aus der Küche. »Wir waren beim Spanier«, verkünde ich deshalb genüsslich, um abzulenken, und wische mir gespielt den Schweiß von der Stirn.

»Boah, ist das gemein«, beklagt sich Janine voller Neid. »Ich will auch! Auf der Couch abhängen, Serien glotzen, Pizza essen. Oh mein Gott, ich will jetzt Pizza!«

»Ach, komm. Timo hat gekocht, das wird gut. Was gibt's denn?«

»Keine Ahnung.« Janine springt auf. »Aber ich geh gucken.«

Wenige Augenblicke später kehrt sie mit einem zufriedenen Lächeln im Gesicht zurück. »Superessen. Salat mit Gemüsefrikadellchen und frisch gebackenem Bauernbrot.«

»Lecker. Echt lecker. Aber total anachronistisch«, befinde ich.

»Ach, scheiß auf die historische Korrektheit«, sagt Janine und setzt sich wieder. »Ich kann diesen Historienfraß eh nicht mehr sehen.«

Nach und nach trudeln die anderen ein, zum Schluss fehlen nur noch Liv und Linus.

»Die hocken mit Sicherheit in irgendeiner Ecke und planen den nächsten Streich. Liv hat bestimmt Nachholbedarf«, mutmaßt Timo und stellt eine riesige Schüssel mit Salat auf den Tisch.

»Ich weiß gar nicht, was werden soll, wenn sich ihr Busenfreund nach dem Ende der Ferien wieder nach Süddeutschland verkrümelt«, sage ich seufzend und wende mich an Elisa. »Wir müssen den Kontakt unbedingt aufrechterhalten.«

»Das werden wir«, sagt sie und wir lächeln einander wissend an.

Ich genieße die Gesellschaft der anderen heute sehr.

Als ich aufwache, beginnt die Grübelei. Das Wochenende hängt nach, Carsten hängt nach. Der Abstand, den ich gewonnen habe, scheint wie ausradiert. Und dennoch ist etwas anders. Ich kann meine Lebenssituation anders bewerten. Es ist das aufs Nötigste reduzierte Leben, das mir zeigt, wie marginal meine Gefühle, Emotionen und Sorgen sind. Trotzdem muss ich letztendlich die Entscheidung treffen, doch durch das Leben im Museum, die Beschränkungen und den Verzicht haben meine materiellen Sorgen an Schrecken verloren. Geld darf kein Argument sein, das wird mir immer klarer. Ich kann mir und den Mädchen im Zweifel ein gutes Leben ermöglichen. Es wäre nicht so abgesichert wie bisher, aber es könnte uns trotzdem glücklich machen.

Ich beschließe, aufs Frühstück zu verzichten, schnappe mir mein Handtuch und laufe runter zum See. Das Schwimmen tut mir so gut, dass ich die Zeit vergesse und mir auf dem Rückweg bereits die ersten Besucher, in Gestalt eines Rentnerehepaars, entgegenkommen. Unverhohlen beäugen sie mich. Der Blick der grauhaarigen Mittsiebzigerin bleibt an meinem unter dem Arm zusammengeknüllten Leintuch hängen. Wann wurde eigentlich das Frotteehandtuch erfunden? Jetzt hätte ich gerne mein Smartphone. Ein Klick und die Frage wäre beantwortet. Manchmal kann ich kaum glauben, dass ich einer Generation entstamme, die noch mit dem Lexikon im Bücherregal aufgewachsen ist, so selbstverständlich ist der Zugriff auf digitale Informationen im Alltag geworden.

Als hätte die Frau direkten Zugriff auf meine Gedanken, dreht sie sich plötzlich um und fragt in breitestem Eifler Dialekt: »Entschuldijen Sie. Aber is dat ein Handtuch?«

Ich schaue sie verdutzt an, was sie sofort missinterpretiert. »Hab ich wat Falsches jefracht? Dann tut et mir leid.«

»Nein, nein«, antworte ich lachend, »es ist nur so. Ich habe mich gerade gefragt, wann das Frotteehandtuch erfunden wurde.«

»Dat is ja witzig.« Sie kichert beruhigt und wird umgehend aktiv. »Emil. Guckste mal nach, wann dat Frotteehandtuch erfunden wurde?«

Emil zückt sein Smartphone und liefert uns die nötigen Informationen in trocken-sachlichem Ton. »Dat is wohl so 1850 inner Türkei erfunden worden, aber da war et wohl zuerst nur bei den feinen Leuten jebräuchlich. Dat Wort kommt aus dem Französischen. *Frotter*, dat heißt abreiben.«

»Ach, da kennen mir Rheinländer uns ja mit aus. Dat Französische is ja bei uns im Dialekt alljegenwärtig«, fügt seine Frau hinzu und strahlt mich an.

Ich strahle zurück, wir verabschieden uns und sind wieder ein bisschen schlauer.

»Mama, ich bin heute gefragt worden, ob ich in der Schule geschlagen werde.«

Liv steht neben mir am Brunnen und blubbert. Begegnungen am Brunnen haben sich mit der Zeit zu einem kleinen Ritual entwickelt. Ich habe meine Kinder ganz für mich, das Plätschern des Wassers ist eine lauschige Hintergrundbeschallung.

»Was hast du geantwortet?«

»Selbstverständlich, werter Herr. Aber nur, wenn ich etwas angestellt habe.«

Ich lache. »Und was hat er darauf geantwortet?«

»Er ist entrüstet davonmarschiert und hat gesagt, er will das sofort dem Jugendamt melden.«

Ich überlege kurz, ob das ein Grund zur Sorge oder zum Handeln ist, bin mir aber sicher, Daniel wird eine solche Beschwerde richtig einschätzen und das Missverständnis gewissenhaft aufklären.

»Was ist denn nun mit dir, Max und dem Kuss?«, fragt Timo, als wir zusammen mit Janine die Kühe auf die Weide bringen. Drei Leute für zwei Kühe sind völlig übertrieben, aber wann immer es die Zeit erlaubt, helfen wir ihm dabei. Ich mag die Ruhe, die

Schneeweißchen und Rosenrot ausstrahlen, und außerdem können wir in Ruhe quatschen.

»Welcher Kuss?«, antworte ich augenverdrehend und winke ab.

»Es ist nicht wahr, was nicht wahr sein darf?«, unkt Janine.

»Kannst du mir nicht einfach was zusammenmischen, damit ich's vergesse? Es ist lästig.«

»So hartes Zeug wächst hier im Museum leider nicht«, lautet ihre lapidare Antwort.

»Gibt es denn hier etwas, das eine entspannende und ... ähm ... drogenähnliche Wirkung hat?« Timo wird hellhörig.

»Hast du mich das nicht schon mal gefragt? Ganz ehrlich? Ja. Aber mehr erfährst du nicht, sonst können wir unser Experiment schneller abbrechen, als du Piep sagen kannst.«

»Jetzt wird's interessant«, feixt Timo, »ich werd es noch aus dir rauskitzeln.«

»Wirst du nicht.« Janine gluckst. »Auch wenn's nicht immer so aussieht, ich bin ein sehr verantwortungsvoller Mensch.«

»Schade aber auch«, schmollt Timo.

»Zurück zum Kuss«, sagt Janine, »habt ihr das nun geklärt?«

»Wir haben eine Art Waffenstillstand geschlossen. Wir grüßen uns, reden über Belanglosigkeiten und gehen uns sonst aus dem Weg.«

Janine zieht einen Flunsch. »Das ist aber irgendwie schade, dann hab ich nix zum Spekulieren und Mitfiebern.«

»Reiche ich dir nicht als Zeitvertreib?«, fragt Timo, öffnet den gusseisernen Riegel und gibt Rosenrot einen Klaps auf die Flanke. »Rein mit dir, du sture Eselin.«

»Es ist eine Kuh, Timo, und nein, du reichst mir nicht, denn meine Liebe zu dir wird auf ewig unerfüllt bleiben.«

»Ich sollte dringend mal mit deinem Musiker reden«, stellt Timo fest, »der muss dich abholen und auf Linie bringen.«

»Tja, so seid ihr Männer. Im Grunde wollt ihr uns immer noch an die Kette legen, ihr traut euch nur nicht mehr.« Sie wendet sich wieder mir zu. »Auf jeden Fall bin ich wirklich enttäuscht, eure Romanze wirkte so vielversprechend.«

»Feurig, voller Schmachtfetzenpotenzial.« Timo schließt das Gatter. »Eine Schande ist das, da muss ich Janine recht geben.«

»Ihr seid einfach nur doof«, sage ich und stampfe beleidigt mit dem Fuß auf.

»Und du einfach unfassbar süß, wenn du sauer bist. Es fordert einen geradezu heraus.« Timo feixt.

»Jaja, habt nur Spaß auf meine Kosten.«

Nachdem wir zwei Tage später den letzten Besucher vom Hof geschoben haben, breiten wir Decken auf der Wiese hinter dem Haus aus. Zumindest ist es der Rest von dem, was einmal Rasen war. Die Hitze macht der Pflanzenwelt zu schaffen. Grün ist nicht mehr die Farbe der Flora, sondern ein trockenes Grüngelb. Damit die Gärten überhaupt noch Essbares hervorbringen und Daniel uns nicht in den nächsten Supermarkt schicken muss, dürfen wir seit zwei Tagen mit einem höchst verwerflichen Wasserschlauch die Gärten wässern. Ein besonderer Spaß, vor allem für die Kinder, die es lieben, durch das Spritzwasser zu düsen.

Wir wollen den Tag gemütlich ausklingen lassen und sind zu fünft. Ich hatte Edeltraud gefragt, ob sie nicht mit dazukommen möchte, während wir gemeinsam das Abendessen zubereiteten. Janine schneite herein und lud zum Sit-in, aber sie lehnte dankend ab.

»Ich weiß doch, dass mich die anderen nicht besonders gut leiden können. Bleibt ihr mal unter euch.«

»Es wird nicht besser, wenn du dich immer raushältst.«

»Da hast du sicher recht, meine Liebe, aber ich fühle mich doch oft wie ein Störenfried.«

»Heute lass ich dich in Ruhe, aber nächstes Mal zwinge ich

dich. Ich fang nämlich an, dich zu mögen.« Edeltrauds Strahlen war eine reine Freude. Wenn sie strahlt, sieht sie aus wie ein anderer Mensch.

Max und Timo spielen Karten. Janine, Elisa und ich plaudern leise über dies und das. Es herrscht eine Art lethargische Harmonie. Ich fahre mit den Händen immer wieder durchs Gras. Meine Gedanken treiben irgendwo zwischen Ehe, Kuss, Museum und Müdigkeit.

»Das ist kein Hund«, bemerkt Max irgendwann.

»Hä?«

»Das Gras. Es ist kein Hund.«

»Spiel Karten und lass mich das Gras streicheln.«

»Zickig?«, fragt er und zieht dabei höchst charmant einen Mundwinkel nach oben.

Ich will es aber nicht charmant finden. »Jetzt ja, möchtest du mehr davon?«

»Hal-lo?«, mischt sich Timo ein. »Könnt ihr eure Plänkelei bitte auf später verschieben? Ich möchte weiterspielen.«

»Wir plänkeln nicht, wir bauen einen konstruktiven Streit auf«, erwidert Max kreuzernst.

»Du scheinst es ja nötig zu haben. Sollen wir aufhören? Dann könnt ihr euch in Ruhe auf diesen *konstruktiven* Aufbau konzentrieren.«

»Die Sinnlosigkeit dieses Gesprächs ist beispiellos«, konstatiert Janine.

»Dann lenk uns ab«, fordere ich sie auf, »ich habe nämlich keine Lust auf den Aufbau eines konstruktiven Streits mit diesem Herrn da.«

»Klar!« Sie gackert. »Kann ich machen, trotzdem würde ich zu gern wissen, wie man konstruktiv einen Streit aufbaut.«

»Schluss jetzt! Wenn ich noch mal das Wort konstruktiv höre, fange ich an zu schreien.«

»Nette Vorstellung«, meint Max. »Wer ist dafür, dass Kristin schreit?«

»Es reicht«, rufe ich vehement. »Verarschen kann ich mich alleine.«

»Echt?«, fragt Timo, und ich bin kurz davor, zu gehen und die beleidigte Leberwurst zu mimen.

Elisa, die das Ganze amüsiert mit angeschaut hat, eilt mir zu Hilfe und beendet den absurden Schlagabtausch. »Ist euch eigentlich klar, dass wir schon zwei Wochen hier sind?«

»Echt jetzt? Ich habe ja irgendwie jedes Zeitgefühl verloren.« Janine staunt. »Also, ich weiß ja nicht, wie es euch geht, aber ich finde, das schreit nach einer kleinen Party.«

Timo strahlt. »Party? Coole Idee. Aber warum klein und wo kriegen wir den Alk her?«

Janine hat jedoch etwas anderes im Sinn. »Wenn ich ehrlich bin, Museum hin oder her, ich würde lieber mal ausgehen.«

»Du meinst, wir verlassen dieses Gelände und fahren irgendwohin? Wie ganz normale Neuzeitmenschen?« Auf Timos Gesicht breitet sich ein genüssliches Grinsen aus.

»Ist das denn erlaubt?«, fragt Elisa.

»Hast du etwas unterschrieben, was das verbietet? Außerdem dürfen wir ja auch nach Hause fahren, wir wollen nur nicht.« Janine ist ganz zappelig, so sehr gefällt ihr der Gedanke.

»Aber doch nicht alle gleichzeitig und außerdem kommen wir nicht an unsere Klamotten.« Elisa kämpft sichtlich gegen ihr Verantwortungsgefühl.

»Du traust dich nicht«, foppt sie Timo.

»Doch, schon, aber …«

»Für das Klamottenproblem wüsste ich Abhilfe«, sage ich dreist.

Max zieht eine Braue nach oben.

»Ehrlich?« Elisa wirft mir einen erstaunten Blick zu.

»Aber ja. Wozu bin ich mit der Frau des Museumsdirektors befreundet? Sie leiht mir bestimmt ihren Schlüssel.«

»Und wenn sie ihrem Mann davon erzählt?« Janine ist kritisch.

»Dann wäre Frauensolidarität eine ganz miese Mär«, befinde ich und ernte wohlgefälliges Kopfnicken.

»Sie ist heute länger im Museum, und was man hat, das hat man. Ich bin gleich wieder da«, flöte ich also, werfe Max möglichst unauffällig einen auffordernden Blick zu und springe auf.

»Und ich, äh, hol mir mal gerade was«, sagt Max, der mich wohl verstanden hat, und folgt mir im gebührenden Abstand.

»Du hast mich ziemlich überrumpelt.« Er hält mir den Schlüssel, den er schnell aus dem Stall geholt hat, vor die Nase und zieht ihn weg, als ich danach greife. »Was hättest du gemacht, wenn ich nicht einverstanden gewesen wäre?«

»Dann hätte ich wohl Betty fragen müssen.«

»Dann will ich mal nicht so sein.« Er kratzt sich die Bartstoppeln. »Aber sieh zu, dass du lange genug wegbleibst, damit sie dir auch glauben, dass du den Schlüssel bei Betty besorgt hast.«

»Geht klar. Ich wollte sowieso mal wieder mit Betty quatschen, ich frage eben nur nicht nach dem Schlüssel.«

»Kann ich mich denn darauf verlassen, dass es unser kleines Geheimnis bleibt?«

»Nur ungern, aber ja.«

»Gut, ich gebe dir jetzt den Schlüssel, damit du ihn den anderen zeigen kannst, aber ich brauche ihn nachher noch. Danach gibst du ihn mir wieder und kriegst ihn dann morgen.«

»Ja, klar, für deine mysteriösen Tätigkeiten ... Aber danke.« Ich schnappe mir den Schlüssel und breche auf.

Janine eilt mir entgegen. »Hast du ihn?«

»Jawohl«, triumphiere ich und halte das gute Stück in die Höhe.

»Super! Wir haben übrigens beschlossen, morgen nach Köln zu fahren. Und stell dir vor, Traudl fährt auch mit.«

»Gute Idee! Köln ist super. Aber wie habt ihr Edeltraud überredet? Ich finde es auf jeden Fall schön.«

»Na ja, schön. Ich weiß nicht recht, nachher vermasselt sie uns den Abend. Timo ist zu ihr ins Haus gegangen und hat sie gefragt.«

»Timo, der Wunderknabe.« Ich freue mich für Edeltraud. Anscheinend hat sie sich meine Worte doch zu Herzen genommen.

Wir sind vor unzähligen Mücken geflüchtet und haben uns in der Küche versammelt, um unseren Ausflug zu planen. Elisa möchte Linus nicht alleine lassen, aber nach kurzer Diskussion können wir sie davon überzeugen, dass man zwei Teenagern und zwei Zehnjährigen einen Abend ohne Eltern zutrauen kann.

»Und wenn doch was ist, sie haben ja kein Telefon?« Elisa zieht sorgenvoll die Stirn kraus.

»Ich frage Lisbeth aus dem 19. Jahrhundert, die wird im Notfall helfen, der Hof ist gleich nebenan und schweigen kann sie auch«, bietet Edeltraud an.

Wir starren sie mit großen Augen an und in ihren Augen blitzt etwas auf. Etwas Verwegenes. Es gefällt ihr, die gewohnten Pfade zu verlassen.

»Und die hält dicht?«, fragt Janine kritisch.

»Oh ja, das wird sie«, entgegnet Edeltraud überzeugend.

»Bleibt noch dein Gatte. Was ist, wenn der hier aufschlägt?«

»Das wäre natürlich schlecht.« Sie denkt kurz nach, dann hellt sich ihre Miene auf. »Dem statte ich kurz vorher einen Besuch ab und klage über Migräne. Dann hält er mindestens einen Kilometer Abstand. Schwäche ist ihm zutiefst zuwider.«

»Du bist eine arme Frau«, stellt Janine mit mitleidigem Blick fest und ich halte kurz die Luft an.

»Das wird mir auch langsam klar.«

Das 21. Jahrhundert

Es ist kurz nach sieben, als wir uns am nächsten Abend und in gebührendem Abstand Richtung Hauptgebäude stehlen. Die Museumsmitarbeiter verlassen das Gelände kurz nach Betriebsschluss und der erste Hof ist weit genug von den Verwaltungsgebäuden entfernt. Ich bin die Erste vor Ort und lotse wie der Türsteher einer Geheimorganisation meine Party-Mitstreiter ins Hauptgebäude. Ich bin fast geneigt, nach der Losung zu fragen.

Als hätte er meine Gedanken erraten, raunt Timo: »Der Adler fliegt zum Saufen nach Kölle.«

Ich pruste los. »Rein mit dir, du Spinner.«

Als alle da sind, verschließe ich die Tür. Wir entern die Asservatenkammer, klauben unsere Alltagskluft aus den Kisten und werden wieder zu Personen der Neuzeit. Alle, bis auf Edeltraud.

»Heilige Scheiße!«, entweicht es Janine. »Edeltraud, es tut mir leid, aber so können wir dich nicht mitnehmen.«

»Wieso?«, fragt Edeltraud verständnislos und schaut an sich hinunter.

»Timo. Suche den Fehler im Bild«, fordert Janine ihn auf, als habe er als Schwuler per Dekret das letzte Wort in Sachen Stil.

Timo nimmt die Rolle nonchalant an. »Edeltraud«, sagt er vorsichtig, »ich weiß, du bist eine gebildete und distinguierte Frau, die mit beiden Beinen im Leben steht. Und mit Sicherheit bist du mit deinem Kostümchen à la Chanel bei der Queen oder einem vornehmen Fabrikanteekränzchen herzlich willkommen und absolut passend gekleidet.« Er macht eine bedeutungsschwangere Pause und setzt dann fort: »Aber, verdammt, wir nehmen dich in diesem Altdamenfummel nicht mit in die Kölner Altstadt.«

Wir halten gebannt den Atem an. Edeltraud blickt uns der Reihe nach an, dann noch einmal an sich hinunter, wieder zu uns und sagt mit verzweifelt dünnem Stimmchen: »Aber ich habe nichts anderes dabei. Muss ich jetzt hierbleiben?« Dabei sieht sie so traurig aus, dass ich zu ihr trete und den Arm um sie lege. Nicht, dass ich eine Idee hätte, wie man ihr helfen könnte.

Janine schon. »Edeltraud. Wenn es ein Problem gibt, gibt es auch eine Lösung. Und ich weiß ganz zufällig, welche.«

Wir quetschen uns in Timos altersschwachen Volvo. »Stört es irgendjemanden, dass wir hinten nur drei Gurte haben, oder sollen wir doch lieber mit zwei Autos fahren?«, fragt er vorsichtig.

»Ach, Quatsch.« Janine schüttelt vehement den Lockenkopf. Endlich dürfen die Locken mal wieder fliegen. »Kristin und Elisa schnallen sich gemeinsam an. Zusammen gehen sie höchstens als Pummelchen durch.«

Wir sind so aufgeputscht, sämtliche Sicherheitsbedenken scheinen obsolet. Dabei wäre so ein bisschen Verantwortungsgefühl durchaus sinnvoll. »Wir können doch mit dem Zug fahren«, schlage ich deshalb vor.

Janine schmettert meinen Vorschlag unaufgeregt ab. »Können wir, aber dann müsste Traudl doch im Tweed Köln unsicher machen.«

Es ist nämlich so: Janine wohnt in einem kleinen Dorf auf dem Weg nach Köln, und ihre Wohnung ist unser erstes Ziel. Dort angekommen, klettern wir aus dem Auto, strecken unsere sardinenmäßig verpackten Glieder und lassen uns von Janine in ihre kleine Wohnung schieben. Wir haben uns dort kaum einmal im Kreis gedreht, als Janine mit einer Frau in Edeltrauds Alter auftaucht.

Mehr als das Alter haben die beiden allerdings nicht gemeinsam, denn sie trägt nicht nur so schrille Klamotten, dass man sich zwangsläufig fragt, in welchem Theaterfundus sie gekramt hat, sondern sie scheint außerdem nachts unter der Sonnenbank zu schlafen. Nicht einmal *dieser* Sommer schafft so eine Haut.

»So, ihr Lieben, das ist meine liebe Nachbarin Inge. Inge, das sind die Bekloppten, mit denen ich im Mittelalter hause. Und das ist Edeltraud, unser Problemfall.«

Inge und Edeltraud mustern einander staunend. Im wahren Leben würden sie sich nur an der Supermarktkasse begegnen.

»Und du willst in der Kölner Altstadt mal ordentlich die Sau rauslassen?« Inge geht sofort in medias res.

»Ja, aber sie wollen mich so nicht mitnehmen«, antwortet Edeltraud quäkig und streicht über das geächtete Kostüm.

»Na, das wundert mich nicht«, meint Inge lapidar. »Dann komm mal mit. Dasselbe Figürchen haben wir ja, und keine Panik, ich hab auch was Schlichteres im Schrank. Ich schick dich schon nicht in einem meiner Lamettafummel los.«

Wir kichern, Inge nimmt Traudl an die Hand und zieht sie voller Aktionismus mit sich. Die Tür fällt zu und wir legen los.

»Wo hast du die denn her?«, fragt Max.

»Die ist ja schräg«, befinde ich.

»Die arme Edeltraud«, sagt Elisa voller Mitleid.

»Passt auf, wir nehmen gleich Peggy Bundy mit in die Altstadt«, orakelt Timo.

»Ruhe jetzt«, ermahnt uns Janine ungewohnt humorlos. »Steckt eure Vorurteile weg. Erstens ist Inge der gutherzigste und witzigste Mensch im ganzen Dorf, und zweitens kann sie sich durchaus schlicht und vernünftig kleiden, wenn sie will. Sie will aber nicht. Sie mag es, wenn die Menschen sie unterschätzen.«

Wir werden kleinlaut, hat sie uns doch bei kleinkariertem Schubladendenken erwischt. Während wir mit unserem schlechten Gewissen beschäftigt sind, kredenzt uns Janine ein Gläschen Sekt. »Warm-up. Der einzige Grund, warum der Kühlschrank noch läuft. Also trinkt das Fläschchen leer, dann kann ich ihn gleich ausschalten.«

»Und auf die Idee, dass man Sekt ein zweites Mal kühlen darf, bist du nicht gekommen?«, neckt sie Timo, der das Glas, das Janine ihm entgegenstreckt, als verantwortungsvoller Fahrer dankend ablehnt.

»Wenn ich nachgedacht hätte, sicher, aber ich war wohl damit beschäftigt, mich auf sechs Wochen mit euch einzugruseln, bevor ich hier weg bin.«

»Und? Hat das Eingruseln was gebracht?«

»Jepp«, sagt sie, »aber dich hätte ich mir in meinen gruseligsten Träumen nicht ausmalen können.«

»Hach«, sagt Timo laut seufzend. »Ich liebe es, wenn sie mich diskriminiert.«

Elisa und ich schütteln nur unsere Köpfe. Die beiden sind einfach unglaublich. Max hingegen bekommt gar nichts mehr mit, denn er kniet hingebungsvoll vor Janines Plattensammlung.

»Abgefahren«, nuschelt er, »du bist ja voll der Musiknerd.«

»Klar doch«, grinst Janine, »leider bin ich im Museum noch nicht dazu gekommen, euch meine Lieblingsplatten vorzuspielen.«

»Können wir nicht eine kleine Box und ein Handy einschmuggeln? Musik vermisse ich echt so sehr.« Elisa wird ob ihres provokanten Vorschlags prompt rot. Es ist einer dieser Augenblicke, in denen ich sie umgehend adoptieren möchte.

»Elisa«, sage ich, »du bist ja eine kleine Revoluzzerin.«

Elisas Rot wird noch röter. Sie ist und bleibt eine brave Pfadfinderin.

In diesem Augenblick klingelt es. Janine hopst zur Tür, wir folgen auf dem Fuße und drängeln uns in den Flur. Wir haben ziemlich eindeutige Bilder davon im Kopf, wie Edeltraud uns in drei, zwei, einer Sekunde gegenübertreten wird. Janine öffnet die Tür und herein tritt ... eine fremde Frau. Uns steht der Mund offen.

Edeltraud trägt Jeans und ein schwarzes Shirt mit einem Schriftzug aus Strass. Ihre Füße stecken in schlichten Sneakers, die silbrig blonden Haare, die sie im Museum zu einem stets ordentlichen Dutt steckt, liegen ihr in großen Wellen auf den Schultern. Sie ist dezent geschminkt und strahlt uns an, als käme sie frisch von der Schönheitsfarm. Sie wirkt mindestens zehn Jahre jünger und ist wunderschön.

Elisa nimmt sie fest in den Arm. »Edeltraud, du siehst wunderschön aus!«

Wir stimmen ihr uneingeschränkt zu. Sie ist ein Ü60-Aschenputtel! Inge hat ganze Arbeit geleistet.

Edeltraud schaut ob der Bewunderung ein wenig verschämt aus der Wäsche. »Und ihr meint, ich kann so gehen?«, fragt sie vorsichtig.

»Aber so was von«, juchzen wir einstimmig, und nach einer kleinen Orgie des Dankes an Inge entern wir erneut Timos Volvo und fahren nach Köln.

Nach einiger Diskussion entscheiden wir uns für das Gaffel am Dom als Startpunkt unseres Ausflugs in die Gegenwart.

»Das ist doch total touristisch. Können wir nicht irgendwo hingehen, wo es keine Touristen gibt?«, fragt Max.

»Erstens sind wir gewissermaßen Touristen, und zweitens geh ich da gerne hin, weil die ganzen Touristen sich über Einheimische freuen, die sie mit der rheinischen Weltoffenheit beglücken«, erklärt Timo. »Mal ehrlich. Der Bayer kommt doch extra, um sich mal so richtig kölsch zu fühlen. Wir erfüllen sozusagen einen missionarischen Auftrag.«

Max ist nicht überzeugt. »Mir ist das Museum missionarischer

Auftrag genug. Ich brauche niemanden, der mich dabei beobachtet, wie ich kölsch-fröhlich vor mich hin trinke.«

»Wie trinkt man denn kölsch-fröhlich vor sich hin?«, fragt Elisa neugierig.

»Das Glas in einem Zug und das nächste direkt hinterher, weil die Gläser ungefähr so groß wie Fingerhüte sind«, unke ich.

»Dafür ist das Bier immer frisch«, wendet Max ein.

»Und dadurch natürlich viel besser als jedes andere«, bestätigt ihn Timo.

»Kinder, wir sollten nicht die Vorzüge von Kölsch erörtern, sondern eine Lösung finden, BEVOR wir in Köln sind«, mahnt unsere neue Edeltraud. Es scheint, als habe sie nicht nur neue Klamotten, sondern auch ein neues Selbstbewusstsein.

Es ist Samstagabend, und das Gaffel ist voll. Zu allem Überfluss spielt der 1. FC Köln.

»Genau so hab ich mir das vorgestellt«, sagt Elisa kichernd, während sie an ihrem ersten Kölsch nippt, das uns der Köbes in traditionell rauborstiger Art an den Tisch gebracht hat.

»Kölsch oder Kölsch?«, hat er gefragt, wie es sich in einem Kölner Brauhaus gehört.

»Ganz lecker ist das.« Elisa leckt sich einen Klecks Schaum von der Oberlippe. »Aber das Tannenzäpfle ist besser.«

»Lokalpatriotismus muss überall und zu jeder Zeit gefördert werden, also lassen wir dir deine Vorliebe«, meint Timo gönnerhaft.

»Außerdem«, kläre ich Elisa auf, »kriegst du *das* Tannenzäpfle hier sogar in manchen Supermärkten. Es muss also was dran sein an deiner Einschätzung.«

»Das ist sicher kein Qualitätsmerkmal«, meint Max, »da kriegst du auch holländisches Bier.« Er sagt es durchaus nett, ich fühle mich trotzdem angegriffen und setze zu einer Erwiderung an.

Doch Timo kommt mir zuvor. »Bevor jetzt nach der Kneipendiskussion die Bierdiskussion losgeht, machen wir den Köln-Abend perfekt und bestellen Röggelchen mit Mett.« Eine Antwort bekommt er nicht, denn das Brauhaus versinkt in lautem Gebrüll. Der FC hat ein Tor geschossen. Timo jubelt und reckt siegessicher die Faust in die Höhe.

»Kleiner FC-Fan, was?« Max grient und klopft Timo auf den Rücken.

»Nicht klein«, sagt dieser stolz, »grooooß.«

»Was ist denn jetzt mit den Mettbrötchen?«, frage ich. »Ich hab Hunger!«

Elisa betrachtet das dunkelbraune Brötchen voller Misstrauen. »Und das ist eine Spezialität?«

»Iss, Mädel, und staune«, fordert Timo sie nonchalant auf und beobachtet erst mit Argusaugen und schließlich voller Respekt, wie Elisa ihr Brötchen zum Mund führt, vorsichtig hineinbeißt, kaut, schluckt, einen größeren Bissen nimmt und dann das Röggelchen in Windeseile verputzt.

»Das ist brutal lecker«, schmatzt sie mit vollem Mund, als sie sich das letzte Stück fast quer in den Mund geschoben hat.

»Siehst du«, Timo ist hochzufrieden, »die einfachen Dinge sind oft die besten.«

Während sich der FC mühevoll zum Heimsieg kämpft, reden, kalauern und albern wir, als wären wir auf Klassenfahrt. Das Museum ist meilenweit entfernt. Wir genießen die Gegenwart – im wahrsten Sinne des Wortes. Schnell haben wir beschlossen, das Auto stehen zu lassen und mit dem Zug nach Hause zu fahren. »Das Auto steht bei mir in Sülz und da steht es gut«, meinte Timo, nachdem das erste Kölsch vor uns stand.

Edeltraut taut auf, mit jedem Bierchen wird sie lockerer. Es scheint, als hätten wir eine andere Frau mitgenommen. Sie plaudert und scherzt und irgendwann stupst Janine mich an.

»Was haben sie mit Edeltraud gemacht? Ist das da ihre lustige Zwillingsschwester?«

»Nein, das ist Edeltraud außerhalb des Eberhardt'schen Hoheitsgebiets.«

»Du sagst ja immer, sie ist nett, langsam glaube ich dir.«

Während wir durch die Themen rauschen, bleibt mein Blick immer wieder an Max hängen, der mir schräg gegenübersitzt und zusammen mit Timo einen kleinen Kölsch-Contest veranstaltet. Dabei klopfen sie sich gegenseitig auf den Rücken, als wären sie die Finalisten eines Trommelwettbewerbs. Ich versuche, ihn zu ignorieren und den Abend zu genießen, aber je mehr Bier fließt, desto weniger gelingt es mir. Warum die Gefühle genau jetzt hochkochen, weiß ich nicht. Vielleicht, weil ich die letzten Tage den Kuss, den Streit und diesen Mann fast zwanghaft ignoriere. Nicht zum ersten Mal wünsche ich mir, er wäre nie im Museum aufgetaucht. Schlechte Laune krabbelt aus meinen Eingeweiden, aber, verdammt, ich will keine schlechte Laune wegen eines Mannes haben. Reicht es nicht, dass ich zu Hause einen sitzen habe, der mir mein Leben versaut? Muss das Universum unbedingt einen zweiten schicken? Ich werfe Max einen bitterbösen Blick zu und balle die Hände unter dem Tisch zu einer Faust.

Und genau in diesem Augenblick schaut er zu mir, sieht meine Miene und hebt fragend die Brauen.

»Sorry, Mädels, ich muss pinkeln.« Ich quetsche mich an Edeltraud und Elisa vorbei und flüchte aufs Klo. Blöder Alkohol!

Warum mache ich es mir so schwer? Und warum mögen die anderen ihn? Für sie gehört Max ohne Einschränkung dazu, und das ärgert mich. Er ist ein Arsch. Er hat seine Frau betrogen. Er belügt uns. Er küsst mich. Er provoziert mich. Sie müssen doch spüren, dass irgendetwas mit diesem Kerl nicht stimmt, oder nicht?

Egal. Ich will die schlechte Laune loswerden und meditiere.

Ich bin eine selbstbewusste Frau, ich habe es nicht nötig, mir das Leben von zwei Männern schwer machen zu lassen. Ich schließe die Augen, damit der Meditationseffekt besser wirkt (rede ich mir zumindest ein), doch mir wird schwindelig, und ich öffne sie schnell wieder. Eine nette Abwechslung sind die Kritzeleien an der Klotür. Aber was steht da? *Liebe beginnt, wo Pläne enden.* Na toll. Das kann ich nun gerade gar nicht gebrauchen. Seufzend ziehe ich mich wieder an und gehe zurück.

»Bist du auf dem Klo eingeschlafen?«, fragt Janine prompt. »Ich wollte schon einen Suchtrupp losschicken.«

»Verständlich. Zu viel Kölsch in so einem kleinen Körper kann böse enden.« Max.

Ich funkle ihn böse an. Doch er besitzt die Frechheit, mich offen und völlig unverblümt anzustrahlen.

»Ich bin nicht klein«, sage ich patzig, »und ich sauf dich unter den Tisch, wenn ich will!«

»Sollen wir drauf wetten?«, fragt er, beugt sich nach vorne, hält meinem Blick stand, holt ein Kölsch aus dem Kreisel und reicht es mir. »Ich trage dich auch eigenhändig nach Hause.«

Ich will zu einer weiteren patzigen Entgegnung ansetzen, doch Janine entschließt sich, die Stimmung zu retten.

»Kinder, ich wollte euch doch unbedingt mal erzählen, wie ich Kräuterhexe geworden bin.« Und so erzählt sie uns ausschweifend von ihrer Großtante Sieglinde, bei der sie sich Sommer um Sommer langweilte, bis sie entdeckte, dass der Kräutergarten der Tante im Grunde einem geheimen Zauberlabor glich. Ihr Vortrag endet abrupt, als ein kleiner Mann mit Gitarre an uns vorbeimarschiert und Timo anfängt zu quieken.

»Oh mein Gott. Das ist Björn!«

»Björn? Einer deiner Verflossenen?«, fragt Janine neugierig.

»Nein, du doofe Nuss. Das ist Björn Heuser. Sagt bloß, ihr kennt den nicht?«

Wir gucken verständnislos in die Runde. Timo verdreht affektiert die Augen. Schon die zweite schwule Geste innerhalb einer Minute. Entweder es ist die Stadt, die solche Gesten befeuert, oder der Stall, der ihn im Museum von derlei abhält. Ich tippe auf die Stadt. Köln ist eben Köln.

»Björn singt Kölsche Lieder. Und er macht das wirklich gut. Kölsches Liedgut und der 1. FC. Ehrlich. Es gibt keinen geileren Fußballverein.«

»Kölsch, FC, Kölsche Lieder, Mettbrötchen, schwul ... Man könnte meinen, du hättest diese Stadt erfunden«, unkt Max.

»Ja, liebst du Köln etwa nicht?«, fragt Timo ungläubig und reißt die Augen dabei so weit auf, dass ... Ach, lassen wir das.

Wir haben also ein neues Thema. Köln ist auf eine faszinierende Art und Weise in den Herzen der Menschen, die hier leben, fest verankert. Ich kann mir einfach nicht vorstellen, dass Münchner, Hamburger oder Berliner zusammensitzen und eine Ode an ihre Stadt singen. Der Kölner macht das. Er klopft sich im Minutentakt auf die Schulter und versichert sich gegenseitig, wie schön die Heimatstadt doch ist. Wobei *schön* dabei ... ähm ... relativ ist.

»Sag mal, Kristin, was ist eigentlich mit dir los?«, raunt mir Janine währenddessen ins Ohr. »Du siehst aus, als wolltest du Max erwürgen.«

»Ich weiß auch nicht«, antworte ich, »irgendwie finde ich ihn heute noch doofer als sonst.«

»Du WILLST ihn doof finden. Und das weiß er. Also lass dich nicht aus der Ruhe bringen. Er genießt es, dich zu provozieren.«

»Pfff. Soll er doch.«

»Wenn es dir egal wäre, würdest du nicht so ein Gesicht ziehen.«

Ich grummle. »Lenk mich ab. Los.«

»Wird gemacht«, sagt sie grinsend, greift in das auf dem Tisch stehende Bierrondell und stellt ein weiteres Glas Kölsch vor mir ab.

Während Herr Heuser im hinteren Teil des Gaffel seine Lieder trällert, erhöht sich die Kalauerquote sprunghaft und wir sind kurz vorm Mitschunkeln. Der Alkohol tut, was er tun soll – mir ist egal, was Max von mir denkt. Außerdem hat Edeltraud beschlossen, richtig loszulegen.

»Diese Jagdgeschichte«, sie schüttelt ihre neu erworbene Mähne, »es könnte mir ja egal sein, aber er bringt diese Tiere mit nach Hause. Und wenn ich ehrlich bin, verabscheue ich es zutiefst. Dieses Ausnehmen und Fellabziehen. Schrecklich. Und dann kommandiert er mich immer rum. ›Edeltraud, bring die Därme in den Restmüll.‹« Sie imitiert ihren Gatten treffend.

»Die Frage ist doch nicht, wann er dich rumkommandiert, sondern eher, wann er es nicht tut.« Janine schaut Edeltraud herausfordernd an.

»Ja, da hast du wohl recht.«

»Also, warum lässt du das mit dir machen?«

»Ich habe es nie hinterfragt. Es war so, es ist so, es gehört sich so.« Sie zuckt mit den Achseln. Ist die Emanzipation einfach *so* an ihr vorbeigerauscht?

»Man kann sich auch in deinem Alter noch emanzipieren, weißt du? Du musst nicht alles tun, was Eberhardt von dir verlangt«, sagt Timo mit warmer Stimme und legt ihr seine Pranke auf die Schulter.

»Ach Gottchen, der ist doch alleine gar nicht lebensfähig«, lautet Edeltrauds Einschätzung.

»Quatsch.« Timo schüttelt den Kopf. »Pass auf. Bei uns war es ähnlich. Mein Vater ist vielleicht nicht so verkniffen wie dein Eberhardt, aber bei uns Landwirten war die klassische Rollenaufteilung oft ein fest verankertes Relikt aus der Vergangenheit. Doch meine Mutter hatte irgendwann keine Lust mehr. Also hat sie meinem Vater die Schürze in die Hand gedrückt und gesagt: ›Ich fahre jetzt mit dem Traktor aufs Feld, du kochst.‹ Mein Vater hat blöd geguckt, genickt und dann ein Kilo Kartoffeln in Briketts verwandelt. Bis heute unterstellt meine Mutter ihm, er hätte das absichtlich gemacht. Sie sagte kein Wort, als sie zurückkam, wir sind zum Chinesen gefahren und sie schenkte ihm zum Geburtstag einen Kochkurs. Das alles ist so zehn, fünfzehn Jahre her und heute teilen sie sich die meiste Arbeit.«

»Coole Geschichte«, meint Elisa. »Du kannst echt stolz auf deine Eltern sein.«

»Das bin ich. Mein Outing war übrigens mit ein Grund für meine Mutter, ihre Rolle zu überdenken.«

»Es spricht auf jeden Fall sehr für deine Eltern.« Ich nehme mein Glas und proste ihm zu, er prostet zurück und alles ist ganz wunderbar. Doch dann sticht mich plötzlich der Hafer. »Und wie bist du so groß geworden?« Auffordernd halte ich mein Glas Richtung Max.

»Mein Vater ist gestorben, als ich fünf war, und ich bin zusammen mit meiner Schwester in einem Haus mit Tante, Mutter und Großmutter aufgewachsen.«

»Ups«, sagt Janine feixend, »wenn das nicht mal ein Fettnäpfchen war. Man sollte seine Urteile nie auf den ersten Blick fällen.« Sie lässt das Kölsch ein paar Runden in ihrem Glas drehen. »Und dennoch erwischt man sich immer wieder dabei.«

Ich werde puterrot und würde die Frage liebend gern dorthin stopfen, von wo sie ausgebüxt ist. »Zu viel Kölsch«, nuschle ich und verschwinde zu einer weiteren Meditationsrunde aufs Damenklo. Ich will mich verbarrikadieren und hier wohnen bleiben. Was ist nur mit mir los? Der Mann ist wie ein rotes Tuch für mich, die Personifizierung meines Ehedilemmas, und als würde das nicht reichen, kann ich mich nicht einmal entscheiden, ob ich ihn hassen oder … oder …

Ich lasse meinen Kopf gegen die Klowand sinken. Ein weiterer weiser Klospruch springt mir in die Augen.
Das meiste Bier – bleibt hier!
Nun denn. Wo die Autorin recht hat, hat sie recht. Ich schmunzle und schlucke meinen Frust hinunter. Es muss doch möglich sein, diesen Kerl und alles, was er in mir zum Vorschein bringt, zu ignorieren. Warum kann ich den Abend nicht einfach genießen? Ich studiere den nächsten Klospruch.
Sag mir etwas, damit ich mich wie eine Frau fühle.
Antwort: *Du hast scheiße geparkt.*
Ich lache laut auf. Tja. So ist das mit den Rollenklischees. Wir hassen sie, aber wir lieben es, Witze darüber zu machen. Danke, liebe Kloschreiberin, du hast gerade meinen Abend gerettet.

Als ich zurückkomme, hat sich unser Trupp zum Aufbruch gerüstet.
»Wieso gehen wir denn?«, frage ich.
»Liebelein, wir haben beschlossen, einen Döner zu essen und dann tanzen zu gehen. Wir haben nämlich gerade festgestellt, dass Traudl noch nie ordentlich tanzen war. Sie kennt nur das steife Rumgeschiebe mit ihrem von und zu«, klärt mich Timo auf.
»Döner? Ich bin dabei. Und wo wollt ihr tanzen?«
Er nennt mir den Namen des Etablissements, sieht mein Gesicht und fängt schallend an zu lachen. Es ist ein Baggerschuppen mit altersgemischtem Publikum und verlässlichem Schlageranteil.
»Wer von euch ist denn auf diese glorreiche Idee gekommen? Es ist ja nicht so, als hätte man hier in Köln keine Auswahl.« Ich bin oft in Köln, da eine gute Freundin von mir hier wohnt. Ich kenne sogar diese Disco, weil wir dort einmal, eher versehentlich, versackt sind.
»Das war ich«, gibt Timo zu, »ich dachte, wir bringen Edel-

traud irgendwohin, wo sie langsam in die Materie eingeführt wird. Und altersmäßig dürfte sie sich dort wohlfühlen.«

»Na gut, das lasse ich als Argument gelten. Dann halte ich mir beim Tanzen eben die Ohren zu.«

Wir verlassen das Gaffel und prompt bimmelt das Glöckchen. Und damit meine ich nicht den *Dicken Pitter*, der über uns im Dom baumelt, sondern den Umstand, dass ich betrunkener bin, als ich dachte. Ich hake mich bei Timo unter. So ein großer starker Mann ist schon was Feines.

Janine sieht es und nimmt kichernd die andere Seite. »Hilf uns, nicht gegen die nächste Laterne zu laufen.«

»Wenn's weiter nix ist, das krieg ich hin«, sagt Timo und drückt uns beide. »Meine Mädels.«

»Hast du dich wieder eingekriegt?«, fragt er mich, nachdem wir gestärkt durch den gefühlt köstlichsten Döner der Welt die Straße entlangeiern.

»War ich so schlimm?«

»Ich drücke es mal so aus: Du hättest dir auch gleich ein Schild mit *Huhu, ich bin in Max verknallt, will es aber gar nicht sein* umhängen können.«

»Aber …«, versuche ich zu protestieren, doch Janine fährt mir über den Mund. »Spar's dir, Süße, jeder Protest ist zwecklos, Timo hat recht. Deine kleinen Zickereien posaunen die Verknalltheit bis ins Sauerland. Du ignorierst den Kerl jetzt einfach und hast endlich Spaß. Verstanden?«

»Na gut. Aber verknallt bin ich trotzdem nicht«, maule ich unzufrieden, »außerdem provoziert er mich.«

»Ehrlich gesagt, provozierst du ihn, und dabei belassen wir es jetzt. Sieh lieber zu, dass du nicht vor eine dieser neumodischen Kutschen torkelst«, spottet Timo und zieht mich von der Bordsteinkante zurück auf den Bürgersteig.

»Ja, Chef.« Bereitwillig lasse ich mich retten und versuche, meinen Kopf klar zu bekommen.

»Du hast recht«, sage ich schließlich. »Ich führe mich kindisch auf.«

»Selbsterkenntnis ist doch immer was Feines«, entgegnet Timo, »aber Max scheint deine Art ja irgendwie zu reizen, und wenn ihr so weitermacht, wird es auch nicht bei dem einen Kuss bleiben. Das rieche ich.«

»Ja, nee, is' klar«, antworte ich naserümpfend. »Da gehören immer noch zwei dazu.«

»Und eine davon bist du. Du wehrst dich doch nur dagegen, weil du ihn um jeden Preis doof finden willst.«

»Ich will ihn nicht doof finden, er ist doof. Außerdem haben wir das geklärt und er findet mich auch doof.«

Ein breites Grinsen erscheint auf seinem Gesicht. »Wenn du dir so sicher bist, kannst du ja auch eine kleine Wette mit mir abschließen.«

»Oh. Wetten sind cool«, haucht Janine alkoholbeduselt, »vor allem, wenn man nur zuschaut.«

»Pass auf«, Timo klingt plötzlich ganz aufgeregt, »ich habe eine Idee. Wenn ich recht behalte, dann tauschen wir für einen Tag die Rollen. Ich würde echt gerne mal einen dieser Frauenfummel tragen.« Er lässt mich kurz los und reibt sich feixend die Hände.

»Timo. Die Stadt tut dir nicht gut«, frotzelt Janine und ich entscheide spontan, ihn verlieren sehen zu wollen. »Also gut. Du übernimmst meinen Waschtag, wenn du verlierst.«

»Sehr gut«, giggelt Janine, »die schrecklichste Arbeit überhaupt.«

»Und du spielst einen Tag den Stallburschen, wenn du verlierst?« Timo grinst siegessicher.

Ich ebenfalls und deshalb schlage ich ein. »Abgemacht.«

Wir erreichen den Eingang des Tanzschuppens, bezahlen den Obolus, erhalten ein pinkfarbenes Armbändchen und entern den alpin-rustikalen Tanzbereich.

»Was zum Teufel ist das?«, brüllt Janine völlig fassungslos über poetische deutsche Textzeilen hinweg.

»Willkommen am Ballermann«, grölt Timo.

»Wie soll man denn darauf tanzen?«, fragt Janine entsetzt.

»Konzentrier dich auf den Bass«, gebe ich ihr als Tipp mit auf den Weg, »und blende den Rest aus.«

Zunächst jedoch ordert Max eine Runde Kölsch. Wir stehen um einen Bierfasstisch herum und beobachten das Treiben. Es ist faszinierend. Kurze Röcke, Pumps, Pailletten und ... Blondinen. Dazwischen Männer in allen Schattierungen mit einer Gemeinsamkeit: dem Röntgenblick.

»Was sollen wir zählen?«, frage ich. »Falsche Blondinen oder Paillettenfummel?«

»Wie wäre es mit falschen Blondinen in Paillettenfummeln?«, schlägt Elisa vor und kichert.

Edeltraud ist fasziniert. »Zum ersten Mal verstehe ich, was gemeint ist, wenn in der Werbung von gestresstem Haar gesprochen wird.« Ihr Blick ruht dabei auf zwei in schwarze Minis gewandete Damen mit blondiertem Vogelnest auf dem Kopf.

Wir gucken Edeltraud an, gucken die Blondinen an und brechen in schallendes Gelächter aus.

»Jetzt kann ich nie wieder Shampoo-Werbung schauen, ohne an euch und diesen Abend zu denken«, sage ich.

»Meine Damen, genug gelästert. Jetzt wird getanzt!«, befiehlt Timo, ext sein Kölsch und stellt das Glas ab. »Wer will?«

»Helene Fischer?«, ätzt Janine. »Ist nicht dein Ernst.«

»Eine der unterschätztesten Künstlerinnen unserer Zeit«, gibt Timo bierernst zurück, schnappt sich das Kräuterhexchen und zerrt es unter Protest auf die Tanzfläche.

»Ach, Kinder, ich weiß nicht, ob ich mich das traue«, piepst Edeltraud schüchtern, »ich mache mich doch lächerlich.«

»Die kochen alle nur mit Wasser«, beruhige ich sie, »guck dir mal die dahinten an. Die tanzt, als versuche sie, den nächsten Klogang rauszuzögern.«

»Es wird schwer, dieses Bild wieder aus meinem Kopf zu kriegen«, ächzt Edeltraud.

»Tut mir leid, der Alkohol«, verteidige ich mich dünn.

In diesem Augenblick schält sich ein Herr mit grau melierter Jogi-Löw-Frisur in Jeans und weißem Hemd aus der Menge und pirscht auf Edeltraud zu. Mit einem Nicken begrüßt er sie, sieht das scheue Lächeln unseres Schmetterlings und nimmt ihre Hand.

»Oh«, haucht sie verzückt und folgt ihm zögerlich auf die Tanzfläche.

»Geht doch«, meint Max und feixt. »Was ist mit euch?«, fragt er Elisa und mich.

Mir plumpst das Herz in die Hose. Der will doch nicht etwa? Ich werde nicht mit Max tanzen. So weit kommt es noch. Um der Gefahr zu entrinnen, schnappe ich mir Elisa und zerre sie auf die Tanzfläche.

»Gut, dann bewache ich eben das Bier«, murrt Max.

Ich blende alle Gedanken aus und fange an zu tanzen. Es tut so gut. Ich vergesse alles um mich herum, es gibt nur noch mich und die Musik. Lied für Lied folgt mein Körper dem Bass. Der Schweiß rinnt, mein Gesicht ist rot, die Füße schmerzen. Ich schüttle alles von mir ab. Zumindest, bis in meinem Blickfeld immer dieselben Turnschuhe auftauchen. Sie sind sauber und einigermaßen geschmackvoll, aber wohin ich mich auch wende, dreißig Sekunden später sind sie wieder da. Ich richte den Blick nach oben. Der Schuhträger ist ein nicht unansehnlicher Mann Mitte dreißig, der meinen Blick als direkte Aufforderung zu verstehen scheint. Er lächelt und tanzt noch einen Schritt näher. Ich will meine Ruhe, also drehe ich mich wieder weg, doch die Turnschuhe folgen mir. Als ich meinen Blick das nächste Mal hebe, scheint es für den Typen Zeichen genug. Er tanzt den letzten Raum zwischen uns weg, nickt mir zu und umfasst meine Taille. Jetzt reicht's aber! Meine Taille ist kein Freiwild. Ich überlege noch, wie ich ihm das klarmache, als mir jemand an die Schulter tippt.

»Na, Schatz, schenkst du mir diesen Tanz?« Max.

»Na toll«, sagt der Fremde. »Hast ja 'nen Typen dabei! Dann tu nicht so, als ob du angebaggert werden willst.«

Über meinem Kopf erscheint ein Pulk Fragezeichen. Hä? Was will ich? Doch ehe mir eine passende Antwort einfällt, wechselt die Musik, ein Schmuselied erklingt und Max zieht mich an sich. Ich bin völlig überrumpelt und lasse es einfach über mich ergehen.

»Ich hab doch überhaupt nichts signalisiert«, murmle ich an seine Schulter.

»Meine Liebe, du müsstest dich tanzen sehen. Dein Hüftschwung ist die reinste Aufforderung«, antwortet Max ungefragt.

Mir steht der Mund offen. »Wie bitte?«

»Du hast mich schon richtig verstanden.«

Ich drehe mich auf dem Absatz um.

»Nix da!« Max zieht mich noch ein Stückchen näher. »Du bleibst schön hier, damit ich dich vor der sabbernden Männerschar beschützen kann.«

»Du hast sie ja nicht alle.«

»Glaub mir, der Jüngling war nur die Spitze des Eisbergs.«

»Jetzt drehst du komplett durch. Ich gehe!«

»Und wenn ich einfach mit dir tanzen möchte?«

»Dann gehe ich erst recht.«

»Du bist wirklich ein unnahbarer Eisberg.«

»Oh, du kannst dich mir schon nähern, aber dann besteht die Gefahr unterzugehen.«

»Vielleicht bin ich bereit, das zu riskieren.«

Bis zu diesem Zeitpunkt habe ich unser Geplänkel nicht ernst genommen. Wir sind betrunken, es ist heiß, das kann einem zu Kopf steigen. Aber jetzt ist da was. Sein Blick? Der Tonfall? Es scheint, als habe jemand eine Wunderkerze angezündet. Es brennt lichterloh.

Und deshalb gibt es nur einen Weg: Ich muss hier weg. Sonst ... sonst ... muss ich mich diesem komischen Gefühl ergeben, das aus meiner betrunkenen Mitte aufsteigt und leise flüstert: *Wieso eigentlich nicht, Kristin? So eine schöne Gelegenheit, so ein schöner Mann, so ein schönes mulmiges Gefühl im Magen ...*

Nein, nein und nochmals nein.

»Es tut mir leid, ich bin total betrunken und mir ist schlecht. Wenn ich jetzt nicht aufs Klo gehe, kotze ich dir auf die Schuhe.« Ich halte mir theatralisch die Hand vor den Mund und flüchte aufs Damenklo. Das ist heute wohl pathologisch.

Was ist nur mit mir los?

Erst als ich mich wieder einigermaßen im Griff habe, gehe ich zurück und geselle mich zu Timo, der ebenfalls die Segel gestrichen hat. Er spürt instinktiv, dass ich Ablenkung brauche, und so lästern wir den Rest des Abends bedeutungslos vor uns hin, bewundern eine ausgelassene Edeltraud, eine grazil tanzende Elisa und eine flippige Janine, die sich alle drei Max teilen. Irgendwann verlassen sie verschwitzt die Tanzfläche, und wir beschließen einvernehmlich, genug zu haben.

Auf dem Weg zum Bahnhof hänge ich mich wieder an Timo und nuschle: »Jede Frau sollte einen schwulen Freund haben. So schön ungefährlich, einfach perfekt.«

Wir müssen nahezu eine Stunde am Hauptbahnhof auf unseren Zug warten. Elisa sitzt neben Max auf der Bank und schnarcht selig an seiner Schulter.

»Die ist sogar süß, wenn sie schnarcht«, stellt Janine fest.

»Sie ist wirklich immer schön«, gibt ihr Edeltraud recht, die müde, aber glücklich wirkt, »eine echte Prinzessin.«

»Wir können ihr ja mal 'ne Erbse unter die Matratze legen«, schlägt Janine gähnend vor, »dann wissen wir es sicher.«

Wir plaudern müde weiter, bis gegen drei endlich der Regionalzug eintrudelt. An unserem Zielort angekommen, wartet das vorbestellte Taxi. Die ersten Vögel zwitschern, als wir aus dem Wagen steigen, und keiner von uns weiß, wie wir diesen Tag durchstehen sollen.

»Wir machen einfach nur das Nötigste«, schlägt Edeltraud pragmatisch vor. »Und schlafen zwischendurch.«

»Aber die Schlafzimmer werden doch auch besichtigt«, wendet Elisa ein.

»Heute nicht«, sagt Edeltraud bestimmt. »Wir lassen uns was einfallen, um die Besucher abzuwimmeln.«

Müde pilgern wir Richtung Tor ... und stellen fest, dass wir die größten Pappnasen sind, die diesem Planeten jemals untergekommen sind.

Fort Knox

»Sagt mal, warum ist keiner auf die glorreiche Idee gekommen, das Tor könnte verschlossen sein?« Janine beobachtet fassungslos Timo, der gleich mehrmals an der Klinke rüttelt, ohne dass sich das Tor auch nur einen Millimeter bewegt.

»Ich dachte, das ist immer offen wegen der Fluchtmöglichkeiten und so«, sage ich kleinlaut, denn immerhin bin ich diejenige, die den Schlüssel besorgt hat.

»Ja, raus. Aber nicht rein.«

»Das merke ich jetzt auch.«

Ratlos, übermüdet und kurz vor dem Kater stehen wir da. Eine zündende Idee hat niemand. Nun ist es bei mir aber so: Zum einen ärgert es mich immens, wenn ich eine Sache nicht bis zum Ende durchdacht habe, zum anderen haben unlösbare Probleme schon immer einen gewissen Ehrgeiz in mir geweckt. Zumindest so praktische Dinge wie: *Diese Schraube passt nicht ins Ikea-Regal.* Oder: *Die ausgebüxten Museumsbesucher kommen nicht mehr aufs Gelände.*

»Ich finde einen Weg. Irgendwo wird man ja wohl über diesen vermaledeiten Zaun kommen. Und wenn ich es geschafft habe, lasse ich euch rein.« Ich stapfe los, ohne eine Antwort abzuwarten.

Nach ein paar Augenblicken höre ich Schritte hinter mir. Ich tippe auf Janine oder Timo, drehe mich um, und erblicke Max. Na super. Warum kann er mich nicht in Ruhe lassen?

»Ich kriege das durchaus alleine hin.«

»Das bezweifle ich keine Minute, aber ich habe keine Lust, dich Stunden später mit gebrochenem Bein aufzuklauben, weil du von diesem Zweimeterzaun gestürzt bist.«

»Warum glaubt ihr Männer immer, dass wir Frauen ohne euch völlig aufgeschmissen sind?«

»Meine Güte, Kristin, lass dir doch einfach helfen, ohne direkt irgendwelche feministischen Grundsätze zu diskutieren.«

»Aha. So einfach ist das? Feministinnenstempel drauf, Meinung gebildet?«

Max bläst genervt die Backen auf. Irgendwie kann ich ihn sogar verstehen. Ich bin wirklich zickig. Nein, nicht zickig, das ist wieder so ein vorurteilbehaftetes Attribut. Unleidlich. Das trifft es besser. Und betrunken. Ich sage also lieber nichts mehr und begutachte stattdessen den Stabmattenzaun. Er ist wirklich hoch.

»Hast du dir den Zaun mal angesehen? Die amerikanische Botschaft könnte kaum besser gesichert sein«, macht mich nun auch Max drauf aufmerksam.

»Danke, das sehe ich selbst, aber es muss irgendwo einen Baum geben, auf den man klettern kann.«

»Du bist unverbesserlich. Siehst du hier etwa einen Baum?«

Ich schaue den Zaun entlang. Bäume gibt es genug, allerdings liegen sie alle innerhalb des Geländes, auf unserer Seite gibt es nur diesen kleinen Feldweg, dahinter liegt ein Weizenfeld.

»Wenn wir dahinten«, meine Hand zeigt grob Richtung Horizont, »um die Ecke biegen, kommen ja vielleicht ein paar Bäume.«

»Außerdem bist du störrisch wie ein Esel.«

»Nein, optimistisch.«

Schweigend laufen wir weiter. Doch hinter der Kurve kommt auch nur ein weiterer Feldweg, so wie hinter der nächsten. Ich bin müde, betrunken und habe keine Lust mehr, doch ich laufe weiter, um mir vor Max keine Blöße zu geben. Meine Füße tun weh, ich kriege Kopfschmerzen, auf meiner Zunge wächst ein

Pelz, ich habe Durst. Bin ich eigentlich bescheuert? Als würde jemand die Luft aus mir lassen, verlässt mich das letzte Fünkchen Motivation und ich lasse mich völlig erschöpft ins Gras sinken. Dann werden wir eben erwischt. *So what.* Wir sind erwachsene Menschen.

»Gibst du deine schwachsinnige Idee endlich auf?«

»Ja«, sage ich zerknirscht, ziehe die Beine an mich heran und lasse meinen Kopf auf die Knie sinken.

»Gut«, sagt Max, »dann gehen wir jetzt zurück. Irgendwer wird uns schon das Tor aufmachen. Und wenn wir auffliegen, was will Daniel tun? Uns rausschmeißen? Warum?«

»Weil wir ein schlechtes Vorbild für die anderen Bewohner sind. Ich höre ihn schon: ›Kristin, gerade von dir hätte ich ein bisschen mehr Verantwortungsgefühl erwartet.‹«

»Du bist doch nicht allein. Komm!«, fordert er mich ein weiteres Mal auf.

»Ich kann nicht. Ich bin völlig fertig.«

»Kein Wunder, du hast ja auch alles gegeben«, antwortet Max in amüsiertem Ton, lässt sich ebenfalls auf den Boden sinken und lehnt sich an den Hochsicherheitszaun. Mein Kopf ruht weiterhin auf den Knien, und ich merke, wie die Erschöpfung ihren Tribut fordert. Gleich schlafe ich ein.

Zum Glück lenkt Max mich mit einer so nervigen wie tiefschürfenden Frage ab. »Was habe ich dir eigentlich getan? Warum reagierst du auf alles, was ich sage oder tue, derart aggressiv?«

»Ich mag dich halt nicht besonders.«

»Das ist mir klar. Aber warum nicht? Warum magst du mich nicht?«

»Geht dich nichts an.«

»Geht dich nichts an«, äfft er mich nach. »Ich weiß, dich stören meine nächtlichen Ausflüge, trotzdem deckst du mich. Übrigens bist du nicht immer unfreundlich zu mir, zumindest nicht, wenn du vergisst, dass du mich eigentlich nicht leiden können WILLST. Und du hast mich geküsst.«

»Ach, dieser dämliche Kuss! Kannst du den nicht einfach vergessen? Außerdem habe ich nicht dich geküsst, sondern du mich. Das ist ein immenser Unterschied.«

»Aber du hast zurückgeküsst.«

»Das ist so kleinlich. Ich war eben verwirrt. Punkt. Es hatte nichts zu bedeuten. Basta.« Jetzt schaue ich ihn doch an und zur Unterstreichung meiner Aussage stampfe ich mit den Hacken ins Gras.

Er guckt lange zurück. Deuten kann ich seine Miene nicht. »Irgendwie bist du niedlich, wenn du jemanden nicht leiden kannst. Ich kann dich übrigens ganz gut leiden.«

»Das ist dann wohl eher dein Problem als meins.«

Er geht darauf nicht ein, sondern spricht einfach weiter und schaut mich dabei unverwandt an. »Und was ich mich die ganze Zeit frage, ist ...«

Jetzt bin ich doch neugierig. »Was?«

»Ob du mich wohl wieder zurückküssen würdest, wenn ich es ein zweites Mal probiere.«

»Glaub mir, dann beiße ich dir die Zunge ab.«

»Ich lass es drauf ankommen.«

Und noch ehe ich seine Worte richtig verstehe, beugt er sich vor und tut's.

Ich wehre ihn nicht ab, ich lasse es geschehen. Wieder. Und während meine Gedanken noch hin und her irren, entwickeln meine Lippen und meine Zunge ein Eigenleben – und ein warmes Gefühl breitet sich in meinem Bauch aus. Ich spüre Max' Lippen, seine Zunge, seine Hände, die mein Gesicht zärtlich umfassen. Nehme seinen Geruch wahr ...

»WETTE GEWONNEN!«, klingt es plötzlich hocherfreut. Timo steht feixend neben uns.

Wir fahren auseinander – und dann gibt Timo Max die Gettofaust. Was soll das denn?

»Ihr seid beide solche Arschlöcher, ob schwul oder nicht. Macht keinen Unterschied.«

Timo ignoriert meinen Kommentar und erklärt stattdessen: »Los, kommt. Das Leiden hat ein Ende. Der Nachtwächter musste nach Hause und hat uns das Tor aufgeschlossen. Als er hörte, dass der FC gewonnen hat, hat er sich so gefreut, dass er den Mund halten wird. Und ich werde jetzt selig einschlafen, in dem Wissen, die Wette gewonnen zu haben.«

Kater anno 1756

Nachdem die nötigsten Handgriffe erledigt sind, hängt Timo in einem letzten Akt einen Zettel an den Zaun neben dem Hofeingang: *Heute wegen Krankheit leider geschlossen.*

Janine ist kritisch. »Aber das werden die Besucher doch herumerzählen, und dann dauert es keine halbe Stunde und wir haben den Direktor auf der Matte stehen.«

»Dann haben wir halt Dünnpfiff. Schlecht genug aussehen tun wir.«

Elisa ist ebenfalls skeptisch. »Und dass die Kinder gesund sind, wirkt das nicht ein bisschen komisch?«

»Ich glaube kaum, dass er eine Einzelbefragung durchführen wird. Und selbst, wenn wir auffliegen, was soll er dann tun? Das Haus schließen?«

Wir geben Timo recht und fallen wenigstens für ein paar Stunden in unsere Betten.

Gegen Mittag erwache ich mit üblen Kopfschmerzen. Stöhnend verlasse ich das Bett. Für eine Dusche gäbe ich alles. Ich krame meine Wechselgarnitur aus der Truhe und lasse meine Neuzeitkleidung darin verschwinden. Irgendwann werden wir sie unauffällig ins Hauptgebäude zurückbringen.

Mit der Hand an der Stirn verlasse ich leise das Zimmer. Janine schnarcht noch selig in ihren Laken. Elisa, Timo und Edeltraud sitzen bereits am Tisch und trinken Tee.

»Guten Morgen«, murmele ich in die Runde.

»Setz dich zu uns. Möchtest du einen Tee?«, fragt Edeltraud.

Ich nicke, sie steht auf, holt einen Becher und gießt mir Tee ein.

»Danke, das ist lieb.« Ich lasse mich auf einen der Schemel plumpsen. »Wo sind die Kinder?«

»Sie sind zum Schulhaus gegangen, Ole hat doch für heute das Fußballturnier organisiert«, klärt mich Edeltraud fröhlich auf. Sie wirkt erstaunlich fit.

»Stimmt, das habe ich total vergessen.«

Erst am späten Nachmittag kommt Leben in die Bude. Und zwar in Form von Eberhardt, der strammen Schrittes auf den Hof stapft und die Backen aufbläst vor Entrüstung. Na, das kann ja heiter werden. Mittlerweile sind auch Janine und Timo unter uns, die Kinder nach wie vor unterwegs und Max arbeitet in seiner Werkstatt.

»Edeltraud«, blafft er schon von Weitem.

»Ja, Eberhardt«, antwortet Edeltraud gewohnheitsgemäß, aber mit leicht genervter Stimme.

»Gestern Abend wollte ich nach meiner Frau sehen, aber ich habe hier nur Kinder vorgefunden, die mir kein Wort gesagt haben. Sehr unhöflich war das.« Er richtet den Blick auf uns. »Wo warst du, Edeltraud?«

Edeltraud blickt mit trotzigem Blick zurück. »Kontrollierst du mich etwa, Eberhardt?«

Diese Frage bringt den Guten aus dem Konzept. »Nein, Edeltraud ... ähm ... « Er sammelt sich kurz, dann geht's in gewohnter Gutsherrenmanier weiter. »Es ist ja wohl nicht als Kontrolle anzusehen, wenn man nach seiner Ehefrau sieht. Der Aufenthalt mit diesen ... Leuten scheint dir nicht zu bekommen.«

Ich bin sicher, er hatte so etwas wie *subversive Elemente* auf der Zunge liegen, und kann mir ein Grinsen nicht verkneifen.

Sein Angriff weckt Janines Lebensgeister.

»Beleidigen Sie uns gerade?«

»Ich wollte damit lediglich zum Ausdruck bringen, dass meine Ehefrau sich in Gesellschaft von Menschen befindet, die leider nicht immer wissen, was sich gehört.«

»Nun ja. Vielleicht haben wir nicht die besten Manieren, aber mehr Spaß im Leben als Sie haben wir allemal.« Janine lehnt sich lässig zurück und genießt den Anblick eines nach Luft schnappenden Eberhardts.

Er verkneift sich eine Antwort und wendet sich erneut an sein Weib. »Edeltraud, ich würde gerne mit dir unter vier Augen sprechen.« In der selbstverständlichen Erwartung, dass sein Frauchen Folge leistet, dreht er ab – und Edeltraud steht tatsächlich auf.

»Er hat nicht verdient, dass du ihm hinterhergehst«, sagt Elisa. »Er ist echt voll gemein und herrisch zu dir.«

»Du hast recht, meine Liebe«, sagt sie mit einem verschwörerischen Lächeln auf den Lippen. »Aber ich muss doch dafür sorgen, dass unser kleiner Ausflug unter uns bleibt.«

»Ich hoffe, sie lässt sich jetzt nicht von ihm kleinreden«, sagt Timo, als die beiden weg sind.

»Ach, ich finde, sie hat ihren eigenen Kopf schon öfter unter Beweis gestellt«, sage ich nachdenklich. »Denk nur an die Nummer mit dem Hahn. Sie macht es eben auf ihre Weise. Dennoch täte es ihr gut, ihm endlich offen zu zeigen, dass er sich aufführt wie ein Patriarch in den 1950er-Jahren.«

»Ich würde dem irgendwas über den Schädel ziehen. Immer wieder, immer wieder. *Bamm, bamm!*«

Timo streichelt Janine über ihr Lockenköpfchen. »Wie schön. Du lebst ja wieder auf. Ich hatte mir vorhin schon ernsthaft Sorgen gemacht.«

»Du hast mich vermisst?«

»Deine Hülle ist ja anwesend, aber das Feuer war erloschen. Und das Feuer, das liebe ich an dir.«

»Das könnte ich dir jetzt übel nehmen.«
»Wieso?«
»Weil du mich lieben sollst, wie ich bin, auch verkatert und wortkarg.«
»Du hast recht.«
»Hab ich doch immer.«

Die Kopfschmerzen sind endlich weg und ich fühle mich halbwegs wie ein Mensch. Ich gehe zum Brunnen, mache mich frisch und dann auf den Weg zu den Kindern. Ich habe sie heute noch gar nicht zu Gesicht bekommen und muss sie umarmen und ihnen sagen, wie lieb ich sie habe. Ist das sehr eigennützig? Ja, manchmal sind wir Mütter das.

Ich frage, ob mich jemand begleiten möchte. Elisa winkt ab, Janine gähnt herzhaft. »Sag unseren Kindern, wir wären morgen wieder für sie da. Deine würden übrigens auch einen Tag ohne Bemutterung überleben.«

»Ja, aber ich brauche eine Umarmung.«

Sie wünschen mir viel Spaß und ich mache mich auf den Weg. Langsam und gemächlich. Mehr will mein Körper heute nicht. Wie von selbst finden meine Füße jedoch den Weg zur Schreinerei. Denn natürlich frage ich mich, warum Max den ganzen Tag verschwunden ist. Und warum er mich wieder geküsst hat. Außerdem steht diese dumme Wette im Raum, auch wenn mich weder Timo noch sonst jemand darauf angesprochen hat.

Dort angekommen, bleibe ich im Türrahmen stehen. Max hat einen Pinsel in der Hand und lackiert eine kleine, intarsienverzierte Truhe. Er ist völlig versunken.

»Ist lackieren überhaupt zeitgemäß?«

Er zuckt nicht zusammen, pinselt einfach weiter. Plötzlich fängt er an zu referieren: »Lack haben schon die alten Chinesen aus der Rinde des Lackbaums hergestellt. Er wurde in großen

Kesseln gekocht. Industriell wurde er allerdings erst gegen Ende des 19. Jahrhunderts hergestellt. Vorher haben das kleine Handwerksbetriebe, die sogenannten Lacksiedereien, übernommen. Das war keine gesunde Arbeit.«

»Interessant.«

»Wirklich?« Er hört auf und sieht mich an. »Nett, dass du vorbeischaust.«

»Eigentlich wollte ich zu den Kindern. Aber ich habe das Gefühl, dass irgendwas im Busch ist. Du bist den ganzen Tag verschwunden und Timo verliert kein Wort über die Wette.«

»Das ist in der Tat besorgniserregend. Da würde ich mir an deiner Stelle auch Sorgen machen.«

»Siehst du.«

»Nun, ich habe Timo gebeten, dich in Ruhe zu lassen, und ich bin hier, um dich ebenfalls in Ruhe zu lassen.«

Ich schaue ihn erstaunt an. »Warum das?«

»Ich habe dich ein zweites Mal gegen deinen Willen geküsst und du hast diese wirklich bekloppte Wette verloren. Ich dachte, es wäre besser so.«

»Oh. Nett von dir. Danke.«

Er sieht mich an und will noch etwas sagen, überlegt es sich aber anders. Stattdessen tunkt er den Pinsel vorsichtig in den Lack und streicht weiter.

»Oookay, dann geh ich jetzt mal wieder. Wir sehen uns später.«

»Ja. Bis später.«

Ich gehe. Und wundere mich.

An der Schule entdecke ich nirgends meine Kinder, also mache ich mich auf den Rückweg. Ich bin müde, richtig müde und depressive Gedanken schwirren planlos durch meinen Kopf.

Auch auf unserem Hof ist keiner zu sehen. Will mich gerade

niemand haben oder spielt das Universum mir einen Streich? Ich stromere planlos weiter und finde schließlich Edeltraud, die auf dem Plumpsklo war.

»Wo sind denn alle hin?«

»Timo und Janine haben sich hingelegt und Elisa geht eine Runde spazieren. Wollen wir das Abendessen vorbereiten? Die Kinder haben sicher Hunger, wenn sie nach Hause kommen.«

»Gern.«

Wir gehen in die Küche, setzen uns an den Küchentisch und beginnen Kartoffeln zu schälen. Nach einer Weile hält Edeltraud inne und schaut mich an.

»Was ist da eigentlich los mit Max und dir?«, fragt sie nach kurzem Zögern.

Und weil ich es ihr längst hätte erzählen sollen, erzähle ich ihr die ganze Geschichte. Angefangen bei Carsten bis zum gestrigen Kuss.

Sie hört aufmerksam zu und findet schließlich klare Worte. »Das ist alles nicht allzu verwunderlich und war nicht zu übersehen, aber überstürze nichts. Dinge brauchen Zeit.«

»Eigentlich habe ich gar nicht vor, in irgendwas zu stürzen.« Ich schmunzle und Edeltraud lächelt einfach nur weise.

»Wie war eigentlich dein Verhör?«, frage ich, auch um von mir abzulenken.

»Ach ja, Eberhardt.« Edeltraud rollt mit den Augen. »Es war gar nicht so einfach, ihn davon zu überzeugen, dass wir nur einen harmlosen kleinen Ausflug zum See gemacht haben. Und schon darüber hat er sich aufgeregt. Wie eine Horde unerzogener Jugendliche würden wir uns aufführen. Das hätte er nie von mir gedacht und er sei enttäuscht von mir.«

»Nun, du veränderst dich, und das passt ihm nicht.« Ermunternd nicke ich ihr zu.

»Ja, er verliert die Kontrolle. Und die hatte er immer. Zumindest glaubte er das.« Sie seufzt. »Es war so schön gestern, aber es macht mich nachdenklich. Es gibt so viel da draußen, das ich verpasse, nur weil ich mich mit meinem kleinen, spießigen Leben zufriedengebe. Stimmt's?«

»Das kommt drauf an. Warst du denn bisher glücklich?«

»Glücklich?« Sie überlegt und holt ein Brot aus der Brotkiste. »Was ist Glück? Ich habe mein Leben nie hinterfragt und war auf eine leise Art zufrieden. Nicht immer, aber wer ist das schon? Ist das Glück? Eberhardt ist ein herrischer Patriarch. Das weiß ich, aber er ist kein schlechter Mensch. Er hat auch seine guten Seiten.«

»Das glaub ich dir. Bei der Nummer mit dem Hahn zum Beispiel, da konnte ich ihn mir als Opa wirklich gut vorstellen. Wenn es um die verpassten Dinge geht – schaue nicht zurück, sondern nach vorne. Man kann doch das, was man hatte, positiv betrachten und dennoch einen anderen, neuen Weg einschlagen. Dafür ist es nie zu spät.«

Edeltraud lächelt mich an. »Darüber werde ich sicher nachdenken. Kannst du diese Erkenntnis denn auch für dich anwenden?«

Ich seufze. »Vielleicht hat uns das Leben ja diesen Aufenthalt geschenkt, um genau das herauszufinden.«

»Dann haben wir mehr gemeinsam, als wir dachten.«

»Edeltraud, ich mag dich wirklich sehr.«

»Ich dich auch, und ich weiß, dass ich anfangs wie eine verkniffene Auster war, aber hier drin ...«, sie deutet auf ihre Brust, »da habe ich ganz viel Platz.«

Und dann umarmen wir uns einfach ganz fest.

Es bleibt dabei. Niemand redet mit mir über das, was gestern passiert ist. Wir lassen nach dem Abendessen unseren Ausflug Revue passieren, doch die Episode am Zaun und die Wette werden mit keinem Wort erwähnt. Es scheint, als habe Max' Maulkorb magische Kräfte. Die Traurigkeit und die Leere in mir bleiben.

Einen kleinen Lichtblick allerdings gibt es noch. Liv will kuscheln. »Ich habe dich heute den ganzen Tag nicht gesehen, Mama, kann ich mich beim Einschlafen an dich kuscheln?«

»Och nee«, ächzt Maja, »dann ist hier gar kein Platz mehr.«

»Geh doch in mein Bett«, schlage ich vor, »und ich schlafe hier.«

Ohne Antwort kramt sich das Kind aus den Laken und verschwindet. Teenies. Sie reden oder sie reden nicht. Dazwischen gibt es fast nichts. Ich nehme Liv ins Löffelchen, wir wünschen uns ›Gute Nacht und schöne Träume!‹, und dann schlafe ich so schnell ein, dass mir jede weitere Grübelei erspart bleibt.

Als hätte jemand einen Schalter umgelegt, strotze ich nach dem Aufwachen vor Tatendrang und Entschlusskraft. Vorsichtig löse ich mich von Liv, packe leise meine Sachen zusammen, wasche mich am Brunnen mit dem kalten, klaren Wasser, ziehe mich an und marschiere in den Stall.

Wie gehofft ist Timo schon wach, sitzt auf seinem kleinen Holzschemel, melkt und plaudert leise mit Schneeweißchen und Rosenrot.

»Guten Morgen. Wie geht es deinen Süßen?«

»Ganz gut, würde ich sagen. Ich melke Rosenrot eben noch fertig, dann bringe ich sie auf die Weide. Möchtest du mitkommen?«

»Gern. Darf ich auch mal melken? Ich wüsste gerne, wie es sich anfühlt.«

»Klar.« Er steht von seinem Schemel auf und macht mir Platz. »Setz dich. Viel Milch ist nicht mehr drin, aber mit ein bisschen Gefühl bekommst du noch was raus. Fürs Melken braucht man Gefühl.«

Vorsichtig berühre ich den oberen Teil des Euters. Er ist warm und weich.

»Jetzt nimmst du die Zitzen in die Hände und legst los. Aber es ist kein Drücken oder Ziehen, es ist eher ein sanftes Massieren von oben nach unten. Stell dir einfach die Saugbewegungen des Kalbes vor, das müssen wir nachahmen.«

»Okay.« Ich versuche, mir vorzustellen, wie das Kalb saugt, und mache Saugbewegungen, um herauszufinden, wie sich die Zunge dabei bewegt. Und siehe da, nach zwei oder drei Versuchen kommt tatsächlich Milch. Ich bin nicht so routiniert wie Timo, aber immerhin. »Ha! Ich kann's!«

»In der Tat. Du hast wohl ein gutes Gefühl in deinen Händen.«

»Ich habe mich eben hervorragend in das Kalb hineinversetzt.«

»Das ist Empathie auf höchster Ebene.«

Ich melke noch ein bisschen weiter, dann übernimmt Timo den letzten Rest, klopft Rosenrot zum Dank auf die Flanke und öffnet die Stalltür. »Jetzt geht's an die frische Luft, ihr Süßen.«

Die beiden Kühe muhen zufrieden.

»Sag mal, wird es dir nicht schwerfallen, die beiden zurückzulassen?«

»Auf jeden Fall, aber in meiner Zweizimmerwohnung ist leider so wenig Platz.«

»Es wäre aber witzig. Was passiert mit ihnen im Anschluss? Wurst?«

»Also ehrlich! Nein, sie gehen zurück auf den Biobauernhof, von dem sie ausgeliehen wurden. Dann werden sie zwar wieder mit der Maschine gemolken, aber sie sind eben auch wieder in ihrer Herde. Ich glaube kaum, dass sie mich vermissen werden.«

Die Kühe kennen den Weg. Der Stall hat einen Hinterausgang und durch den geht es direkt auf die große Wiese. Die teilen sie sich mit den Schafen und Ziegen, die immer draußen bleiben, weil sie nicht gemolken werden. Timo gibt ihnen noch einen Klaps auf den Po, Schneeweißchen macht einen kleinen Satz, sie traben auf die Wiese.

Timo schließt das Gatter. »So. Und jetzt zu dir.«

»Ich kam mir gestern wie ausgestoßen vor. Keiner redet mit mir über den Kuss und diese Wette. Hat dir Max Schläge angedroht?«

Timo lacht und wischt sich die Hände an der Hose ab. »Lass uns zum Brunnen gehen, nach dem Melken rieche ich immer nach Kuh. Und ja. Max hat mich gebeten, dich in Ruhe zu lassen, und ich habe ihm den Gefallen gern getan. Außerdem hättest du ja etwas sagen können, wenn du gewollt hättest.«

»Stimmt«, sage ich, »hätte ich. Aber ich wollte nicht, und es war nett, dass ihr nicht darauf rumgeritten seid. Als dann gar nix kam, fand ich es doch doof.«

Timo schnauft vergnüglich und wäscht sich akribisch die Hände. »Das ist Frauenlogik wie aus dem Lehrbuch. Ich will und ich will nicht. Wie soll ein Mann das in seinen Schädel kriegen?«

»Du hast ja recht. Janine hast du nichts gesagt?«

»Nein.«

»Oh. Dann muss ich das wohl selbst tun.«

»Das solltest du. Aber jetzt, schieß los. Was war das für ein Kuss? Hast du wieder – ganz aus Versehen – zurückgeküsst?«

»Ich war betrunken. Eine magere Ausrede, ich weiß.«

»Warum schaltest du deinen Kopf nicht einfach mal aus? Er ist kein schlechter Mensch. Was auch immer du in ihn hineinprojizierst, er kann nichts dafür, dass es in deinem Leben nicht rundläuft. Auf jeden Fall knistert es zwischen euch, das ist offensichtlich. Was ihr daraus macht, müsst ihr selbst herausfinden. Und mehr sag ich dazu auch nicht, weil wir jetzt zu den wirklich wichtigen Dingen kommen: Wann tauschen wir die Rollen?« Er klatscht in die Hände.

Timo hat recht. »Danke für deine Einschätzung, ich werde darüber nachdenken. Und wenn es für sonst nichts gut war, dann wenigstens, um zu sehen, wie du dich auf das Kleid freust. Eigentlich schade, dass ich keine feine Dame bin oder eine Prinzessin mit Krönchen. Obwohl das Krönchen nicht so gut zu deinem Bart passen würde.«

»Ein Krönchen will ich gar nicht. Also, wann?«

»Wir brauchen ein bisschen Vorlauf und ein Kleid, das dir passt, aber da habe ich eine Idee. Übermorgen?«

»Übermorgen klingt super. Das wird sooo witzig.«

Beim Mittagessen erzählen wir von unserem Plan. Janine zuckt kurz zusammen und wirft uns einen angesäuerten Blick zu, bei den anderen sorgt unser Vorhaben für Heiterkeit.

»Dann sind wir ja DIE Attraktion«, stellt Ole fest.

Nach dem Essen folge ich Janine in den Garten und richte die Dinge wieder gerade. »Max hat Timo einen Maulkorb verpasst und ich musste nachdenken«, verteidige ich mich.

»Und zu welchem Schluss bist du gekommen?«

»Zu gar keinem. Ich habe es eigentlich nur verdrängt.«

»Dann hat sich das Nachdenken ja gelohnt«, sagt sie süffisant.

»Ich dachte, du könntest mir ein bisschen beim Nachdenken helfen?«

»Ich bin doch sauer auf dich, wie soll ich dir denn da helfen?« Ihr mürrischer Blick ist nur noch ein sehr gespielt mürrischer Blick.

»Es tut mir leid. Ehrlich.«

»Na gut. Ich lasse es gelten. Aber jetzt erzähl. Warum hat er dich noch mal geküsst? Und warum hast du es wieder zugelassen?«

»Ich weiß nicht. Ich kann ihn nicht leiden, aber beim Küssen setzt mein Verstand aus.«

»Das ist genau der Punkt, Kristin. Dein Verstand steht dir im Weg.« Sie überlegt kurz, dann hellt sich ihr Gesicht auf. »Außerdem ist Sich-gegenseitig-doof-Finden doch die beste Grundlage für was richtig Feuriges.«

Mir steigt die Hitze ins Gesicht.

»Erwischt!« Sie kichert. »Hör endlich auf, in den Kerl all deine Vorurteile zu projizieren, und dann guckst du einfach, was passiert.«

»Okay«, gebe ich mich geschlagen, »aber bis dahin darf ich ihn weiter doof finden?«

»Du bist unverbesserlich.«

Bullerbü auf Abwegen

Ich reibe mir mit beiden Händen über das Gesicht. Es fühlt sich an, als hätte ich meinen Kopf in einen Bottich heißen Wassers getunkt, doch es ist nichts als Schweiß, den ich wegwische. Fliegen surren um uns herum, so viele, als wären wir für sie eine Art öffentliches Freibad.

Gemeinsam mit Janine wende ich auf einer der Wiesen hinter dem Hof das Heu, damit es auch von der anderen Seite trocknen kann. Die Männer haben es gestern unter stattlichem Getöse mit altmodischen Sensen geschnitten. Heute Morgen gab es einen kleinen Disput darüber, ob Wenden bei der Hitze überhaupt nötig sei, doch Timo erklärte in seiner unnachahmlichen Ruhe, dass auch das letzte Fitzelchen Restfeuchte das Heu verderben könne, und ob wir noch nie etwas von Morgentau gehört hätten.

»Gab's letztes Jahr mal, ich erinnere mich«, ätzte Janine daraufhin. In die Hitze schicken ließ sie sich dennoch.

Ein starker Eifelwind Marke Heißluftgebläse weht uns um die Ohren, zerzaust die Frisuren und bringt nicht einen Funken Abkühlung. Es sind die heißesten Tage, seitdem wir hier sind. Heiß im Sinne von noch heißer als ohnehin die ganze Zeit.

Wie aufs Stichwort startet Janine eine Meckerrunde. »Es ist heiß, es juckt, es trieft, die Fliegen sind eine Frechheit. Verdammt, ich reiße Timo den Kopf ab. Das Zeug ist furztrocken. Will er uns quälen?«

»Wenn das Zeug so trocken ist, solltest du nicht so feurig gucken, sonst stehen wir gleich in Flammen«, entgegne ich stoisch. Mir ist schleierhaft, wie sie überhaupt noch Kraft zum Reden findet. Ich blicke über das Feld. Das Ende scheint noch weit entfernt. Schrecklich!

Jenseits der Wiese werden Stimmen laut. Unerwartet, denn im Museum herrscht schon den ganzen Tag gähnende Leere, ich habe bisher nicht mehr als drei Rentner und zwei Hunde gesehen. Ich stütze mich auf meine Harke, froh um die kurze Pause, und beobachte eine Besucherin, die aufgeregt mit den Armen fuchtelt. Sie steht vor Daniel, der ihr kopfnickend zuhört und dabei beschwichtigend gestikuliert.

Janine hört ebenfalls auf zu harken.

»Was ist da los?«, frage ich, aber sie zuckt nur mit den Achseln. Einen kurzen Augenblick später verschwinden sie aus unserem Blickfeld, wir arbeiten weiter und vergessen die Episode wieder.

Bis eine völlig aufgelöste Elisa über die Wiese hetzt. »Kris-tin, Ja-nine«, keucht sie.

Wir lassen die Harken fallen und eilen ihr entgegen. »Elisa. Was ist los?«

»Wann habt ihr Liv und Linus das letzte Mal gesehen?«

»Heute Morgen, bevor sie zur Schule gegangen sind. Wieso?«

»Später nicht mehr? Du auch nicht?« Sie wendet sich an Janine, die ratlos mit den Achseln zuckt.

»Sie waren nicht in der Schule. Und seit ein paar Stunden ist ein Besuchermädchen verschwunden. Dass ihr das nicht mitgekriegt habt.«

»Ein Besuchermädchen ist verschwunden?«, fragt Janine.

»Ja. Die Mutter ist fix und fertig.«

»Seit wann ist das Mädchen verschwunden, und warum meinst du, dass Liv und Linus damit was zu tun haben?«, fragt Janine, während ich noch dabei bin, die Information zu verarbeiten.

»Seit heute Morgen. Die Mutter hat das Mädchen zuerst alleine gesucht und dann das Museum informiert. Ich habe Daniel getroffen und bin gleich rüber zur Schule, um dort Bescheid zu geben, falls jemand das Mädchen sieht. Und da hat mir Frau Felten erzählt, dass Liv und Linus heute überhaupt nicht aufgetaucht sind.«

Ich schüttle den Kopf, noch immer relativ ruhig. »Warum hat sie uns nicht informiert?«

»Na ja, sie meinte, sie habe sich bei den beiden Rabauken zunächst keine Gedanken gemacht und wollte es in der Pause machen, aber dann hat sich ein Mädchen ins Klassenzimmer übergeben und es ist ihr durchgegangen. Sie hat ein furchtbar schlechtes Gewissen.«

»Unser Duo hat ein zusätzliches Mitglied gecastet«, folgert Janine messerscharf, »ich würde mir keine allzu großen Sorgen machen.«

»Du hast gut reden«, entgegne ich leicht genervt, »dein Kind ist ja nicht verschwunden.«

»Ich wollte euch nur beruhigen, entschuldige.«

Janines schnelle Einsicht führt nicht unbedingt dazu, meine aufkeimende Angst kleiner werden zu lassen. »Hat denn jemand die drei zusammen gesehen?«

Elisa zuckt ratlos mit den Achseln.

Janine lässt die Harke fallen. »Es besteht akuter Handlungsbedarf. Wir machen uns jetzt auf den Weg, fragen rum und informieren alle, die es noch nicht wissen.« Sie macht eine kurze Pause. »Ich sag's nur ungern, aber Handys wären jetzt 'ne prima Sache.«

Janine ist pragmatisch, so wie ich es normalerweise auch gewesen wäre, aber dieses dumpfe Gefühl, das seit Elisas Auftauchen in mir wächst, lähmt mich. WO ist Liv? Sie ist doch sonst zuverlässig. Nicht in Kombination mit Linus, ermahne ich mich, er bringt Livs tollkühne Seite zum Vorschein. Die beiden haben sicher etwas ausgeheckt, eine willige Dritte gefunden, sitzen in irgendeiner Ecke und lachen sich ins Fäustchen. Die Tatsache, dass sie einer ahnungslosen Besuchermutter damit ein Bündel grauer Haare bescheren, wird sie allerdings lehren müssen, dass sie es dieses Mal definitiv übertrieben haben. So einfach kommen sie nicht davon.

Nach vielen erfolglosen Begegnungen finden wir Daniel mit der Mutter des verschwundenen Mädchens auf dem Dorfplatz. Margret steht bei ihnen und streicht der sichtlich aufgelösten Mutter über den Rücken. Die gute Margret erfüllt die Rolle der Dorfseele in Gänze. Ich geselle mich dazu und schildere in kurzen Worten die Vermutung, unser Duo Infernale könne für das Verschwinden ihrer Tochter verantwortlich sein. Ich versuche, zuversichtlich zu klingen. Daniel nickt während meiner Schilderung ernst und besonnen. Der Vorwurf in seinen Augen entgeht mir nicht. Die Mutter hängt mit rot verquollenen Augen und einem hoffnungsvollen Blick an meinen Lippen.

»Glauben Sie, die Lösung ist so einfach?«

»Aber ja«, insistiert Margret mit einem besänftigenden Lächeln. »Unser Duo ist weithin bekannt für die grundsätzlich dümmsten Ideen. Bisher waren ihre Streiche allerdings immer lustig. Dieses Mal sind sie zu weit gegangen.«

Ich nicke zustimmend. »Das sehe ich genauso, und wenn wir die drei gefunden haben, werden unsere Kinder Buße tun, darauf können Sie sich verlassen.«

»Gut«, sagt Daniel geschäftsmäßig, »ich werde die Museumsbewohner instruieren und jetzt nach drei Kindern suchen lassen. Treffpunkt in einer Stunde wieder hier. MIT den drei Flegeln. Ich bin mir sicher, wir haben das Problem in Kürze aus der Welt geschafft. Außerdem lasse ich den Ausgang überwachen.« Er nickt uns zu und verlässt die Szenerie forschen Schrittes.

»Und Sie bleiben bei mir und kriegen erst mal einen Kaffee.«

Margret legt den Kopf schief, betrachtet die Mutter und fügt hinzu: »Sie können aber auch einen Schnaps haben, wenn der besser hilft.«

Die Mutter nickt dankbar und ein leises Lächeln huscht über ihr Gesicht. »Wahrscheinlich mache ich mir einfach viel zu viele Sorgen.«

»Das ist doch die Aufgabe einer Mutter, oder nicht?«, frage ich und kann innerlich schon fast wieder schmunzeln.

Zwei Stunden später ist von meiner Zuversicht nicht mehr viel übrig. Anstatt in Gedanken Strafpredigten für meine nichtsnutzige kleine Tochter zu verfassen, fange ich an, mich wirklich zu sorgen. Wir haben alles abgesucht. Wohin man sich auf dem großzügigen Gelände des Museums auch wendet, überall sind altertümlich gekleidete Menschen und sogar Besucher damit beschäftigt, jeden Winkel, jeden Stall, jeden Schrank und jeden Busch nach drei Kindern abzusuchen, die wie vom Erdboden verschluckt scheinen. Verdammt, wo sind sie? Horrorszenarien drängen sich wie selbstverständlich in meinen Kopf. Szenarien, die jede Mutter kennt, sobald sie nach der Entbindung das Krankenhaus verlassen hat.

Immerhin fallen hier im Museum Verkehrsunfälle weg. Das ist doch ein Anfang. Also. Welche Horroroptionen bleiben übrig? Nummer eins: Ein mieser Kindesentführer hat hinter einer Scheune gelauert und gleich drei Kinder gekapert. Eher unwahrscheinlich. Nummer zwei: Sie wurden Opfer eines riesigen Killer-Wespenschwarms. Nummer drei: Die Kühe haben sie totgetrampelt. Meine Überlegungen tragen noch ein Fitzelchen Humor in sich, mein Mutterherz glaubt also noch immer, dass sich das Trio nur einen schlechten Scherz erlaubt hat.

Bis ich an den See denke.

Scheiße, der See! Für einen Augenblick setzt mein Herzschlag aus. Nun ist es endgültig vorbei mit meinem Optimismus, denn der See ... er ist eine ziemlich miese und reale Option.

Ich raffe meinen Rock und renne trotz der Hitze los. »Der See«, rufe ich Timo hektisch zu, den ich wenige Augenblicke später hinter einer Scheune entdecke. »Ist der See schon abgesucht worden?«

Er sieht die Panik in meinen Augen und schreitet energisch auf mich zu. »Ganz ruhig, Kristin. Da war ich schon. Ich kann mir auch nicht vorstellen, dass drei Kinder auf einmal ertrinken.«

»Sie könnten mit dem alten Kahn losgerudert sein, der ist gekentert, hat alle drei erschlagen und nun liegen sie auf dem Grund des Sees und ich sehe meine Kleine nie wieder.«

Während die Worte hektisch aus mir heraussprudeln, fange ich an zu weinen. Timo nimmt mich in den Arm. »Süße, wir finden die Kinder. Am Ende gibt es doch immer eine logische Erklärung.«

»Deine Zuversicht will ich haben«, schluchze ich in sein Bauernhemd. »Sie sind seit Stunden verschwunden. Wo können sie denn nur sein?«

»Ich weiß es nicht«, antwortet er ehrlich, »aber wenn du möchtest, gehen wir noch mal zum See. Damit du dir sicher sein kannst, dass nicht Nessie die Kinder verschluckt hat.« Er grinst, aber ich werfe ihm einen bitterbösen Blick zu. »Entschuldige, das war ein blöder Witz.«

»Er war nicht witzig, nicht ein winziges kleines bisschen.« Ich meine es ernst und trotzdem verziehen sich meine Mundwinkel ein kleines Stückchen nach oben. Er hat bestimmt recht, es wird nichts Schlimmes passiert sein. Ich fühle mich dennoch hundeelend. »Okay, gehen wir. Ich muss mich selbst überzeugen.«

Wortlos legen wir den Weg zurück. Auf halber Strecke begegnen wir Maja. Sie ist in Tränen aufgelöst, und das versetzt mir einen Schlag. Ich schlucke meine eigene Verzweiflung hinunter und nehme sie fest in den Arm. »Du weißt doch, dass Linus und Liv ihre ganz eigene Vorstellung von dem haben, was erlaubt ist und was nicht. Ich bin mir sicher, sie haben heute nur völlig übertrieben. Glaub mir, hinterher lachen wir darüber.«

Maja schaut auf. »Mama, spar dir den Beruhigungskäse, ich bin dreizehn.«

Ich lächle schief und nehme ihre Hand. »Okay, es war ein Versuch. Ich gehe mit Timo zum See. Kommst du mit?«

Sie nickt und wir setzen den Weg zu dritt fort.

Ich genieße ihre Nähe, trotz oder gerade wegen der Verzweiflung, die sich immer tiefer in meine Eingeweide frisst. Von allen hier steht sie mir in dieser Situation eben am nächsten. *Carsten!* Ich muss Carsten Bescheid sagen! Der Gedanke schießt mir als Nächstes in den Kopf. Bisher habe ich nicht eine Minute daran gedacht, ihn zu informieren. Ist er schon so weit weg aus meinem Kopf und meinem Herzen? Das erschreckt mich. Da er aber jetzt sowieso nichts tun und sich im Zweifel nur unnötig sorgen würde, verschiebe ich die Kontaktaufnahme auf einen späteren Zeitpunkt.

Die Inspizierung des Sees ergibt nichts Neues. Nirgendwo ein Zeichen von den Kindern. Das alte Boot liegt festgezurrt am Steg und schaukelt sanft in den Wellen. Eine beklemmende Idylle. Wir gehen zurück zum Dorfplatz, wo sich nach und nach die Suchenden einfinden. Ich hoffe auf gute Nachrichten.

Leider erwarten uns nur bedauernswertes Kopfschütteln und mitleidige Blicke. Niemand hat einen Hinweis gefunden, der den Aufenthaltsort der Kinder verrät. Die Mutter des Mädchens sitzt wie ein Häufchen Elend in der Ecke, Margret streicht ihr über den Rücken und redet beruhigend auf sie ein. Sie scheint es kaum wahrzunehmen. Ich schaue mich nach Elisa um und entdecke sie zusammen mit Max auf einer Bank. Timo, Maja und ich gesellen uns dazu und zeitgleich trudeln Edeltraud und Janine ein.

»Nichts. Die drei sind wie vom Erdboden verschluckt«, stellt Janine resigniert fest. »Ich habe keine Ahnung, wo wir noch suchen sollen.«

»Aber wir wissen jetzt, dass die drei zusammen unterwegs sind«, informiert uns Edeltraud. Wir schauen sie mit großen Augen an. »Ich habe mit Ingrid aus dem 16. Jahrhundert gesprochen, und die hat gesehen, wie die drei verschwörerisch kichernd durch die Gegend gezogen sind.«

»Das ist doch ein Anfang.« Timo versucht, Optimismus zu verbreiten. »Für mich ist das der Beweis, dass sie nur Dummheiten im Kopf hatten.«

»Nichts Neues also und genau das, was wir vermutet haben«, konstatiert Janine.

»Aber WO sind sie?«, frage ich. »Wir haben jeden Stein umgedreht.«

»Und WIE geht es jetzt weiter?«, fragt Elisa leise. »Irgendwas müssen wir doch tun können.«

»Ich habe eben mit Herrn van Berg gesprochen«, meint Edeltraud, »er will einen letzten Versuch starten, dann ruft er die Polizei.«

»Das darf doch nicht wahr sein.« Ich schüttle vehement meinen Kopf.

»Ist denn schon irgendjemand auf die Idee gekommen, die Kinder draußen zu suchen?«, fragt Max.

Wir starren ihn an.

»Das werde ich sofort rausfinden. Ehrlich. Wie doof sind wir eigentlich?«, sagt Janine und hüpft von der Bank.

In den nächsten Minuten beobachten wir sie mit Daniel, auf den sie forsch einredet, um anschließend gemeinsam die einzelnen Grüppchen abzuklappern. Aufgeregtes Stimmengemurmel zeigt, dass Max ins Schwarze getroffen hat. Daniel erteilt kurze Anweisungen und kommt zu uns.

»Folgendes. Die eine Hälfte sucht weiter jeden Winkel im Museum ab, die andere die nähere Umgebung. In zwei Stunden treffen wir uns erneut hier. Danach verständige ich die Polizei.«

Er will gehen, aber ich halte ihn davon ab. »Daniel, wäre es jetzt nicht hilfreich, wenn wir Handys hätten?«

Er zuckt zusammen, als hätte ich ihm einen Schlag versetzt. »Ähm, ja, du hast recht, aber das jetzt zu organisieren, wäre ein riesiger Aufwand. Dadurch würde zu viel Zeit verloren gehen.«

»Daniel«, ermahne ich ihn, »denk nach. Aus jeder Gruppe soll sich einer sein Handy aus der Asservatenkammer holen. Das dauert höchstens fünf Minuten. Und wenn die Kinder gefunden sind, wissen alle sofort Bescheid.«

»Hm.« In seinem Hirn scheint es zu rattern. »Also gut. So machen wir's.« Er dreht sich um, ermahnt zur Ruhe und erklärt den Plan.

»Und wo sollen wir anrufen?«, fragt eine Frau.

»Alle speichern bitte meine Handynummer. Dann kann ich das von meinem Handy aus koordinieren.«

»Darauf hätte man auch früher kommen können«, meint eine andere Frau. »Wir suchen schließlich nicht nach ausgebüxten Kaninchen.«

Zustimmendes Gemurmel von allen Seiten. »Es wäre sowieso sinnvoll, wenn jedes Haus ein Handy hätte«, vermeldet eine dritte, männliche Stimme. »Notfälle können jederzeit passieren.«

Daniel guckt, nickt und ist k. o. gegangen. Das wird ihn schmerzen, aber er weiß auch, dass es sinnvoll ist und er an diesem Punkt von seiner Akribie abweichen muss.

Die Handys werden organisiert, bei vielen ist der Akku leer, aber zum Schluss hat jede Gruppe eins, das funktioniert. Dutzende Menschen machen sich erneut auf die Suche. Ich ziehe mit Elisa und Janine los.

»Irgendwo müssen sie einfach sein«, meint Elisa.

»Kinder haben eine viel größere Fantasie, wahrscheinlich kommen wir einfach nur nicht darauf, wo sie sind«, versucht uns Janine zu beruhigen, doch ihre Worte klingen hohl.

Wir untersuchen jede Scheune und jeden Schuppen, die auf unserem Weg liegen. Wir durchforsten Ställe und Häuser. Immer wieder begegnen wir anderen Suchtrupps, ein kurzer Austausch, ein ernstes Kopfschütteln, eine Hand, die in eine Richtung weist, wo man noch suchen könnte, dann geht es weiter. Keller, Schule, Backhaus. Nirgendwo findet sich ein Zeichen, dass die Kinder dort gewesen sind.

»Und wenn sie im Wald hocken und einfach nur ein Picknick veranstalten?«, fragt Elisa.

»Der Wald.« Ich ächze. Vor meinem geistigen Auge erscheint eine Hundertschaft, die im Gleichschritt den Wald durchkämmt. Ich sehe ein Flugzeug mit Wärmebildkamera über dem Museum kreisen. Und ich sehe tote Kinder. Wieder suchen sich Tränen ihren Weg. Ich möchte mich einrollen und verkriechen, meine Tochter an mich schmiegen und einfach nur, dass dieser Albtraum zu Ende geht. Elisa geht es bestimmt nicht anders. Sie hat schon ihre Eltern verloren, ich möchte nicht wissen, wie es in ihrem Innern aussieht.

Und dann klingelt das Telefon, das Janine in ihrer Schürze trägt. Wir bleiben stehen, neue Hoffnung blitzt auf, sie nestelt es nervös aus der Tasche. Es dauert zu lang.

»Mach schneller«, bitte ich.

»Ja?« Atemlos geht sie ran, eine Sekunde später lässt sie die Hand sinken und drückt den Anrufer weg.

»Werbeanruf«, sagt sie tonlos.

Just in diesem Augenblick klingelt das Telefon erneut.

»Max hat die Kinder gefunden!«, dröhnt Timos Stimme laut durch den Apparat.

Ich schaue Janine an, dann Elisa. Ein warmes Gefühl grenzenloser Erleichterung durchströmt mich. Endlich!

»Wo?«, ruft Elisa.

Janine winkt ab, und wir hören aufgeregt zu, was sie dem Anrufer sagt: »Jaja, verstanden, wir gehen hin. Ja, sie sind bei mir. Kannst du nicht mit den Kindern zurückkommen? Was müssen wir uns ansehen? Sind die Kinder gesund? Die werden aber was zu hören kriegen. Ja, bis gleich.«

Sie legt auf und strahlt uns an.

»WO SIND SIE?«, rufen Elisa und ich wie aus einem Mund.

»Kommt mit«, sagt sie. »Max meinte, wir sollten uns das ansehen.«

Wir fliegen den Weg entlang. Zwischendurch begegnen wir anderen, fast alle wissen schon Bescheid, wir rufen uns gegenseitig unsere Erleichterung zu, aber noch weiß niemand, was genau Sache ist.

Janine führt uns zum Eingang.

»Sie waren also wirklich draußen?« Elisa ist fassungslos.

»Ja. Habt ihr ihnen denn nicht verboten, das Gelände zu verlassen?«

»Natürlich«, singen wir im Chor.

»Dann dürft ihr euch schon mal eine hübsche Strafe ausdenken. Und dann nehmen die beiden auch noch ein Besucherkind mit … Die haben den Schuss echt nicht gehört.«

Ich gebe ihr recht. »Ich bin auf ihre Ausrede gespannt.«

»Vermutlich haben sie sich überhaupt keine Gedanken gemacht«, meint Janine, »zumindest ich hätte es damals nicht getan. Aber meine Eltern hätten auch erst nach uns gesucht, wenn wir weit nach dem Abendessen nicht zu Hause gewesen wären.«

»Das stimmt. Wir hatten viel mehr Freiheiten«, meint Elisa.

Janine zuckt mit den Schultern. »Im Grunde hast du recht, aber hier stimmt das nicht ganz. Wenn sie kein Besuchermädchen entführt hätten, hätten wir es vermutlich auch erst nach dem Abendessen gemerkt.«

Wir eilen den Feldweg entlang, den ich nach unserem Köln-Ausflug mit Max gegangen bin.

»Da.« Janine zeigt geradeaus ins Weizenfeld und richtig. Dort steht ein Hochsitz, von Weitem ist Max zu erkennen sowie zwei weitere Erwachsene und drei kleine Gestalten, die still auf der Stelle stehen. Ihren ersten Einlauf scheinen sie sich schon abgeholt zu haben. Drei Minuten später sind wir da und ich nehme meine Liv fest in den Arm.

»Mach das nie, nie, nie wieder«, flüstere ich ihr ins Ohr.

»Entschuldigung, Mama«, antwortet sie kleinlaut. »Wir haben einfach die Zeit vergessen.

Max steht strahlend da und genießt sein Heldentum.

»Danke«, sage ich und scharre verlegen mit dem Fuß, »danke, dass du sie gefunden hast.«

»Kein Problem. Es ist nichts passiert. Das ist das Wichtigste.«

Ich wende mich an die Besuchermutter, die ihre Tochter ebenfalls fest im Arm hält. Ihr Gesicht strahlt nichts als Glück und Erleichterung aus.

»Es tut mir so leid«, sage ich.

»Kein Problem, ich weiß doch, wie Kinder sind. Ich war einfach verzweifelt, aber es ist ja gut ausgegangen.«

»Danke, das ist lieb von Ihnen. Sie hätten richtig sauer sein dürfen.«

»Das stimmt, aber was hätten wir davon außer schlechter Laune? Ich will mich jetzt einfach nur freuen.«

»Danke«, sage ich noch einmal.

»So, und nun gehen Sie mal da hoch und schauen sich an, was die drei da veranstaltet haben.« Sie grinst wissend, Max ebenso und wir sehen uns nur verwundert an.

»Muss ich schimpfen, wenn ich das da oben sehe?« Ich schaue meiner Tochter tief in die Augen.

»Weiß nicht«, nuschelt sie.

Ich klettere als Erste nach oben. Es ist ein geschlossener Hochsitz mit Sehschlitzen in drei Richtungen. Als ich die wackelige Leiter erklommen habe, öffne ich mit einer Hand die Tür und sehe … ein Kunstwerk.

»Wow«, entschlüpft es mir.

Das Häuschen ist bunt. Jedes Fleckchen des Innenraums ist mit Blumen, Tieren, Häusern, Mustern und Wörtern verziert. Auf den ersten Blick kann man gar nicht alles erfassen, so viele Dinge haben die Kinder in den vielen Stunden, in denen sie verschwunden waren, auf die Wände gemalt. Es sieht wunderschön aus.

»Elisa, das musst du dir ansehen.«

Ich klettere hinunter, dann sieht Elisa sich das Werk an und anschließend Janine. Sie reagieren mit dem gleichen Erstaunen und der gleichen Bewunderung.

»Wie habt ihr das gemacht?«, frage ich, als wir alle wieder unten sind.

»Wachsmalstifte!« Linus ist stolz wie Bolle.

»Meine Tochter hat heute von ihrer Tante neue Wachsmalstifte bekommen«, erklärt die Mutter. »Eigentlich wollte sie gar nicht mit ins Museum, sondern viel lieber malen. Sie hat sie wohl in ihren Rucksack gepackt.«

»Nun ja«, Janine deutet auf den Hochsitz, »das nenne ich mal einen gepflegten Synergieeffekt.«

»Und wie seid ihr auf die Idee gekommen?«, will Elisa wissen.

»Hm«, macht Liv, »wir haben uns getroffen, Jedda hat uns ihre Stifte gezeigt, und dann haben wir was gesucht, wo wir sie ausprobieren können. Im Museum haben wir uns nicht getraut, weil da ja alles so alt ist, und es ist bestimmt nicht gut, wenn wir da was vollmalen. Also sind wir raus. Erst wollten wir einen Baum anmalen, aber dann hat Linus den Hochsitz gesehen und dann ... na ja. Wir haben gar nicht gewusst, dass schon so viel Zeit rum ist.«

»Euch ist schon klar, dass die Jäger vermutlich nicht begeistert sein werden?« Max appelliert an das Schuldbewusstsein der Kinder.

»Werden wir jetzt bestraft?«, fragt Linus vorsichtig.

»Ich würde sagen, wir denken in Ruhe darüber nach«, schlage ich vor und sichere mir per Blickkontakt das Einverständnis der anderen Erwachsenen. »Jetzt gehen wir erst mal zusammen zurück.«

Bevor wir gehen, schießt Janine noch ein paar Erinnerungsbilder mit dem Handy.

»Ihr seid jetzt berühmt!« Ole schnappt sich eine Scheibe Brot und stopft sie sich halb in den Mund, noch ehe er sitzt.

»Kannst du dich erst setzen und warten, bis alle anfangen?«, weist Janine ihren Sprössling zurecht.

»Ja, Mama«, gibt er genervt zurück.

»Warum sind wir berühmt?«, fragt Liv aufgeregt.

»Ich war gerade am Eingang und da liefen total viele Bewohner raus und rein. Ich habe einen gefragt, und der meinte, die gucken sich alle diesen Hochsitz an.«

»Cool.« Linus' Augen leuchten und auch Liv sitzt gleich ein wenig aufrechter. Ihre Aktion bewirkt genau das Gegenteil von dem, was wir erwartet haben. Unsere Gören sind jetzt Museumspromis.

»Das heißt aber nicht, dass ihr stolz darauf sein dürft. Es war nicht in Ordnung, was ihr getan habt, auch wenn am Ende etwas Schönes dabei rausgekommen ist.« Elisa schaut beredt in die Runde.

Die beiden nicken, versuchen, einsichtig zu wirken, und strahlen doch, als wären sie für den *Oscar* nominiert.

Nach dem Abendessen verziehe ich mich in die Küche, um zu spülen. Elisa soll abtrocknen, aber es ist Max, der sich mit einem Handtuch bewaffnet. Gut, dann kann ich mich mal ordentlich bedanken.

»Das war ein Tag heute, was?«

»Das kannst du laut sagen. Und danke noch mal. Du hast was gut bei mir.«

Er nimmt mir einen Teller aus der Hand und lächelt. »Ich hab es gern gemacht. Und dein Angebot nehme ich jetzt lieber nicht allzu wörtlich. Bei uns beiden führt das bestimmt nur zu Problemen.«

Ich reiche ihm den nächsten Teller und schaue ihn nachdenklich an. Ich bin kurz davor, ihm ein Friedensangebot zu unterbreiten, entscheide mich aber fürs Gegenteil. »Das ist auch gut so. Es bezieht sich nämlich nur auf Liv, alles andere ist kein weiteres Wort wert.«

Er schaut erst verdutzt, dann verdunkelt sich sein Blick und wir hüllen uns für den Rest des Abwaschs in Schweigen.

Kostümwechsel

»Bitte was?« Betty starrt uns an.

»Du hast richtig gehört. Wir brauchen ein Kleid für diesen stattlichen Burschen und ein Stallburschenoutfit für mich.«

Ich kichere. Timo und ich haben die arme Betty definitiv aus ihrer Wohlfühlzone geschubst. Sie sitzt an ihrer Nähmaschine und säumt gerade ein voluminöses Kleid mit Rüschen und Spitzen.

»Was ist das? Ich dachte, alle Darsteller wären versorgt.«

»Ach, das ist für die Oper. Aber dort ist heute die Hölle los und hier habe ich mehr Ruhe. Aber lenk nicht ab. Warum braucht ihr ein Kleid?«

»Also, es ist so. Ich habe eine Wette verloren und Timo und ich tauschen heute die Rollen. Allerdings haben wir das nicht bis zum Ende durchdacht, denn natürlich passt er kein bisschen in mein Kleid und in seine Hose würden zwei von mir passen.«

Betty schüttelt ihren Kopf. »Darf ich wissen, worum es bei der Wette ging?«

»Ja, aber das erzähle ich dir lieber ein andermal.«

»Ich bin gespannt.« Sie legt das Kleid zur Seite, was sich einfacher anhört, als es ist. Es sieht aus, als würde sie ein riesiges zartgelbes Baiser umlagern. »Dann kommt mal mit.«

Wir folgen ihr in die Kleiderkammer des Museums, in der es aussieht, als habe hier jemand seit Jahrhunderten Kleidung gehortet.

Ich staune. »Warum gibt's so viele Klamotten? Wer soll die alle tragen?«

»Nun ja, das meiste ist Testkleidung. Wir mussten uns schließlich den Originalversionen annähern und du kennst ja Daniel. Es war ihm nie gut genug. Wenn ich euch jetzt also was ausleihe, dann ist das nicht unbedingt historisch korrekt. Oder es ist historisch korrekt und stammt nicht aus der richtigen Region. Oder es ist historisch korrekt, stammt aus der richtigen Region, wurde aber aus dem falschen Stoff genäht.« Sie seufzt. »Er hat uns an den Rand des Wahnsinns getrieben.«

»Nun ja, dafür kannst du uns jetzt wenigstens helfen.« Verschmitzt grinst Timo von einem Ohr bis zum anderen.

»Abwarten«, spottet Betty. »Du bist ein Titan, der ein niedliches Frauenkleid tragen will.«

Sie tritt an einen Kleiderständer, auf dem Kleider hängen, die in etwa dem entsprechen, was wir tragen, und geht Kleid für Kleid durch. »Ha! Ich habe es gehofft. Hier.« Triumphierend hält sie ein Ungetüm von Kleid so hoch, wie sie kann, und dennoch schleift es ein gutes Stück über den Boden. Es ist hellblau mit zarten rosa Blümchen, dazu gehört eine lindgrüne Schürze mit weißen Spitzen.

Timo klatscht in die Hände. »Kristin, ist das geil oder ist das geil?«

»Es ist geil«, antworte ich lachend. »Aber warum um Gottes willen wurde das genäht?«

Betty grinst. »Wir haben eine Näherin. Ingeborg. Sie ist ein Schiff. Und da wir am Anfang keine echten Modelle hatten, haben wir uns die Kleider gegenseitig auf den Leib geschneidert.«

»Sehr gut«, sagt Timo. »Ich bin auch ein Schiff, deshalb bestell deiner Ingeborg einen schönen Gruß. So von Schiff zu Schiff.«

»Das tue ich ganz bestimmt nicht. Die gute Ingeborg ist erstaunlich humorbefreit, und wenn ich ihr erzähle, dass ein Knecht heute in ihren Klamotten rumläuft, zettelt die glatt einen Aufstand an.«

»Muss ich Angst haben, wenn ich ihr begegne?«, fragt Timo.

»Ich glaube kaum, dass sie durchs Museum läuft, die Näherinnen waren ja alle nur vor Beginn des Projektes angestellt. Ich allein bin noch übrig und ich arbeite kostenfrei. Was tut man nicht alles für den geliebten Ehemann.«

Sie reicht Timo das Kleid, dann schickt sie ihn hinter einen Vorhang. »Zieh's an, und dann schauen wir, ob ich noch was dranmachen muss.« Anschließend wendet sie sich mir zu. »Für dich etwas zu finden, dürfte kein Problem sein, wir schauen einfach bei den Klamotten für die Jungs.«

Während wir zu einem anderen Kleiderständer wechseln, erkundigt sie sich ein weiteres Mal nach der Wette.

»Wie lange bist du denn heute noch da?«, frage ich.

»Nicht mehr lange, ich muss nach Hause, Mittagessen kochen. Ich würde sagen, wir telefonieren, aber du bist ja aus der Zeit gefallen. Vielleicht sehen wir uns morgen?«

»Dann erzähl ich es dir«, verspreche ich, »ist eine längere Geschichte.«

»Eine längere Geschichte und du hast bisher geschwiegen? Muss ich jetzt beleidigt sein oder gar eifersüchtig, weil du bessere Freunde gefunden hast?«

Sie wirkt tatsächlich ein bisschen beleidigt und ich nehme sie fix in den Arm. »Natürlich bist und bleibst du meine beste Freundin. Aber es stimmt. Irgendwie bin ich aus der Zeit gefallen, und es tut so gut, alles andere hinter mir zu lassen ... Ich mach's morgen wieder gut. Okay?«

»Okay«, brummelt sie und zieht gleichzeitig ein zierliches Stallburschenoutfit hervor. »Es ist aus dem falschen Jahrhundert, aber wenn Daniel euch sieht, kriegt er sowieso einen Anfall. Ob es historisch korrekt ist oder nicht. Du musst mir auf jeden Fall erzählen, wie die Besucher auf eine Magd mit Bart reagieren. Das wird bestimmt lustig.«

»Komm uns doch einfach besuchen.«

»Gute Idee! Ich schnapp mir eines der Kleider und spiele ein bisschen mit. Dann kannst du mir auch von dieser ominösen Wette erzählen.«

»Super, warum sind wir nicht schon viel früher darauf gekommen? So lernst du auch die anderen kennen. Sie sind toll. Ehrlich.«

»Abgemacht!«

Plötzlich fällt mir Timo ein. »Hey, wieso brauchst du so lange?«

»Scheiß Knöpfe«, ächzt er hinter dem Vorhang, »ich kann gar nicht glauben, dass ihr das jeden Tag macht.«

»Da siehst du mal, wie wir leiden, und dabei musst du nicht mal ein Korsett tragen.«

»Ihr tragt doch auch fast nie eins«, gibt er zurück.

Betty hält sich spontan die Ohren zu. »Ich verstehe es, habe es aber nicht gehört. Und jetzt komm raus, wir helfen dir bei den Knöpfen.«

Eine etwas verschämte, aber strahlende Magd mit Bart tritt hinter dem Vorhang hervor. Timo wirkt wie der Junge, der endlich, endlich die Eisenbahn bekommen hat, auf die er Jahre gewartet hatte.

Betty und ich kichern.

»Ist da etwa jemand glücklich?«, necke ich ihn.

»Jaja, macht euch nur lustig. Aber wisst ihr was? Als ich das erste Mal einen Frauenfummel getragen habe, war ich zwölf. Meine Mutter hat mich erwischt und gesagt, ich solle tun, wonach mir der Sinn steht, egal, was irgendjemand davon hält.«

Betty zuppelt an dem Kleid. »Dann hast du wirklich eine entspannte Mutter.«

»Auf jeden Fall!«

Ich löse Timo hinter dem Vorhang ab und höre, wie Betty das Kleid für Timo freigibt. »Natürlich könnte ich es an Brust und Bauch etwas enger machen«, sagt sie, »und den Saum auslassen, damit es perfekt ist, aber für einen Tag geht's auch so. Du solltest dich nicht unbedingt an den Hotspots des Museums rumtreiben. Ich bin eh gespannt, welche Wellen die Geschichte schlägt. Was wollt ihr den Besuchern sagen, wenn sie fragen?«

»Wir schwanken zwischen der Wahrheit und der Verbreitung hanebüchener Geschichten«, antwortet Timo.

Betty stöhnt. »Tut mir und Daniel einen Gefallen und übertreibt es nicht.«

Ich komme hinter dem Vorhang hervor. »Aber nur, weil ihr es seid.«

»Wow, du siehst aus, als wärst du zwölf«, staunt Timo. »Wir müssen dich morgen glatt zur Schule schicken.«

»Du meinst, wenn du dir die Runzeln und die langen Haare wegdenkst?«

»Bei den Haaren kann ich helfen.« Betty tritt an ein völlig überfülltes Regal, kramt ein bisschen und fördert schließlich eine Kappe zutage, wie sie die jungen Burschen Anfang des 20. Jahrhunderts getragen haben. »Superanachronistisch, aber ich finde, es passt.« Sie dreht meine Haare zu einem lockeren Knoten und stopft sie unter die Mütze.

»So, und nun geh, Bursche, nimm die große Blonde mit und kümmere dich um deine Aufgaben.«

»Zu Befehl. Wir sehen uns heute Abend?«

»Ich werde mir gleich ein hübsches Kostümchen raussuchen und besuche euch als reiche Tante aus der Stadt«, antwortet sie augenzwinkernd, dann schickt sie uns aus dem Atelier. »Sonst werde ich heute gar nicht mehr fertig und meine Kinder müssen verhungern.«

Timo schreitet geradezu majestätisch den Weg entlang.

»Bitte denk daran, du bist eine einfache Küchenmagd, keine Prinzessin«, necke ich ihn. »Und außerdem verraten dich deine Schuhe.« Seine klobigen Bauernschuhe lugen bei jedem Schritt unter dem Rock hervor und passen so gar nicht zu dem schönen Kleid.

»Jetzt tu nicht so, als seien eure Schuhe der letzte Schrei.«

Er hat recht. Unsere Schuhe unterscheiden sich im Grunde kaum. Die Damenschuhe sind ein wenig schmaler, mehr aber auch nicht. Daniel hat die Schuhe bei einem Schuhmacher herstellen lassen und fast alle Bewohner tragen dasselbe Modell. *Schuhsozialismus* nannte Betty das und fragte mehr als einmal, warum sie sich so viel Mühe mit den Kleidern gebe, wenn am Ende alle das gleiche Schuhwerk trügen.

Während wir Richtung Hof unterwegs sind, begegnen wir Bewohnern und Besuchern. Sie werfen uns merkwürdige Blicke zu, aber niemand spricht uns an.

Timo grummelt.

»Hab Geduld. Du wirst dich noch oft genug rechtfertigen müssen.«

»Kannst du Gedanken lesen?«

Wie aufs Stichwort rennen uns zwei kleine Jungs über den Weg und bleiben abrupt vor Timo stehen. Sie betrachten mich kurz und Timo sehr lange. Dann kichern sie und rennen weg.

»He«, ruft Timo ihnen hinterher, »hat man euch keine Manieren gegenüber Frauen beigebracht?«

Die Jungs zucken merklich zusammen und rennen noch schneller.

»Das wollte ich schon immer mal brüllen«, grunzt Timo zufrieden.

»Es passt aber nicht zu deiner Rolle als Magd, mit so dunkler Stimme zu brüllen«, gebe ich zu bedenken.

»Mir doch egal. Hauptsache, ich kann das Häkchen setzen.«

Die Bilanz unseres Heimwegs sind drei kichernde Besuchermädchen. Ein neugieriges Rentnerpaar, dem Timo erzählt, es handle sich um ein soziales Experiment, bei dem er lernen soll, sich wie das andere Geschlecht zu fühlen. Und ein etwa vierjähriger Junge, der Timo glatt unter den Rock guckt. Timo genießt die Aufmerksamkeit in vollen Zügen.

»Darf ich dich mal was fragen?«

»Na klar.«

»Ich finde es ja toll, wie du mit deinem Schwulsein umgehst, aber manchmal frage ich mich, warum du so offensiv bist. Ich meine, ich erzähle ja auch nicht jedem direkt, dass ich heterosexuell bin.«

»Das stimmt«, gibt er unumwunden zu, »ich gehe sehr offen damit um. Warum? Hm.« Er macht eine Pause und denkt nach. »Vielleicht will ich keinen Raum für Spekulationen lassen.«

»Aber man sieht dir deine Homosexualität doch gar nicht an«, sage ich. »Einen Mann! Den sieht man. Ohne irgendwelche Hintergedanken. Na gut, in Köln hattest du so Anwandlungen, das fand ich schon erstaunlich.«

Timo lacht. »Stimmt, in Köln spiele ich gerne schon mal den stereotypen Schwulen. Es ist meine zweite Seite, die ich dann rauslasse. Stell es dir so vor: Du beschäftigst dich im Alltag auch nicht die ganze Zeit mit deiner Sexualität, aber wenn du abends rausgehst, was Schickes anziehst, auf hohen Hacken rumläufst und dir Farbe ins Gesicht schmierst, dann tust du es im Grunde schon. Und so ist es auch bei mir. Dann tritt meine Sexualität ans Licht. Nicht in Form von Klamotten, sondern in Gestus und Habitus.«

»Verstanden«, sage ich, »das erklärt aber nicht, warum du es jedem sofort auf die Nase bindest.«

»Tja, nicht jedem, würde ich sagen, sondern nur denjenigen,

mit denen ich näher zu tun habe. Ich habe gern klare Verhältnisse und keine Lust auf Spekulationen. Außerdem werde ich dann nicht ständig von kleinen Frauen angegraben. Ich bin nämlich ein sehr gut aussehender großer Mann, musst du wissen, und die werden gerade von kleinen Frauen gerne belästigt.«

Ich lache herzhaft. »An Selbstbewusstsein mangelt es dir ja nicht.«

»Stimmt«, gibt er schmunzelnd zurück. »Aber mal was anderes … Du und Max …«

»Ksch, nicht jetzt, du Moralapostel. Oder doch eher *liebe Moralapostelin*?«

Bestens gelaunt erreichen wir den Hof.

Zunächst stürmt Janine auf uns zu und lacht schallend. »Das ist sooo cool. Timo, du siehst toll aus. Und du, Kristin? Wie ein kleiner Junge!«

»Stimmt«, sagt Max feixend, »ein sehr süßer kleiner Junge.«

Ich töte ihn mit einem Blick.

Timo ist die Attraktion des Tages.

»Ihre Magd trägt Bart.«

Janine und ich stehen im Hof und falten Wäsche. Das Waschen heute war angenehmer als die letzten Male, kein schwerer Rock war im Weg und auch obenrum ist das Hemd viel luftiger als das, was ich sonst trage. Janine ist schon die ganze Zeit neidisch.

Vor uns steht eine Frau in den Fünfzigern mit grauer Nichtfrisur und Damenbart. In der Hand hält sie einen Stapel Prospektmaterial. Erwartungsvoll starrt sie uns an. Janine wirft mir einen Blick zu. *Was hat die Alte für ein Problem?* Ich zucke mit den Achseln. Es gibt eben Besucher, die man nach einem Satz an den Ohren zum Ausgang hinausschleifen möchte. Die vor uns stehende Dame gehört dazu. Ihre Aura ist braun. Kackbraun.

»Seien Sie leise«, flüstert Janine schließlich. »Es ist angeboren, ein genetisches Problem gewissermaßen und überhaupt nicht schön für unsere Gundula.«

Ich beiße mir fest in die Wangen, sonst platze ich los.

Die Frau verzieht keine Miene. »Warum ist Ihre Magd ein Mann?«

»Sie haben es doch gerade gehört«, schalte ich mich ein. »Es ist eine Krankheit, und es ist nicht leicht, zu diesem Problem so offen zu stehen wie unsere Magd ... ähm ... Gundula.«

Die Frau schnauft brüskiert durch die Nase. »Na, das ist doch wohl offensichtlich, dass das ein Mann ist. Ich habe mir von dem Projekt mehr Authentizität versprochen.«

»Haben Sie nachgesehen?«, fragt Janine provokant und die Dame schnappt nach Luft. »Und was die Authentizität angeht. Auch in früheren Zeiten gab es Menschen, die der Norm nicht entsprachen. Ich finde Ihre Frage diskriminierend.«

»Das ist eine Unverschämtheit!« Mit diesen Worten dreht die Besucherin ab, verlässt den Hof – und wir halten uns noch Minuten später die Bäuche vor Lachen.

Die wenigsten Besucher bemerken allerdings, dass sich hinter dem kleinen Mann mit Mütze eine Frau verbirgt, und ich genieße im wahrsten Sinne des Wortes die Beinfreiheit. Es ist eine Wohltat, zu gehen, zu stehen und zu sitzen, ohne meterweise Stoff beherrschen zu müssen. Die Männerkleidung ist leichter, luftiger und bequemer. Und ich denke ernsthaft darüber nach, für den Rest der Zeit mein Geschlecht zu wechseln.

Pünktlich zum Abendessen beehrt uns eine Erscheinung.

»Oho, eine holde Maid ist heute zu Gast.«

Timo springt auf und macht einen Diener. Ich drehe mich um und mir stockt der Atem. Betty hat nicht zu viel versprochen. Sie schwebt uns entgegen und ist eine feine Dame durch und durch.

Nein, mehr als eine feine Dame, sie ist eine Herzogin oder eine Prinzessin. Das Kleid ist feuerrot, glänzt wie Seide und hat einen Ausschnitt, wäre ich ein Mann, meine Hosen würden zu eng.

»Holla«, entschlüpft es auch Max. Er springt ebenfalls auf, und als hätten sie sich abgesprochen, eilen unsere Männer Betty entgegen und geleiten sie sicher zu unserem Tisch. Würdevoll, wie es sich für das Kleid gehört.

Ich stehe ebenfalls auf und entreiße sie den Mannsbildern. »Wo hast du denn den Fummel aufgetrieben?«

»Das ist die Julia, das Stück läuft ab Herbst.« Sie kichert hochzufrieden. »Ich habe doch gesagt, ich komme als feine Dame. Also bin ich in die Oper gefahren, weil ich nicht kleckern, sondern klotzen wollte.«

»Weiß Daniel denn, dass deine Brüste heute auch Ausgang haben?« Ich starre auf ihr Dekolleté. Eine falsche Bewegung und sie suchen das Weite.

»Nö, du weißt doch, wie er reagieren würde.«

»Betty, willst du mir fremdgehen?« Ich imitiere Daniels marginal nasale Aussprache.

»Nööö. Er würde eher sagen: Betty! Man kann übertreiben, aber du setzt immer noch eins drauf.«

Ich kichere vergnügt und stelle ihr dann meine Mitstreiter vor. Zu jedem fallen mir ein paar nette Worte und der Bezug zu einer kleinen Anekdote ein. Zu allen, außer zu Max. Da wuseln nur Wörter wie Kuss oder Betrüger durch mein Hirn, deshalb mache ich es kurz: »Und ihr kennt euch ja schon.«

»Das Kleid ist echt wunderschön.« Elisa ist ganz hingerissen.

»Ich weiß nicht, wie es euch geht, aber ich mache meine nächste Zeitreise nur auf ein Schloss«, stellt Janine fest, nachdem sie höchstpersönlich die einzelnen Schichten des luxuriösen Outfits untersucht hat.

»Ich würde aufpassen«, stellt Timo messerscharf fest, »die klaut dir *die Julia* glatt vom Leib.«

»Aber ich habe doch Anstand«, brüskiert sich Janine.

»Seit wann?«

Sie streckt ihm die Zunge raus.

»Wie du siehst, haben sie sich schrecklich gern«, erkläre ich Betty unser seelenverwandtes, aber dennoch nicht füreinander geschaffenes Pärchen.

»Ich ahnte es schon.«

»Tja«, sagt Timo, »das erhält das Feuer unserer platonischen Liebe.«

»Und wir sind ja auch nicht die Einzigen«, fügt Janine hinzu, handelt sich einen bösen Blick von mir ein und grinst daraufhin diabolisch. Es wird Zeit, dass ich diese Frau mal wieder boxe.

Wir essen zu Abend, und es scheint, als wäre Betty schon immer dabei gewesen, so locker fügt sie sich in unsere Runde. Liv klettert ihrer Patentante auf den Schoß und lässt sich genüsslich den Rücken kraulen. Währenddessen streichelt sie immer wieder das Kleid.

»Soll ich dir auch so was Schönes nähen?«

»Au ja.« Liv strahlt das Strahlen einer überdimensionalen Flutlichtanlage. »Aber wo soll ich es tragen?«

»Zu Hause. Ein schönes Kleid braucht keinen Anlass, es muss nur glücklich machen.«

Es dämmert, als Betty herzhaft gähnt. »Kinder, ich habe morgen Anprobe. Und wenn diese Schauspieler bei mir im Atelier stehen, bin ich hinterher so fertig, als wäre ich auf den Kilimandscharo gejoggt. Also werde ich jetzt nach Hause fahren und mir Daniels Rüge reinziehen.«

»Wenn's gut läuft, zieht er dich einfach nur aus. Wäre eine Schande, wenn er's nicht täte.« Janine spricht's und die Herren der Schöpfung nicken einvernehmlich.

»Dann werde ich mal ganz flugs nach Hause eilen«, sagt Betty kichernd. Sie bauscht ihre Röcke und klettert von der Bank. »Bringst du mich noch ein Stück?« Sie zwinkert mir zu.

»Klar.«

»Also. Max und du.«

»Was soll da sein?« Ich klimpere unschuldig mit den Lidern.

»Ach komm, das pfeifen die Spatzen von den Dächern. Ihr schaut euch nicht an, aber einander durchaus, wenn der andere meint, er ist unbeobachtet. Dein Gesicht wechselt den Ausdruck dabei permanent. Man weiß nicht, ob du ihn erwürgen oder vernaschen willst.«

»So ein Quatsch, er soll mich einfach in Ruhe lassen.«

»Dann erzähl jetzt endlich, warum du heute wie ein niedlicher Zwölfjähriger aussehen musst.«

Ich erzähle von einem Kuss und von einem zweiten, der Wette und wie sehr mich das alles verwirrt. Ich schließe mit der Suche nach Liv.

»Du spielst mit dem Feuer«, stellt Betty nüchtern fest.

»Nein, im Grunde läuft das Feuer mir hinterher. Ich versuche ständig, es auszupusten, aber es ist wie ein verdammtes unkaputtbares Benzinfeuerzeug.«

Betty lacht. »Ein schönes Bild.«

»Was hältst du davon?«

»Hm.« Sie reibt sich nachdenklich das Kinn. »Carsten, Max ... da sind ganz schön viele Altlasten im Spiel. Da vermischt sich viel und du hast Carsten gegenüber noch gar keine Position gefunden, oder? Ich denke, es ist richtig, sich dagegen zu wehren, auch wenn du es womöglich übertreibst und Gefühle ignorierst, die eindeutig da sind.«

»Danke, Betty.« Ich umarme sie. »Du meinst also, ich tue gut daran, ihn nicht an mich ranzulassen?«

»Ja, auch wenn es dich viel Kraft kostet. Ich hoffe für dich, dass du durchhältst.«

»Das hoffe ich auch.«

Wir sind am Tor angelangt, umarmen uns und ich trete den Rückweg an. Ich muss mich gegen all das wehren. Betty hat recht und ich habe auch recht.

Aber was ist *all das* eigentlich?

Als ich zurückkehre, ist Max schon im Stall, die Kinder im Bett und ich werde das Opfer einer Verschwörung. Wie aufs Stichwort sind nämlich plötzlich alle sehr müde und gehen kurz nacheinander ins Bett.

»Ich bin die Magd, also schlafe ich heute im Mägdezimmer.« Mit diesen Worten verschwindet Timo so schnell, dass ich nicht einmal den Hauch einer Chance habe, meinen vor Staunen offenen Mund wieder zuzuklappen. Jetzt sitzen nur noch Janine und ich im Hof.

»Hab ich was verpasst?«

»Timo konnte es wohl nicht erwarten, endlich wieder in einem ordentlichen Bett zu liegen. Ich hoffe nur, der sägt uns mit seinem Schnarchen nicht die Füße von den Betten.« Janine gähnt wie eine Hyäne, die seit Tagen einen Elefantenkadaver bewacht.

»Das habt ihr doch hinter meinem Rücken ausgeheckt. Und ihr meint jetzt, ich schlafe in der Scheune?« Ich verschränke meine Arme und bin ein bisschen wütend.

»Ja, meinen wir. Und alle waren einverstanden. Sogar Edeltraud. Ihr müsst endlich miteinander reden.« Kaum ausgesprochen, trollt sie sich mit einem mageren »Gute Nacht. Viel Spaß, Süße, sei uns nicht böse.«

Hallo?

Ich betrete die Scheune mit flatterndem Herzen. Unentschlossen bleibe ich an der Tür stehen. Max liegt ganz oben auf der Strohburg auf dem Rücken, ein Bündel Klamotten dient als Kissen. Seine Arme sind unter dem Kopf verschränkt, er starrt an die Decke und würdigt mich keines Blickes.

Ich fühle mich plötzlich überhaupt nicht mehr wohl in meinen Männerklamotten. Ich habe ja trotzdem den ganzen Tag geschwitzt und keine Wechselkleidung. Soll ich mein Nachthemd holen? Aber dann wecke ich die anderen. Doch was soll ich ausziehen? Ich käme mir in Max' Anwesenheit in jedem Fall entblößt vor, und entblößt möchte ich mich im Augenblick nicht für alles Geld der Welt fühlen. Also beschließe ich zu bleiben, wie ich bin.

»Wo darf ich mich hinlegen?«

»Wo du willst, hier gibt es keine Regeln«, nuschelt er und starrt wieder an die Decke.

Blödmann! Ich ziehe zwei dünne Decken vom Regal und suche mir einen Platz weit weg von Max auf der untersten Stufe der Strohburg. Ich ziehe die Schuhe aus, knülle eine der Decken zu einem Kissen zusammen, lege mich unter die zweite und versuche, es mir gemütlich zu machen. Max' Anwesenheit macht mich nervös, und das macht mich wütend. Ich will nicht nervös sein. Ich will Herrin der Lage bleiben, ich muss mich wehren.

Während ich krame und zu keinem zufriedenstellenden Ergebnis komme, beobachtet er mich.

»Was?«, fauche ich entnervt.

»Och, ich amüsiere mich köstlich, wie lange du brauchst, um dein Bett zu richten. Es ist eine tolle Abwechslung zu Timo. Der legt sich auf den Rücken, schließt die Augen und schnarcht fünf Sekunden später.«

»Nun«, antworte ich bissig, »mit Schnarchen kann ich möglicherweise dienen. Den Rest musst du leider ertragen.«

»Kann es sein, dass du latent aggressiv bist?«

»Nein. Keineswegs. Ich bin nicht latent, sondern deutlich aggressiv. Ich habe nämlich keine Lust, hier zu schlafen. Könntest du also bitte aufhören, mich anzustarren und dich über mich lustig zu machen?«

»Ich mache mich über dich lustig?«

»Ja, tust du.«

»Dann drehe ich mich lieber um und schließe die Augen. Sonst gehst du mir noch an die Gurgel und kämst dann in Schwierigkeiten. Das möchte ich nicht verantworten.« Er dreht sich um und schweigt.

Endlich! Irgendwann habe ich eine Position gefunden, in der ich glaube, einschlafen zu können. Möglichst schnell, damit diese Nacht bald ein Ende hat und ich wieder in mein eigenes Bett zurückdarf.

Ich versuche es.

Fünf Minuten.

Zehn Minuten.

Eine halbe Stunde.

Ich versuche, nicht zu wühlen, aber meine Beine werden immer unruhiger. Wenn ich mich nicht bald bewege, werde ich wahnsinnig. Aber aus Angst, mir wieder einen blöden Kommentar einzufangen, halte ich still.

Fünf Minuten.

Zehn Minuten.

Ich gebe auf, suche mir eine neue Position.

Und noch eine. Und noch eine.

Diese Nacht wird niemals enden.

Es rumort im Stroh über mir. Max setzt sich auf, klettert ohne Worte von seinem Lager und geht zu der Truhe, in der er und Timo ihre Klamotten aufbewahren. Er klappt den Deckel auf, greift zielsicher hinein und fördert eine Flasche Wein zutage. Dann klappt er den Deckel wieder zu, dreht sich zu mir um und grinst.

»Was hast du vor?«, frage ich wachsam.

»Ich denke, wir sollten aufhören zu ignorieren, dass du a) nicht schlafen kannst und b) von meiner Anwesenheit völlig überfordert bist. Ich schlage deshalb vor, wir schließen für heute Abend Waffenstillstand und trinken jetzt diese Flasche Wein. Danach kannst du sicher besser schlafen.«

Ich beäuge ihn. »Ich kann nicht schlafen, das stimmt, aber bilde dir bloß nichts drauf ein. Wie du weißt, kann ich sehr oft nicht einschlafen.«

»Akzeptiert. Möchtest du trotzdem Wein?«

»Ja, gern«, murmele ich unwillig und setze mich auf. »Wieso habt ihr überhaupt Wein?«

»Klüngel.« Er grinst. »Wir haben sogar drei Flaschen.«

»Unfassbar! Aber wir können den Wein nicht einfach trinken. Das findet Timo bestimmt nicht gut.«

»Ich treib schon neuen auf«, antwortet Max, geht zum Regal, auf dem allerlei altes Zeug steht, und fördert zwei Becher aus Zinn zutage. Genau jene Becher, die zu Edeltrauds Unmut seit Tagen in der Küche fehlen.

»Macht ihr das öfter?« Ich ziehe eine Augenbraue hoch.

»Nur, wenn wir Männerprobleme miteinander besprechen.«

Ich weiß nicht, was ich erwidern soll, also sage ich nur: »Dann her mit dem Zeug.«

Max grinst, entkorkt die Flasche mit einem Öffner, den er von Gott weiß woher gezaubert hat, schenkt nacheinander die Becher randvoll, setzt sich neben mich und reicht mir einen. »Prost, Kristin, auf eine ruhige Nacht.«

Ich meckere ihn wortlos an und trinke einen Schluck.

Dann schweigen wir erst einmal. *Ich* weiß nämlich nicht, was ich von dieser Situation halten soll.

Schließlich fragt Max: »Also, worüber sollen wir reden?«

»Müssen wir denn reden? Wir können doch auch einfach hier sitzen und trinken, oder nicht?«

»Klar können wir das. Aber erfahrungsgemäß haltet ihr Frauen das nicht lange durch, also können wir auch gleich mit Reden anfangen.«

»Aha, du hast also den Durchblick, was Frauen angeht.«

»Auf keinen Fall, aber ein paar Grundregeln habe selbst ich in den letzten Jahren verstanden.«

Wider Willen muss ich lachen. Das ist mir so unangenehm, dass ich diesmal einen großen Schluck nehme. Tut irgendwie gut, der Alkohol.

Max mustert mich. »Bin ich *so* schrecklich, dass du nicht einmal lachen willst, wenn es was zu lachen gibt?«

Ich fühle mich ertappt.

»Okay, ich gebe mich geschlagen. Reden wir. Aber bitte über etwas Unverfängliches.«

»Gerne, wobei ich natürlich gern wüsste, was das Verfängliche ist, über das du nicht reden möchtest.«

Er schlägt mich mit meinen eigenen Waffen und deshalb fällt mir keine Antwort ein.

»Also, mir würden spontan einige Dinge einfallen, über die wir NICHT reden könnten.«

»Bist du eigentlich immer so ... so ... hartnäckig?«

Er schmunzelt. »Dann schlag doch du ein Thema vor.«

Das klingt gut. Und harmlos. Aber auch sehr verführerisch. Ich könnte ihn nämlich jetzt auffordern, mir seine Geschichte zu erzählen. Damit rechnet er sicher nicht. Und mit einem Mal wird mir etwas klar. Vielleicht hätte ich das schon viel früher tun sollen? Aber es hat mir gereicht, eine Schublade aufzumachen und ihn hineinzupacken. Weil mir diese Schublade mehr als recht kam und er im Grunde nichts anderes ist als der Sündenbock für die

Verfehlungen meines Mannes. Jemand, an dem ich das auslassen kann, was ich mir Carsten gegenüber verkneife. Das ist der Grund, warum ich diesem Mann nicht den Hauch einer Chance lassen wollte. Vielleicht sollte ich ihm diese Chance endlich geben. Nicht, dass ich glaube, es ändert etwas an meiner Meinung. Schmetterlinge beim Küssen hin oder her. Ist doch fair, oder?

»Jedes Thema?«

»Ja, klar.«

»Gut. Erzähl mir, warum dich deine Frau rausgeworfen hat.«

»Uff«, macht er und wischt sich imaginär den Schweiß von der Stirn. »Und ich dachte schon, ich hätte mir ein Eigentor geschossen und muss dir mein Geheimnis verraten.«

Ich bin verwirrt. Er findet die Frage nicht schlimm?

»Ähm. Das frage ich dich dann danach. Jetzt wüsste ich gerne, warum du gehen musstest.«

»*Quid pro quo*, so leicht kriegst du mich nicht.«

Uns beiden wird die Doppeldeutigkeit der Worte bewusst und wir grinsen uns verlegen an.

»Gut. Du willst wissen, warum mich meine Frau vor die Tür gesetzt hat? Kein Problem. Aber zuerst einmal. Was wissen die anderen und was hat Betty dir erzählt?«

»Die anderen wissen nicht mehr als das, was Betty gesagt hat. Und das waren nur drei Sätze. Deine Frau hat dich rausgeworfen, du bist nach Köln gezogen, und das Museum kommt dir gerade recht, weil du beruflich eine Auszeit eingelegt hast. Mehr wusste Betty nicht. Daniel hat seinen Ehrenkodex, wie du weißt.«

»Daniel ist ein Mann, auf den man sich verlassen kann. Er war schon in der Schule so. Immer loyal, immer korrekt. Klassensprecher, Schulsprecher. Ich würde sagen, sein einziger schwarzer Fleck auf der Weste in der Schulzeit war seine Freundschaft zu mir. Und danach hat er sich Betty geangelt. Die ist ja auch nicht ohne.«

»Ja, er braucht ein ausgleichendes Element, das stimmt. Ohne das würde er an seiner eigenen Korrektheit zugrunde gehen.«

Wir grinsen uns wieder an, seltsam verbunden durch einen Freund, den wir beide schätzen. Ein schöner Augenblick, der mir ein warmes Gefühl im Bauch macht. Aber er lenkt ab, der Schuft.

»Gut«, sage ich nach kurzem Nachdenken. »Daniel haben wir abgehakt, du weißt nun, was ich weiß, und jetzt erzähl mir deine Geschichte.«

»Erzählst du mir dann auch deine?«

»Wer sagt denn, dass es da eine Geschichte gibt?«

»Es steht auf deiner Stirn geschrieben, Süße, und deine Aussagen zwischen den Zeilen tun ihr Übriges.«

»Nenn mich nicht Süße«, knurre ich unwirsch.

»Verstanden. Zurückgenommen.«

»Angenommen. Aber will ich deine Geschichte überhaupt hören, wenn ich dafür was zurückgeben muss?«

»Puh, du bist nicht einfach, Kristin. Immer diese Ecken, Kanten und kleinen Hürden, über die man rübermuss. Aber irgendwie reizt mich das.«

Ich runzle die Stirn. War das jetzt ein Kompliment oder eine Beleidigung? Anstatt weiterzugrübeln, fahre ich ihn an: »Raus jetzt mit deiner Geschichte. Der Vorspann ist ja schlimmer als das Gedöns im Kino vor dem Hauptfilm.«

Max fängt schallend an zu lachen, schenkt uns beiden nochmals nach und endlich erfahre ich sie. Seine Geschichte.

»Ja, ich bin fremdgegangen. Daran gibt es nichts zu rütteln. Aber nicht aus einer Laune heraus. Es gibt eben kein Schwarz-Weiß. Die Wahrheit ist doch oft eher grau. Und vieles kann man erst im Nachhinein beurteilen.«

Ich setze zu einer Erwiderung an, aber er würgt mich mit einer kurzen Handbewegung ab. »Lass mich einfach zu Ende erzählen. Dann darfst du urteilen.«

»Okay.«

»Gut. Also. Ich habe Jasmin geliebt, das musst du mir glauben, aber sie hadert mit sich und der Welt, seitdem die Kinder da sind. Ich weiß nicht, woher es kommt, aber sie hat sich verändert. Im Grunde ist ihr nichts gut genug, an allem hat sie etwas auszusetzen. Das geht vom Bäcker, der die Brötchen nicht richtig backt, über die Kinder, die nichts richtig machen können, bis zu ihrer Mutter, die wiederum mit den Enkeln alles falsch macht. Und ich konnte auch nichts mehr richtig machen. Jetzt könnte man sicher sagen, das ist der Lauf der Dinge, eine lange Ehe, jede Frau nölt an ihrem Mann rum. Aber ich habe angefangen, darunter zu leiden. Ich verdiene zu wenig Geld, ich bin zu oft weg, ich kümmere mich nicht um die Kinder und im Haushalt bin ich auch eine Niete. Ich kaue falsch, sitze falsch, habe die falsche Meinung. Als loyale Frau denkst du jetzt sicher: Die wird schon einen Grund gehabt haben. Und klar, ich habe nicht alles richtig gemacht. Aber selbst meine Freunde haben mich irgendwann gefragt, warum ich mir das gefallen lasse. Und ob meine Frau eigentlich jemals gute Laune hat. Ich habe mich gefragt, ob sie krank ist, seelisch vielleicht, weil sie manchmal tagelang im Bett verschwunden ist. Ich habe mir dann freigenommen, mich um die Kinder gekümmert. Habe mit ihr geredet, sie gebeten, sich Hilfe zu holen. Aber sie hat sich komplett verweigert und ständig damit gedroht, mir die Kinder wegzunehmen und mich rauszuwerfen. Das war im Grunde mein Alltag. Eine zeternde, unzufriedene Frau.«

Jetzt muss ich doch einhaken. »Du stellst dich ausschließlich als Opfer dar. Hast du dich denn wirklich immer korrekt verhalten?«

»Nein, auf keinen Fall, ich habe auch meine schlechten Eigenschaften. Meine Frau hat mit Sicherheit mehr zu Hause gemacht als ich, trotz Vollzeitjob, und ich habe sie lange nicht ernst genommen, weil wir Männer gerne alles auf die Hormone schieben. Andererseits wollte ich ja, dass sie sich Hilfe sucht. Wie oft habe ich Geschichten gehört, in denen die Frauen fremdgehen und hinterher gesagt wird: Sie hat in der Beziehung gelitten, sie hat sich befreit. Tut der Mann dasselbe, ist er ein skrupelloser Arsch.«

»Stimmt«, sage ich und denke an Carsten. Bin ich vielleicht auch ihm gegenüber ungerecht?

»Du brauchst dich jetzt nicht zu fragen, ob du wie Jasmin bist.« Max sagt es sehr ruhig und sehr leise, ich zucke dennoch zusammen. Besser hätte er nicht ins Schwarze treffen können. Ich halte ihm stumm meinen Becher hin.

Er schenkt uns ein, wir prosten uns wortlos zu und er erzählt weiter. »Dann kam Laura. Kein junges Ding, keine besonders schöne Frau. Nichts, was man klassischerweise erwarten würde. Eine Kollegin, die nur drei Monate bei uns war und für die ich nicht mehr war als eine kleine Episode. Aber sie hat mich zum Lachen gebracht, sie konnte wunderbar dreckige Witze erzählen, und sie hat mit mir geflirtet, was das Zeug hält. Es war verführerisch. Gibt es daran etwas schönzureden? Nein. Sicher nicht. Einmal sind wir in der Kiste gelandet, es hat verdammt gutgetan. Trotzdem war mein schlechtes Gewissen riesig. Und dann ist die verdammte Geschichte aufgeflogen, weil mein Alibi im Nachhinein geplatzt ist. Jasmin hat mich damit konfrontiert, ich konnte und wollte nicht lügen, sie hat mich rausgeworfen. Das Schlimmste ist, ich bin einfach nur froh, sie los zu sein. Aber ich vermisse meine Kinder unendlich. Erst jetzt weiß ich, dass ich wegen ihnen so lange ausgehalten habe.«

Ich lasse die Geschichte sacken. Es ist keine schöne Geschichte. Keine besondere Geschichte. Man hält sich nicht entsetzt die Hand vor den Mund und sagt: Um Gottes willen, wie schrecklich ist das denn? Es ist das Leben und ein persönliches Drama unter vielen. Ich könnte sogar Verständnis haben, wenn mir nicht eine Sache ganz übel aufstoßen würde. »Wenn du doch deine Kinder so liebst, was machst du dann in Köln? So weit weg von München? Und warum bist du hier im Museum? Das verstehe ich nicht.«

»Ganz einfach«, sagt er. »Jasmin hat mich wegen häuslicher Gewalt angezeigt und eine einstweilige Verfügung gegen mich erwirkt. Ich darf meine Kinder nicht mehr sehen.«

»Ach du liebe Scheiße.«

Wir schweigen. Was soll ich auch sagen? Ein Mensch macht einen Fehler und die Strafe dafür liegt Meilen über dem, was er verdient hätte. Allein wenn ich mir vorstelle, meine Kinder nicht mehr sehen zu dürfen, wird mir schlecht.

»Wenn wir weiter schweigen, fange ich gleich an zu heulen«, sagt Max schließlich. »Also lenk mich ab. Mit deiner Geschichte vielleicht?«

»Dann heulen wir am Ende beide. Lass mal. Aber ich erzähle sie dir, versprochen. Außerdem muss ich jetzt sowieso erst mal darüber nachdenken, ob mir mein Mann fremdgeht, weil ich eine fürchterliche Ziege bin.«

»Nein, das bist du nicht. Ich erlebe dich mit deinen Kindern und mit den anderen. Du kannst keine fürchterliche Ziege sein. Auch wenn du ganz fest versuchst, mir gegenüber eine zu sein.«

»Danke, und du hast recht. Dir gegenüber bin ich wirklich eine fürchterliche Ziege. Das tut mir jetzt schon fast leid.«

»Dann muss ich nur noch dran arbeiten, das ›fast‹ wegzukriegen?«

»Ist es so offensichtlich, dass du mein persönlicher Sündenbock bist?«

»Oh ja.« Er lächelt. »Außerdem hatte Betty mich vorgewarnt. Sie meinte, es könne sein, dass ich wie ein rotes Tuch auf dich wirke. Aber mehr hat sie nicht gesagt, den Rest habe ich mir zusammengereimt.«

»Ach, Betty«, stöhne ich. »Die Frau ist an Weitsicht nicht zu überbieten. Aber verrat mir noch eins. Deine nächtlichen Ausflüge hängen damit zusammen?«

Er stutzt kurz. »Ich bin in Kontakt mit Rechtsanwälten, mit meinen Eltern und einem guten Freund, einem Psychologen.«

»Gut«, sage ich, »dann bin ich froh, dass ich dich gedeckt habe. Sollen wir jetzt das Thema wechseln?«

»Sehr, sehr gerne«, sagt er lächelnd.

Und wieder schweigen wir ein bisschen.

Mir fällt aber auch so gar nichts ein.

Vielleicht haben wir uns auch gar nicht so viel zu sagen.

Woher sollte es auch auf einmal kommen?

Ich fand ihn ja blöd. Jetzt nicht mehr? Weil er mein Kind gefunden hat und er seine so vermisst? Wenn es so ist, müsste ich mich für ihn und sein Leben interessieren. Ich BIN ja neugierig, war es von Anfang an. Es ist eher die Frage: Wo fange ich an?

»Erzähl mir von deinem Job«, sage ich in die Stille hinein.

Max stöhnt. »Komm, Kristin, das können wir besser.«

»Was können wir besser?«

»Reden.«

»Mir fällt aber grad nix ein. Das Einzige, was ich mich frage, ist, ob ich mich jetzt für dich interessieren muss, weil du mein Kind gefunden hast und ich die Wahrheit über dich weiß, oder ob ich dich trotzdem weiter doof finden darf. Nicht, dass ich dich doof finden will. Ich versuche gerade nur, meine widersprüchlichen Gefühle in ein Schema zu pressen.«

»Ist das ein Gedanke, der Achterbahn gefahren ist, ehe er aus dir rausplumpste?«

»Irgendwie schon«, gebe ich zu.

»Du bist ein Mensch, der eindeutig zu viel denkt«, sagt er. »Aber es kommen richtig lustige Dinge dabei raus. Du bist schon irgendwie putzig.«

»Putzig? Putzig sind kleine, tollpatschige Kätzchen, aber doch keine Frau Anfang vierzig.«

»Oh doch«, sagt er bierernst. »Auch alte Frauen können putzig sein. Oder vielleicht dürfen sie WIEDER putzig werden. So als Vorstufe zum Ömchen.«

»Jetzt reicht's aber«, sage ich entrüstet, muss meine Mundwinkel aber streng unter Kontrolle halten.

»Guck, dafür war's schon gut. Deine Mundwinkel zucken.«

»Also, ich weiß ja nicht, doch du hast eine Art, die mich in den Wahnsinn treibt.«

»Und deine Art macht Lust, genau das zu tun.«

Ich rupfe ein paar Strohhalme aus dem Ballen unter mir und bewerfe ihn damit. Die Strohbombe verpufft, kaum dass sie meine Hand verlassen hat.

»Wolltest du mich gerade mit Stroh abschießen?«

»Ich hätte mir besser etwas Handfesteres gesucht.«

Max gluckst. »Siehst du, und deswegen bist du putzig.«

Wir grinsen uns an. Es ist schön mit ihm. Es hat was von Kindergarten, aber warum sollte man sich nicht kindisch aufführen dürfen?

»Okay«, ich gebe mich geschlagen. »Ich bewerfe dich nicht, du beleidigst mich nicht und dann können wir ein vernünftiges Gespräch führen.«

»Sehr gute Idee. Erzähl mir von eurem Kater.«

»Wie kommst du denn jetzt darauf?«

»Na ja, Liv erwähnt ihn ziemlich oft, also dachte ich, ich will mehr von dem Kater erfahren.«

Ich lache und erzähle ihm von unserem Kater. Danach erzählt er von den Meerschweinchen seiner Kinder, wir wechseln zu den Tieren unserer Kindheit und sind schließlich bei unseren Kindheitserlebnissen. Fast wie von selbst wachsen wir, werden zu Teenies, erzählen vom ersten Kuss, der ersten Liebe. Wir lachen, wir entrüsten uns und wir fangen an zu flirten. Nahezu unbemerkt. Erst als die Funken schon fliegen und das Stroh nur eine Handbreit davon entfernt ist, Feuer zu fangen, fällt es mir auf.

»Wer hat dich entjungfert?«, fragt Max in genau diesem Augenblick.

Ich stutze. Eine intime Frage und doch die folgerichtige. »Michael, ein halbes Jahr älter. Und dich?«

»Gabi, drei Jahre älter.«

»Respekt. Wie hast du das denn hingekriegt.«

»Mein Charme. Für den bin ich berühmt.«

»Eingebildeter Sack.«

»Netter, charmanter, eingebildeter Sack. Wenn schon, denn schon.«

Ich kichere. »Damit kann ich leben.«

»Ich auch.«

Wir strahlen uns an und dann erscheint ein anderer Ausdruck in seinem Gesicht. Was ist das mit diesem Mann? Wir reiben uns aneinander. Wir mögen uns und wir mögen uns nicht. Immer wieder und von Anfang an. Wo soll das hinführen? Ich weiß gerade gar nichts.

Er lässt die Flasche Wein von der linken in die rechte Hand wandern und wieder zurück. »Wollen wir noch eine Flasche aufmachen?«

»Nein. Ich glaube, ich habe für heute genug«, sage ich vorsichtig. »Vielleicht sollten wir schlafen.«

»Keine schlechte Idee.« Er stellt die Flasche weg, klettert nach oben auf sein Lager, greift nach der Öllampe und löscht das Licht.

»Gute Nacht, Kristin.«

»Gute Nacht, Max.«

Was ist gerade passiert?

Ich versuche zu schlafen. Aber als hätte die Müdigkeit beschlossen, mich zu veräppeln, hat sie ein paar ihrer besten (oder auch nicht ganz besten) Freunde geschickt.

Fräulein Herzklopfen beispielsweise, die sitzt ganz nah neben mir. Herr Zweifel und Frau Aufgeregtheit sind auch da. Und Fräulein Sehnsucht, wobei ich finde, dass die hier nichts zu suchen hat. Ich spüre sie alle, und dann fangen sie auch noch an zu quatschen. Durcheinander und viel zu laut. Und als ich kurz davor bin, wegen dieses Gelaberstakkatos imaginärer Gefühlskobolde durchzudrehen, beschließe ich, dass es nur eins gibt, was dagegen hilft. Handeln.

»Du?«, frage ich in die Dunkelheit.

»Ja?«, kommt es leise von oben.

»Kann ich … ?« Ich breche den Satz ab. Stattdessen wühle ich mich aus meinem Lager und krabble nach oben. Max sagt nichts, aber er hebt wie selbstverständlich seine Decke. Ich lege mich mit dem Rücken an seine Brust. Er schlingt einen Arm um mich und ich schiebe eines meiner Beine zwischen seine Beine. So liegen wir. Minutenlang und schweigend. Irgendwann beginnt er meinen Arm zu streicheln. Den Oberarm, lange, dann den Unterarm, irgendwann wandert seine Hand zu meiner Hand und unsere Hände umschlingen einander. So liegen wir weiter. Minutenlang und schweigend.

Dann löse ich meine Hand, ziehe mein Bein aus seiner zarten Umklammerung und drehe mich vorsichtig um. Ich schaue ihn an, auch wenn ich nichts als Schemen erkenne. Er schaut mich ebenfalls an, ein leichter Glanz im Dunkel verrät es. Wir sehen uns an, ohne uns zu sehen. Es ist ein magischer Augenblick. Ein Augenblick im Vakuum, es gibt keine Bedenken, keine Probleme, keine Zweifel. Ich lege meine Hand an seinen Hinterkopf und küsse ihn.

Er küsst zurück.

Ich habe nie zuvor geküsst. So fühlt es sich an. Und weiter sprechen wir kein Wort. Und während wir uns küssen und küssen und immer weiter küssen, drängen wir uns so nah aneinander, dass wir fast eins sind.

Der romantische Augenblick verpufft.

Denn dann legen wir richtig los.

Eine gefühlte Ewigkeit später liegen wir verschwitzt auf der Decke. Mein Gesicht glüht, mein Brustkorb hebt und senkt sich. Ich bin völlig fertig. Max liegt auf der Seite und streichelt mit seinem Daumen über meine Seite. Ich sollte etwas sagen, aber in meinem Kopf herrscht eine angenehme Leere. Als hätte ein Feng-Shui-Meister alles aufgeräumt. Ich möchte das Gefühl gerne behalten, aber ich kenne mich. Ich werde diesen schönen, leeren Feng-Shui-Kopf sicher ganz schnell wieder mit kruden Gedanken füllen. Aber bitte noch nicht jetzt, nicht jetzt sofort. Bleibt alle weg, ihr dummen Gedanken!

»Es ist bestimmt spannend, mal in deinen Kopf reinzuschauen«, sagt Max just in diesem Moment leise.

»Wie kommst du darauf?«

»Ich spüre dich denken.«

»So ein Quatsch«, antworte ich, »in meinem Kopf war der Feng-Shui-Meister persönlich.«

»Das wäre dann wohl ich«, antwortet Max bierernst und dann fangen wir an zu lachen und zu lachen und zu lachen.

Mehr reden wir nicht mehr in dieser Nacht. Und nachdem wir fertig sind mit lachen, kuscheln wir wie selbstverständlich. Und wie selbstverständlich schlafen wir beide unter derselben Decke ein.

Es fühlt sich gut an.

Feng-Shui

Als ich am nächsten Morgen aufwache, schläft Max noch. Wie fühle ich mich? Gut. Ich fühle mich gut. Noch habe ich nicht das Bedürfnis nachzudenken. Also küsse ich den schlafenden Max auf die Stirn und krabble vorsichtig unter der Decke hervor. Er bewegt sich im Schlaf, ich halte kurz inne und betrachte ihn. Er ist schon ein Süßer.

Ich klettere nach unten, schnappe mein Bündel und trete in die grelle Morgensonne. Ich marschiere zum Klohaus, lehne meinen Kopf an die kühlen Holzbretter und flehe meinen Schädel an, das Pochen einzustellen. Ich gehe aufs Klo und anschließend zum Brunnen, wo ich von einer gut gelaunten Elisa empfangen werde.

»Hey, guten Morgen. Na? Wie war's im Stall?«

Ich bin auf die Frage nicht vorbereitet. Was soll ich erzählen? Ich muss erst nachdenken und selbst herausfinden, was passiert ist. »Ich sag mal so. Ich bin froh, dass ich heute Abend wieder in meinem Bett schlafen kann. Die Kühe schnarchen, das hört man durch die Wand.«

»Echt? Die schnarchen?«

»Aber so was von. Schätze, dagegen ist Timo ein Waisenknabe.«

»Och, der hat ganz harmlos ein bisschen vor sich hin gesägt, hat sich eher angehört wie eine Katze als ein Mann.«

Ich kichere. »Was ist er denn? Katze oder Kater?«

»Ein kastrierter Kater«, erwidert Elisa erstaunlich schlagfertig für den frühen Morgen.

»Lass ihn das bloß nie hören.«

Wir waschen uns, danach gehen wir ins Haus. Ich verschwinde im Schlafzimmer und ziehe mein Kleid an.

Ich bin wieder ich.

In der Küche rumoren Timo, Janine und Edeltraud um die Wette. Wie können sie nur so frisch und munter sein? Ach ja. Sie haben keinen Wein getrunken.

»Tee?« Janine hält mir einen dampfenden Becher unter die Nase.

»Oh ja, gerne, danke.«

»Und?«

»Was und?« Ich grinse sie an und bereue es im selben Augenblick.

»Das sieht gut aus, dein Grinsen. Schieß los. Wie war die Nacht im Stroh?«

»Joooo. War okay. Max schnarcht nicht, dafür aber die Kühe. Und so toll ist es gar nicht, im Stroh zu schlafen.«

»Laaaangweilig, ich will mehr hören.«

»Ich auch«, sagt Edeltraud.

»Und ich erst.« Timo.

Sie haben allesamt das Kramen eingestellt und stehen vor mir. Erwartungsvoll. Janine hüpft sogar von einem Fuß auf den anderen.

»Ich muss erst mal darüber nachdenken, okay?«

Janine zieht einen Flunsch. »Langweilerin. Aber ich krieg dich noch.«

»Ich fürchte auch«, antworte ich, puste in meinen Tee und nippe vorsichtig daran. »Später. Versprochen.«

Doch der Tag gönnt uns keine ruhige Minute. Das Museum ist voll, die Besucher geben sich die Klinke in die Hand und abends sind ständig Kinder in der Nähe. Max und ich laufen uns nur in Gegenwart anderer über den Weg. Er lächelt mich an, wenn er mich sieht, und ich lächle zurück. Wir tragen ein gemeinsames Geheimnis und ich hatte wundervollen Sex. Den ganzen Tag habe ich dieses Lächeln auf den Lippen und wie durch ein Wunder bleibt mir mein Feng-Shui-Kopf erhalten. Es ist eine wundervolle, aufgeräumte und schwerelose Leere, die mich am Ende eines anstrengenden Tages sanft in den Schlaf wiegt.

»Also, wenn du mir jetzt nicht endlich erzählst, was passiert ist, dreh ich durch.«

Janine hat mich direkt nach dem Frühstück am nächsten Morgen an der Hand genommen und in den Garten gezerrt. »Wir müssen Erbsen ernten. Ich ernte, du pulst.«

»Wer sagt denn, dass was passiert ist?«

Ich klaube eine weitere Schote aus dem Zinkeimer, den Janine stetig befüllt, knacke das Ende der Erbse, öffne mit den Fingernägeln die Schote und streiche die Erbsen hinaus. Es sind große runde Erbsen. Ich liebe das Erbsenpulen. Es hat etwas Meditatives und jede Schote ist wie eine kleine Schatztruhe.

»Deine Augen, dein Mund, Max' Augen, Max' Mund. Ihr habt euch gestern zu Tode gelächelt, wenn ihr dachtet, keiner sieht hin.«

»Du hast recht. Es IST was gelaufen.«

»Cool.«

»Du findest das cool? Warum?«

»Weil ihr euch immer so gezankt habt, dass es einfach nicht anders sein konnte, und weil ich es dir gönne. Aber jetzt sag. Was ist genau passiert und was denkst du jetzt über ihn?«

Ich nehme die nächste Erbsenschote und friemle sie konzentriert auf. »Keine Ahnung, darüber muss ich noch nachdenken. Fürs Erste hab ich einfach nur den wirklich sagenhaften Sex genossen.«

Janine freut sich königlich. »Wie hat er dich rumgekriegt?«

»Tja, was soll ich sagen? Er hat mir seine Geschichte erzählt. Ihr hattet recht, ich habe ihn verurteilt, weil mein Mann fremdgeht.« Ich zucke mit den Achseln.

»Schön, dass ihr das endlich klären konntet. Und ihr hattet wirklich Sex? Ts. Ich hab's ja gehofft, und trotzdem bei Timo dagegengesetzt.«

»Ihr habt gewettet?«

»Na klar«, sagt sie lachend, »Timos neues Hobby.«

»Musst du jetzt auch Kostüme tauschen?«

»Nee, ich muss Kuhscheiße wegräumen.«

Ich pruste los. »Ein schlechter Deal.«

»Allerdings«, jault sie theatralisch.

Dann erzähle ich ihr die ganze Geschichte und frage nach ihrer Meinung.

»Sex entspannt, du bist entspannt, also alles prima!«, antwortet sie knapp und ich schaue sie verdutzt an.

»Das ist jetzt mal so der erste Eindruck. Es hat dir gutgetan, also war es das auch. Über alles andere würde ich mir an deiner Stelle im Moment keine Gedanken machen. Genieße es einfach, der Rest kommt eh von selbst.«

»Das sagst du so. Aber was ist mit Carsten?«

»Er geht fremd, du gehst fremd. Eigentlich müsst ihr euch das nur noch gegenseitig verraten.« Sie gackert. »Aber im Ernst. Sieh es als ausgleichende Gerechtigkeit. Auf die Nase würde ich es ihm nicht binden.«

»Das hatte ich auch nicht vor. Aber ist es nicht absurd? Wir spielen heile Familie und bescheißen uns gegenseitig?«

»Na ja. So heil kommt mir die Sache nicht vor.«

»Da hast du auch wieder recht.«

Wir reden weiter und Janine hilft mir beim Sortieren. Es geht mir gut, kein Grübelanfall in Sicht. Ich MÜSSTE nachdenken, schiebe es aber von mir wie eine unliebsame Aufgabe. Und genieße, das einfach zu können.

Als hätten wir eine stille Übereinkunft getroffen, reden Max und ich nach unserer Nacht im Stroh kein einziges Mal über das, was passiert ist.

Nein.

Wir wiederholen es einfach.

Einmal, zweimal …

Quarantäne

Tage vergehen.

Zwischen Max und mir herrscht eine ungewohnte Harmonie. Wir sprechen nicht darüber, wir verabreden uns nicht, doch wenn wir uns über den Weg laufen und niemand in der Nähe ist, stolpern wir einvernehmlich in die nächste Ecke, küssen uns, streicheln uns, oder, wenn die Gelegenheit sich ergibt, schlafen miteinander. Es ist jedes Mal großartig, aber danach gehen wir ohne viele Worte auseinander. Vielleicht geht es ihm wie mir – würden wir darüber reden (oder überhaupt großartig reden), müssten wir einen Status finden. Ich will keinen Status und schon gar nicht darüber nachdenken, dass ich als verheiratete Frau regelmäßig mit einem anderen Mann schlafe. Auch wenn mein Mann fremdgeht, ich fühle mich moralisch verpflichtet. Alleine der Kinder wegen.

Der Zauber des Neuen liegt über uns. Das gegenseitige Entdecken, das Geheimnisvolle – es ist aufregend und vernebelt meinen Verstand. Gleichzeitig herrscht zwischen uns eine Nähe, die mir Angst macht. Ich weiß, dass da noch etwas lauert, aber ich ignoriere es. Vielleicht geht es Max ähnlich, vielleicht hat auch er Angst vor dem, was diese Nähe zwischen uns bedeuten könnte. Anders kann ich mir unsere stillschweigende Übereinkunft nicht erklären, lediglich die Gunst der Stunde zu nutzen, und ansonsten so zu tun, als wären diese Zusammenkünfte nicht mehr als der unverbindliche Sex zweier Menschen, die aus purer Lust miteinander schlafen.

Denn für eins bin ich sicher nicht bereit: mich Hals über Kopf in einen Mann zu verlieben, während meine Ehe und unsere Familie am seidenen Faden hängt.

Ich bin heute Morgen die Erste in der Küche. Vögel, die bereits um kurz nach vier anfangen zu zwitschern, sind ein eindrücklicher Wecker. Ich befeuere den Ofen so selbstverständlich, als hätte ich ein Leben lang nichts anderes gemacht. Anschließend gehe ich mit dem großen Kupferkessel zum Brunnen, fülle ihn und schleppe ihn zurück zum Herd. Das Wasser brauchen wir für den Tee und anschließend zum Spülen des Geschirrs von gestern Abend. Wir hatten keine Lust mehr zu spülen, werden nachher fluchen wie die Kesselflicker und wie so oft enzym-getuntes Spülmittel herbeisehnen. Während das Wasser wärmer wird, decke ich den Tisch und habe anschließend noch Zeit. Unsere Tage beginnen normalerweise gegen sieben Uhr.

Ich lasse meinen Blick durch die Küche schweifen, nehme mir eine kleine Schüssel aus dem Regal und schlendere in den Garten, um Beeren zu pflücken. Ich freue mich auf die kleine meditative Einlage in der angenehmen Morgenluft. Bei den Himbeersträuchern angekommen, raffe ich meine Röcke, knie mich hin und zupfe sorgsam eine Himbeere nach der anderen vom üppig beladenen Strauch. Es sind solche Augenblicke, die das Leben hier ausmachen – es gibt keine Termine, keine Autos, keine Arbeitswege, keinen Druck von außen. Ob ich mich an so ein Leben gewöhnen könnte? Ich erwische mich in den letzten Tagen immer wieder dabei, mir dieses Leben herbeizusehnen. Aber ist es wirklich der Wunsch nach einem anderen Leben oder nicht vielmehr die Suche nach einem Ausweg für das, was mich zu Hause erwartet? Die längst überfällige Konfrontation mit Carsten? Die Flucht vor dem Wissen, dass nichts geklärt ist und ich und meine Kinder einer ungewissen Zukunft entgegenblicken?

Und als würde das nicht reichen, habe ich jetzt auch noch diese Max-Geschichte am Hals. Ich kann mich doch nicht verlieben, während ich meinen Ehemann des Fremdgehens bezichtige. In einen Mann, der nichts anderes verspricht als noch mehr Sorgen …

Jede fünfte Beere, die ich pflücke, stecke ich mir in den Mund. Da bin ich gewissenhaft. Eine, zwei, drei, vier ins Töpfchen, und Nummer fünf lasse ich mir langsam und genüsslich auf der Zunge zergehen. Hm. Die Beeren schmecken kolossal. Daniels Pflichtbewusstsein der Geschichte gegenüber schließt selbstverständlich mit ein, dass in seinen Schaugärten ausschließlich alte Sorten wachsen. Und – da kann man sagen, was man will – sie schmecken um Längen besser als der hochgezüchtete Kram der Supermarktketten und Industriebauern. Selbst die Kartoffeln sind aromatischer. Daniel ist sogar so weit gegangen, Lebensmittel, die nicht aus den Nutzgärten des Museums stammen, ausschließlich aus Quellen zu beziehen, die sich zur Erhaltung alter Sorten verpflichtet haben.

Ich überlege gerade, ob ich genug Beeren gepflückt habe, als mich Maja besucht. Seltsam kraftlos schleicht sie zwischen den Beeten entlang. Sie kommt näher und mir fällt gleich auf, wie bleich sie aussieht. Schweißtropfen stehen auf ihrer Stirn. Ich stehe auf und breite meine Arme aus.

»Majakind, was ist los mit dir, du siehst gar nicht gut aus.«

»Ma-ma«, jault sie und erbricht sich in einem riesigen Schwall in die Himbeeren.

»O wei, o wei.« Ich betrachte das Desaster und schaffe es, ihr beim zweiten Schwall die Haare aus dem Gesicht zu halten. »Fertig?«

»Weiß nicht«, antwortet sie kraftlos, »die armen Himbeeren.«

»Warum ist dir denn schlecht, hast du was Falsches gegessen?«

»Ich glaube nicht. Außerdem war Liv vor mir schlecht, sie hat direkt nach dem Aufwachen das ganze Bett vollgekotzt. Ich wollte dich nur holen kommen.«

»Ach du je!« Ich runzle die Stirn. Wenn es Liv auch erwischt hat, ist es wahrscheinlich ein Virus, und das können wir hier überhaupt nicht brauchen. »Schaffst du es zurück ins Haus?«

Maja nickt tapfer und wir treten den Rückweg an. Wie bekommen wir nur die Bettwäsche ohne Waschmaschine sauber? Ich habe gar keine Lust, die Bröckchen in mühevoller Kleinarbeit mit der Hand rauszuschrubben. Ich schätze, Daniel wird wieder einmal eines seiner ungeliebten Zugeständnisse machen müssen. Erst die Handys, nun die Waschmaschine. Er tut mir jetzt schon leid.

»Wo ist Liv denn jetzt?«, frage ich meine bleiche Tochter.

»Edeltraud ist mit ihr am Brunnen und hilft ihr beim Waschen.«

»Willst du dich in mein Bett legen?«

»Ja-a.«

Ich schiebe sie vorsichtig in unser Zimmer, wische ihr den Schweiß von der Stirn, hole ihr einen Eimer und helfe ihr, sich hinzulegen. Dann gehe ich in das Zimmer der Mädchen und öffne das kleine zweiflügelige Fenster. Es stinkt erbärmlich. Anschließend packe ich vorsichtig Federbetten, Kissen und Laken zusammen. Alles ist komplett eingesaut. Mit unseren Mitteln werden wir das nicht sauber bekommen. Hoffentlich hat Daniel in seiner Planungswut auch solche Vorfälle eingeplant und Ersatz vor Ort.

Ich trage alles nach draußen und lege es vor die Scheune. Elisa kommt aus dem Haus und bleibt in gebührendem Abstand stehen.

»Hast du es schon mitbekommen?«, frage ich sie und deute auf den Wäschestapel.

»Ja«, sagt sie, »und mir ist auch schlecht.«

Ich mustere sie, auch sie hat eine fahle Gesichtsfarbe. »Oh

nein, das können wir gar nicht gebrauchen, bloß keine ansteckende Krankheit.« Ich schaue sie an und mir entfährt ein tiefer Seufzer. »Leg dich hin und nimm einen Eimer mit. Ach nee, den hat ja schon Maja. Nimm irgendwas anderes. Oder soll ich das für dich machen?«

»Würdest du das tun?«

»Aber klar, bist doch meine große Adoptivtochter.« Ich zwinkere ihr zu und sie quittiert es mit einem mageren Lächeln. »Los, ab mit dir ins Bett.«

Nachdem ich Elisa mit einem Eimer aus dem Stall versorgt habe, geht es richtig los. Timo ist bleich wie sein Hemd und auch Linus und Ole hat es erwischt. Max, Janine, Edeltraud und ich beratschlagen kurz und schicken anschließend Max ins Verwaltungsgebäude, um Daniel zu informieren. Währenddessen versorgen wir die Kranken, immer darauf bedacht, ihnen nicht zu nah zu kommen, um uns nicht auch noch anzustecken.

Als Max eine halbe Stunde später zurückkehrt, hat er schlechte Nachrichten. »Daniel wusste schon Bescheid, das halbe Museum hat's erwischt. Das Virus scheint über die Kinder und die Schule in wirklich jedem Haus gelandet zu sein. Überall liegen mindestens zwei bis drei Menschen flach.«

»Und was will er jetzt unternehmen?«, fragt Janine, pragmatisch wie immer.

»Er hat zunächst das Museum geschlossen und einen Arzt bestellt. Vielen scheint es richtig schlecht zu gehen. Außerdem fahren Angestellte von Haus zu Haus, verteilen Bettwäsche, Handtücher und auf die Schnelle im Baumarkt besorgte Eimer.«

»Etwa Plastikeimer?«, frage ich. »Dann muss es schlimm sein.«

»Ist es«, bestätigt Max.

»Geh noch mal zu ihm und bestelle Sagrotan, Fieberthermometer und Elektrolyte«, bittet ihn Janine.

Max nickt artig und macht sich auf zur nächsten Mission.

»Ich hole im Garten ein paar Kräuter und koche einen Tee«, sagt Janine, während sie sich die Ärmel ihrer Bluse hochkrempelt. »Irgendwie finde ich es ja richtig gut, mein Wissen als historische Krankenschwester anbringen zu können.«

»Du schaffst es echt, alles positiv zu sehen.«

»Rheinländerin durch und durch.« Sie lacht. »Et is, wie et is und et hätt noch immer jot jejange.«

Ich lache auch und füge in Anspielung auf die Kotzerei hinzu: »Vergiss nicht, wat fott is, is fott.«

Wir haben alle Hände voll zu tun. Diejenigen, die es erwischt hat, können kaum etwas bei sich behalten. Zum Erbrechen gesellt sich der Durchfall. Wir tragen Eimer, messen Fieber, verteilen Tee und desinfizieren unser altertümliches Plumpsklo im Zehnminutentakt.

Timo leidet am meisten. Klar, er ist ein Mann, aber immerhin verliert er nicht seinen Humor. »Wenn es ein Gutes hat«, unkt er, »dann, dass ich von den besten und hübschesten Krankenschwestern umgeben bin, die man sich wünschen kann.«

»Du Schleimer. Außerdem dachte ich, du bist schwul.« Janine bringt ihm gerade eine Tasse Tee, während ich ihm frische Wäsche reiche, weil seine komplett durchgeschwitzt ist.

»Ach, schwul oder nicht schwul«, ächzt er, »wenn Männer krank sind, wollen sie am liebsten von Mama umsorgt werden. Und Mama ist nun mal 'ne Frau.«

»Wo er recht hat, hat er recht«, stellt Janine fest und zieht mit ihrem Tablett weiter ins nächste Krankenzimmer.

Leider verlieren wir im Laufe des Nachmittags auch noch Edeltraud und Max. Edeltraud siedelt ins Haus ihres werten Gatten über, der sie ausdrücklich als exklusive Pflegerin angefordert hat, und Max schafft es gerade noch aufs Klo, bevor es auch bei ihm losgeht. Was bin ich froh, dass ich nicht die Bröckchen meiner Kurzzeitaffäre wegräumen muss. Es gibt Dinge, die braucht man nicht, wenn man gerade erst Gefühle füreinander entdeckt hat. Seine Pflege delegiere ich an Janine.

Im Laufe des Nachmittags trifft der Arzt ein, ein distinguierter Herr mit Brille, über die Halbglatze gekämmten weißen Haaren und einer klassischen Bügeltasche aus Leder. Er wirkt, als hätte er sich verkleidet, um die Kranken eines Museums zu versorgen. Ich will Daniel aber nicht unterstellen, dass er den Mediziner genau aus diesem Grund ausgewählt hat. Er ist höflich und pragmatisch, zieht durch die Räume und begutachtet einen Kranken nach dem anderen. Janine und ich geleiten ihn wie zwei Krankenschwestern von anno dazumal, nehmen seine Anweisungen entgegen und kommen uns unersetzlich vor.

Als wir Max sehen, der in Edeltrauds Zimmer liegt, bin ich schockiert. Die Veränderung der letzten Stunden ist frappant. Seine Augen liegen tief in den Höhlen, er ist kreidebleich und sieht richtig schlecht aus. Ich bereue es auf der Stelle, nicht schon früher nach ihm geguckt zu haben.

»Hey, Kranker«, begrüßt ihn Janine, »hier ist der Doc.«

»Hm«, murmelt er.

Ich nehme eine Schüssel mit warmem Wasser und greife nach den zurechtgeschnittenen Stofffetzen. Sorgsam lege ich einen der Lappen ins Wasser, wringe ihn aus und lege ihn auf die sehr heiße Stirn.

»Hast du schon Fieber gemessen?«

»39,8«, antwortet Janine für ihn.

»Oh, das ist echt hoch.«

Der Arzt hört ihn ab und verschafft sich einen Gesamteindruck. »Es hat Sie wirklich erwischt. Ruhe ist wichtig, aber Sie haben hier ja die besten Pflegerinnen.«

»Das stimmt, auch wenn mich eine heute schändlich im Stich

gelassen hat«, antwortet er mit schwacher Stimme. Es klingt so wenig vorwurfsvoll, ich habe direkt ein schlechtes Gewissen. Er wollte mich bei sich haben und ich habe ihn gemieden.

»Ich mach's wieder gut«, sage ich leise und streichle seine Wange.

Janine geht mit dem Arzt ins nächste Zimmer, ich bleibe an seinem Bett sitzen. Er schläft sofort ein, nachdem die beiden den Raum verlassen haben, aber es ist ein unruhiger Schlaf. Ich nehme mir die Zeit, wechsle das feuchte Tuch auf seiner Stirn im Minutentakt und betrachte ihn in aller Ruhe.

»Was ist das mit uns?«

Mehr als du denkst, antwortet meine innere Stimme. Es ist das erste Mal, dass ich ihr nicht widerspreche.

Irgendwie bringen wir diesen Tag hinter uns. Es ist einer der anstrengendsten Tage meines Lebens. Zum Glück sind die Kinder stabil und wir können sie mit einigen Ermahnungen der erholsamen Bettruhe überlassen. Maja und Liv liegen inzwischen wieder gemeinsam in ihrem Schrank und freuen sich jedes Mal, wenn ich bei ihnen vorbeischaue. Langweilig ist ihnen nicht. Sie lesen gemeinsam in der Gesamtausgabe von Wilhelm Busch, die ihnen Timo Tage zuvor aus der Bibliothek geholt hat. An den *Max und Moritz*-Geschichten haben sie ihre pure Freude.

Die Erwachsenen hat es weitaus schlimmer erwischt. Auf Empfehlung des Arztes bleibt das Museum fünf Tage geschlossen und wir Gesunden müssen sämtliche Flächen und Gegenstände desinfizieren. Eine Arbeit, die wir trotzdem ohne Murren erledigen. Wie k. o. wir sind, kann man daran ablesen, dass uns die Witze, das Unken und die dummen Sprüche ausgehen. Wir arbeiten und arbeiten und arbeiten. Es ist definitiv ein Ausnahmezustand.

Natürlich steht zur Diskussion, das Projekt abzubrechen. Einige Bewohner sind abgereist, doch die meisten stehen hinter dem Projekt und wollen weitermachen. Die ärztliche Versorgung ist gewährleistet und genügend Gesunde können die Kranken versorgen. Ich habe Carsten angerufen, ihm Bescheid gegeben und ihm versichert, den Kinder gehe es gut.

Die übliche Museumsarbeit liegt brach, lediglich die Tiere werden versorgt. Dabei unterstützt uns das reguläre Museumspersonal tatkräftig. Das erlaubt es auch Timo, in Ruhe krank zu sein. Ich glaube, er hätte sonst seine Kühe mit dem Kotzeimer unterm Arm gemolken.

Ich habe mit Janine getauscht und kümmere mich nun selbst um Max. Den ersten Tag hat er fast ausschließlich geschlafen, am zweiten Tag ist er so schwach, dass wir uns kaum unterhalten. Aber es tut ihm gut, wenn ich da bin.

An dritten Tag stabilisiert sich die Lage. Die Kranken kommen ohne Pflege aus, erholen sich, tanken Kraft. Wir bringen ihnen Tee und Suppe, ansonsten können wir endlich durchatmen. Seit gestern Abend ist auch Edeltraud wieder an Bord.

Sie schlug mit deftigen Worten bei uns auf. »Eberhardt ist dem Tod von der Schippe gesprungen, er wird es überleben, und ich habe die Nase von seinen Befehlen und seinem Gejammer so gestrichen voll, dass ich ihm gesagt habe, er brauche Personal und keine Ehefrau und ich würde jetzt wieder zu meinen Leuten zurückkehren.«

Den Stolz in ihrer Stimme konnte sie nicht verhehlen und Janine stand in diesem wunderbaren Augenblick einfach auf und nahm sie fest in den Arm. Ich hätte fast geheult vor Rührung.

Frauengespräche

Wir sitzen im Hof und genießen die Ruhe. Janine ist spontan in ihrer Kluft in den nächsten Supermarkt gefahren, hat Wein, Holunderlikör und drei Tafeln Schokolade besorgt.

»Du bist einmalig.« Ich staune mächtig, als sie mit einer schnöden Plastiktüte und den Schätzen vor uns steht. Gesagt hatte sie uns davon nichts.

»Ihr hättet doch den Moralischen gekriegt, aber jetzt sagt ihr nicht Nein, wetten? Wir haben uns das verdient, basta!«

Wir nicken heftig, und es ist Edeltraud, die sofort nach drinnen eilt und Becher holt. Sie ist seit unserer Partynacht wie ausgewechselt. Es würde mich nicht wundern, wenn der gute Eberhardt bald keine Dienstbotin mehr hat.

Wie so oft entpuppt sich Janine als Schwester im Geiste und spricht aus, was ich nur denke. »Sag mal, Edeltraud, kann es sein, dass du mit dem Gedanken spielst, den guten Eberhardt auf den Mond zu schießen?«

Edeltraud gackert mädchenhaft. »Nein, auf den Mond schieße ich ihn sicher nicht, aber es tut mir gut, endlich zu tun, was ICH für richtig halte und nicht er.«

Janine nickt heftig mit dem Kopf. »Wenn ich dir einen Rat geben darf. Belasse es nicht bei den paar Wochen, die wir hier sind. Nimm die Erkenntnis mit nach Hause. Es steht dir so viel besser, wenn du mal die Sau rauslässt.«

Edeltraud reagiert gelassen. »Weißt du, Janine, im Grunde hast du recht. Aber Eberhardt war nicht immer so. Er war mal ein fescher, höflicher junger Mann, der mir nach allen Regeln der Kunst den Hof gemacht hat. Wir hatten gute Zeiten, aber die Rente tut ihm nicht gut. Und mir auch nicht. So viele Jahre habe ich zu Hause alles allein gestemmt, und wenn er da war, verschwand er zerstreut in seinem Arbeitszimmer.«

»Und hat dir zwischendrin keine herrischen Befehle erteilt?«, hakt Janine nach.

»Doch, das schon.« Edeltrauds Gesicht wirkt grüblerisch. »Du darfst halt nicht vergessen, ich komme aus einer anderen Generation.«

»Ach, Schnickschnack«, gibt Janine umgehend zurück. »Damit redest du dich raus. Du bist doch eine waschechte Alt-68erin. Da dürfte ruhig ein bisschen mehr Selbstbewusstsein in dir schlummern.«

»Du magst recht haben, doch die 68er haben wir auf dem Land nur durch die Nachrichten mitbekommen. Wir sind nicht anders aufgewachsen als die Leute in den Fünfzigerjahren. Wie sagst du so schön? Spießig und verkniffen.«

»Okay, das lasse ich gelten«, erwidert Janine gönnerhaft, »aber gib zu, es macht Spaß, das alles von sich zu werfen.«

»Da kannst du einen drauflassen«, erwidert Traudl, wir lachen schallend und trinken noch ein Glas. Wir haben es uns verdient.

Wir haben ein Abkommen. Nach jedem Likörchen dreht eine von uns eine Runde durch die Krankenzimmer. Kein Zimmer länger als dreißig Sekunden, das ist die Abmachung. Außer in Notfällen natürlich. Jedes Mal halten die beiden Zurückgebliebenen unbewusst den Atem an, aus Angst, jemand könne rückfällig werden, aber die Patienten gönnen uns unser Erholungsgelage, und die, die wach sind, amüsieren sich köstlich, weil wir jedes Mal betrunkener bei ihnen aufschlagen. Wir leeren die erste Flasche Wein, das Likörchen und die zweite Flasche Wein, lachen und scherzen und genießen Edeltrauds wilde Seite.

Janine erweist sich als hinterlistige Schlange. Sie wartet, bis der gesamte Alkohol vernichtet ist, ehe sie mich einem Kreuzverhör unterzieht.

»So, liebe Kristin«, lallt sie effektvoll, »nicht, dass ich nicht schon meine Vermutungen gehabt hätte, aber jetzt verrätst du mir und der guten Traudl endlich, was genau zwischen dir und Max läuft. Widerspruch zwecklos, für mich ist es nämlich klar wie Kloßbrühe, dass ihr ständig in irgendwelchen Ecken übereinander herfallt. Nicht wahr, Traudl?«

»Äh«, macht Traudl ganz undamenhaft und kratzt sich an der Nase. »Eigentlich nicht. Willst du das wirklich besprechen, wenn ich dabei bin?«

»Auf jeden Fall, liebste Traudl, du bist doch eine von uns.« Janine rutscht auf der Bank, auf der sie gemeinsam sitzen, ein Stück zu ihr rüber und drückt sie herzlich, wenn auch ein bisschen ruppig.

»Na, wenn du meinst.« Traudl lacht leicht besäuselt. »Ich bin ja jetzt genauso eine coole Sau wie du und hau mächtig auf die Kacke!«

»Traudl«, geiert Janine, »du bist die Größte! Noch ein bisschen mehr Alkohol, und du bist Profi in Sachen Fäkalhumor.«

»Äh«, räuspere ich mich, »ich unterbreche die neue Fäkalliaison ja nur ungern.« Das Wort Fäkalliaison kommt mir nicht ganz so geschmeidig über die Lippen. »Aber werde ich auch gefragt, ob ich darüber reden will?«

»Nein«, skandieren die beiden einstimmig, und ich beginne mir echte Sorgen um meine Freundschaft mit Janine zu machen, die Traudl gerade zu ihrer persönlichen ersten Betschwester erkoren hat. Wäre ich nicht so betrunken, wäre mir das Ganze unheimlich.

»Na, denn mal Butter bei die Fische«, sagt Traudl. »Ach übrigens, habe ich schon erwähnt, dass ich Verwandtschaft in Ostfriesland habe? Dröges Volk. Mit ganz eigenem Humor.«

»Waaas?« Janine fängt an zu gackern. »Ich auch. Is nich wahr!«

Die nächsten Minuten tauschen die beiden Grundinformationen über die ostfriesische Mischpoke aus, während ich mich entspannt zurücklehne und köstlich amüsiere. Wenn das so weitergeht, schaffen die nicht eine einzige Frage, und ich kann mein kleines süßes Geheimnis für mich behalten.

Doch ich wähne mich zu früh in Sicherheit. Mitten im Austausch der ostfriesischen Schwestern mit rheinischer Grundeinstellung wendet sich Janine wieder an mich. »Kristin? Komm schon. Wann und wie oft warst du nun mit unserem Max im Bett? Und habt ihr vor, das in Zukunft weiter zu betreiben?«

Ich ziehe eine Grimasse. »Du bist ein durchtriebenes Miststück.«

»Klar, sonst hättest du mich nicht so lieb. Also! Schieß los!« Erwartungsvoll blicken mich vier Augen an.

»Ist ja gut«, murre ich. »Ja, wir haben was laufen seit der Nacht im Stall. Aber nichts Verbindliches.«

»Aha«, sagt Janine, zückt ihre Zeigefinger und zeichnet Gänsefüßchen in der Luft, »nichts Verbindliches. Glaub ich dir aufs Wort. Glaubst du doch auch, oder, Traudl?«

»Ihr könnt froh sein, dass ich betrunken bin«, meint Traudl, »in meinen Kreisen wird über so was nicht gesprochen. Wir tuscheln höchstens hinter vorgehaltener Hand und nur in Andeutungen darüber.«

»Tja, Traudl, da musstest du wohl erst vierundsechzig werden, um in den Genuss eines echten Freundinnengespräches zu kommen.«

Edeltraud runzelt nachdenklich die Stirn. »Hab ich es bisher verpasst zu leben? Janine, sag mir, dass mein Leben nicht komplett scheiße war.«

»Ach, Traudl. Die Frage kannst du dir nur alleine beantworten. Aber scheiße ist vielleicht ein wenig übertrieben.«

Mein Blick wandert von einer zur anderen. Wieder haben sie mich vergessen, und ob ich Traudls Anpassung an Janines Vokabular gut finde, darüber muss ich noch nachdenken. Aber sollen sie nur weiterklönen, dann muss ich keine Rechenschaft ablegen.

Erneut beweist Janine hellseherische Fähigkeiten. »Dich haben wir nihicht vergessen«, singt sie just in diesem Augenblick. »Definiere mal unverbindlich.«

»Boah! Jetzt mal ehrlich. Wenn ihr mich schon ins Kreuzverhör nehmt, könnt ihr das wenigstens mit eurer ganzen Aufmerksamkeit tun? Immer schweift ihr ab, und dann kann ich euch weder ernst nehmen, noch habe ich Lust zu antworten.«

»Ist ja gut«, murrt Janine, »all unsere Aufmerksamkeit gehört jetzt dir, nicht wahr, Traudl?« Sie rückt noch ein Stück näher an ihre neue Freundin, drückt sich beherzt an deren voluminösen Busen und kichert albern. Traudl lässt es entspannt über sich ergehen und zwinkert mir auffordernd zu.

Also gut, dann mal los. »Wir knutschen, fummeln und ab und zu vögeln wir.«

»Hä?«, macht Janine geistreich und starrt mich an.

»Olalala, Kristin«, flötet Edeltraud ein wenig geistesgegenwärtiger. »Siehst sooo harmlos aus und schnappst dir dann das Museumsschnuckelchen.«

Ich schüttle nur noch meinen Kopf. Von Janine bin ich ja einiges gewohnt, Edeltraud versetzt mich in Staunen. Ich sollte sie zurück zu ihrem Gemahl schicken, damit sie nicht weiter diesem Niveauabfall erliegt. »Was würde wohl dein Eberhardt von dir denken, wenn er dich sooo sehen könnte?«, nehme ich sie aufs Korn.

»Och, der würde sie umgehend an die Kette legen.« Janine, natürlich.

»Genau, und zwar die, die nur bis in die Küche reicht, denn die fürs Bett braucht er ja schon lange nicht mehr.«

Hat sie das wirklich gerade gesagt? Wir starren Edeltraud ungläubig an. Janine fasst sich schneller als ich und umfasst Edeltrauds Hand. »Das ist ja furchtbar. Wie lange ist es her, dass du Sex hattest?«

Edeltraud wird rot wie ein junges Mädchen. Süß. »Ich kann mich fast nicht mehr erinnern, aber es muss irgendwann Ende des letzten Jahrzehnts gewesen sein.«

»Is nich wahr«, ächzt Janine.

»Du Arme«, flüstere ich.

»Ach, halb so schlimm. Ehrlich gesagt war es davor sowieso mehr Arbeit als Vergnügen. Herren in gesetztem Alter haben es nicht mehr so leicht mit der Aufrechterhaltung ihrer Männlichkeit, müsst ihr wissen.«

»Oh mein Gott.« Janine ist fassungslos – und schweigt. Rotes Kreuz im Kalender.

»Ich hörte davon«, sage ich und nicke verständnisvoll. »Aber wenn wir jetzt schon bei diesem heiklen Thema sind ... «

» ... du meinst Sex im Alter?«, fragt Edeltraud.

»Ja, genau. Hättest du denn überhaupt das Bedürfnis?«

Wieder wird sie knallrot. »Ihr versprecht, das für alle Zeiten für euch zu behalten?«

»Aber natürlich«, sagen Janine und ich wie aus einem Mund und widmen Edeltraud all unsere Aufmerksamkeit.

»Nun ja, es schickt sich sicher nicht, doch natürlich bleibt eine ältere Frau immer noch eine Frau. Also ja, ich hätte schon das Bedürfnis, aber was soll ich machen? Und ehrlich gesagt, ist mein Mann nicht unbedingt derjenige, der mir dabei vorschwebt.«

»Uuiui«, macht Janine mit gespitzten Lippen. »Alternativ

könntest du selbst Hand anlegen oder dir einen Vibrator zulegen. Zum Beispiel.«

Edeltraud schlägt die Hände vors Gesicht. »Nein. Wer tut denn so was?«

»Sag bloß, du hast noch nie ...« Janine verschluckt sich an ihrem Wein, Edeltraud ist peinlich berührt, ich kann es ebenfalls kaum glauben.

»Nein ... nein ... noch nie.«

»Auch nicht mit der Hand?«

Edeltrauds Blick ist Antwort genug.

»Dann brauchen wir mit dem Vibrator ja nicht anzufangen«, stellt Janine nüchtern fest.

»Den benutzt doch auch niemand, oder?« Meine Güte, es ist schon süß, wie naiv Edeltraud ist.

»Na ja, ich würde behaupten, heute etwa die Hälfte der weiblichen Bevölkerung.«

»So viele?«, frage ich kritisch. »Ich kann mir schon vorstellen, dass es mehr sind als früher, aber die Hälfte?«

»Okay, okay. Einigen wir uns auf viele, aber, hey, die stehen mittlerweile bei DM neben den Kondomen.«

»Da hast du auch wieder recht.«

»Bei DM?«, fragt Edeltraud ungläubig. »Also ich würde mich nie trauen, so was in den Einkaufskorb zu legen. Jetzt stellt euch mal vor, eine Nachbarin steht zufällig hinter mir an der Kasse.«

Trotz aller Bedenken wirkt sie plötzlich höchst interessiert. Kein Wunder, wir führen sie gerade in eine völlig neue Welt ein – in die der sexuell emanzipierten Frau.

»Edeltraud, ich hoffe, wir überfordern dich mit diesem Gespräch nicht?«, frage ich vorsichtshalber.

»Nein, nein. Das ist schon in Ordnung. Natürlich ist das völlig neu für mich, aber warum sollte ich in meinem Alter nicht noch etwas dazulernen? Zu Hause hänge ich in diesen unsäglichen Damenkränzchen fest. Immer dieselben Themen: Kochen, Krankheiten, die Erfolge der Kinder, der nächste runde Geburtstag oder die nächste Goldhochzeit. Schrecklich langweilig, wenn ich so darüber nachdenke.«

»Da wäre Selbstbefriedigung doch mal eine passende Abwechslung«, feixt Janine, »oder gleich Sex mit einem anderen Mann. In Köln hast du ja einen kleinen Vorgeschmack bekommen, dass da durchaus noch was drin ist.«

»Jetzt hör aber auf, das ist nicht dein Ernst.«

»Das ist mein völliger Ernst. Was hältst du übrigens davon, wenn wir beide mal zusammen einkaufen gehen, wenn wir hier raus sind? Ehrlich, ich hätte riesigen Spaß.«

Edeltraud ficht einen inneren Kampf. Gutbürgerliche Erziehung versus die Grundbedürfnisse einer Frau.

Ich eile ihr zu Hilfe. »Jetzt lass die arme Edeltraud erst mal wieder nüchtern werden, dann kann sie in Ruhe darüber nachdenken.«

»Danke, Kristin. Das ist eine gute Idee. Aber aus dem Kopf bekomme ich das sicher nicht mehr.«

Janine lässt nicht locker. »Du musst dir ja nicht direkt einen Vibrator zulegen, die Finger tun's auch ... für den Anfang. Und das kannst du gleich hier ausprobieren.«

Diesmal wird Edeltraud nicht wieder rot, sie ist es immer noch. »Tut ihr es denn?«, fragt sie leise und doch voller Neugier.

»Na klar«, Janine nickt heftig, »es gibt nichts Besseres, um Spannung und Frust abzubauen.«

»Das stimmt«, pflichte ich ihr bei, »ich mache es hin und wieder und manchmal einfach, weil ich nicht einschlafen kann.«

»Richtig, Selbstbefriedigung ist effektiver als jede Schlaftablette.« Janine ist mal wieder in Topform.

Edeltraud starrt uns entgeistert an. »Ihr tut es, um besser einzuschlafen?«

Wir nicken einmütig.

»Ich habe einige Freundinnen, die das tun«, unterstreicht Janine.

»Ja«, stimme ich ihr zu, »ich auch.«

»Und woher wisst ihr das?«

»Na, wir reden darüber.«

»Also, ich noch nicht so lange«, schränke ich ein. »Aber wenn man den Mut aufbringt zu fragen, stellt man schnell fest, dass man nicht alleine ist. Wer weiß, vielleicht tun es ja sogar deine Freundinnen.«

Edeltraud schüttelt ungläubig ihren Kopf.

»Also, ich habe schon immer mit jedem darüber geredet, der nicht bei drei auf dem Baum war«, bemerkt Janine.

»Das glaub ich dir aufs Wort«, necke ich sie.

»Könnten wir trotzdem das Thema wechseln?«, fragt Edeltraud. »Sonst kann ich nachher überhaupt nicht schlafen.«

»Na, jetzt weißt du, was du dagegen unternehmen kannst.« Janine prustet los, und es dauert eine gefühlte Ewigkeit, bis wir uns wieder beruhigt haben.

Bevor wir ins Bett gehen, besuchen wir unsere Kranken ein letztes Mal. Sie schlafen tief und fest, sind auf dem Weg der Besserung, und es scheint, als könnten wir langsam einem geregelten Alltag entgegenblicken.

Ich betrete das Zimmer von Liv und Maja. Maja liegt wie immer auf dem Rücken, die Decke sorgsam ausgebreitet. Livs Decke dagegen ist ein Knäuel am Fußende, sie selbst hat sich in der Ecke zusammengekauert. Ich lange nach ihrer Decke und breite sie über Liv aus. Sie reagiert unbewusst und kuschelt sich ein. Ich streiche ihr die Haare aus dem Gesicht und betrachte sie. Auch sie ist schon fast ein Teenie. Warum werden Kinder so schnell groß? Seufzend verlasse ich das Zimmer auf Zehenspitzen und gehe zu Max.

Auch er schläft tief und fest. Ich setze mich auf die Bettkante und betrachte ihn. Er sieht immer noch krank aus, aber wesentlich besser als die Tage zuvor.

»Was machst du nur mit mir?«, flüstere ich ihm zu.

»Vögeln.« Max öffnet die Augen und blickt mich verschlafen an.

»Du bist wach! Frechheit!«, sage ich verdutzt, muss aber lachen. »Und was ist das überhaupt für eine Antwort?«

»Eine ziemlich schlagfertige, dafür, dass ich gerade dem Tod von der Schippe gesprungen bin.« Er grinst mich an.

Gut, was er kann, kann ich auch. »Ich sehe, es geht dir besser. Wer schmierige Witze machen kann, ist fast wieder gesund, also kann ich schlafen gehen. Gute Nacht, Max.«

Ich will aufstehen, aber seine Hand schnellt unter der Bettdecke hervor und hält mein Handgelenk fest. »Bitte bleib noch ein bisschen, ich brauche Gesellschaft.«

»Gesellschaft oder *meine* Gesellschaft?«

»Och, das ist mir fast egal.«

»Du bist der frechste Kranke, der mir je untergekommen ist.« In diesem Augenblick hickse ich und halte mir reflexartig die Hand vor den Mund. »Sorry.«

»Sag mal, bist du betrunken?«

»Ein bissel. Janine, Edeltraud und ich haben das Ende der Seuche gefeiert. Ist ein wenig ausgeartet.«

»Den Eindruck habe ich auch. War's mit Edeltraud nicht ganz schön langweilig?«

»Wenn du wüsstest!«

»Erzähl.«

»Was Frauen besprechen, bleibt unter Frauen.«

»Also ging es um Männer?«

»Muss es immer um Männer gehen?«

»Wenn ihr übers Tuppern gesprochen hättet, müsstest du schließlich nicht so ein Geheimnis draus machen.«

»Soso, du hältst uns also für Frauen, die übers Tuppern reden?«

»Nö. Obwohl. Edeltraud war dabei, die hätte sicher einiges dazu zu sagen.«

»Du unterschätzt sie.«

»Also ging's doch um Männer?«

»Hab ich nicht gesagt.«

»Stimmt, aber das habe ich durch knallharte Logik erschlossen. Ich bin schließlich ein scharfsinniger Mann.«

»Schließt sich das nicht gegenseitig aus?«

Er schüttelt ungläubig den Kopf. »Es ist doch immer dasselbe. Ihr Frauen fühlt euch überlegen. Immer.«

»Nein, wir SIND überlegen«, feixe ich.

»Ich gebe auf«, stöhnt er theatralisch. »Ich bin ein kranker Mann. Ich finde, du könntest etwas nachsichtiger sein.«

»Oooh«, mache ich mitleidig, »nicht die Mitleidsnummer. Die zieht bei mir nicht.«

Er schaut mich nachdenklich an. »Bist du wirklich so hart oder spielst du Theater?«

Ich halte seinem Blick stand. Die Leichtigkeit unseres Geplänkels ist verflogen. »Ich dachte, wir führen einen schlagfertigen Dialog.«

Eine lauernde Stimmung ist mit Händen greifbar. Ich hege Fluchtgedanken. »Ich freue mich, dass es dir wieder besser geht, aber ich finde, du solltest jetzt weiterschlafen. Gesund bist du immer noch nicht.«

»Kristin«, er sagt es ernst. Zu ernst. »Ich habe viel nachgedacht, Zeit genug hatte ich ja. Ich würde gerne über uns reden.«

Will ich das denn? Ich weiß es nicht. Ich bin noch nicht bereit, ich muss erst nachdenken, mich sortieren, mich positionieren, alles gegeneinander abwägen und eine rote Linie finden. Das könnte dauern. Also antworte ich ehrlich: »Ich … ich noch nicht.«

Max nickt. »Okay. Aber sagst du mir, wenn du so weit bist?«
»Vielleicht.«
»Man könnte meinen, du bist der Mann, so ausweichend, wie du antwortest.«
»Ist doch mal ein schöner Rollenwechsel.«
Wir lachen beide, der Ernst ist vorerst aus dem Weg geräumt, auch wenn wir uns noch ein paar Sekunden gefühlvoll anstarren.
»Bevor ich dich jetzt zum Ausnüchtern ins Bett schicke ... Ich würde dich gerne küssen, aber vermutlich stinke ich aus jeder Pore wie ein angegammelter Aal. Also lass ich's lieber. Verrätst du mir dann wenigstens, ob du dich wieder küssen lassen würdest?«
Ich lache laut auf. »Ja! Ich würde mich küssen lassen.«
»Schön«, sagt er zufrieden und wir verschränken unsere Hände ineinander. »Geh ins Bett, meine Schöne.«
Ich lächle ihn an. »Mach ich. Und du, werd gesund, wir brauchen dich hier. Die letzten Tage waren hart.«

Zwei Tage später ist der Spuk endlich vorbei und wir fahren spontan für eine Nacht nach Hause. Es ist Majas Wunsch. Sie erklärte mir durchaus überzeugend, dass es von unabdinglicher Dringlichkeit wäre, sich nach ihrer Krankheit wenigstens einen Tag vor dem Fernseher auszuruhen. Außerdem müsse sie sich doch mal wieder in den sozialen Netzwerken blicken lassen.

»Du weißt doch, was passiert, wenn ich zu lange nicht reinschaue!«
»Dein Handy explodiert?«
»Da kannst du drauf wetten. Wer weiß, was alles passiert ist? Ich krieg ja nix mehr mit. Nach den Ferien bin ich ein Nerd.«
»Wir fahren also nach Hause und danach spielst du wieder die brave Bauerstochter?«
»Klar.«
»Du bist ein Schatz.«

Ich habe Bauchschmerzen, wenn ich an meine nächste Begegnung mit Carsten denke. Wie soll ich ihm entgegentreten? Ich bin ja keinen Deut besser als er, aber immerhin auch nicht mehr die gehörnte Ehefrau. Soll ich ihn endlich mit meinem Wissen konfrontieren? Wie wird er reagieren? Und was wird aus unseren Töchtern?

Zuerst muss ich jedoch meine Kinder finden. Zwar wissen sie, wann wir starten, aber Zeit ist hier ein dehnbarer Begriff, denn Uhren haben Seltenheitswert. Unsere einzige Uhr hängt in der Küche, in den anderen Häusern ist es ähnlich.

Maja finde ich mit Ole am See. Sie fläzen gemeinsam auf dem Steg, in gebührlichem Abstand, und doch wundere ich mich. Seit wann verbringt sie Zeit mit ihm? Sie erschrickt, als sie mich sieht. Erwischt! Ich erspare mir jeden Kommentar und schicke sie zum Parkplatz.

Liv finde ich in der Werkstatt. Mittlerweile hat sie mir auch verraten, was sie baut. »Eine Luxus-Vogelvilla, Mama. Mit vielen, vielen Zimmern für alle, alle Vögel.«

Ich war beeindruckt, doch nun wird mir zum ersten Mal die Dimension dieser Villa klar. Das Projekt nimmt Formen an, viele Einzelteile sind bereits montiert und Liv hat mit dem Ausdruck »Villa« keineswegs untertrieben. Das Ding wird zweistöckig, es gibt Säulen und sogar eine Freitreppe.

»Wow, das ist ja der Hammer. Aber warum zweistöckig?«

»Das ist doch sonnenklar«, erklärt Liv mit stolzgeschwellter Brust. »Hier oben ist ein kleiner Eingang für die kleinen Vögel und unten ein großer für die großen.«

»Das klingt logisch. Wer hat die Villa denn entworfen?«

»Ich habe Max erklärt, wie sie aussehen soll, und dann hat er sie aufgezeichnet und einen Bauplan erstellt.«

Ich nicke voller Ehrfurcht. Das Ding ist an Professionalität kaum zu überbieten.

»Und eins kann ich dir sagen. Deine Tochter hat genaue Vorstellungen von dem, was sie will.« Max, der sich bisher aus dem Mutter-Tochter-Gespräch rausgehalten hat, grinst mich schelmisch an.

»Wem sagst du das?« Ich seufze gespielt theatralisch und trete an den Werktisch, um mir das Kunstwerk genauer anzusehen. »Wie habt ihr denn diese kleinen Säulen gemacht?«

»Die sind gedrechselt«, klärt mich Liv auf. »Das hat richtig Spaß gemacht.«

»Gedrechselt?« Ich bin baff.

»Ja, aber Max hat mir geholfen.«

Ich nicke ihm anerkennend zu. Es ist toll, wie er Liv fördert, und ich verspüre einen leichten Stich, weil Carsten in dieser Hinsicht nie für die Kinder da war. Liv plaudert derweil munter weiter. Es dauere noch ein Weilchen, bis das Kunstwerk in all seiner Pracht fertig sein wird, sie will es auch noch kunterbunt anmalen, damit die Vögel eine echte Villa Kunterbunt bekommen, und sie habe überhaupt keine Lust, nach Hause zu fahren, weil es gerade so viel Spaß macht.

»Kannst du nicht mit Maja allein fahren?«, fragt sie am Ende ihres Monologs.

»Du willst hierbleiben?«

»Ja, dann kann ich weiterbauen und die anderen sind ja auch hier. Aufpasser hab ich also genug.« Sie grinst verschmitzt.

»Aber Papa ist bestimmt traurig, wenn du nicht mitkommst.«

»Ach, das versteht Papa schon, der konnte ja auch wegen seiner wichtigen Arbeit nicht in Urlaub fahren.«

Eine Antwort bleibt mir im Halse stecken. »Okay, wenn du bleiben möchtest, dann musst du jetzt schnell zum Hof flitzen und die anderen fragen, ob sie einen kleinen Frechdachs hüten wollen.«

»Danke, Mama, du bist die Beste.« Liv strahlt und flitzt.

Nachdenklich blicke ich ihr hinterher. Darf ich es ihr erlauben? Oder spiele ich sie damit gegen Carsten aus? »War das jetzt moralisch in Ordnung?«

»Was meinst du?«, fragt Max.

»Na ja, wir haben eine Krise, und wenn ich ihr erlaube hierzubleiben, spiele ich sie gegen Carsten aus, oder?«

»Aber dein Mann weiß doch noch gar nicht, dass ihr eine Krise habt.«

»Da hast du auch wieder recht.«

Max lacht. »Hast du wirklich gerade zugegeben, dass ihr eine Krise habt?«

»War dir das nicht klar?«

»Doch, aber du hast es noch nie formuliert.«

»Ist das wichtig?«

Er gibt keine Antwort, aber er mustert mich.

Ich fange an zu stottern, wie so oft in unsicheren Augenblicken. »Tja ... na ja ... natürlich ist es eine Krise, auch wenn er es noch nicht weiß.«

»Eine Krise, weil er fremdgeht? Und du auch?«

Ich weiß nicht, was ich erwidern soll. Dabei hat Max recht. Aber es so deutlich zu formulieren, trifft mich. Ich wende meinen Blick ab und pule mit dem Zeigefinger in einer der Kerben des Werktisches.

»Kristin. Ich weiß, du würdest diesem Gespräch am liebsten aus dem Weg gehen. Aber ich nicht. Ich möchte wissen, was das zwischen uns ist.«

»Ein anderes Mal, ich muss jetzt wirklich los. Maja wartet schon auf mich.« Ich drehe mich auf dem Absatz um und will gehen.

Max umrundet die Werkbank. »Was habe ich mir da nur angelacht? Du bist so störrisch wie ein Esel. Ein unglaublich süßer störrischer Esel.«

Und bevor mir eine passende Antwort einfällt, schließt er mich in seine Arme und küsst mich.

Ich erwidere den Kuss, denn ich sehne mich danach. Allen Bedenken zum Trotz. Ich will, dass er mich küsst, ich will, dass er mich berührt, ich will, dass er mit mir schläft und eigentlich ... eigentlich ... will ich noch viel mehr ...

Nach dem Kuss schiebt er mich auf Armlänge von sich. »Ich weiß, du steckst in einer ungeklärten Situation, und ich will dich nicht unter Druck setzen. Lass dir alle Zeit, die du brauchst. Aber ich will, dass du eins weißt. Ich habe mich wirklich in dich verliebt.«

Emanzipation

»Na super, jetzt muss ich alleine mit euch abhängen.« Maja reagiert alles andere als erfreut.

»So schlimm sind wir doch gar nicht«, murre ich, »und außerdem spielst du sowieso nicht mehr mit Liv. Warum vermisst du sie dann?«

»Alleine ist es halt langweilig.« Missmutig lässt sie sich auf den Beifahrersitz plumpsen und steckt die Kopfhörer ins Ohr.

Ich bin nicht böse darum, denn ich muss mich vorbereiten. Wie trete ich Carsten gegenüber? Er hat betrogen, ich habe betrogen. Ja, ich bin eine Betrügerin, und dazu eine ohne schlechtes Gewissen. Eine Erkenntnis, die mich geradezu erleichtert. Denn nun bin ich in gewisser Weise gleichberechtigt.

Was bedeutet das für unsere Ehe? An welchem Punkt ist sie angelangt? Und warum verliebe ich mich in einen anderen Mann? Habe ich mich überhaupt verliebt? Klar, das hast du und du weißt das auch nicht erst seit ein paar Minuten.

Warum also konnte ich mich verlieben?

Und Carsten in die Thusnelda ohne Namen?

Doch nur, weil in unseren Herzen Platz ist. Platz, der ursprünglich reserviert war für einen Partner, den wir einmal aus voller Überzeugung geheiratet haben.

Also ist unsere Ehe wohl am Ende.

Doch wann genau ist eine Ehe am Ende?

Es ist doch so. Unterhalte ich mich mit Freundinnen, kommen

wir immer zu derselben Erkenntnis: Wir haben einen Lebensabschnitt erreicht, in dem die Liebe und Leidenschaft der ersten Jahre einem Zusammenleben mit Alltäglichkeiten und Phasen des Voneinander-genervt-Seins gewichen ist. Keine, wirklich keine Freundin kennt sie nicht, diese Phasen, in denen man den Ehemann geflissentlich zum Mond schießen möchte. Es sind Momente, in denen er mehr Belastung als Erfüllung ist.

Doch wie viele solcher Momente verträgt eine Ehe? Wann ist der Wunsch, den Ehepartner auf den Mond zu schießen, so weit fortgeschritten, dass man ernsthaft über Konsequenzen nachdenken sollte? Wann sollte man beginnen, einen Weg zu gehen, der, unbequem und mit einer Vielzahl an Folgen behaftet, am Ende zu einem besseren Leben führt? Einem *vielleicht* besseren Leben. Denn natürlich gibt es keine Garantie. Die gibt es ja nie. Und nach so vielen Jahren Partnerschaft, gemeinsamen Kindern, einem gewachsenen Freundeskreis, einem Haus, Erinnerungen, kurzum einem Leben, in dem man bis in die Tiefen der Seele miteinander verflochten ist, ist das, was einen erwartet, nur eins: Ungewissheit. In gewisser Weise ähnelt die Auflösung einer langjährigen Ehe der komplizierten operativen Trennung siamesischer Zwillinge. Mit unsicherem Ausgang.

Lohnt eine Trennung sich also überhaupt oder bleibt man lieber zusammen, weil eine Ehe viel mehr ist als Liebe?

Diese Frage werden wir uns stellen müssen. Gemeinsam.

Als ich in unsere Straße einbiege, bin ich seltsam gelassen. Ich parke das Auto in der Einfahrt, Maja schnappt sich den Haustürschlüssel aus der Mittelkonsole und springt raus. Sie wurde während der Fahrt immer hibbeliger. Klar. In gewisser Weise setzt sie sich gleich den ersten Schuss nach zwei Wochen Entzug. Da darf man hibbelig werden.

Ich verlasse das Auto gemächlicher, trete durch die weit offen stehende Tür ins Haus und betrachte mein Zuhause. Meine Güte. Dieser Luxus. Diese vielen unnötigen Gegenstände, diese Elektronik. Und wie wenig ich das alles vermisse.

Carsten sitzt am Küchentisch und liest Zeitung. Die Begrüßung war das letzte Mal eindeutig herzlicher. »Oh, hallo. Ihr seid schon da.«

»Hi, Papa«, ruft Maja aus dem Flur, schnappt sich ihr Smartphone und verabschiedet sich mit den Worten: »Ich höre Musik und ich will nicht gestört werden.«

»Oookay«, sage ich ein wenig gedehnt.

Ich beuge mich zu ihm und hole mir einen Begrüßungskuss ab. Dabei blickt er kaum von seiner Zeitung auf.

»Wo ist Liv?« Immerhin fällt ihm auf, dass ich nur eine Tochter mitgebracht habe.

»Sie wollte partout im Museum bleiben.«

Carsten schüttelt den Kopf und schimpft gleich los: »Immer tanzt sie dir auf der Nase rum, weil du so schnell nachgibst. Du hättest sie mitbringen sollen. Ich hab sie seit zwei Wochen nicht gesehen.«

»Stimmt, aber sie hatte gute Gründe.«

»Die da wären?«

»Sie arbeitet gerade an einem tollen Projekt aus Holz und glaubt, du hast Verständnis, weil du ja auch wegen deines Jobs nicht in Urlaub fahren konntest.« Ich setze das Messer zielsicher an. Carsten entgleiten die Gesichtszüge, doch dann geht er zum Angriff über.

»Sie wollte mich nicht sehen?«

»Nein, so hat sie es nicht gesagt und sicher auch nicht gemeint, aber sie glaubt, du findest es nicht schlimm, wenn sie dableibt.«

»Nun, ich finde es absolut nicht in Ordnung. Vor allem hast du wieder eine Entscheidung ohne mich getroffen.«

Die Stimmung wird zunehmend eisig.

»Aha, ich treffe Entscheidungen also ohne dich. Interessant. Denn wenn es um den Alltag geht, überlässt du das doch gerne mir, nicht wahr? Nur wenn es darum geht, was dir wichtig ist, entscheidest du. Bei allem anderen bist du froh, wenn du damit nichts zu tun hast. Es sei denn, du kannst mir vorwerfen, ich hätte wieder alles falsch gemacht.«

Carsten wird lauter. »Das ist unfair. Du weißt, ich ertrinke in Arbeit. Wie soll ich mich da mit alltäglichem Kram beschäftigen?«

»Wenn du wolltest, könntest du es.« Ich weiß, dass ich ihn provoziere, aber ich kann nicht anders. Nein, ich *will* nicht anders.

»Meine Güte, Kristin, was ist denn mit dir los? Hast du deine Tage, oder was?«

Darauf habe ich gewartet. Immer dieselbe blöde Frage, wenn es ums Eingemachte geht. Ich bin sooo kurz davor, ihm ins Gesicht zu springen. Ich habe ein Déjà-vu und irgendwas klinkt in mir aus. Es ist wie ein Damm, der bricht. Eine Flutwelle, die nur wenige Sekunden dauert. Doch die reichen.

»Weißt du was, Carsten? Wenn du von mir erwartest, dass ich Entscheidungen mit dir abkläre, hätte ich es im Umkehrschluss mehr als fair gefunden, wenn wir vorher besprochen hätten, ob du dir eine Geliebte nimmst.«

Seine Gesichtsfarbe tritt den Rückzug in einer atemberaubenden Geschwindigkeit an. Kurz sucht er meinen Blick, vermutlich, um abzuklären, ob es einen Sinn hat, die Affäre abzustreiten. Hat es nicht, gebe ich ihm mit einem süffisanten Lächeln zu verstehen. Ich bin gut.

»Seit wann weißt du es?«, fragt er tonlos und legt endlich die Zeitung zur Seite.

»Oh, schon eine ganze Weile.«

Er atmet tief durch. Einmal, zweimal, dreimal. Weicht meinem Blick aus und sucht ihn letztendlich doch. Dann redet er. »Es ist raus. Das ist gut. Es tut mir leid, dass ich nicht den Mumm hatte, es dir zu beichten. Aber, Kristin, mir geht es um die Familie und um uns. Meinst du, mir macht dieses Doppelleben Spaß? Glaubst du, ich habe mir diese Affäre bewusst gesucht? Nein, das habe ich nicht. Dafür zerbreche ich mir seit Monaten den Kopf darüber, wie ich aus dieser Zwickmühle wieder rauskomme. Ich habe mehrfach versucht, die Sache zu beenden, aber ich kann nicht.«

Damit habe ich nun gar nicht gerechnet.

Und so führen wir endlich ein Gespräch, wenn auch ganz anders, als ich es mir ausgemalt habe.

Carsten erzählt zunächst stockend, dann immer flüssiger davon, wie er die Frau kennengelernt hat. Wie er sich am Anfang dagegen gewehrt hat, wie gefrustet er war und wie diese Frau zugleich etwas in ihm geweckt hat, von dem er gar nicht wusste, dass es ihm fehlte. Er erzählt, wie er mit dieser Frau darüber geredet hat, dass er sich verpflichtet fühlt, dass ich und die Kinder ihm nicht egal sind, und dass er mich nie verlassen würde, weil wir eine Familie sind. Aber dass er die Affäre auch nicht beenden will – und nicht beenden kann.

Ich bin sprachlos über seine Offenheit. Und ich spüre Carstens Erleichterung, sich endlich alles von der Seele zu reden.

»Kristin, ich hasse diese Lügen. Ich hasse sie mit aller Inbrunst, aber ich konnte nicht anders. Ich weiß, wie flach und billig sich das anhört. Irgendwann gewöhnt man sich dran. Dann gibt es keinen Weg mehr zurück.«

Sie heißt Tanja. Er hat sie beim Badminton kennengelernt. Sie ist neununddreißig und alleinerziehend. (Das erleichtert mich dann doch. Insgeheim hatte ich eine zwanzigjährige Blondine mit großen Brüsten erwartet.) Zu Anfang haben sie sich einfach nur gut verstanden. Sie erzählte ihm vom Ende ihrer Ehe, davon, wie schwer es sei, die Kinder alleine großzuziehen und wie sie jeden Tag mit dem Alltag kämpft.

»Aber wie ist es dann weitergegangen? Wann habt ihr euch getroffen? Und wo?«

»Zuerst haben wir uns in den Spielpausen unterhalten, dann sind wir nach dem Training was trinken gegangen und dann das erste Mal abends auf ein Bier. Es war ein schleichender Prozess, der fast über ein halbes Jahr ging.«

»Ein halbes Jahr? Und ich habe nichts davon mitbekommen ...«

Er nickt. »Ja, wir haben erst langsam gemerkt, dass es mehr als eine Freundschaft ist. Sie wollte abbrechen, sich nicht mehr treffen. Sie ist nett, weißt du? Sie hatte nie vor, sich in eine heile Familie zu drängen.«

Ich lasse das erst mal sacken. War ich so blind? Womit habe ich mich in all diesen Monaten eigentlich beschäftigt? Nie ist mir was aufgefallen. Keine seltsame Erklärung. Kein Zuspätkommen. Kein fremdes Parfüm oder der klassische Lippenstiftfleck. Nur der vermaledeite Anruf. Aber da war es schon zu spät.

Es ist falsch, was sie getan haben, aber muss ich sie verurteilen? Bei Gefühlen gibt es kein Gut oder Böse. Meine eigenen Gefühle für Max zeigen mir doch, wie unplanbar das Leben ist, dass man vieles nicht kontrollieren kann. Sosehr man das auch möchte.

Carsten schaut mich erwartungsvoll an. Fast demütig. Was will er jetzt von mir? Dass ich ausraste, ihn vor die Tür setze, ihn verurteile? Hätte er das verdient? Sollte ich ihm nicht wenigstens ein bisschen die Hölle heißmachen? So aus Prinzip?

Ich entscheide mich für eine Denkpause. »Ich muss aufs Klo.«
»Kristin!«
»Gleich.«

Als ich in die Küche zurückkomme, versuche ich, meine Gedanken in Worte zu fassen. »Du hast mich betrogen. Das ist Fakt. Und ganz ehrlich, so ganz nehme ich dir dein Gejammer nicht ab. Du warst skrupellos, hast mir feist ins Gesicht gelogen und mich und meine Gefühle komplett ignoriert.«

Er will was sagen, aber sein Mund schnappt nur auf und zu wie der Mund eines kleinen Fisches, der seit Wochen im Wasserglas schwimmt, ohne dass das Wasser gewechselt wurde.

»Ich will nicht wissen, ob die Frau nett ist, mit der du mich betrügst. Und es ist absolut unfair, an mein Verständnis und Mitleid zu appellieren. Dein Verhalten hat mir den Boden unter den Füßen weggezogen. Dein Glück ist, dass ich das alles mit mir selbst ausgemacht habe. Das Ende vom Lied war der Einzug ins Museum, nur um dich ein paar Wochen nicht ertragen zu müssen. Nicht der Betrug hat mich verletzt, Carsten, sondern die Lügen und alles, was dranhängt. Du setzt meine und die Zukunft der Kinder aufs Spiel, zwingst mich, über ein anderes Leben nachzudenken. Du nötigst mich, darüber nachzudenken, ob ich die Kinder auch ohne dich großziehen kann. Was wird aus unserem Zuhause, wie soll es finanziell weitergehen? Hast du darüber mal nachgedacht? DAS ALLES nehme ich dir übel.«

Ich suche Carstens Blick, denn jetzt geht es ans Eingemachte. Dann fahre ich fort: »Bei all meinem Nachdenken habe ich aber auch gemerkt, dass ich dich nicht mehr liebe. Bei dem Gedanken, dass du mit einer anderen Frau schläfst, hat sich in mir nichts geregt. Gar nichts. Ich bin froh, dass die Wahrheit endlich auf dem Tisch liegt. Wir werden nun in Ruhe überlegen müssen, wie es weitergeht.«

»Du ... du liebst mich nicht mehr?«

Bingo!

»Nein. Vielleicht das Leben, das wir hatten. Könnte ich das weiterführen ohne dich, es wäre okay. Du hast in den letzten Jahren nicht viel Einsatz gezeigt, weißt du?«

Er wirkt wie erstarrt, das hatte er wohl nicht erwartet.

Neue Gedanken schießen mir durch den Kopf. Hat er sich nur

deshalb in ein Abenteuer gestürzt, weil er ein geordnetes Zuhause im Rücken wusste? Es ist bei Männern doch so: Sie brauchen ihr Nest, deshalb verlässt rein statistisch gesehen auch nur jeder zehnte Ehemann seine Frau für eine Geliebte. Geliebte sind im Grunde so richtig gearscht. Denn wenn es hart auf hart kommt, geht der Mann gerne zurück zu Mutti. Zum Gewohnten und Bequemen. Genau diese Sicherheit habe ich Carsten gerade genommen, und das spiegelt sich nur allzu deutlich in seinem Gesicht wider.

»Du liebst mich nicht mehr?«, fragt er ein zweites Mal.

»Nein, ich glaube nicht. Und du mich auch nicht mehr.«

Er haspelt. »Nein, ja, ach, ich weiß es nicht.«

Es trifft ihn. Meine Worte haben ins Schwarze getroffen. Es ist, als wäre er vom Baum geplumpst. Aus dem vertrauten Nest. Und nun muss er sich damit beschäftigen, ob er das überhaupt wollte. Oder ob er seinen Spaß UND eine fürsorgliche Ehefrau wollte. Wie ich ihn kenne, hat er sich die Konsequenzen höchstens am Rande ausgemalt und ist zu dem Schluss gekommen, dass ich dumm genug bin, ihm seine Affäre am Ende zu verzeihen.

Aber ich will nicht verzeihen. Ich will nach vorne blicken.

Aber warum?

Weil es plötzlich Max in meinem Leben gibt?

Weil ich so schön abgelenkt bin?

Bin ich im Grunde nicht besser als er?

»Wir lassen es jetzt gut sein, okay? Ich muss nachdenken und das musst du auch, dann sehen wir weiter.«

Er sieht mich seltsam an und dann passiert etwas. Ein Geräusch erklingt. Ich drehe mich nach allen Seiten um. Kommt es von draußen? Und dann wird mir klar, was gerade passiert. Carsten weint. Er zittert, seine Augen füllen sich mit Tränen. So habe ich ihn noch nie gesehen.

Im ersten Augenblick möchte ich ihn trösten. Aber dann stehe ich vom Küchentisch auf, ziehe meine Schuhe an, nehme den Geldbeutel und eine Stofftasche, öffne die Haustür, schließe sie hinter mir und gehe einkaufen. Was sind seine Tränen im Vergleich zu denen, die ich vergossen habe? Nicht mehr als eine homöopathisch kleine Menge. Soll er sie doch vergießen. Es geht einem schließlich besser danach.

Bin ich gemein? Ja. Vielleicht. Aber er hätte mich auch nicht getröstet, wenn ich diejenige gewesen wäre, die unsere Ehe und Familie aufs Spiel gesetzt hätte.

»Bin beim Sport.«

Ein Zettel liegt auf dem Küchentisch, als ich zurückkehre.

Aha, er braucht die Rückkopplung, kann es nicht mit sich alleine ausmachen. Die Geliebte muss es richten. Was wird sie davon halten? Weiß eine Geliebte, dass sie meistens nur dann gewinnt, wenn die Ehefrau es möchte? Sollte sie sich dafür nicht zu schade sein?

Doch was ist mit mir? Auch Max hat eine Ehefrau. Was, wenn ich mich ernsthaft in ihn verliebe und seine Frau ihn zurückwill? Oder hätten wir nur dann eine Zukunft, wenn sie ihn weiter verstößt? Wie fände ich das?

Ich schüttle vehement meinen Kopf. Zum einen, weil ich so weit nicht denken WILL, zum anderen, weil das alles schrecklich kompliziert ist. Sich mit Anfang vierzig neu zu verlieben ist kein Spaziergang, zumal dann, wenn man vorher ein Leben mit Mann und Kindern hatte.

Plötzlich fällt mir Maja ein. Wir waren laut. Hat sie was mitbekommen? Ich steige langsam die Treppe hoch in den ersten Stock, wo die Kinderzimmer liegen, und öffne vorsichtig ihre Tür. Maja ist der Realität entschwunden, völlig versunken in ihrer digitalen Welt, die dicken Kopfhörer auf den Ohren.

Erleichterung durchströmt mich – und dann mache ich etwas

völlig Verrücktes. Ich schenke mir ein Glas Wein ein und haue mich aufs Sofa vor den Fernseher.

Hach, das tut gut.

Abends gehen wir mit Maja zum Italiener um die Ecke. Carsten kam gefasst und mit guter Laune vom Sport zurück. Er ist wohl gut betüddelt worden. Mir soll's recht sein. Nach dem Essen geht Maja nach Hause und wir bleiben noch sitzen. Und schaffen das Unglaubliche: Wir reden. Vernünftig. Wir verarbeiten gemeinsam. Und in diesem Augenblick ist sie wieder da. Die Einmütigkeit, das gegenseitige Verstehen, das über Jahre eingespielte partnerschaftliche Kommunizieren. So bitter das klingt. Wir mussten uns wohl erst so richtig reinreiten.

»Eins weiß ich zu schätzen«, sage ich. »Deinen Mut, die Wahrheit letztendlich doch zuzugeben. Es ist nur fair, wenn ich das jetzt auch tue.«

Und dann erzähle ich, wie ich die letzten Wochen erlebt habe, wie ich mich fühlte, welche Ängste und Sorgen ich hatte. Ich erzähle vom Museum und von Max, den ich unter alldem habe leiden lassen und der es trotzdem geschafft hat, sich einen kleinen, kleinen Platz in meinem Herzen zu erobern.

Carstens Reaktion ist ... machomäßig. »Du angelst dir direkt 'nen neuen Typen? Steigst mit dem Nächstbesten ins Bett?«

»Vergiss nicht, ich wusste, dass du mich betrügst. Und, verstehe ich deine Empörung jetzt richtig? Was du tust, ist okay? Was ich tue aber nicht? Warum? Weil ich eine Frau bin?«

»Nein, so habe ich das nicht gemeint. Ich ... ich hätte es einfach nicht von dir gedacht.«

»Tja, ich würde sagen, wir sind quitt. Und können nun anfangen zu überlegen, wie es weitergehen soll. Das sind wir auch unseren Kindern schuldig.«

Ich lese Unwillen in Carstens Augen. Er will noch keine Fakten schaffen. Auch wenn er sie schon lange geschaffen hat. Und da ich auch noch nicht weiß, was ich eigentlich will und wie unsere Zukunft aussehen könnte, schlage ich vor, uns zu vertagen.

Und ich nehme vor allem eins mit aus diesem Wochenende: Ich bin kein Opfer mehr. Und das fühlt sich verdammt gut an.

Bittere Erkenntnisse

Meine Rückkehr ins Museum lässt mich aufatmen. Zum ersten Mal, seitdem ich die Brötchen von der Straße geklaubt habe, haben wir an einem Strang gezogen. Im Nachhinein wird dieses Wochenende richtungsweisend für mein weiteres Leben sein, auch wenn ich noch nicht abschätzen kann, inwiefern. Ich hoffe, die nächste Zeit wird Licht ins Dunkel bringen.

Eines aber weiß ich gewiss: Die Wahrheit tut gut. Endlich liegen die Karten offen auf dem Tisch. Der Stillstand hat ein Ende. Ich kann anfangen nach vorne zu blicken.

Ich finde Betty nicht, muss aber dringend mit ihr reden, denn sie kennt Carsten. Nach einer erfolglosen Runde durch das Hauptgebäude versuche ich mein Glück bei Daniel. Sie sei im Konferenzraum und verhandle mit einem Museumsdirektor aus Bayern, der unser Projekt interessiert beobachtet. Er überlegt, im nächsten Sommer etwas Ähnliches auf die Beine zu stellen.

»Das ist ja großartig.« Ich freue mich aufrichtig. »Dein Projekt macht also Schule. Willst du es nicht professionell vermarkten?«

»Da es sich um ein wissenschaftliches Experiment handelt, stehe ich meinen Kollegen selbstverständlich zur Seite, ohne dafür Geld zu verlangen«, lautet seine nüchterne Antwort.

»Ich habe nichts anderes erwartet. Meinst du, es lohnt sich, auf Betty zu warten?«

»Sie sind schon eine Weile da drin, versuchen kannst du es.«

Ich bedanke mich und schlendere hinüber zum Besprechungsraum, dessen Tür sich just in diesem Augenblick öffnet. Betty tritt in Begleitung eines Mannes heraus, den sie fast um einen halben Kopf überragt. Er scheint außerdem nicht mehr zu wiegen als eine Fliege. Ein hageres Männlein mit Halbglatze, der an Bettys Lippen hängt, als gäbe es dort Nektar.

Betty sieht mich, strahlt und entlässt den bayerischen Museumsdirektor. »Sie können mich jederzeit anrufen, wenn es an die Umsetzung der Kostüme geht. Es freut mich wirklich sehr, dass ich helfen konnte.«

Der Direktor pariert in breitestem Bayerisch, verabschiedet sich wortreich und geht.

»Hey, Süße, was ist los?«

»Kann ich mit dir reden?«

»Na klar. Komm rein, die Stühle sind noch warm.«

Ich fackle nicht lange und erzähle von unserem Wochenende, Carstens Beichte, meiner Beichte, den ganzen widersprüchlichen Gefühlen – und von Max' Liebesgeständnis.

Am Ende hebt Betty hilflos die Arme. »Wo soll ich da jetzt anfangen?«

»Bei Carsten.«

Sie überlegt kurz. »Respekt«, sagt sie knapp.

»Ja, finde ich auch.«

»Es gehört viel Mut dazu, die Wahrheit so ungeschönt auf den Tisch zu packen. Und er hat das freiwillig getan?«

»Halbwegs. Ich habe ihn ja quasi aus dem Nichts mit alldem konfrontiert. Es war, als hätte ich die Schleusen eines Staudammes geöffnet. Als hätte er nur darauf gewartet. Er hat sogar geheult.«

»Er hat geheult?«

»Wie ein Schlosshund, so habe ich ihn noch nie gesehen. Ich glaube, er hat es selbst erst verstanden, als die Tränen schon auf die Tischplatte tropften.«

»Und, was hast du gemacht?«

»Ich habe ihn in Ruhe gelassen und bin einkaufen gegangen.«

Betty prustet los. »Du hartherzige Frau.«

»Irgendwie war es ein kleiner Trost für die vielen Tränen, die ich wegen ihm vergossen habe.«

»Und dann hast du von Max erzählt?«

»Ja, und das hat sein Weltbild mächtig ins Wanken gebracht.«

»Das glaube ich. Das Recht fremdzugehen hat in seiner Welt bestimmt nur er.«

»Genau das.«

»Es ist eine skurrile Geschichte. Aber es ist gut, dass ihr euch nun auf Augenhöhe begegnet. Bisher warst du das betrogene Dummchen. Nun hast du ihn zurückbetrogen und ihr seid gleichauf.«

»Das sind genau meine Gedanken.«

»Und wie geht's weiter?«

»Wir sind uns einig, alles erst mal sacken zu lassen.«

»Vernünftig. Und was machst du mit Max?«

Ich schaue sie an und kann nicht mehr, als mit den Schultern zu zucken.

»Tja.« Janine grinst bis hinter beide Ohren. »Ich würde sagen, du hast jetzt 'nen Freivögelschein.«

»Also ehrlich, darum geht es doch gar nicht«, schilt sie Timo.

Wir sitzen konspirativ im Garten. Timo und ich hocken auf dem kleinen Steinweg zwischen zwei Beeten, Janine erntet Bohnen.

»Natürlich geht es darum. Erst mal.«

Ich will intervenieren, aber sie gibt mir mit einer Handbewegung zu verstehen, dass sie weiterreden will. »Ganz ehrlich? So profan es sich anhört, mach dir nicht zu viele Gedanken. Du bist mit Carsten und den Entwicklungen am Wochenende genug beschäftigt und solltest die Max-Geschichte als das sehen, was sie im Moment ist.«

»Und das wäre?«

»Eine nette Abwechslung. Nicht mehr und nicht weniger.«

»Und wenn Max das anders sieht?«

»Schätzchen, er ist ein Mann.«

»Kann es sein, dass da jemand etwas desillusioniert unterwegs ist?«, piekt Timo.

»Nein, nur praktisch veranlagt. Die beiden sind keine zweiundzwanzig mehr, sondern haben eine Vergangenheit. Kristin muss erst mal begreifen, dass ihre Ehe sang- und klanglos den Bach runtergegangen ist, und unser Max ist vor nicht allzu langer Zeit vor die Tür gesetzt worden. Die beiden wären ja bescheuert, wenn sie mehr von ihrem kleinen Tête-à-Tête erwarten würden.«

Janine hat recht, und das muss auch Timo zugeben. »Meine Güte, ich wusste ja, dass du hinter deiner großen Klappe erstaunlich vielseitig bist, aber dass die Weisheitsgöttin Minerva direkt unter uns weilt, war mir noch nicht klar.«

»Dann verstehe es endlich und fang an mir angemessen zu huldigen.«

»Teuerste. Ich bin dein ergebener Diener.«

Die beiden sind wieder an einem Punkt angelangt, an dem man sie am besten sich selbst überlässt. Ich verlasse sie daher mit einem dummen Spruch und der Information, ich müsse die weisen Ratschläge all meiner Freunde erst mal verdauen.

Wie von selbst finden meine Füße den Weg zum See, ich will nachdenken. Aber leider, leider komme ich auf meinem Weg an der Abzweigung zur Schreinerei vorbei.

»Hi.« Ich stehe in der Tür, Max schleift das Bein eines alten Stuhls, seine Haare sind wirr und voller Staub.

»Hi.« Er blickt kurz auf und schenkt mir ein Lächeln. »Du bist wieder da.«

»Sieht so aus«, antworte ich und lächle verhalten.

Und dann schweigen wir ein Weilchen, aber es ist kein unangenehmes Schweigen. Ich streife durch die Werkstatt. Länger als ein paar Minuten war ich noch nie hier, und ich staune, als ich sie näher in Augenschein nehme. Die Werkstatt lebt. Die alten Werkzeuge sind richtig schön. Handgeschmiedete Meißel, Holzhobel, die ein kleines Meisterwerk an sich sind, Sägen mit verzierten Griffen. Und überall stehen Objekte, an denen Max arbeitet. Es hat den Anschein, als würde er Dinge gerne anfangen, aber nicht zu Ende bringen. Ist es Absicht oder ein lästiger Charakterzug?

»Hier steht so viel rum, aber nur wenig ist fertig.« Ich nehme eine kleine Holzkiste aus dem Regal. »Machst du das eine nicht fertig, bevor du was Neues anfängst?«

Er sieht von seiner Arbeit auf und taxiert mich. »Würde es dich stören, wenn es so wäre?«

Es ist eine vorsichtige Frage. So, als bedeute sie mehr als das. Oder habe ich mehr als das gefragt? Klopfe ich gerade ab, was es bedeuten würde, wenn ...?

»Nein«, sage ich.

»Also ja, ich habe die Angewohnheit, an vielem gleichzeitig zu arbeiten. Es gibt bei jedem Projekt diesen Punkt, an dem ich keine Lust mehr habe, und dann mache ich an etwas anderem weiter. Manchmal nervt es mich selbst, aber fertig werde ich immer und deswegen mache ich mir keinen allzu großen Stress.«

Ich zucke mit den Achseln. »Ich sehe es so: Wenn man seine Schwächen kennt, kann man sie regulieren. Nichts, was ich nicht kenne.«

Max lächelt. »Und was ist deine Schwäche?«

»Ich kann in Schränken keine Ordnung halten und gebe gerne zu viel Geld aus.«

»Ups«, sagt er, »und wie regulierst du dich?«

»Ich habe meine Phasen. Ich räume auf, freue mich, wenn es geschafft ist, nehme mir vor, die Ordnung dieses Mal zu halten, aber dann reißt es ein und alles geht wieder von vorne los. Beim Geld ist es ähnlich. Wenn ich dabei bin, mich mal wieder in die Bredouille zu manövrieren, führe ich ein Haushaltsbuch. Das klappt ganz gut. Irgendwann siegt die Faulheit, ich höre auf und so weiter. Das ist ein Auf und Ab, aber am Ende geht es immer gut aus.«

Max mustert mich, legt den Schleifblock weg, streicht sich durch die Haare und kommt auf mich zu.

»Jeder Mensch hat Schwächen und Macken. Wichtig ist, dass man den anderen akzeptiert, wie er ist.« Er nimmt mein Gesicht in seine staubigen Handwerkerhände, küsst mich zärtlich auf den Mund und lehnt schließlich seine Stirn an meine. Ich bin zu hundert Prozent im Hier und Jetzt.

Nirgendwo sonst.

Aber dann klopft Janine an meine Frontallappen.

»Kristihiiiin. Unverbindlich! UNVERBINDLICH!!!«

»Ja-ha. Ist ja gut. Bist doch sonst nicht so moralisch.«

»Das hat nix mit moralisch zu tun, das ist eine 1a-Weisheit zum Überleben von Verknalltheit aus Verzweiflung.«

»Halt einfach die Klappe, Janine. Kann doch nicht sein, dass du mit mir redest, wenn du gar nicht da bist.«

»Doch. Ich bin die Stimme der Vernunft!«

Jetzt reicht's mir aber. Ich stopfe Janine in Gedanken einen bunten Strauß Kräuter in den Mund und schicke sie zu Timo. Soll sie doch den ärgern. Ich will zurück ins Hier und Jetzt.

Während ich mein kurzes imaginäres Gespräch mit Janine führe, verharren wir weiter in Stirn an Stirn. Warum kann ich diesen Augenblick nicht einfach genießen?

Als hätte Max einen Livestream zu meinen Gedanken, löst er unsere Berührung auf und neigt seinen Kopf nach hinten. »Warum grübelst du?«

»Ich grüble eigentlich gar nicht, ich geige nur meinem imaginären Moralapostel die Meinung.«

»Darf ich wissen, was dein imaginärer Moralapostel zu beanstanden hat?«

»Er, oder vielmehr sie, findet, ich solle den Augenblick genießen.«

»Tust du das nicht?«

»Ich bin doch eine Frau«, sage ich seufzend, »wir machen uns immer viel zu viele Gedanken.«

»Ja«, sagt er und seufzt ebenfalls. »Aber ich weiß etwas, was dagegen helfen könnte.«

»Und was?«

»Das hier«, sagt er und küsst mich sanft.

»Hm«, antworte ich, »das ist schon ganz gut, aber ich grüble immer noch.«

»Okay, dann muss ich härtere Geschütze auffahren.« Er zieht mich an sich, umschlingt mich mit seinen Armen und küsst mich wieder. Eindringlich.

Es ist gut. Es ist so gut.

»Besser?«

»Ja, das geht schon in die richtige Richtung.«

»Hervorragend«, raunt er mir ins Ohr, fährt mit seinen Händen in meinen Ausschnitt und spielt an dem Saum, ehe er seine Finger weiter nach unten wandern lässt.

»Und das?«

Ich beende das Frage-Antwort-Spiel, löse mich von ihm, gehe zur Tür, schließe sie, lege den Riegel vor, und dann wird die Schreinerei zu einem Ort, an dem das Grübeln verboten ist.

Später setzen wir uns auf den Werktisch und ich lehne mich an ihn, genieße seine Wärme. Zufrieden lassen wir den Augenblick nachwirken.

Dann fragt er in die Stille hinein: »Wie war es zu Hause?«

»Hm, ich mag gar nicht groß drüber reden, aber die Dinge fangen an sich zu klären.«

Max schaut an die Decke. »Und in dieser Klärung – ist da möglicherweise auch ein kleiner Platz für mich vorgesehen?«

Wohlig und wonnig warm wird mir. Ich will gar nicht fühlen, was ich fühle, aber ich fühle es.

»Würdest du denn gerne einen Platz darin haben?«

»Mir würde schon ein Platz auf der Warteliste reichen.«

»Das ist keine schlechte Aussicht«, murmle ich.

Und dann knutschen wir noch ein bisschen, weil es mehr nicht zu sagen gibt. Ein Moment für die Ewigkeit.

Mannomann. Bin ich gut gelaunt. Die Klärung mit Carsten, das Gespräch mit Max. Noch habe ich keine Ahnung, in welche Richtung mein Leben gehen wird, aber zum ersten Mal seit Monaten gehe ich vorwärts.

Wieder auf dem Hof wandere ich in die Küche. Edeltraud sitzt mit mürrischer Miene über einem alten Kochbuch und blättert missmutig darin herum.

»Warum hast du nicht gesagt, dass du Kochdienst hast, dann müsstest du jetzt nicht so griesgrämig aus der Wäsche schauen«, necke ich sie.

Ihre Miene hellt sich minimal auf. »Ach, Kristin, ich kann doch nicht immer von dir abhängig sein, irgendwann muss ich es ja lernen.«

»Was die letzten dreißig Jahre nicht funktioniert hat, wird nicht plötzlich klappen. Und außerdem kannst du nichts dafür. Es macht mir wirklich nichts aus, dir zu helfen.«

»Ich weiß«, antwortet sie zerknirscht, »aber es überkommt mich halt immer wieder.«

»Warum sagst du es den anderen nicht einfach?«

»Keine Ahnung.«

»Bei mir konntest du es auch. Du hast dich weiterentwickelt, Edeltraud, so wie ich. Lass uns diese neuen Stärken nutzen.«

Edeltraud schaut mir aufmerksam in die Augen. »Du strahlst. Von innen heraus. Steht dir gut.«

»Danke, ich habe zu Hause ein paar Dinge klären können und hier im Museum auch. Das tut verdammt gut.«

»Magst du es mir erzählen?«

»Bestimmt, aber nicht jetzt«, verspreche ich ihr. »Jetzt suchen wir ein Rezept, ich kaufe die fehlenden Zutaten und danach legen wir los.«

»Danke, Kristin, was würde ich ohne dich tun?«

»Die anderen mit deinen Kochkünsten in den Wahnsinn treiben«, antworte ich lachend.

Edeltraud lacht nun auch. Endlich. Sie verfällt immer wieder in die Rolle, in die sie Eberhardt getrieben hat. Es ist ein langer Weg, den sie noch vor sich hat, aber hier im Museum hat sie den Grundstein gelegt.

Ich schnappe mir den Korb, nehme den kleinen Tontopf mit den Essensmarken von der Anrichte, stecke mir zwanzig MM in die Schürzentasche und mache mich auf den Weg. Ich bin schon fast peinlich beschwingt. Es fühlt sich an, als würde ich auf kleinen Wölkchen hüpfen. Zwischendurch schaue ich sogar auf den Boden, um zu prüfen, ob ich noch Bodenhaftung habe. Die möchte ich nämlich gerne behalten, Wölkchen hin oder her. Ich grüße jeden, der mir über den Weg läuft, schwelge in der Erinnerung an sagenhaften Sex, an Blicke und Worte, die zwischen uns gefallen sind. Zum ersten Mal sehe ich einen Weg, den ich gehen könnte. Ich muss mit Carsten die Dinge klären und Max und mir die Chance geben, uns besser kennenzulernen.

Fixiere dich nicht zu sehr. Eine leise Stimme, der ich lächelnd zuraune: *Gönn mir den Augenblick, moralisches Stimmchen, alles andere wird sich fügen.*

Ich erreiche den Dorfplatz. Dort steht ein Pulk Museumsbewohner, sichtlich aufgebracht. Ich umschiffe sie weiträumig, denn ich habe keine Lust auf schlechte Nachrichten oder Gerüchte, ich möchte weiter schwelgen. Anmutig und grazil, mit dem Gefühl, die schönste und begehrenswerteste Frau diesseits des Äquators zu sein, betrete ich den Laden.

»Hallo, Margret«, zwitschere ich, »wir brauchen Zucker und Speck.«

Margret ist in ein Gespräch mit einer Bewohnerin im Rentenalter vertieft, ihrer Kleidung nach zu urteilen, aus dem frühen 19. Jahrhundert. Diese dreht sich nach mir um und mustert mich von oben bis unten. Sie wirkt aufgebracht. »Bei euch wohnt doch dieser Max Hegemann, oder nicht?«

»Ja«, antworte ich erstaunt, »wieso?«

»Ach, Mädchen.« Margret sieht mich mitleidig an.

Ich runzle die Stirn. Hat unsere Affäre so schnell die Runde gemacht?

»Wir haben eben erfahren, dass er uns ausspioniert«, erklärt Margret.

»Er spioniert uns aus?« Über meinem Kopf schweben bestimmt ein Dutzend Fragezeichen.

»Er ist Reporter und schreibt Artikel über uns.« Die Dame ist auf 180. »Und dann nennt er es auch noch *Historisches Dschungelcamp.*«

Es ist ein Schlag in die Magengrube. Ich will nichts mehr hören, drehe mich auf dem Absatz um und laufe zurück.

Max ist ein Sensationsjournalist, der unser Vertrauen ausgenutzt hat? MEIN Vertrauen? Ich habe ihn gedeckt, ohne zu wissen, was er tut, und als er an dem Abend im Stroh die Chance hatte, mir die Wahrheit anzuvertrauen, hat er mich angelogen. Ich verstehe es nicht.

Das Gespräch mit Carsten. Die Freude, Max wiederzusehen. Das Gefühl, eine Richtung gefunden zu haben. Und nun das! Mit einem Satz wird er zu einem Menschen, der nur eines kann: mich enttäuschen. Das Leben enttäuscht mich. Nein. Es verarscht mich. Schickt mich auf eine Wolke, heuchelt mir Zuversicht vor und verpasst mir dann einen Arschtritt, mit dem es mich in hohem Bogen von der höchsten Wolke schubst, die es finden konnte.

Ich koche, mein Gesicht fühlt sich an wie eine Fratze, und ich stampfe bei jedem Schritt auf den Boden, als könne der etwas dafür. Sauer, enttäuscht und verwirrt erreiche ich den Hof, rausche an Edeltraud vorbei ins Schlafzimmer, schließe die Tür und lasse mich auf mein Bett fallen. Ich starre an die Decke und warte auf Tränen.

Nichts.

Ich warte.

Nichts.

Weiter warten.

Nichts.

Ich setze mich auf, gestatte meiner Wut eine Millisekunde Pause, rappele mich hoch und verlasse noch mal das Haus. Wenn ich eins gelernt habe, dann, dass mich Schwimmen beruhigt. Also marschiere ich zum See.

Die Wut verbeißt sich in meinen Eingeweiden. Mit zittrigen Fingern löse ich die Knöpfe. Keiner will so, wie ich will, und das macht mich noch wütender. Irgendwann habe ich es geschafft, reiße mir die Klamotten vom Leib, nehme Anlauf und springe vom Steg in den See.

Ich schwimme los. Meine Gedanken drehen sich im Kreis. Wut, Enttäuschung, Zweifel.

Warum hat er mich belogen? Ist er doch genau das, was ich vom ersten Augenblick an dachte: ein Lügner und Betrüger?

Vielleicht ziehe ich sie ja an, die Lügner und Betrüger.

Ja, ich bin melodramatisch.

Schrecklich melodramatisch.

Ich schwimme weiter, lege an Tempo zu, strampele mir die Wut aus dem Bauch. Ziehe Runde um Runde. Und dann? Langsam, ganz langsam, entweicht die Anspannung wie aus einem Ballon mit einem kleinen Loch. So klein, dass man es nicht sehen kann. Zunächst merke ich nichts, aber irgendwann lässt der Druck nach.

Als ich am Steg ankomme, mich festhalte und erleichtert vor mich hin keuche, ist das der Augenblick, in dem mir etwas klar wird: Niemand wird mich retten, niemand wird mein Leben für mich in die Hand nehmen und niemand ist für mein Glück verantwortlich – außer mir selbst. Nur ich kann mich retten. Nur ich.

»Du weißt, dass du aufgeflogen bist?«

Ich rausche in die Werkstatt und komme direkt zum Punkt.

»Du schreibst für irgendein Blättchen? Du bist nur hier, um uns zu beobachten und daraus Kapital zu schlagen?«

»Du hast davon gehört? Das tut mir leid ... Ich ... « Max blickt auf und sieht mich an. Er scheint sich innerlich zu strecken, bevor er gefasster fortfährt: »Daniel war gerade hier und hat es mir erzählt. Er hält es für besser, wenn ich mich erst mal zurückziehe, bis sich die Wogen geglättet haben und die Bewohner wissen, dass ... «

»Das ist eine sehr gute Idee.«

»Kristin, ich ... «

»Schluss, aus und vorbei. Ich will gar nicht wissen, welche Entschuldigung oder Begründung du hast.«

»Bitte, Kristin. Lass es mich erklären.«

»Nein. Kein Interesse.« Ich werfe ihm einen letzten Blick zu und gehe.

»Hast du's schon gehört?«, fragt mich Janine, als ich die Küche betrete. Sie steht mit Elisa am Herd.

»Ja. Ich war grad bei ihm. Er packt seine Sachen und wird dann hoffentlich auf Nimmerwiedersehen verschwinden.«

»Das ist echt allerhand«, sagt Janine. »Da bespitzelt er uns die ganze Zeit. Ich will gar nicht wissen, was er über uns schreibt oder schreiben wird. Wahrscheinlich sind wir für ihn nichts anderes als Zootiere, die er in Ruhe beobachten konnte.«

»Ich frage mich nur, wann er Zeit hatte zu schreiben«, wundert sich Elisa, »ich meine, so ein Journalist notiert doch alles, aber wir haben ihn nie dabei gesehen. Oder hat Timo was beobachtet, schließlich haben sie gemeinsam im Stall übernachtet.«

»Hm, Timo hätte uns was erzählt. Garantiert.« Janine verschränkt die Arme. »Ich finde, Max ist uns Rechenschaft schuldig.«

»Pfff«, mache ich, »das kann ich euch sagen, ich weiß nämlich, wann er geschrieben hat. Ich erzähle es euch, wenn alle da sind.«

»Interessant«, sagt Janine und zieht eine Augenbraue nach oben.

Elisa holt Timo und Edeltraud und wir versammeln uns auf der Strohburg. Dort erzähle ich ihnen, was ich bei meinen nächtlichen Spaziergängen beobachtet habe und dass ich die ganze Zeit wusste, dass er den Schlüssel zum Hauptgebäude besitzt.

»Das hätte ich ihm gar nicht zugetraut.« Edeltraud ist sichtlich enttäuscht und auch die anderen sind nicht glücklich.

»Er hätte doch mit uns reden können. Wir hätten es bestimmt verstanden.« Elisa zuckt ratlos mit den Achseln.

»Das ist die Frage«, sagt Timo. »Es kommt drauf an, was er genau schreibt. Wenn es reißerisch und despektierlich ist, hätten wir sicher kein Verständnis gehabt.«

»Ja, und gerade deshalb liegt der Verdacht nahe, dass es genau das ist.« Meine Meinung ist eindeutig. »Ich frage mich aber auch: Wenn er über das gesamte Museum berichtet, dann muss er doch durch die Gegend gelaufen sein. Oder?«

Timo kratzt sich ratlos seinen Bart.

Wir tragen zusammen, was wir in den letzten Wochen beobachtet haben. Wer hat Max nicht in der Schreinerei getroffen, wer hat ihn wo gesichtet? Am Ende kommen wir zum Schluss, dass er unter dem Deckmantel des Schreiners in alle Höfe geschlichen und Fakten gesammelt hat. Unter unser aller Augen und niemand hat es gemerkt.

»Er hat es auf jeden Fall geschickt angestellt«, stellt Elisa fest.

Wir spekulieren noch eine Weile weiter, es herrscht eine seltsame Stimmung. Wir sind geknickt und enttäuscht, wir alle nehmen Max' Lüge in irgendeiner Form persönlich. Es ist Edeltraud, die uns schließlich ins Bett schickt. »Wir schlafen da jetzt alle mal drüber. Und dann sehen wir morgen weiter.«

Wir nehmen das Angebot nur allzu gerne an.

Als ich im Bett liege, weiß ich gar nicht mehr, was ich von der Sache halten soll. War es das jetzt mit Max und mir?

Betty greift ein

»Mitkommen.«

Ich trete aus dem Laden in die grelle Mittagssonne. Ein kleiner Plausch mit Margret hat mich ein paar schöne Minuten vom Grübeln abgehalten, doch kaum ist das Gespräch vorbei, kommt er wieder, der Frust. Außerdem ist der Korb schwer. Drei Kilo Mehl, zwei Gläser mit Eingemachtem und andere Kleinigkeiten muss ich durch die Hitze nach Hause schleppen.

»Wohin?«, frage ich Betty gequält, ich will keinen Meter weiter gehen als nötig.

»In Daniels Büro.«

»Warum?«

»Weil ich dir gleich ein paar Takte erzähle.«

In Daniels Büro reicht Betty mir ein Glas Wasser, dann legt sie los: »Ich war heute bei euch. Ihr seid ja gar nicht gut auf Max zu sprechen. Kannst du mir mal verraten, wieso?«

Ich schaue sie mit großen Augen an. Um was geht es hier? »Das war vielleicht nicht fair, aber Max war es auch nicht. Vor allem mir gegenüber. Erst belügt er mich, dann sagt er mir angeblich die Wahrheit, dann belügt er mich wieder. Was soll ich von so einem Mann halten?«

»Nun, du könntest dir vielleicht sagen, dass Max nicht ohne Daniel agieren konnte. Und Daniel vielleicht derjenige war, der etwas geheim halten wollte.« Betty mustert mich. »Daniel sieht dieses Projekt als eine Art Feldforschung. Die wissenschaftliche

Seite sollte im Vordergrund stehen, der Fokus auf dem liegen, was die Arbeit, das Essen und das Schlafen mit den Menschen macht. Es ging für Max nicht um einzelne Individuen und ihre Privatsphäre. Mann, Kristin, du kennst doch Daniel. Max schreibt für ein angesehenes Wissenschaftsmagazin. Der Artikel erscheint in zwei Monaten, es war Daniels Idee, dass Max ihn nachts im Hauptgebäude schreibt.«

Ich lasse ihre Worte sacken. Tue ich Max unrecht? Ein Teil von mir sagt Ja, der andere hadert weiter. Warum hat er nicht die Karten auf den Tisch gelegt? Schuld hat aber auch Daniel, der hätte uns alle informieren müssen.

Als könnte Betty meine Gedanken lesen, kündigt sie für den nächsten Tag eine Infoveranstaltung für alle Bewohner des Museums an.

Seit heute Vormittag ist Max wieder da. Gestern Abend gab es die Veranstaltung für alle Bewohner.

Daniel erklärte die Hintergründe von Max' Aufenthalt. Er habe nicht gewollt, dass sich die Bewohner beobachtet fühlen, und habe die Dynamik unterschätzt, die auftrat, nachdem Max' Berichterstattung aufgeflogen war. Er entschuldigte sich dafür gleich mehrfach, und es war ihm sichtlich unangenehm, dass er diesen Plan nicht bis zum Ende durchdacht hatte.

Die Bewohner hörten aufmerksam zu. Es wurden Fragen gestellt und Daniel konnte sie beantworten, am Ende verstanden alle die Beweggründe. Danach war das Thema vom Tisch.

Ganz so leicht machten wir es Max auf dem Hof allerdings dann doch nicht. Ein paar Stänkereien und blöde Witze musste er sich anhören. Timo und Janine zogen ihn kräftig durch den Kakao, Edeltraud und Elisa tat er schon fast leid und sie nickten ihm aufmunternd zu. Ansonsten war bei uns sehr schnell alles wie immer.

Fast.

Denn selbst wenn ich es als Bewohnerin des Museums genauso sehe, die Frau in mir braucht noch Zeit.

»Hallo, Max.« Er steht an einem Regal in seiner Werkstatt und rührt mit einem Pinsel in einem Becher. »Kann ich reinkommen?«

»Klar.«

»Es tut mir leid, dass ich dich wegen deiner Schreiberei verurteilt habe, aber ich dachte, du machst tatsächlich eine Art Dschungelcamp aus uns.«

»Da warst du nicht die Einzige.«

Ich zucke die Achseln. »Es ist ja jetzt alles geklärt, niemand nimmt es dir mehr übel. Aber ich möchte, dass du verstehst, dass es für mich noch eine andere Seite gibt, und das war deine Lüge im Stall. Mein Mann hat mich belogen, du hast mich belogen. Das ist kein schönes Gefühl. Ich möchte diese Gefühle nicht mehr haben. Ich brauche Vertrauen, die Gewissheit, dass ich dir glauben kann. Egal, wie ich es drehe und wende, ich brauche einfach Zeit.«

»Ganz schön kompliziert, das alles, hm?« Er sagt es ganz leise.

»Ja, das ist es.«

»Was meinst du, wie stehen meine Chancen?«

»Hm. Dreißig zu siebzig?«

»Das ist nicht viel. Vielleicht ist es ja doch ein bisschen mehr?«

»Hm. Vierzig zu sechzig.«

Er zieht eine Schnute. Der spinnt ja wohl. Der will mich rumkriegen.

»Vierzig. Kein bisschen mehr. Im Ernst. Lass mir Zeit.«

Er wird ernst. »Ich verstehe, ich hätte es dir sagen sollen. Aber ich wusste nicht, ob ich dir vertrauen konnte, Kristin. Du hattest keine gute Meinung von mir. Doch es war ein Fehler, das weiß ich jetzt.«

Ich nicke. »Danke.«

»Vielleicht eher fünfzig zu fünfzig?«

»Argh. Du bist schlimm.«

Er grinst. »Ich versuche nur, mein Schicksal abzuwenden. Sei mir nicht böse.«

»Ich bin dir nicht böse. Zumindest nicht, weil du versuchst zu feilschen. Aber welches Schicksal meinst du?«

»Du hast mich in der Hand, Kristin, denn ich möchte nichts mehr, als dir beweisen, dass ich kein Mistkerl bin, sondern jemand, den es lohnt kennenzulernen.« Er sagt es ganz ruhig und umarmt mich mit seinem Blick.

»Ich … du musst Geduld haben, Max.«

Er nickt, ich nicke, wir haben beide ein heimliches Lächeln auf den Lippen.

Und dann gehe ich. Wie so oft in letzter Zeit.

Begegnung

Ungeklärt. Alles ist ungeklärt. Meine Ehe. Max. Mein Leben. Nur eine kurze Zeit lang schien es, als hätte ich die Dinge im Griff.

Für den Augenblick begnüge ich mich mit dem Hier und Jetzt und koche mit Edeltraud das Mittagessen. Heute gibt es Bohneneintopf mit Speck, gemeinsam schnippeln wir die Bohnen. Wir sind ein eingeschworenes Duo, Freundinnen auf demselben Weg. Wir lösen uns beide von einem Leben, das sich für uns nicht mehr richtig anfühlt.

Heute ist sie gesprächig und erzählt mir Anekdoten aus fünfunddreißig Jahren an der Seite eines eingefleischten Spießers. »Einmal waren Nachbarinnen zu Besuch. Wir hatten schon den einen oder anderen Pflaumenschnaps gezwitschert. Eine von ihnen erzählte, eine Frau aus ihrem Dorf habe eine Affäre mit dem Gärtner. Wir hielten uns entrüstet die Hand vor den Mund und machten Oooh und Aaah, wollten die Geschichte natürlich trotzdem hören«, sagt sie und lächelt zufrieden. »Auf jeden Fall kehrte mitten in ihren Erzählungen Eberhardt von der Jagd zurück und bekam mit, worüber wir redeten. Er erklärte uns dann, dass er sich solche Reden in seinem Haus verbitte.«

»Ups, da hat er sich ja von seiner besten Seite präsentiert.«

»Stimmt«, antwortet sie achselzuckend, »er kann oft eben einfach nicht aus sich raus. Er hat genaue Vorstellungen von dem, was sich gehört und was sich nicht gehört und merkt oft nicht, dass er Menschen damit vor den Kopf stößt.«

»Ja, dein Mann hat wirklich seltsame Seiten«, sage ich, »aber wie haben die Frauen reagiert?«

»Sie hielten augenblicklich den Mund. Zumindest, bis er weg war. Dann sagte eine von ihnen: ›Arme Edeltraud.‹ Und was habe ich gemacht? Ich habe ihn auch noch verteidigt.« Sie schüttelt den Kopf in Erinnerung an ihre damalige Unterwürfigkeit.

Ich lege meine Hand auf ihren Arm und möchte ihr Mut zusprechen: »Du hast schon so vieles erkannt, Edeltraud. Es liegt ein langer Weg vor dir, aber du wirst es schaffen, da bin ich mir sicher. Hast du denn schon eine Vorstellung davon, was sich genau ändern soll?«

»Eine grobe. Ich möchte selbstständiger werden, ich möchte ein eigenes Leben haben, mich vom Leben noch einmal überraschen lassen und neue Menschen kennenlernen. Ich möchte in die Welt hinaus. Aber wie, das weiß ich noch nicht. Ich mache einfach einen Schritt nach dem anderen. Das hier war ein guter Anfang. Darauf kann ich aufbauen.«

»Und du kannst auf uns bauen. Ich glaube, wir werden auch nach dem Museum füreinander da sein. Wir sollten uns das, was wir hier gefunden haben, nicht mehr nehmen lassen.«

»Das stimmt!« Sie atmet tief durch. »Wenn Eberhardt gewusst hätte, was er damit anstößt, er hätte niemals an diesem Projekt teilgenommen.«

»Kommt er in deiner Zukunftsplanung vor?«

Sie hält beim Schnippeln der Bohnen nachdenklich inne. »Weißt du, ich kann mir nicht vorstellen, ihn zu verlassen. Aber er muss damit klarkommen, dass ich mich verändere. Vielleicht verändert es ihn ja auch. Ich würde sagen, wir schauen einfach, was daraus wird. Manchmal sollte man nur die Richtung bestimmen, nicht den Weg.«

Wie weise das klingt. Doch bevor ich meinen Gedanken aussprechen kann, geht die Tür auf – und Carsten steht im Raum.

»Carsten!«

Ich starre ihn fassungslos an. Ein Alien hätte mich nicht mehr überraschen können. Was will er hier? Wie kommt er überhaupt hierher? Und warum hat er seine Familie, vor allem seine Kinder, nicht schon viel früher besucht?

Für Antworten bleibt keine Zeit, denn in diesem Moment stürmt Liv in die Küche. »Papa!« Sie fliegt ihm in die Arme.

»Hallo, mein Schatz. Ihr seht ja lustig aus. Ich erkenne dich ja kaum wieder. Wo ist denn Maja?«

»Die liegt im Schrank.«

»Im Schrank?«

Liv zerrt Carsten mit sich. »Du musst es dir anschauen, komm mit.«

»Dein Mann hat sich ja früh überlegt, euch einen Besuch abzustatten«, stellt Edeltraud trocken fest.

»Ja, er hat dafür nur fünf Wochen benötigt«, erwidere ich ebenso trocken.

»Das spricht nicht für ihn.«

»Das habe ich gerade auch festgestellt.«

»Wie geht es dir damit?«

»Es fühlt sich seltsam an. Ein schleimiger Alien hätte mich weniger überrascht.«

Edeltraud gluckst. »Ja, das kann ich mir lebhaft vorstellen. Aber die Kinder freuen sich. Das ist doch das Wichtigste.«

»Stimmt. Ich frag mich natürlich trotzdem, warum er da ist.«

»Hast du ein schlechtes Gefühl?«

»Eigentlich hab ich gerade gar keins.« Ich kann nicht anders, ich pruste los.

In diesem Augenblick kehrt Carsten mit den Kindern zurück. »Komm, Mama«, fordert mich Liv auf, »wir zeigen Papa jetzt das Museum.«

»Gute Idee.« Ich wische meine Hände an der Schürze ab, werfe Edeltraud einen letzten Blick zu und dann marschieren wir los. Ein Mann in Jeans und T-Shirt wandert mit seiner Familie in Kleidern aus dem 18. Jahrhundert durch ein Freilichtmuseum. Das ist schon schräg.

Fast zwei Stunden brauchen wir, bis die Kinder Carsten alles gezeigt haben, was ihnen wichtig ist. Das ist auch für mich interessant, denn manche Orte, an denen sie in den letzten Wochen ihre Zeit verbracht haben, kenne ich selbst nicht. Kinder haben ein Auge für verschwiegene, geheimnisvolle Ecken. Da ist zum Beispiel die Scheune eines benachbarten Hofes, zu der es einen geheimen Eingang durch zwei kaputte Bretter in der Rückwand gibt. Oder die kleine Lichtung am See, die man nur erreicht, indem man durchs Unterholz kriecht. Der Garten drei Höfe weiter, in dem man Tomaten klauen kann, und ein kleiner Bach. Nicht nur Carsten ist beeindruckt, ich bin es auch.

Gleichzeitig bin ich unfassbar glücklich, dass unsere Töchter eine Freiheit genießen durften, die in unseren Kindertagen noch selbstverständlich war. Liv erzählt von ihren und Linus' Streichen und wer wann welche Idee aushecke. Ich weiß nicht, ob Carsten zu Hause genauso begeistert reagieren würde, hier tut er es. Wahrscheinlich erinnert es ihn an seine eigene Kindheit auf dem Dorf. Wir sind in diesen zwei Stunden eine so dermaßen heile Familie, dass es wehtut, und mir bricht fast das Herz, denn all das gehört vielleicht bald der Vergangenheit an.

Dennoch ist es schön, und die Gesichtszüge entgleiten mir erst, als Liv schnurstracks die Schreinerei ansteuert, um Carsten zu zeigen, wo sie viele, viele Stunden zugebracht hat.

Ach du liebe Scheiße!

Liv stürmt vorweg und bremst erst vor der Werkbank. Max schleift gerade einen kleinen Schemel.

»Hey, Liv. Na, willst du deiner Vogelvilla den letzten Schliff verpassen?«

»Nee, keine Zeit, aber ich komme heute Nachmittag wieder, ganz doll versprochen.«

»Ist ja deine Villa«, antwortet Max lachend und erst jetzt bemerkt er uns.

»Das ist mein Papa«, verkündet Liv stolz wie Bolle, »und ich will ihm die Vogelvilla zeigen. Wo ist sie?«

»Ähm.« Max legt den Schleifblock weg und wischt sich die Hände an der Hose ab. »Die steht dahinten.« Er deutet auf die Ecke mit den unvollendeten Stücken. Dann streckt er Carsten die Hand hin. »Hi, ich bin Max.«

Sein Gesichtsausdruck ist neutral. Ich überlege krampfhaft, ob Carsten zwischen Max und dem Mann, von dem ich ihm erzählt habe, einen Zusammenhang herstellt. Augenscheinlich nicht, denn er ergreift Max' Hand und schüttelt sie forsch.

»Carsten. Eine schöne Werkstatt haben Sie hier. Wirklich schön.«

Max wirft mir einen unauffälligen Blick zu und ich zucke mit den Achseln.

»Ja, es ist toll, die alten Werkzeuge benutzen zu dürfen, manche sind mehrere Hundert Jahre alt. Aber echte Qualität ist zuverlässig wie am ersten Tag.«

»Das nennt man wohl deutsche Handwerkskunst.« Carsten nickt respektvoll. »Wie sind Sie darauf gekommen, hier mitzumachen? Haben Sie einen Job, der das möglich macht?«

»Ich bin selbstständig und hänge gerade zwischen zwei Jobs. Daniel ist ein alter Freund von mir. Außerdem bin ich Wissenschaftsjournalist. Ich schreibe einen Artikel über dieses Museumsprojekt. Und da ich in meiner Freizeit gerne mit Holz arbeite, fand ich es eine prima Sache, meinen Sommer hier zu verbringen.«

Liv und Maja schleppen vorsichtig das Vogelhaus ran.

»Ta-da! Na, was sagst du, Papa?«

»Wo sollen wir das denn aufstellen?«

Falsche Reaktion, Livs Unterlippe schiebt sich unmerklich nach vorne. Aber so ist er eben. Carsten sieht gerne die Fehler. Das Glas ist halb leer, nie halb voll. Es ist immer wieder schade, wie er damit die Euphorie der Kinder ausbremst. Aber es kommt noch besser.

»Mama hat gesagt, wir setzen es auf einen kleinen Pfahl oder so, und dann kommt es auf die Wiese vor der Terrasse.«

»Wie hat sie sich das denn vorgestellt? Das Ding hier ist ja ziemlich monströs.«

Ich beiße mir auf die Zunge und versuche, die Lage zu retten. »Sie will es noch bunt anmalen und dann ist es wie ein kleines Kunstwerk, ein Blickfang.«

»Wenn du meinst.«

Max starrt Carsten an, aber der merkt es nicht einmal.

Liv ignoriert ihren Vater einfach und erklärt ihre Villa. »Hier oben können die kleinen Vögel fressen, da passen nur die rein, dann werden sie nicht von den großen gestört, die fressen nämlich unten. Und an den Seiten sind kleine Aufhänger für die Meisenknödel. Guck! Auf jeder Seite einer. Das wird toll für die Vögel.«

Ich bin immer noch beeindruckt, was Liv da geschaffen hat. Es ist richtig, richtig gut geworden.

»Dann brauchen wir aber viel Vogelfutter. Eine Nummer kleiner hätte es auch getan.«

Gleich erwürge ich ihn.

Unsensibel trifft es nicht im Ansatz und jetzt hat auch Maja die Nase voll. »Jetzt meckere doch nicht immer rum, Papa. Das Haus ist mega. Ich freue mich, wenn es bei uns im Garten steht.«

»Dann seid ihr euch ja einig. Ich hab ja eh nie was zu melden.« Er versucht, es als Witz zu verpacken.

Ich beschließe, genug zu haben. »Los, wir gehen zurück zum Hof. Ich habe Hunger und vielleicht ist ja das Abendessen fertig.«

»Oh ja, ich auch!« Liv hievt das Haus von der Werkbank und trägt es zurück. Sie kann gerade so drüberschauen. Es ist wirklich groß.

»Ich mache hier auch gleich Feierabend. Weißt du, was es heute gibt?« Max fängt an sein Werkzeug wegzuräumen.

»Sie wohnen auch auf dem Hof?«, fragt Carsten vorsichtig. Puzzleteile fallen an ihren Platz.

»Ja, hat Kristin Ihnen das nicht erzählt?«

»Doch. Ich wusste nur nicht, dass Sie das sind.«

Es ist ein Duell in zwei Sätzen.

Es wird Zeit.

»Wir gehen jetzt!«, sage ich bestimmt, und Carsten verlässt die Schreinerei, ohne sich von Max zu verabschieden.

Die lockere Stimmung ist dahin, und leider retten mich auch nicht die Kinder, denn sie flitzen vor und sind schon bald aus unserem Blickfeld verschwunden.

»*Das* ist der Typ?«

»Ja.«

Stille.

»Und der will was von dir?«

»Wieso sollte er nichts von mir wollen?«

»So ein Schönling. Auf so was stehst du doch gar nicht.«

»Woher willst du denn wissen, auf was ich stehe?«

Es ist ein bitterböser Wortwechsel, aber was habe ich erwartet? Dass Carsten Lobeshymnen singt? Natürlich muss er sich jetzt positionieren. Es geht um männliche Machtansprüche.

Ich erwarte einen weiteren blöden Satz, aber mein Mann überrascht mich. »Sorry, das hat mich jetzt geschockt. Ich meine, ich wusste ja, dass der Typ hier rumläuft, aber ich wollte ihn eigentlich nicht kennenlernen.«

»Okay, Entschuldigung angenommen. Mir wäre es nicht anders gegangen.« Ich gebe mich versöhnlich. »Darf ich dir noch was anderes sagen?«

»Was?«

»Das mit dem Vogelhaus war Mist. Liv ist so stolz, und jetzt hat sie das Gefühl, du magst es nicht.«

»Das tut mir leid. Sag ihr, dass ich es schön finde. Es ist schön, aber echt riesig.«

»Na und? Dann hast du eben ein riesiges buntes Vogelhaus im Garten stehen und kannst jedem stolz erzählen, dass das deine Tochter gebaut hat.«

»Hast ja recht«, erwidert er geistesabwesend. »Kristin, ich habe nachgedacht.«

Oh.

»Weißt du? Es war echt Mist, was ich da ins Rollen gebracht habe. Erst war ich froh, dass du nicht verletzt warst. Aber dann … Ich dachte immer, du liebst mich. Wie kann das einfach vorbei sein? Wollen wir wirklich alles aufgeben? Uns, die Kinder, unsere Freunde, das Haus? Das geht alles kaputt. Das will ich nicht.«

Scheinbar hat Carsten im Schnelldurchlauf durchdacht, wofür ich Wochen gebraucht habe. Und er hat recht. Wir machen alles kaputt.

»Was heißt das jetzt konkret?«

»Ich dachte …« Er bleibt stehen und sieht mich an. »Ich dachte, wir könnten die ganze Sache vielleicht vergessen.«

»Vergessen? So was kann man doch nicht einfach vergessen. Wie stellst du dir das vor? Es ist wie ein Schneeball. Man wirft ihn, er trifft und dann zerfällt er. Man kann ihn nicht zurückholen.«

»Aber wir könnten neu anfangen. Drüber reden. Uns Hilfe holen. Uns fragen, was schiefgelaufen ist.«

Sein Ton ist fast flehentlich, meine nächste Frage gemein, aber realistisch: »Hat sie dich abserviert?«

»Nein, hat sie nicht.«

»Aber du hast die Sache auch nicht beendet, oder? Du machst nur Schluss, wenn ich bei dir bleibe. Richtig?«

Er zuckt unmerklich zusammen. »Was wäre so schlimm daran?«

»Das ist armseliges Sicherheitsdenken. Du willst unsere Ehe retten, aber wenn das nicht klappt, bleibst du bei ihr. Findest du das nicht egoistisch und unfair? So funktioniert das nicht. Selbst wenn wir es versuchen, eine Garantie gibt es eh nicht.«

»Es würde mir für den Anfang reichen, wenn du darüber nachdenkst.«

»Das tue ich, da mach dir keine Sorgen. Jeden Tag, seit fast drei Monaten.«

»Danke«, sagt er. »Mehr wollte ich gar nicht.«

»Schön. Auf jeden Fall freue ich mich, dass du uns besucht hast. Das ist den Kindern viel wert, weißt du?«

»Es tut mir leid, dass ich nicht früher auf die Idee gekommen bin.«

»Du hast es ja jetzt wiedergutgemacht.«

Wir erreichen den Hof. »Du kannst zum Abendessen bleiben, wenn du möchtest.«

Ich patsche mir innerlich auf die Stirn. Warum habe ich das denn jetzt vorgeschlagen? Max und Carsten an einem Tisch. Ach ja, wegen der Kinder.

»Meinst du, es ist eine gute Idee, wenn der Typ dabei ist?«

Und dann sage ich etwas Bedeutungsvolles, einfach aus dem Bauch heraus und am liebsten möchte ich sofort die Löschtaste drücken. »Na ja. Möglicherweise ist es ja nicht das letzte Mal.«

Der Schlag sitzt, aber Carsten ist klug und erwidert nichts. Stattdessen stimmt er zu, zum Abendessen zu bleiben.

»Ein Fremder weilt unter uns«, sagt Ole mit verstellter Stimme, greift in den Brotkorb, nimmt eine dicke Scheibe und beißt einen riesigen Bissen ab. »Sagt, Fremder, was führt Euch zu uns?«

Liv ist empört. »Das ist kein Fremder, du Depp, das ist mein Vater.«

»Ja, ist das nicht wunderbar?« Edeltraud kiekst ein bisschen zu enthusiastisch.

»Ja, ähm ... hallo, ich bin Carsten. Aber du hast recht!«, wendet er sich an Ole. »Wenn ich mir diesen Tisch so ansehe, passe ich wirklich nicht hierher.«

»Ach, Schnickschnack«, sagt Janine, die nach einem kleinen Stupser von mir ihre Sprache wiedergefunden hat, »wir haben jeden Tag Besucher. Nur an unserem Tisch saß noch keiner. Nimm Platz.«

Sie rückt auf der Bank ein Stück zur Seite und Carsten setzt sich.

Timo erklärt ihm das Abendessen. »Das Brot stammt von der museumseigenen Bäckerei und die Bohnen für den Eintopf aus unserem Garten. Den Joghurt für den Nachtisch habe ich aus der Milch unserer Kühe selbst gemacht.«

Carsten ist sichtlich beeindruckt.

»Ja, Schneeweißchen und Rosenrot«, verkündet Liv. »Eigentlich hießen sie Bertha und Magda, aber Timo hat sie umbenannt.«

Carsten schaut Timo an. »Warum denn so komische Märchennamen?«

»Ich fand Bertha und Magda zu kuhmäßig und wir leben schließlich in einem tschechischen Märchenklassiker.«

Max erscheint und die Runde ist komplett.

»Max, das ist Carsten, Kristins Mann«, sagt Timo überdeutlich.

»Ich weiß, wir haben uns schon kennengelernt.«

Wider Erwarten wird es ein schönes Abendessen. Meine

Liebenswert
feminine Lebensart
CONDOMI plusherz
Inh. Ingrid Mack
Esterhazygasse 26
1060 Wien

RECHNUNG

1 S+T RUBBER
                              42.50 A

1 Gesamt   **42.50**
20% MwSt A   7.08
Netto   35.42
Gesamt Steuer   7.08

Gegeben   103.00
Bar   **42.50**
Rückgeld   -60.50

        2022 18:09:03

06105236
Tel +43 1   595 52 55
Fax +43 1 595 52 75
info@liebens-wert.at
www.liebens-wert.at
www.plusherz.at
UID: ATU37262608
HERZLICHEN DANK
FÜR IHREN EINKAUF!

Freunde sind witzig, schlau und durchweg sympathisch, Carsten kann sich ihrem Charme nicht entziehen. Er taut auf, ist fröhlich und stupst mich sogar unter dem Tisch an, um mir zu zeigen, dass er sich wohlfühlt. Das tut mir gut, denn unabhängig von unseren ganzen Problemen sind wir ein Team mit einer langen Geschichte, das sich immer noch fast blind versteht. Zumindest in dem, was nicht zum Paarsein gehört.

Abschiede Volume 1

Heute ist der letzte Tag, an dem Besucher da sind, morgen geht unsere Zeit zu Ende, übermorgen sind wir alle wieder zu Hause. Wir haben sie kommen sehen, diese letzten Tage, doch glauben wollte es niemand.

»Ich kann mir gar nicht vorstellen, ins normale Leben zurückzukehren.« Jeder von uns sagt diesen Satz, immer wieder. Mit wehmütigem Blick und begleitet von mindestens einem Stoßseufzer. Heute beim Frühstück sagt ihn Elisa.

»Zurück in die Zukunft.« Ein zweiter Satz, der in den letzten Tagen oft fällt. Diesmal sagt ihn Timo.

Wir lachen gequält, aber Janines Miene hellt sich mit einem Mal auf. »Da sagst du was. Kinder? Was fällt euch zu dem Film ein?«

Wir haben zwar keine Ahnung, worauf sie hinauswill, aber wir werfen munter Gedankenfetzen in die Runde: »Skateboard ohne Räder«, »kleiner Mann«, »Zeitmaschine«. Bis Timo »drei Teile« in die Runde posaunt und Janine laut »*Bingo!*« ruft.

Wir schauen sie ratlos an.

»Wie doof seid ihr denn? Drei Teile, drei-hei Teile! Dreimal geht es zurück in die Zukunft und wir beenden gerade Teil eins.«

Mir dämmert etwas.

»Kristin, du hast mir doch von dem Bayern erzählt, diesem Museumsdirektor. Vielleicht macht unser Projekt Schule, ich kann es mir jedenfalls vorstellen. Die Besucherzahlen waren gut, der Artikel von Max erreicht ein noch breiteres Publikum. Und dann: Ta-da! Bewerben wir uns und machen mit. Wir sind Profis, die nehmen uns mit Handkuss.« Janine schäumt fast über vor Begeisterung.

»Ist das eine geile Idee!« Timo ist sofort infiziert.

»Aber wer von uns kann schon jedes Jahr sechs Wochen auf der Arbeit fehlen?«, wende ich ein.

»Ach, denk nicht so rational, Kristin. Wo ein Wille ist, ist auch ein Weg. Ich finde die Idee cool.« Elisa macht der Gedanke richtig glücklich.

»Ich würde es auch sofort wieder machen«, tönt Edeltraud.

»Und wer sagt, dass ich euch Pappnasen noch mal sechs Wochen ertragen will?«, frage ich provokativ und werde prompt mit Brotkrumen beworfen.

»Ihr seid ein echter Kindergarten«, murre ich und wir schütten uns aus vor Lachen.

Egal wie, diese Idee ist ein Lichtblick, der uns den Tag versüßt. Ob daraus etwas wird und ob unsere Freundschaft hält, das alles wird sich in den nächsten Monaten zeigen. Im Moment kann ich es mir nicht anders vorstellen. Im Grunde hat sich mein Leben nicht geändert, als ich von Carstens Betrug erfuhr, sondern hier. Es wird in meiner Rückschau nur eine Zeit vor dem Museum geben und eine danach. Allein wie ich diese Erkenntnisse nutze, das bleibt die Frage.

Als wäre der halben Eifel erst gestern aufgefallen, dass es in »ihrem« Museum etwas zu bestaunen gibt, können wir uns vor Besuchern kaum retten. Das ist schade, denn es hält uns zu hundert Prozent davon ab, irgendetwas genießen zu können.

Ferienbetreuungsgruppen bestürmen uns mit Fragen, Rentner wollen alles ganz genau wissen, junge Paare fragen, ob sie Dinge ausprobieren dürfen. Wir haben kaum Zeit, zwischendurch ein paar Worte zu wechseln.

»Waren sie die letzten Wochen alle eingesperrt?«, fragt mich Janine im Vorbeilaufen. Sie will ein paar Kindern erklären, dass Erdbeeren klauen eine Straftat ist. »Die spinnen doch alle.«

Zu allem Überfluss hat sich das Wetter ausgerechnet heute entschieden, dem Sommer Lebewohl zu sagen. Es ist kühl, wir tragen zum ersten Mal diese komischen Leinenjacken und Umhänge, die in den letzten Wochen höchstens als zweites Kopfkissen hergehalten haben.

»Das hat doch jemand bestellt«, beschwert sich Timo.

»Daniel traue ich alles zu«, sage ich lachend. Ich helfe ihm beim Ausmisten des Stalls. Er ist zu nichts gekommen, weil er ständig Kinder davon abhalten musste, im Stroh zu toben oder zu den Schafen auf die Wiese zu klettern. Gerade ist niemand da. »Trotzdem versteh ich gar nicht, was du willst«, unke ich, »ist doch schön ruhig hier im Stall.«

»Willst du, dass ich dir am letzten Tag die Freundschaft kündige?«, antwortet er brummig. »Ich bin ja kein aggressiver Mensch, aber das Wetter scheint die Leute wahnsinnig zu machen.«

»Das sind bestimmt irgendwelche atmosphärischen Störungen oder ein Umschwung der Großwetterlage. Das wirkt sich auf das Gemüt der Menschen aus.«

»Ist dein Gemüt auch atmosphärisch gestört?«

»Nee, eigentlich nicht.«

»Siehste. Also bist du entweder ein Alien oder deine Theorie ist Quatsch.«

»Mit Witzen hast du's heute nicht so, was?«

»Nee. Ich bin sauer.«

»Warum?«

»Weil ich mir den Tag anders vorgestellt habe. Ich wollte ihn genießen und nun: Stress, Stress, Stress.«

»Wie im richtigen Leben«, antworte ich, »und da müssen wir leider in zwei Tagen wieder hin.«

»Schöne Scheiße. Ich gründe eine Kommune, dann lebe ich so weiter.«

»Du bist ja wirklich mies drauf, das kenne ich gar nicht von dir.«

»Jepp«, antwortet er kurz angebunden, fügt aber dann hinzu: »Ich meine, übermorgen sitze ich wieder am Schreibtisch und schreibe Projektpläne. Das ist sooo öde. Kannst du dir das vorstellen?«

»Nein, kein bisschen, aber mal ehrlich, die Museumszeit lebt davon, dass sie eine Abwechslung von unserem Alltag ist. Glaubst du nicht, ein Bauer aus dem 18. Jahrhundert würde liebend gerne mit deinem Leben tauschen? Die Bequemlichkeit, das Essen, das Ausgehen, die viele Zeit, die man für Dinge hat, die Spaß machen, das Reisen ... «

Ich will fortfahren, aber Timo unterbricht mich. »Der Stress, die vielen Menschen, Social Media, Kriege, Hungersnöte ... «

»Ist ja gut, ich habe verstanden, dass du heute schlechte Laune haben *willst*.«

»Jawohl.«

Wir sind mit dem Stroh fertig, und weil meine Arbeit getan ist, schaue ich, wer sonst noch Hilfe benötigt.

Doch irgendwie hat mir Timo eine Art Staffelstab der miesen Laune weitergereicht. Ich trage ihn geradewegs zu Edeltraud. Die hockt mit missmutigem Blick in einer Ecke der Küche und ribbelt Gestricktes auf.

»Und welche Probleme hast du?«, frage ich. »Ich war grad bei Timo, der trug dieselbe Miene. Und Janine war auch nicht besser drauf.«

»Ach, ich habe das Gefühl, viel zu viel nicht zu Ende gemacht zu haben. Und was passiert nun mit diesen ganzen gestrickten Sachen und mit der Wolle, die ich gesponnen habe? Wird alles weggeworfen? Historisch ist es ja nicht.«

»Vielleicht kannst du sie mitnehmen. Merkt es denn jemand, wenn du es tust? Wenigstens das, an dem dein Herz besonders hängt.«

»Mal sehen«, brummelt sie.

»Und der andere Grund für deine schlechte Laune?«

»Muss es einen anderen Grund geben?«

»Nun ja«, sage ich vorsichtig, »ab übermorgen lebst du wieder mit Eberhardt unter einem Dach. Allein.«

»Es wird nicht einfach.«

»Nun. Die Dinge sind selten einfach«, gebe ich eine schlichte Weisheit meiner Oma zum Besten, woraufhin sie nur die Augen verdreht.

Gott sei Dank, nun ist's vorbei mit der Übeltäterei!

Unser letzter Morgen beginnt mit einem Schreck: All unsere Klamotten sind weg!

»Verdammt, hat Daniel die Sachen schon eingesammelt, weil keine Besucher mehr da sind?«, fragt Janine und schaut zum wiederholten Mal auf die Stelle, wo gestern noch ihr Klamottenbündel lag.

»Quatsch«, sage ich, »dann müssten wir ja in Nachtkleidung rumlaufen.«

»Wäre gar nicht so verkehrt, die ist viel luftiger«, stellt Elisa nüchtern fest.

»Aber ich trage das Kleid heute zum allerletzten Mal und deshalb will ich es tragen«, antwortet Janine mürrisch, geht aus dem Zimmer und brüllt: »Maxi und Moritz, wo seid ihr?«

»He, du beschuldigst meine Tochter, ohne zu wissen, ob sie es war?«

»Und meinen Bruder ebenso«, stimmt Elisa kichernd ein.

Es macht Spaß, eine Janine, die schon auf der Palme sitzt, weiter zu provozieren.

»Ich beschuldige *noch* niemanden, ich habe nur einen Verdacht, und dem gehe ich jetzt nach.« Spricht's und brüllt weiter durchs ganze Haus. Nicht, dass dadurch irgendwelche Kinder auftauchen würden.

»Was machen wir denn nun?« Elisa steht ratlos vor mir.

»Wie gesagt. Es gibt keine Besucher, also ist wohl erst einmal Schlafanzugtag.«

Wir gehen in die Küche und treffen die anderen ebenfalls in Nachtkleidung. Nur Max fehlt. Edeltraud kramt im wallenden Nachthemd am Herd.

»Hast du Max gesehen? Ist er ohne Klamotten unterwegs?«

»Jawohl, der ist in Hose raus.«

»Jepp, wie ich«, sagt Timo, der schon mit nacktem Oberkörper am Frühstückstisch sitzt.

»Nur mit Hose?«, frage ich verwundert.

Janine gesellt sich zu uns. »Wie schön, es gibt was zu gucken.«

»Nur gucken, nicht anfassen«, spotte ich.

»Ich finde einfach die Zündhölzer nicht«, klagt Edeltraud. »Ein Schelm, wer denkt, da steckt wer dahinter.«

Janine rollt mit den Augen.

»An wen denkst du denn?«, frage ich.

»Die Namen wurden gerade ziemlich laut durchs Haus gebrüllt.«

»Ohne Feuer kein Tee. Ohne Tee schlechte Laune. Die Früchtchen können was erleben, wenn ich die erwische«, murrt Timo.

»Also, was machen wir jetzt?« Edeltraud blickt fragend in die Runde.

»Draußen sollten noch Zündhölzer liegen, von gestern Abend.« Ich öffne die Tür zum Hof und greife ... in Zahnpasta. Angeekelt lasse ich den Türgriff los und betrachte die Schmierage an meinen Händen. »Grmpf«, mache ich nur und reibe die Zahnpasta in mein Nachthemd. Es ist mir gerade völlig egal.

»Willst du immer noch abstreiten, dass deine Tochter dahintersteckt?« Janine wirkt äußerst zufrieden.

»Nein, will ich nicht«, antworte ich knurrend und wage mich auf den Hof. Tatsächlich liegen dort die vermuteten Zündhölzer. Stolz trage ich sie nach drinnen. »Ta-da. Der Tee ist gerettet.«

»Wenigstens etwas«, meint Elisa.

Zumindest so lange, bis er dampfend vor uns steht, Timo und ich unsere zwei Löffel kostbaren Zucker eingerührt haben und ich vorsichtig an der Tasse nippe.

»Bah, das ist ja ekelhaft.« Ich springe auf und spucke alles in den Spülstein. »Ich nehme alles zurück, meine Tochter wird in den Keller gesperrt. Und dein kleiner Bruder auch, Elisa.«

Inzwischen hat auch Timo seinen Tee probiert. »Salz. Wiiiderlich.«

»Boah, so langsam nervt es«, sagt Maja, die gerade auch Zucker in ihren Tee schaufeln wollte.

Es hört nicht auf. Unsere Schuhe sind zusammengeknotet, der Frühstücksbrei versteckt, das Klohäuschen kunstvoll verschnürt. Der Höhepunkt ist das Ei, auf das die arme Edeltraud sich setzt, weil sie den Hubbel unter ihrem Sitzkissen übersieht.

»Die können was erleben«, grantelt sie.

»Da kommt man am frühen Morgen schon an seine Grenzen.« Timo schüttelt vehement den Kopf.

Fast eine Stunde sind wir damit beschäftigt, irgendeinen neuen Irrsinn, den sich unser Duo Infernale ausgedacht hat, zu entdecken und uns aufzuregen. Wobei das mit dem Aufregen auf Dauer schwierig ist. Irgendwann beömmeln wir uns nur noch.

»Ich möchte nicht wissen, wie lange sie für diesen Morgen geplant haben«, sagt Elisa. »Es scheint, als hätten sie wochenlang nichts anderes gemacht.«

»Ich muss zugeben, es ist ein schöner Abschluss ihrer Zeit hier«, stellt auch Timo versöhnlich fest. »Das werden wir sicher nicht vergessen.«

»Was mich allerdings wundert, ist, dass sie nirgendwo sitzen und ihren Erfolg genießen.« Ich lege meine Hand ans Kinn und überlege.

Plötzlich dringt ein leises Kichern aus dem Büfett. Wir verstummen, halten die Luft an und dann schleicht sich Janine vorsichtig heran. Ihren Finger legt sie an die Lippen.

Mit einem Ruck öffnet sie beide Türen gleichzeitig. Maxi und Moritz! Erst erschrecken sie fürchterlich, dann fangen sie an zu jubeln.

»Ich glaub's ja nicht«, stöhnt Timo. »Raus da, ihr hattet euren Spaß, nun bringt ihr alles wieder in Ordnung!«

»Menno, jetzt schimpft ihr mit uns«, brummelt Liv und klettert aus dem Schrank.

»So gehört sich das, wenn man jemandem Streiche spielt«, gebe ich lachend zurück. »Und nun lacht zu Ende und dann räumt ihr auf.«

»Naaa gut«, antworten sie gnädig.

»Und vergesst das Klohäuschen nicht, ich muss dringend«, fügt Janine hinzu.

»Aber zuallererst hätte ich gerne was zum Anziehen«, fordert Timo.

»Schaaade«, murmelt Janine, »ich hätte dich echt gern noch eine Weile angeguckt.«

»Wird Zeit, dass du zu deinem Musiker zurückkehrst und mal wieder ordentlich ...«

»TIMO«, ermahnt ihn Edeltraud und wedelt mit dem Zeigefinger.

Max fegt seine Werkstatt und empfängt mich, nun ja, mit nacktem Oberkörper.

»Hey, du. Schön, dass du vorbeischaust. Ich überlege schon den ganzen Morgen, wann ich mit dir sprechen kann, und hatte gehofft, dass du mich besuchst. Hier haben wir unsere Ruhe.«

»Wer sagt denn, dass ich mit dir sprechen will?«, frotzle ich und schiele auf seinen nackten Oberkörper.

»Ich hatte es im Urin«, sagt er lächelnd.

»Apropos Urin, du hast heute Morgen die Streicheorgie unseres gerissenen Duos verpasst.«

»Echt? Was war los?«

Ich zähle auf, womit wir unsere Zeit verbracht haben.

Max amüsiert sich sichtlich. »Wenn ich das gewusst hätte, wäre ich natürlich geblieben. Ich dachte, es fehlen nur die Klamotten. Schaaade, eure Gesichter hätte ich zu gerne gesehen.«

»Schadenfreude ist was Feines, gell?«

»Allerdings. Aber zurück zu uns. Du willst reden?«

»Ja. Ich will reden. Aber will ich auch über dasselbe reden wie du?«

»Das ist eine gute Frage. Und jetzt muss leider auch noch einer von uns anfangen und der könnte dann der Dumme sein.«

»Ich schlage vor, das bist du.«

Er zischt durch die Zähne. »Das war ein klassisches Eigentor.«

Ich grinse, er grinst.

»Bist du immer noch enttäuscht, weil ich dich hintergangen habe, oder geht es mittlerweile ein bisschen?«

»Richtig sauer bin ich nicht mehr. Eigentlich gar nicht mehr. Aber aus Prinzip will ich daran festhalten. Du hast mich angelogen. Das war nicht schön, vor allem, weil ich dachte, es entwickelt sich etwas zwischen uns. Dafür braucht man Vertrauen, und damit tue ich mich im Moment schwer.«

»Das verstehe ich. Wirklich. Aber dich nicht mehr wiederzusehen ... das wäre ... schade.«

»Ich kann es mir auch nicht vorstellen.«

Wir schauen uns an, und es entsteht eine Pause, in der wir gut übereinander herfallen könnten. Die Luft ist wie elektrisiert. Doch meine Vernunft siegt.

»Wir sind beide verheiratet, in ungeklärten Situationen. Das macht es nicht gerade einfach.«

»Uns nicht wiederzusehen ist eine traurige Vorstellung, aber im Moment gibt es keine andere Option? Meinst du das?«

»Richtig«, sage ich und spüre einen Kloß im Hals.

»Ich habe einen Vorschlag für dich«, sagt er leise und schaut mir tief in die Augen. So tief, dass es schon kitschig ist, weil ich in seinen Pupillen ertrinken will, und das hört sich so schrecklich nach Schmachtroman an.

»Welchen?«, frage ich ebenso leise.

»Wir gehen im Guten auseinander. Wir kommen zu Hause an, sehen, wie es uns geht und wie die Dinge sich entwickeln. Vielleicht verschwenden wir ja schon nach drei Tagen keinen Gedanken mehr an den anderen.«

»Stimmt. *Dieses* Umfeld könnte unsere Sinne komplett vernebelt haben.«

»Du bist echt so süß.« Gleich stürzt er sich auf mich. Ganz bestimmt. Aber nein, er reißt sich auch zusammen.

»Ich weiß also, was ich im Moment fühle, aber ich kann nicht beurteilen, was in zwei, drei, vier Wochen ist.«

»Du meinst, wenn der Nebel aus deinem Kopf abgezogen ist.« Ich mustere ihn und versuche, etwas in seinem Blick zu lesen.

Er schüttelt lachend seinen Kopf. »Manchmal ist es schwer, vernünftig mit dir zu reden. Wie viele Wochen meinst du, brauchen wir, um herauszufinden, was sich hinter dem Nebel verbirgt?«

»Vier? Sechs?«

»Nehmen wir sechs. Dann sind wir auf der sicheren Seite.« Er grinst verschmitzt. Dieser süße Mistkerl holt mich genau da ab, wo ich bin.

»Sechs Wochen. Und dann?«

»Treffen wir uns auf neutralem Boden.«

»Du meinst, wir wählen einen Ort, und wenn beide kommen, gibt es ein Happy End?«

»Jetzt greifst du aber weit vor.« Max lacht.

Ich werde rot.

»Jetzt werd' nicht rot. Es gibt keinen Grund. Wir treffen uns, dann reden wir. Vielleicht als Freunde, vielleicht als Bekannte, die eine gute Zeit hatten. Vielleicht hatten wir auch sechs Wochen lang unendliche Sehnsucht nach einander. Ist das ein Vorschlag?«

Ich bleibe rot, weil mir das mit der unendlichen Sehnsucht ziemlich gut gefällt. »Was ist, wenn einer nicht kommt?«

»Wir sind erwachsen, das wäre albern und unnötig. Wir kommen einfach beide und reden, nur wie es ausgeht, wissen wir eben noch nicht.«

»Stimmt auch wieder. Also gut. Wir treffen uns.«

Wir atmen wie auf Kommando beide erleichtert durch. Fast, als hätten wir nach einer Wanderung endlich das Gipfelkreuz erreicht.

»Also, dann schaffen wir jetzt Fakten. Wann und wo treffen wir uns?«

Und dann streiten wir ein bisschen. Zuerst können wir uns nicht auf den Tag einigen. Ich bin der Meinung, das müsse man kurz vorher noch einmal besprechen, aber das will er nicht. Also nehmen wir den zweiten Samstag im Oktober. Dann können wir uns nicht auf den Ort einigen. Er will sich natürlich in Köln treffen, ich finde, dass er dadurch einen Heimvorteil hat. (Herrlich albern.) Zu mir will er aber auch nicht kommen.

»Warum nicht?«

»Dieselbe Frage könnte ich dir stellen.«

»Grmpf.«

»Lass uns in Brühl treffen. Meine Oma hat in Brühl gelebt, es ist für beide gut erreichbar, der Schlosspark ist toll und auf dem Marktplatz gibt es neben dem Rathaus ein kleines Café. Da treffen wir uns. 15.00 Uhr.«

»Auf das Café bin ich ja mal gespannt.«

»Ich auch.«

Ich schaue ihn an, überlege, ob es noch was zu sagen gibt, aber es ist gut, wie es ist. Alles, was ich jetzt noch sagen könnte, käme mir falsch vor. Also drehe ich mich um und will gehen.

»Kristin?«

»Ja?«

»Ich freue mich jetzt schon darauf, dich in sechs Wochen wiederzusehen.«

Ich schenke ihm mein schönstes Lächeln und dann gehe ich wirklich.

Daniel hat sich selbst übertroffen. Als wir alle zusammen auf dem Dorfplatz eintreffen, trauen wir unseren Augen nicht.

»Das hätte ich nicht erwartet«, sagt Edeltraud und schüttelt ihren Kopf.

Auf dem großen Platz vor dem Hauptgebäude ist eine kleine Zeltstadt aufgebaut. Essensstände, Biertische und -bänke, dazu zwei Getränkekarussells, ein Zelt, in dem Kinderschminken angeboten wird, eine kleine Losbude und eine kleine Bühne. Das Bemerkenswerteste jedoch ist: Nichts davon ist historisch. Es mutet an, als wären wir zweihundert Jahre in die Zukunft auf eine Dorfkirmes katapultiert worden. Es riecht nach Wurst, Reibekuchen und Pizza, nach Kuchen und Nachtisch. Kurzum: Es gibt all das, worauf wir in den letzten Wochen verzichtet haben. Männliche Bewohner stehen mit Kölschglas in der Hand am Bierrondell, Frauen in langen Gewändern tragen Sektgläschen durch die Gegend, Kinder essen Wurst, Pommes und Reibekuchen, manchmal alles gleichzeitig. Der Geräuschpegel ist erstaunlich.

»Wehe, wenn sie losgelassen.« Timo lotst uns schnurstracks Richtung Kölschquelle.

»Respekt!«, sagt Janine. »Wie hat sich dein Direktor denn dazu überwunden?«

»Das werde ich gleich herausfinden«, antworte ich, »aber erst muss ich all diese leckeren Dinge essen und trinken. Ich kann es gar nicht glauben.«

»Womit fange ich nur an?«, fragt Maja. »Mit Pizza? Reibekuchen?«

»Wie du möchtest, aber denkt daran, dass euer Magen nach sechs Wochen Schonkost nicht so robust ist.«

Aber das hört Maja schon gar nicht mehr.

Liv schmiegt sich an mich. »Darf ich Cola trinken?«, fragt sie so zuckersüß, als hätte sie nicht zusammen mit Linus das halbe Museum in Schutt und Asche gelegt.

»Aber ja«, sage ich gönnerhaft. »Heute ist alles erlaubt.«

»Nicht alles, nur das, was jugendfrei ist«, fügt Timo umsichtig hinzu.

»Ooookay«, sagt sie und flitzt davon.

»Und womit fangen *wir* an?« Elisa tippelt aufgeregt hin und her.

»Bier!«, antwortet zeitgleich das Trio Janine, Timo und Max.

»Dann holen die Männer das Bier, die Frauen das Essen und wir treffen uns bei den Tischen wieder.«

»Ganz klassisch«, unkt Max, »möchte jemand etwas anderes als Bier?«

»Och, gegen ein Sektchen hätte ich nichts einzuwenden«, flötet Edeltraud.

»Ich auch nicht«, erwidere ich.

»Ich nehme auch eins«, sagt Janine, »Sekt knallt so schön.«

»Soso, für die Damen muss es knallen«, sagt Timo süffisant.

»Aber so was von«, antwortet Janine. »Verzichtet haben wir ja lange genug.«

Wir nicken einmütig und besorgen all das, was wir auf Anhieb tragen können. Unser Tisch sieht anschließend aus, als hätten wir seit Wochen nichts gegessen.

»Ist das nicht ein bisschen übertrieben?«, frage ich.

»Ach, was wir nicht aufkriegen, geben wir einfach den Schweinen«, gluckst Liv fröhlich.

»Ich weiß nicht, ob es dir aufgefallen ist, aber wir haben keine Schweine«, entgegnet Timo.

»Stimmt, aber es wäre schön, wenn wir welche gehabt hätten. Ich mag Schweine, die sind so intelligent wie Hunde. Wusstet ihr das?« Meine kleine Tochter hat wirklich den Schalk im Nacken.

»Dann hätten wir mit den Schweinen spazieren gehen können, das wäre sicher cool gewesen«, bestärkt sie Linus.

»Gut, das nächste Mal bestellen wir Schweine«, bekräftigt Timo.

»Die kann man ja dann auch schlachten«, meint Janine und erntet einen entrüsteten Blick der Kinder.

»Wieso? Stellt euch nur das ganze Fleisch vor, die Wurst. Was wir da alles zu essen gehabt hätten.«

»Und das Mett natürlich«, unke ich.

»Also, mit einem geschlachteten Schwein hätte ich es glatt noch mal so lange im Museum ausgehalten.« Timo leckt sich die Lippen.

»Und Eberhardt«, setzt Edeltraud nach, »hätte seine reine Freude daran gehabt.«

Wir gackern königlich und die Schweinegeschichte ist der Auftakt zu einer Erinnerungsrunde. Was haben wir alles erlebt! Und sind uns in einem absolut einig: Es war einfach nur schön.

Als ich fast nicht mehr Piep sagen kann und mich am liebsten mitten auf der Wiese zusammenrollen möchte, sehe ich Betty durch die Tischreihen laufen.

»Betty«, rufe ich und winke sie zu uns.

Sie begrüßt die anderen und wir umarmen uns.

»Darf ich dir einen Sekt besorgen?«, fragt Max höflich.

»Sehr gerne«, sagt sie und lächelt ihn an. Nicht ohne direkt danach mich anzulächeln.

Ich bestrafe sie umgehend mit einem strengen Blick, aber sie grinst nur noch offensichtlicher. Also greife ich zur Ablenkungstaktik. »Jetzt musst du uns aber unbedingt erzählen, wie Daniel auf diese großartige Abschiedsidee gekommen ist und warum niemand davon wusste.«

»Geduld«, antwortet sie geheimnisvoll. »Seid ihr denn froh, dass es nun vorbei ist, oder wärt ihr lieber länger geblieben?«

Unsere Antworten sind eine Mischung aus beidem. Natürlich sind wir froh, wenn die harte Arbeit ab morgen vorbei ist. Wir freuen uns, wieder alles essen zu dürfen, fernzusehen, zu faulenzen und essen zu gehen. Aber es war eben auch eine schöne und im wahrsten Sinne des Wortes aus der Zeit gefallene Erfahrung. Wir haben gelernt, uns auf das Wesentliche zu besinnen und wie wenig man zum Leben braucht. Jeder von uns wird etwas mitnehmen für seinen weiteren Lebensweg. Aber vor allem haben wir eins gefunden: Freunde!

»Übrigens haben wir beschlossen, wenn es wieder so ein Projekt gibt, dann werden wir uns gemeinsam bewerben. Ich für meinen Teil kann mir einfach nicht vorstellen, nie wieder so leben zu dürfen«, klärt Timo Betty auf.

»Na ja.« Janine lehnt sich an ihren großen blonden Lieblingshünen. »Ich weiß ja nicht genau, ob ich es mit dir noch mal sechs Wochen unter einem Dach aushalten würde.«

»Ach komm, Liebchen, wäre ich nicht schwul, hättest du längst deinen Musiker abgesägt und ich den Gaul gesattelt.«

»Wo du recht hast, hast du recht«, säuselt Janine.

Timo reckt die Faust in die Höhe. »Habt ihr's gehört? Sie hat mir recht gegeben. Vor. Allen. Leuten!«

In diesem Moment betritt Daniel die kleine Bühne. Er nestelt an seinem Jackett.

Ich rolle gespielt mit den Augen. »Ehrlich, Betty? Ein Jackett?«

»Du kennst ihn doch«, sagt sie schmunzelnd. »Er fand, dies ist ein offizieller und feierlicher Anlass, also hat er sich offiziell und feierlich angezogen.«

Daniel nimmt das Mikrofon umständlich vom Ständer und nachdem er ein paarmal probeweise hineingepustet hat, fängt er an zu sprechen. »Meine lieben Bewohner. Nun stehe ich hier und bedaure das Ende eines Projektes, das es in dieser Form in Deutschland noch nicht gab. Zwei Jahre Vorbereitung, eine Woche Eingewöhnung, fünf Wochen laufender Betrieb. War es den ganzen Aufwand wert? Ja, das war es! Ich weiß, dass Sie hier eine gute Zeit hatten. Zumindest die meisten und mal abgesehen von dieser schrecklichen Magen-Darm-Geschichte. Aber auch die Resonanz der Besucher, der Presse und des Verbandes der deutschen Freilichtmuseen war großartig. Ich bin mir fast sicher, dass wir mit unserem Projekt Schule machen, und würde mich freuen, wenn diese Form der *Living History* ein fester Bestandteil der deutschen Museumslandschaft würde.«

Bevor er weiterreden kann, tost bereits Applaus auf. Daniel verliert fast die Fassung, so breit grinst er von einem Ohr zum anderen. Dann scheint ein Ruck durch ihn durchzugehen und er fährt mit hörbar gerührter Stimme fort: »Ab nächster Woche ist das Museum wieder für den Normalbetrieb geöffnet. Ich weiß noch nicht so genau, was ich davon halten soll ... Viele Dinge werden leichter, ich habe endlich wieder Zeit für meine Familie, auch ich kann wieder fernsehen oder ein Buch lesen. Aber, und damit spreche ich auch für alle meine Mitarbeiter: Wir werden Sie vermissen! Und nun essen und trinken Sie reichlich und feiern, bis Sie nicht mehr können!«

Wir applaudieren noch einmal, bis die Hände schmerzen, stehen auf und mit uns hundertfünfzig andere Menschen. Timo pfeift auf den Fingern und meiner Freundin Betty stehen die Tränen in den Augen.

Am nächsten Morgen sehen wir reichlich übernächtigt aus, aber wir erledigen die letzten Dinge. Wir tun es langsam. Jeder Handgriff ein kleiner Abschied. Als wir mit allem fertig sind, stehen wir zusammen vor dem Eingang des Museums und starren uns an.

»Ich schlage vor, wir machen es kurz und schmerzlos«, sagt Janine. »Sonst fangen wir noch an zu heulen, hören nie wieder auf, dabei will ich heute noch hemmungslos irgendeine Serie gucken, hab also gar keine Zeit zum Heulen. Außerdem bleiben wir ja eh in Kontakt. Also alles gut.«

Sie hat schon ein Tränchen im Auge und deshalb geben wir ihr uneingeschränkt recht. Wir drücken uns, wir drücken uns noch mal und noch mal …

Max ist der Letzte, den ich umarme.

»Denk an den Nebel«, flüstert er mir ins Ohr. »In der Regel kommt nach Nebel Sonnenschein.« Er zwinkert mir zu, dann gehen wir auseinander.

Zurück auf Los

Wir beenden unsere Ehe beim Spanier.

Mit Wein und den besten Tapas der Stadt.

Hätte mir das jemand vor ein oder zwei Jahren prophezeit, ich hätte dafür nicht mehr als ein müdes Lächeln übriggehabt. Als ich Betty schilderte, was wir heute vorhaben, war sie mächtig beeindruckt.

»Das hätte ich Carsten nie zugetraut. Vielleicht ist er doch nicht so verkehrt, wie ich dachte. Soll ich dir raten, dir das mit der Trennung noch mal zu überlegen?«

»Untersteh dich«, antwortete ich, »deine Carsten-Abneigung ist einer meiner inneren Hauptargumentationsgründe dafür, das einzig Richtige zu tun.«

»Okay«, sagte sie knapp, »trenn dich endlich von deinem egoistischen und unsensiblen Ehemann.«

»Geht klar«, antwortete ich lachend.

Carsten nippt an seinem Wein und betrachtet mich. »Wo bist du gerade?«

»Ich denke daran, wie beeindruckt Betty von uns ist.«

»Ist ja toll, dass ich mich erst elegant von dir trennen muss, um endlich in den Genuss ihrer Anerkennung zu kommen.«

»Wenn du das gewusst hättest, hättest du dir natürlich viel früher eine Geliebte gesucht.«

»Aber selbstverständlich. Jahrelang war das mein Hauptziel. Endlich ein Platz in Bettys Herzen. Und dann ist es so einfach.«

Wir grinsen uns an. Verhalten. Denn komisch ist es schon. Es ist wie immer und doch ganz anders. Da sitzt mir dieser Mann gegenüber, mit dem ich sechzehn Jahre zusammen war, mit dem ich Höhen und Tiefen erlebt habe und all das, was in den Lebensabschnitt zwischen zwanzig und vierzig gehört.

Aber wir haben uns verändert.

Und irgendwann passte es nicht mehr.

Wir haben einen Weg gefunden, unsere Partnerschaft neu zu definieren. Denn trotz allem bleiben wir Eltern. Und dadurch eine Familie. Das Wort Freundschaft möchte ich nicht bemühen. Für eine Freundschaft müsste man das Bedürfnis haben, den anderen weiterhin als einen Menschen in seinem Leben zu haben, dessen Rat wichtig ist und auf den man sich freut, wenn man ihn trifft. Ich glaube, bevor wir so etwas wie Freundschaft etablieren können, brauchen wir zunächst eine gehörige Portion Ruhe voreinander.

»Also gut«, sage ich und kippe der letzten Dattel im Speckmantel einen ordentlichen Schluck Wein hinterher. »Was hält Tanja von der ganzen Sache?«

Richtig geheuer ist es Carsten immer noch nicht, wenn ich den Namen seiner Freundin wie selbstverständlich in den Mund nehme. Aber ich bin immer neugierig, von ihr zu erfahren. So richtig prima findet sie es bestimmt nicht, dass unsere Ehe nicht mit Pauken und Trompeten untergeht, sondern langsam und gesittet. So kriegt sie meinen Ehemann nur portionsweise und nicht in einem Stück.

»Sie ist nicht so richtig begeistert von unserer Regelung.«

»Das kann ich mir lebhaft vorstellen.«

»Ganz ehrlich.« Er räuspert sich. »Ich liebe sie wirklich, aber ich finde, sie könnte etwas mehr Verständnis haben.«

»Zickt sie rum?«

»Na ja. Ja. Irgendwie schon.«

»Tja, so ist das mit uns Frauen. Wenn die Schonfrist vorbei ist, sind wir nicht mehr nett, freundlich und unkompliziert. Wir fangen an, Ansprüche zu stellen, erziehen an euch rum und wollen immer mehr, als ihr geben wollt.«

»Ist das so?«

»Ja. Das ist so.« Meine Gedanken schweifen kurz zu Max. Nett, freundlich und unkompliziert war ich bei ihm nie.

»Du meinst, ich hätte genauso gut bei dir bleiben können?«

Ich tue so, als würde ich kurz nachdenken. »Nee, lass mal«, sage ich grinsend. »Mit dir bin ich durch.«

Carsten fängt schallend an zu lachen. »Ein bisschen absurd ist es schon, findest du nicht?«

»Du meinst, ein Rosenkrieg wäre dem Ende unserer Ehe angemessener?«

»Wäre auf jeden Fall spektakulärer.«

»Ich kann mir gerne was überlegen«, biete ich an.

»Nee, lass mal«, entgegnet nun Carsten.

Wer uns von außen betrachtet, denkt sich sicher: Warum tun sie das? Da ist doch noch etwas, sie haben eine Grundlage. Aber wir haben diese Entscheidung getroffen und sind beide zufrieden. Mehr zählt nicht. Ob ich es irgendwann bereue? Das werde ich herausfinden. So ist es eben mit dem Leben. Es gibt keine Garantie für gar nichts. Man muss die Entscheidungen immer treffen, ohne zu wissen, ob was Gutes dabei herauskommt.

Bei allem, was wir geplant haben, steht das Wohlergehen der Kinder im Vordergrund. Darauf konnten wir vom ersten Tag an, als uns klar wurde, dass wir unsere Ehe versemmelt haben, aufbauen. Natürlich waren Maja und Liv nicht begeistert. Aber die Tatsache, dass sich für sie wenig ändert, macht es ihnen leichter.

Wir lassen uns nicht scheiden. Zum einen ist uns dieser rechtliche Kram nicht so wichtig, zum anderen haben wir schlicht finanzielle Vorteile. Das Haus werden wir ebenfalls behalten und die Kinder bleiben dort wohnen. Wir haben uns einvernehmlich für das Wechselmodell entschieden. Jeder bleibt eine Woche bei ihnen, zusätzlich mieten wir eine kleine Wohnung für mich. Carsten verbringt seine Wochen bei Tanja.

All das gehen wir bei diesem gemeinsamen Essen durch, aber wir besprechen auch noch andere Dinge. Wie wir mit Einladungen im gemeinsamen Freundeskreis umgehen, wie mit Familienfeiern, Ostern und Weihnachten. Wir wollen versuchen, so vieles wie möglich gemeinsam zu gestalten. Manche Dinge werden sich einspielen müssen, in anderen Dingen sind wir unterschiedlicher Meinung. Doch grundsätzlich ziehen wir an einem Strang.

»Weißt du was?«, sage ich schließlich und schenke ihm den letzten Schluck Wein ins Glas. »Ich finde, wir machen das richtig gut.«

»Ja, das stimmt«, sagt er, »es wird sicher Rückschritte geben, aber wir gehen den richtigen Weg.«

Wir prosten uns zu und schauen uns verschwörerisch an. Und als wir uns voneinander verabschieden, nehmen wir uns fest in den Arm. Dann fährt Carsten zu Tanja und ich zu den Kindern nach Hause.

Die sechs Wochen sind um. Endlich.

Wer ist nur auf die beknackte Idee gekommen, wir bräuchten sechs Wochen Pause? Ach ja, wir wollten Nebelschwaden verscheuchen.

Ich habe die Tage gezählt, ich habe die Stunden gezählt. Zwischendurch die Dinge mit Carsten geklärt. Aber nicht einen Augenblick hatte ich Zweifel, ob ich Max wiedersehen möchte. Ich war sogar oft kurz davor, ihn anzurufen, hinzufahren oder ihm irgendwo aufzulauern. Doch jedes Mal war ich vernünftig genug, mir den Hörer ans Ohr zu drücken, Janine anzurufen und mir anzuhören, dass ich das gefälligst bleiben lassen sollte, Max würde ja schließlich auch nicht irgendwo herumlungern.

»Ist das ein gutes oder ein schlechtes Zeichen?«

»Interpretationsverbot«, grölte sie mir darauf regelmäßig ins Ohr.

Zweimal ist sie ins Auto gestiegen, hat mich eingesammelt und ist mit mir ausgegangen, einmal hat sie sogar Timo zur Verstärkung mitgebracht.

»Ihr traut mir wohl überhaupt nicht«, maulte ich.

»Kein bisschen«, antworteten sie unisono.

Freunde. Echte Freunde sind das, was ich in unserer Museumszeit gefunden habe.

Heute ist es so weit. Heute darf ich. Heute ist der Tag der Entscheidung.

Himmel, es fühlt sich genauso pathetisch an, wie es klingt. Natürlich habe ich nicht geschlafen, und natürlich habe ich den Vormittag damit zugebracht, im Bad zu stehen, mich zurechtzumachen, die Haare zu föhnen, die Beine und alles andere zu rasieren (man weiß ja nie), die Augenbrauen zu zupfen. Ich habe mich angezogen, wieder ausgezogen, umgezogen, Pipi gemacht (etwa hundertfünfzig Mal, natürlich kam lange, lange nix mehr, aber immer hatte ich das Gefühl, die Blase ist voll). Ich habe eine Million Nachrichten an Betty, Janine, Edeltraud und Elisa verfasst. Jeweils natürlich. Ich bin ein Nervenzombie und habe keine Ahnung, wie ich diesen Tag überleben soll.

Ich habe jetzt den Mittag geschafft. Die Kinder sind mit Carsten wandern und ich hocke fix und fertig am Esstisch und beobachte die Küchenuhr. Es ist 13.41 Uhr. Nein, halt. Es ist schon 13.42 Uhr. In genau achtzehn Minuten darf ich das Haus verlassen.

Was mache ich nur so lange? Ich gehe ins Bad und überprüfe mein Gesicht. Hätte ich lieber nicht getan, denn ich sehe richtig scheiße aus. Ob ich noch mal was mit den Haaren machen sollte? Oder mich schminken? Nein, schelte ich mich, im Museum hatte ich weder gemachte Haare noch Schminke im Gesicht und habe ihm trotzdem gefallen. Was soll er denn da mit einem aufgebrezelten Weibsbild anfangen?

Aber vielleicht hat er in freier Natur, ähm, in der Jetztzeit, andere Ansprüche an Frauen? *Dann ist er es nicht wert,* unkt Janine, die imaginäre Janine in mein Ohr. Recht hat sie.

»Ksch«, mache ich trotzdem und dann gehe ich doch noch mal online.

Kristin: Meinst du, ich sollte mich schminken und mir eine tolle Frisur machen?

Janine: Schätzchen, ist das dein Ernst? Ich denke, du bist seit einer Stunde fix und fertig.

Kristin: Ja, aber meine Haare hängen einfach runter und ich habe nix im Gesicht außer ein bisschen Wimperntusche.

Janine: Dann ist es genau richtig. Ehrlich. Du treibst mich heute in den Wahnsinn. Wie alt bist du? Vierzehn?

Kristin: Sorry.

Janine: Kristin, ich erzähle dir jetzt einen Witz und dann lachst du. Dann trinkst du noch einen Schluck und gurgelst Mundwasser (man weiß ja nie). Aufs Klo gehst du auch noch. Dann darfst du los. Und bitte, stell das Handy aus. Komm runter. Du machst dich nur verrückt. Seine Entscheidung hängt nicht davon ab, ob du Farbe im Gesicht hast.

Kristin: Hast ja recht. Okay. Der Witz, bitte!

Janine: Ein Bild: Frauen lieben die einfachen
Dinge des Lebens. Männer zum Beispiel.

Ich grinse, schicke zehn verschiedene Lachsmileys, den Affen mit den Händen vor dem Gesicht, einen Kusssmiley, einen Angstsmiley, noch mal drei Affen und dann gehe ich offline. (Und dann aufs Klo und so weiter, ich komme mir schon vor wie in einer Zeitschleife.)
Ich schaffe das.

Was haben wir uns eigentlich bei dem Treffpunkt gedacht?
Wenn das hier ein Kitschroman wäre, müssten wir uns in der Mitte der Deutzer Brücke treffen. Oder am Rheinufer. Oder an einem anderen irgendwie romantischen Platz. Dies ist aber kein Kitschroman und die Sache mit dem Treffen auf neutralem Boden sowieso schon sehr, sehr grenzwertig, also stehe ich in der Brühler Innenstadt vor dem Café, dessen Name Max auf die Schnelle bei unserem letzten Gespräch vor sechs Wochen noch eingefallen ist. Dabei hätten wir doch wenigstens den Schlosspark wählen können. Der ist nämlich wirklich schön und sehr romantisch. Aber nein, ich stehe gegenüber eines Bäckereicafés. Eines sehr omahaften Bäckereicafés, um ganz ehrlich zu sein. Irgendwie ist das so schräg, dass es schon wieder gut ist. Ich habe mich hinter einer Plakatsäule verschanzt und beobachte den Eingang. Ich will nicht vor ihm da sein.
Was mache ich eigentlich, wenn er nicht kommt?
Er wird kommen, das ist kein Kitschroman. Janine ist ein lästiger kleiner imaginärer Moralapostel.
Timo gesellt sich hinzu. *Entspann dich einfach. Ändern kannst du eh nichts mehr.* Hat er auch wieder recht.
Ich zücke mein Handy und gehe doch wieder online, um ir-

gendjemanden oder alle (Himmel, ich nerv mich schon selbst) mit meinen schrecklichen Sorgen zu nerven, als mir jemand von hinten auf die Schulter tippt.

Ich drehe mich um.

»Hast du dich hier verschanzt, weil du noch nicht weißt, ob du reinkommen sollst?«, fragt Max amüsiert.

Ich schaue ihn an und mein Herz steigt in die Achterbahn. Er ist so ... so ... so ... mein Max. Genau. Mein Max.

Er blickt mir aufmerksam und lächelnd ins Gesicht. Er sieht erschreckend ruhig aus. Zu ruhig? Mir flattern vor Nervosität die Augenlider und ich muss aufs Klo. (Natürlich, aber DA IST NIX DRIN, VERDAMMT NOCH MAL!!!) Er geht einen Schritt zurück, betrachtet mich noch einmal und langsam wird sein Blick unsicher und fragend. Ach ja, ich habe ja noch gar nichts gesagt.

»Ich wollte nicht als Erste in diesem Omacafé rumsitzen, und ich hatte Angst, dass du nicht kommst«, antworte ich schließlich zerknirscht.

»Mensch, das ist doch kein Kitschfilm, in dem man kurz vor dem Ende noch eine Extrarunde drehen muss«, sagt er belustigt.

»Nicht?«

»Nein. Schnöde Realität. Und deshalb machen wir es uns jetzt einfach und kürzen die ganze Sache ab. Und danach gehen wir ein bisschen im Schlosspark spazieren. Der ist nämlich schön und uns hören keine dreißig Omis zu.«

»Was kürzen wir ab?«, frage ich dümmlich.

Und dann küsst er mich. Einfach so.

Ein paar Minuten später sind wir im Schlosspark. Wir umrunden das Schloss und laufen gemächlich durch den weitläufigen Park. Er ist wirklich schön. Wir laufen Hand in Hand. Zum ersten Mal und es fühlt sich gut an. Wir sprechen nicht, sondern genießen den Augenblick. Den sehr glücklichen Augenblick.

»Du hast mich zurückgeküsst. Mal wieder. War das deine Antwort?«

»Eine Antwort worauf? Du hast doch gar nichts gefragt.«

»Wir können uns gerne wieder ein bisschen streiten. Ich finde, das gehört irgendwie zu uns.«

»Einverstanden. Konstruktiver oder alberner Streit, beides ist genehmigt.«

Wir laufen weiter, schweigend. Es ist ein goldener Oktobertag, einer wie man ihn sich nur wünschen kann. Die Laubbäume leuchten in einem Gelb, das kein Farbdesigner nachzuahmen vermag. Der Geruch ist herbstlich, so als würde die Oktobersonne ihn aus den Blättern herauskitzeln. Die Vögel zwitschern und die mittlerweile im Rheinland heimisch gewordenen Grünbandsittiche segeln durch die Wipfel der Bäume. Im Sommer sieht man sie selten, so grün sind sie, doch jetzt im Herbst kann man die kleinen Farbtupfer erkennen, wenn man den Kopf nur weit genug nach hinten streckt. Es sind scheue Tiere, die sich die Erde lieber von weit oben anschauen. Ich wäre gerade gerne an ihrer Stelle, denn von dort oben sieht man das Ganze. So würde ich manchmal gerne mein Leben sehen.

»Fangen wir an?«, fragt Max.

Wir haben uns eine kleine Bank im Wald gesucht. Ich lehne an seiner Schulter und schaue ihn von unten an.

»Muss das sein?«, frage ich müde. »Ich würde so viel lieber einfach nur hier sitzen und deine Schulter genießen.«

»Von mir aus kannst du noch sehr oft meine Schulter genießen.« Er schmunzelt und streicht mir eine Strähne aus dem Gesicht.

»Das ist schön«, murmle ich.

»Also hat sich dein Nebel gelichtet?«

»Ja, das hat er. Keine Spur mehr davon da.«

»Und Carsten?«

Ich erzähle es ihm. »Und dein Nebel?«

»Purer Sonnenschein und mitten im gleißenden Licht steht der störrischste Esel, der mir je untergekommen ist.«

»Du bist so gemein«, kiekse ich und boxe seinen Oberarm. Dreimal.

»Also gut. Fangen wir an, oder? Nützt ja nichts.«

»Ich ahnte schon, dass es kein unkompliziertes Happy End gibt.«

»Hauptsache, es gibt eins, oder?«

Ich lächle ihn an und dann küssen wir uns. Einmal. Und noch einmal. Ach, was soll's, zögern wir die Dinge noch ein bisschen heraus.

Nach vielen, vielen Küssen erzählt er mir, dass auch er sich von seiner Frau getrennt hat, dass sie einsichtig war und er seine Kinder wiedersehen darf. Wie glücklich ihn das macht und dass er wieder nach München gezogen ist.

»Kämst du damit klar?«, fragt er vorsichtig.

»Womit genau?«

»Mit einer Beziehung mit einem Lügner und Betrüger, der sechshundert Kilometer entfernt wohnt?«

»Hm«, mache ich, ziehe die Stirn kraus und tue so, als müsse ich sehr genau überlegen.

»Ey.« Er stupst mich erbost in die Seite. »Sag jetzt nichts Falsches.«

»Befiehlst du mir gerade, die richtige Antwort zu geben?«

»Hm, ja.«

Ich setze mich gerade hin. Schaue ihn an. Unsere Hände verschränken sich und unsere Blicke sind Antwort genug.

»Liebe auf Distanz«, sage ich, »ob das klappt? Wer weiß das schon? Aber wir sollten es herausfinden, finde ich.«

Seine Augen strahlen. »Das wichtigste Wort kam in deiner Antwort vor. Danke.«

Mia san mia

»Ich habe recherchiert.« Liv wedelt mit einer Handvoll eng beschriebener DIN-A4-Seiten.

»Cool.« Linus will sie ihr aus den Händen reißen.

»Nix da, das ist doch geheim. Komm, wir suchen uns was, wo ich es dir zeigen kann.«

»Wir brauchen ein Hauptquartier, und ich hab auch schon eine Idee, wo.« Er nimmt meine Tochter an die Hand und weg sind sie.

Elisa zuckt mit den Schultern. »Ich weiß jetzt gar nicht, ob ich das gut oder schlecht finden soll.«

»Gut natürlich«, sage ich, »sie werden jetzt professionell. Außerdem habe ich Liv vorher einen kleinen Kurs in Sachen Gesetze und Persönlichkeitsrechte erteilt. Sie hat nämlich fest vor, uns diesmal in Ruhe zu lassen und lieber die anderen Bewohner zu quälen.«

»Wie naiv bist du eigentlich?« Janine schmunzelt. »Das hat sie doch nur gesagt, damit du Ruhe gibst.«

Wir stehen vor einem riesigen bayerischen Bauernhaus aus dem 19. Jahrhundert. Zwei Jahre später.

»Und damit soll ich jetzt sechs Wochen lang rumlaufen? Wer ist eigentlich auf die beknackte Idee gekommen, Korsetts zu verteilen?« Betty steht fast verzweifelt vor uns, dreht und wendet sich und zuppelt an ihrem Kleid, als würde nichts an der richtigen Stelle sitzen.

»Das wart ihr, liebe Betty.« Ich grinse sie schadenfroh an. »Du erinnerst dich an den aufgebrachten Frauenmob bei der Einführungsveranstaltung?« Ich stelle mich aufrecht hin und imitiere Daniel. »Nur mit einem zeitgemäßen Korsett können wir ihnen zu der Haltung verhelfen, die für ihre Rollen essenziell ist.«

»Ist ja gut«, murrt Betty, »ich werde mich nie wieder beschweren.«

»Du darfst ruhig ein bisschen leiden, so als Strafe für deinen akribischen Ehemann, dessen ausführendes Organ du bist.« Janines Schadenfreude ist unübersehbar.

»Soll ich wieder gehen?«, murrt Betty und zuppelt immer noch an ihrem Kostüm.

»Nein«, skandieren wir im Chor.

In diesem Augenblick kommen drei Männer um die Ecke. Ich raffe meine Röcke und renne.

»MAX!« Mit Schwung fliege ich ihm in die Arme und reiße ihn dabei fast um.

»Im ersten Augenblick dachte ich, du willst ihn ermorden«, stellt Timo trocken fest.

Ich gebe keine Antwort, denn ich bin noch mit einem langen, langen Begrüßungskuss beschäftigt. Ich habe Max einen Monat lang nicht gesehen. Erst war er beruflich unterwegs, dann ich, und so eine Wochenendbeziehung ist nicht immer einfach.

»Auf der anderen Seite« – Timo kratzt sich nachdenklich das Kinn, denn der Bart ist weg – »die Streitereien hatten mehr Feuer. Schreeecklich, diese Harmonie.«

Max löst sich aus unserem Kuss und klopft Timo auf den Rücken. »Mach dir keine Sorgen, das Streiten haben wir nicht verlernt. Erfahrungsgemäß kriegen wir uns nach ein bis zwei Stunden das erste Mal wegen irgendeiner Kleinigkeit in die Haare.«

Timo wischt sich gespielt den Schweiß von der Stirn, nimmt den dritten Mann im Bunde an den Arm und stellt ihn uns vor.

»Und das ist Sebastian, mein Liebster. Er wusste nicht so recht, ob er sich freuen oder Angst haben soll, aber ich habe ihm versichert, dass ihr ganz lieb seid.«

»Na ja, er muss Janine von sich überzeugen, alles andere ist einfach.« Ich hake mich bei Timo ein. »Komm, wir gehen rüber.«

Wir gesellen uns zu den anderen, umarmen und begrüßen einander. Die Stimmung ist ausgelassen. Dass wir es wirklich geschafft haben, uns gemeinsam für das Projekt in Bayern anzumelden, grenzt an ein Wunder, so viele Hürden mussten wir aus dem Weg räumen. Nur Maja und Ole sind nicht dabei. Maja macht einen Sprachkurs in England, Ole verbringt den Sommer in einem Fußballcamp.

Nun fehlt nur noch Edeltraud. Und da kommt sie.

»Ist das Traudl?« Elisa hält sich überrascht die Hand vor den Mund.

Ich wusste es schon und habe mich riesig auf diesen Augenblick gefreut. Die neue Edeltraud hat nämlich nichts mehr mit der Frau gemein, die wir vor zwei Jahren kennengelernt haben. Ihre Haare sind kurz und mit blonden Strähnchen versehen. Sie hat zugenommen, was ihr gut steht. Und sie strahlt von innen. Einmal im Monat treffen Janine, Edeltraud und ich uns zum Kaffee, und wir konnten die Veränderung im Zeitraffer bewundern. Das Unglaubliche dabei: All das hat sie geschafft, *ohne* Eberhardt in die Wüste zu schicken. Der Gute hat viel gelitten in diesen beiden Jahren, musste lernen und loslassen, wurde aber am Ende mit einer wunderschönen und selbstbewussten Frau belohnt.

»Traudl, du bist es wirklich!« Elisa schüttelt immer noch ihren Kopf. »Das ist einfach wunderbar.«

»Nein, ich bin ihre coole Zwillingsschwester«, kontert Edeltraud. »Edeltraud ist leider von uns gegangen.«

»Na, um die ist es nicht schade«, entgegnet Janine und ich verpasse ihr den ersten Boxer der nächsten sechs Wochen.

Liebe Bayern, haltet euch fest. Wir kommen!

Timo, Elisa, Edeltraud, Betty, Janine, Max, Sebastian, Liv, Linus und ich: Kristin.

Mia san mia.

Die Community für alle, die Bücher lieben

★ In der Lesejury kannst du Bücher lesen und rezensieren, die noch nicht erschienen sind

★ Gemeinsam mit anderen buchbegeisterten Menschen in Leserunden diskutieren

★ Autoren persönlich kennenlernen

★ An exklusiven Gewinnspielen und Aktionen teilnehmen

★ Bonuspunkte sammeln und diese gegen tolle Prämien eintauschen

Jetzt kostenlos registrieren: www.lesejury.de

Folge uns auf Instagram & Facebook:
www.instagram.com/lesejury
www.facebook.com/lesejury